어디에도 없는 아이

어디에도 없는 아이

크리스티안 화이트 지음

김하현 옮김

현암사

어디에도 없는 아이

초판 1쇄 발행 2020년 12월 15일

지은이 | 크리스티안 화이트
옮긴이 | 김하현
펴낸이 | 조미현

책임편집 | 박이랑
교정교열 | 양희우
표지 디자인 | 채홍디자인

펴낸곳 | 현암사
등록 | 1951년 12월 24일 (제10-126호)
주소 | 04029 서울시 마포구 동교로12안길 35
전화 | 02-365-5051 | 팩스 02-313-2729
전자우편 | editor@hyeonamsa.com
홈페이지 | www.hyeonamsa.com

ISBN 978-89-323-2100-4 03840

이 도서의 국립중앙도서관 출판예정도서목록(CIP)은
서지정보유통지원시스템 홈페이지(http://seoji.nl.go.kr)와
국가자료공동목록시스템(http://www.nl.go.kr/kolisnet)에서 이용하실 수 있습니다.
(CIP제어번호: CIP2020050468)

나의 부모님

이반 화이트와 키이라 화이트에게

차례

오스트레일리아, 멜버른

현재

"여기 좀 앉아도 될까요?" 모르는 사람이 물어왔다. 수줍어 보이는 깔끔한 외모에 미국식 영어를 쓰는, 40대쯤 되는 남자였다. 물기가 흐르는 파카를 걸치고 샛노란 스니커즈를 신고 있었다. 움직일 때마다 끽끽 소리가 나는 걸 보니 새 신발인 듯 했다. 남자는 내가 대답하기도 전에 자리에 앉더니 말했다. "킴벌리 리미 씨, 맞죠?"

노샘프턴 전문대의 쉬는 시간이었다. 나는 이곳에서 일주일에 세 번씩 저녁에 사진을 가르쳤다. 평소 구내식당은 학생들로 북적였지만, 오늘은 텅 비어 종말이라도 온 듯 음산한 분위기를 풍겼다. 6일째 비가 내리고 있었지만, 빗소리는 이중창에 막혀 들리지 않았다.

"그냥 킴이라고 해요." 나는 약간 짜증을 느끼며 말했다. 쉬는 시간이 얼마 남지 않은 데다가 혼자만의 시간을 즐기고 있었기 때문이다. 주초에 교무실 책상 다리 밑에 껴 있는 스티븐 킹의 낡은 『애완동물 공동묘지』 한 권을 발견한 이후 틈만 나면 부지런히 읽어나가던 참이었다. 책은 가리지 않고 많이 읽는 편이지만 그중에서도 공포물을 가장 좋아한다. 동생 에이미는 자기가 한 권 읽는 동안 내가 세 권을 끝내는 걸 보고 낙담하곤 했다. 속독의 비결은 지루한 삶을 사는 거라고, 언젠가 에이미에게 말한 적이 있다. 에이미에게 약혼자와 세 살 난 딸이 있다면 내게는 스티븐 킹이 있었다.

"저는 제임스 핀입니다." 남자가 말했다. 그는 테이블에 서류철을 올려놓고 잠시 눈을 감았다. 올림픽 경기에서 물에 뛰어들기 전 마음의 준비를 하는 다이빙 선수 같았다.

"교수이신가요? 아니면 학생?" 내가 물었다.

"사실 둘 다 아닙니다."

남자가 서류철을 열어 가로 20센티미터 세로 25센티미터 크기의 사진을 꺼내 내 앞으로 쓱 밀었다. 남자의 움직임에는 어딘가 기계 같은 면이 있었다. 몸짓 하나하나가 침착하고 자신만만했다.

사진에는 짙푸른 눈에 머리칼이 검고 덥수룩한 여자애가 푸릇푸릇한 잔디밭에 앉아 있었다. 아이는 웃고 있었지만 사진 찍는 데 이골이 나 보이는 꾸며진 미소였다.

"알아보시겠어요?" 남자가 물었다.

"아니요. 제가 아는 사람인가요?"

"다시 한번 보세요."

남자는 의자에 기대 내 반응을 자세히 살폈다. 나는 남자가 하라는 대로 다시 사진을 들여다보았다. 파란 눈, 과다 노출되어 허옇게 뜬 얼굴, 진짜 미소라 할 수 없는 미소. 이제 보니 낯이 익은 것 같기도 했다. "죄송하지만 잘 모르겠는데요. 누군데 그러시죠?"

"이 아이의 이름은 새미 웬트입니다. 이건 새미의 두 번째 생일날 찍은 사진이에요. 3일 뒤 아이는 사라졌습니다."

"사라져요?"

"켄터키 주 맨슨에 있는 자기 집에서 사라졌습니다. 2층 침실에서요. 경찰은 침입자의 흔적을 찾지 못했습니다. 목격자도, 협박편지도 없었고요. 말 그대로 사라져버린 겁니다."

"그렇다면 에드나를 찾아 보세요." 내가 말했다. "범죄학을 가르치거든요. 저는 그냥 사진학과 교수고, 이런 진짜 범죄의 전문가는 에드나예요."

"저는 당신을 찾아온 겁니다." 남자가 헛기침을 하고 말을 이었다. "새미가 바깥을 헤매다가 숲에서 코요테나 퓨마에게 잡혀갔을 거라고 생각한 사람들도 있었지만, 두 살배기가 헤매봤자 얼마나 멀리 가겠습니까? 가장 가능성 높은 시나리오는 납치였습니다."

"음, 그렇군요. 그럼 그쪽은 형사인가요?"

"아니요, 저는 회계사입니다." 남자가 숨을 깊이 내쉬자 스피아민트 냄새가 났다. "그렇지만 맨슨에서 자라서 웬트 가족과 꽤 가까운 사이예요."

5분 뒤면 수업이 시작되었기에 나는 시계를 들여다보고 말했다. "아이 얘기는 유감이지만 수업에 들어가 봐야 해서요. 물론 당연히 도와야죠. 어떤 종류의 기부를 생각하세요?"

"기부요?"

"아이 가족에게 전달할 기부금을 모으는 거 아닌가요? 그래서 이런 얘길 하신 거 아니에요?"

"돈을 달라는 게 아닙니다." 남자가 싸늘한 목소리로 말했다. 그리고 초췌하고 묘한 얼굴로 나를 가만히 응시했다. "제가 여기 온 건 그쪽이… 이 일과 관련이 있다고 생각해서입니다."

"두 살 여자애의 납치 사건과 제가 관련이 있다고요?" 나는 웃음을 터뜨렸다. "저를 납치범으로 체포하려고 미국에서부터 그 먼 길을 오신 건 아니죠?"

"제 말을 잘못 이해하셨군요." 남자가 말했다. "아이는 1990년 4월 3일에 사라졌습니다. 저는 당신이 새미 웬트를 납치했다고 생각하는 게 아닙니다. 당신이 새미 웬트라고 생각하는 겁니다."

내 수업을 듣는 학생 열일곱 명은 나이와 인종, 젠더가 다양했다. 스펙트럼의 한쪽 끝에는 고등학교를 갓 졸업해서 아직도 등에 모닝턴 고교라고 쓰인 후드를 입고 다니는 루시 초가 있었다. 나는 한쪽 끝에는 손을 들기 전에 습관처럼 손가락 관절을 꺾는 일흔네 살의 퇴직자 머리 팰프리가 있었다.

오늘은 한 명씩 앞으로 나와 이번 학기에 찍은 사진을 보여주고

다 같이 이야기를 나누는 날이었다. 대부분은 평범했다. 엄밀히 말하면 대다수 작품이 꽤 괜찮았고 그건 내가 뭔가를 제대로 하고 있다는 뜻이었지만, 작품 주제는 지난 학기나 지지난 학기와 별반 다르지 않았다. 지난번처럼 이번에도 허물어진 벽돌담에 그려진 그래피티, 칼턴 가든스 공원의 포도 넝쿨이 우거진 오두막, 이건 강에 더러운 흙탕물을 뚝뚝 떨어뜨리는 음산하고 검은 배수관 사진 같은 것들이었다.

수업은 주로 별 생각 없이 기계적으로 진행했다.

미국에서 온 회계사와의 만남 때문에 마음이 심란했지만 그렇다고 그 사람 말을 믿는 건 아니었다. 나의 엄마 캐럴 리미는 이력이 다양했지만(4년 전에 세상을 떠난 것도 그중 하나였다) 아동 유괴범은 아니었다. 엄마와 단 1분만 함께해도 엄마가 거짓말을 안고 살 사람이 못 된다는 걸 알 수 있었다. 하물며 국제적인 유괴 사건은 말할 것도 없었다.

제임스 핀은 나에 대해 뭔가 착각하고 있었고 나는 그 사람이 여자애를 찾지 못한 거라고 확신했다. 하지만 그는 통제는 환상이라는 불편한 진실을 상기시켰다. 새미 웬트의 부모는 아이를 잃어버림으로써 그 사실을 고통스럽게 깨달았다. 나 또한 엄마의 죽음이라는 괴로운 방식으로 그 사실을 깨달았다. 엄마는 꽤 갑작스럽게 세상을 떠났다. 엄마가 암 진단을 받았을 때 나는 스물네 살이었고, 암이 엄마의 목숨을 앗아갔을 때는 스물여섯 살이었다.

내 경험에 따르면 보통 사람들은 이런 비극적인 일을 겪으면 '모든 일에는 이유가 있는 법이다'와 '원래 세상은 혼돈 그 자체다'

중 하나를 택한다. 물론 '신의 뜻은 불가사의하다'와 '인생은 개 같은 것이다' 같은 변형된 버전도 있다. 내 경우는 후자였다. 엄마는 담배를 피우지도, 평생을 직물 공장에서 일하지도 않았다. 건강하게 먹고 운동도 했지만 결국 달라진 건 아무것도 없었다.

그러니까 통제는 환상이다.

나는 학생들이 발표하는 동안 딴생각에 빠져 있었다는 걸 깨닫고 차가운 커피를 들이켠 후 발표에 집중하려고 노력했다.

사이먼 도미에-스미스가 자기 작품을 발표할 차례였다. 20대 초반인 사이먼은 말할 때면 자기 발만 물끄러니 내려다보는 부끄러움 많은 청년이었다. 겨우 고개를 들면 시력 나쁜 두 눈이 돋보기안경 뒤에서 물고기처럼 여기저기를 쏘다녔다.

사이먼은 교실 앞에 이젤을 설치하며 어정쩡하게 몇 분을 보냈다. 학생들이 산만해지고 있었기에 나는 사이먼에게 이젤을 세우는 동안 사진을 설명해달라고 했다.

"아, 네, 그럼요, 그래야죠." 사이먼이 사진을 세우느라 버둥거리며 말했다. 그때 사진이 손에서 미끄러졌고, 그는 허리를 굽혀 바닥에 떨어진 사진을 주웠다. "그러니까, 그 병치라는 것을 찾는 게 우린 과제였잖아요. 그래서, 제가 그걸 잘 찾았는지는 잘 모르겠는데요." 사이먼이 마지막 사진을 이젤에 올려놓고 모두가 볼 수 있도록 뒤로 물러섰다. "저는 이 시리즈로 추함과 아름다움의 병치를 보여주려고 했습니다."

뜻밖에도 사이먼 도미에-스미스의 사진 시리즈는… 숨 막히게 훌륭했다.

시리즈는 총 여섯 장이었고 구성이 전부 똑같았다. 카메라를 삼각대에 고정하고 몇 시간에 한 번씩 사진을 찍은 듯했다. 요소는 꾸밈없고 단출해서 침대 하나와 여자 한 명, 여자의 아이뿐이었다. 여자는 사이먼과 비슷한 나이대로 보였고 얼굴은 얽은 자국이 있지만 아름다웠다. 아이는 세 살 정도로 보였는데 두 볼이 이상할 정도로 붉었고 어디가 아픈지 미간을 찌푸리고 있었다.

"전부 하룻밤 사이에 찍었어요." 사이먼이 설명했다. "이 사람은 제 아내 조니고, 이 아이는 저희 딸 시몬이에요. 참고로 제 이름을 따서 지은 건 아니에요. 다들 제 이름을 딴 거라고 생각하는데, 아이 할머니 이름이 시몬이거든요."

"사진에 대해 좀 더 설명해줘요." 내가 말했다.

"아, 네, 그러니까 이날 시몬은 백일해* 때문에 밤새 깨어 있었어요. 애가 그날 좀 까탈스러웠는지 조니가 밤새 아이 옆에 붙어 있었죠."

첫 번째 사진에서 엄마는 아이를 등 뒤에서 꼭 껴안고 있었다. 두 번째 사진에서는 잠에서 깬 아이가 울면서 엄마를 밀쳐내고 있었다. 세 번째 사진에서 사이먼의 아내는 사진 찍히는 게 지긋지긋해진 것처럼 보였다. 그렇게 시리즈는 여섯 번째 사진까지 이어졌고, 마지막 사진에서 엄마와 아이는 깊이 잠들어 있었다.

"여기에 추함이 어디 있죠?" 내가 물었다.

"어, 그게, 이 사진을 보면요, 우리 애, 아, 그러니까 이 어린 피사

* 3~6세 어린이들이 잘 걸리며 특히 겨울부터 봄에 걸쳐 유행하는 급성 전염병. 병에 걸리면 경과가 100일 가까이 걸린다.

체가 침을 흘리고 있거든요. 그리고 사진만 봐서는 절대 모르시겠지만, 이 사진에서는 아내가 미친 듯이 코를 골고 있었어요."

"저는 추함을 못 찾겠는데요." 내가 말했다. "일상적이지만… 어떤 아름다움이 느껴져요."

사이먼 도미에-스미스는 전문 사진작가가 될 사람은 아니었다. 나는 거의 확신할 수 있었다. 하지만 아픈 여자아이라는 단순한 제목의 이 사진 시리즈로 사이먼은 무언가 정직하고 진실한 것을 창조해냈다.

"리미 교수님, 괜찮으세요?" 사이먼이 물었다.

"그냥 킴이라고 불러요." 내가 지적했다. "전 괜찮아요. 그걸 왜 묻죠?"

"저, 그게요. 지금 울고 계셔서요."

코버그의 음울한 풍경을 뚫고 집으로 출발한 것은 밤 열 시가 지났을 무렵이었다. 굵은 비가 내려 스바루의 천장 위로 물이 폭포수처럼 흘렀다. 10분 뒤 집에 도착해 주차를 하고, 우산 대신 가방을 인 채 비를 뚫고 아파트로 달려 들어갔다.

3층에 도착하자 마늘과 향신료 냄새가 가득했다. 한 번도 만난 적 없지만 이웃집에서 풍기는 냄새는 이상하리만치 마음을 편하게 해주었다. 집 쪽으로 걸어가는데 복도 건너편에서 소시아 애비가 머리를 쑥 내밀었다.

"킴벌리, 내 너일 줄 알았지." 에비는 눈이 게슴츠레하고 핏발선 60대 초반의 몸이 동글동글한 여자였다. 한번은 다른 이웃이

에비 뒤에서 '거대한 에비'라고 놀리는 소리를 듣기도 했다. "엘리베이터가 땡 하고 울리기에 시계를 보고 생각했지. 자정이 다 됐는데 이제야 집에 들어오는 사람이 누가 있지?"

시간은 열 시 삼십 분이었다.

"죄송해요, 에비 아줌마. 저 때문에 깨셨어요?"

"아니야. 나는 올빼미 체질이거든. 물론 빌은 아홉 시만 되면 자니까 조금 뒤척였을 수도 있지만 암말도 안 하더라고." 에비가 괜찮다는 듯 손사래를 쳤다. "만약에 빌이 뭐라고 했으면 네가 젊은이라는 사실을 내가 일깨워줬을 거야. 요즘 젊은 애들은 집에 늦게 들어오잖아. 보아하니 평일에도 그런 것 같네."

"그러네요."

에비의 남편을 실제로 본 사람은 아무도 없었고 그가 실제로 존재한다는 증거도 전혀 없었다. 물론 에비네 집 쓰레기더미 아래에 묻혀 있는 걸 수도 있었다. 에비가 자기 집으로 들어갈 때 힐끗 들여다본 적이 있는데, 책과 벽보, 서류, 넘치게 채운 상자가 탑처럼 쌓여 위태롭게 3E호 안을 가득 채우고 있었다. 복도에서 안을 볼 수 있는 유일한 창문은 신문지로 덮여 있었고, 실제로 본 적은 없지만 그 난장판 속에 은박지로 만든 모자 한두 개가 굴러다닐 게 분명했다.

"흠, 네가 아직 안 자니까 하는 말인데…." 에비가 운을 뗐다. 같이 술 한잔하자고 청하려는 말이었다. 나는 그저 히터를 켜고 소파에 드러누워 스티븐 킹을 읽으며 냉장고가 윙윙거리는 소리, 난방구에서 나오는 조용한 바람소리, 노트북 충전기가 잔잔하게 지직거리는 소리처럼 마음을 가라앉혀주는 우리 집의 익숙한 소음을 듣고 싶을 뿐이었다. "한잔 안 하겠어?"

내가 한숨을 쉬며 말했다. "좋죠." 엄마가 돌아가신 후로 나는 외로운 여자가 하는 부탁을 거절하지 못했다.

침실 하나가 딸린 우리 집은 가구가 별로 없어서 널찍하다는 인상을 줬다. 거대한 에비도 이 안에서는 자그마해 보일 정도였다. 에비는 빗물이 줄줄 흘러내리는 거실 창문 옆 초록색 안락의자에 앉아서 추리닝 바지의 보풀을 뜯어 원목 바닥에 떨어뜨렸다.

나는 부엌에서 와인 한 병을 가져와 한 잔씩 따랐다. 에비를 초대했을 때의 유일한 장점은 술을 혼자 마시지 않아도 된다는 것이었다.

"킴, 저 사람들이 뭘 만들고 있다고 생각해?" 에비가 물었다.

"누구요?"

"누구겠어? 3C호 사람들이지. 저 사람들 온종일 이라크 말인지 뭔지로 수다를 떤다고."

"아, 3C호요. 커리 냄새 같은데요." 배 속에서 꼬르륵 소리가 났다. 먹을거리를 찾아 부엌을 뒤져봤지만 각종 양념뿐이었다. 와인으로 만족해야 했다.

"저 사람들 저녁 얘기를 하는 게 아냐." 에비가 목소리를 낮춰 속삭였다. "저들 계획에 대해 말하는 거지."

에비는 두 가지에 근거해서 3C호 사람들이 테러리스트라고 확신했다. 하나는 그 가족이 중동에서 왔다는 것이고, 다른 하나는 우편함에 쓰인 성이 무함마드라는 것이었다. 나는 피부색이 갈색이라고 전부 테러리스트는 아니며, 그와 상관없이 오스트레일리아의 코버그는 테러의 대상이 될 만한 곳이 아니라는 사실을 에비에게 여러 차례 설명했다. 하지만 그럴 때마다 에비는 근엄하게 고개를 저으며 말했다. "두고 보자고."

"그래서 오늘은 뭣 때문에 이렇게 늦은 거야? 클럽에 다녀온 거지?"

"에비 아줌마, 저 원래 밤에 일해요. 아시잖아요."

와인을 한 모금 마신 에비가 맛을 느끼고는 코를 찡그렸다. "요즘 애들은 이해가 안 가. 그렇게 오래 밖에서 뭣들 하는지."

나는 빠르게 잔을 비우고 한 잔을 더 따르면서 이번에는 더 천천히 음미하며 마셔야겠다고 생각했다. 쉽게 잠들 수 있도록 적당히 훈훈하고 알딸딸해지기만 하면 됐다.

"오늘 이상한 일이 있었어요." 내가 말했다. "어떤 남자가 저를 찾아왔거든요."

"드디어." 에비가 와인을 한 모금 더 마시며 말했다. "때가 된 거야, 킴. 여자가 남자를 꿰찰 수 있는 창문은 아주 좁거든. 열다섯에서 스물다섯 사이지. 그때밖엔 없어. 나는 열일곱에 빌을 만나서 열여덟에 결혼했어."

에비가 안락의자의 초록색 쿠션 밑에 끼어 있던 리모컨을 찾아 텔레비전을 켰다. 은박지 모자와 부신경한 인종 차별을 논외로 하면 에비가 원하는 건 그저 누군가와 함께 있는 것뿐이었다.

에비가 볼륨을 최대로 높이고 채널을 이리저리 돌리는 동안 나는 그 옆 소파에 웅크려 앉아 노트북을 열었다.

원래는 가볍게 인터넷 서핑을 하려고 했다. 고등학교 동창의 소식을 몰래 찾아보거나 메일함을 정리할 수도 있었다. 하지만 호기심이 점점 커졌다. 새 탭을 열어 새미 웬트 + 켄터키, 맨슨을 검색하는 내 손가락이 마치 저 혼자 움직이는 듯했다. 기계처럼 서류철을 꺼내던 제임스 핀의 몸동작이 떠올랐다.

첫 번째 링크를 누르니 아카이브 된 1990년 4월 7일 자 기사가 떴다. 전자식으로 자동 스캔된 기사 군데군데 구김과 잉크 얼룩이 남아 있었다. 곳곳에 번진 글자를 읽다 보니 마이크로필름을 자세히 들여다보는 옛날 옛적 탐정이 된 기분이었다.

경찰, 실종 여아 수색 중

지난 금요일 봉사자들과 경관들이 맨슨에서 실종된 두 살 여아를 찾기 위해 수색 작업에 나섰다.

맨슨에 거주하는 새미 웬트는 지난 화요일 오후 집에서 자취를 감췄고 마을 인근을 전부 수색했으나 발견되지 않았다.

"새미를 찾아 안전하게 집으로 데려올 수 있으리라 믿습니다." 맨슨 보안관 체스터 엘리스가 말했다. "현재는 탐색 및 구조를 중심으로 작전을 진행하고 있습니다."

경찰은 새미의 실종이 범죄와는 관련이 없다고 보면서도 모든 가능성을 열어놓고 있다.

지난 금요일 맨슨 주민 수백 명이 웬트 가 주변의 방대한 숲을 탐색했다.

맨슨에 오래 거주한 자원봉사자 캐런 피디는 두려움을 표했다. "밤엔 날씨가 춥고 근처에 야생동물도 많지만 누군가가 새미를 납치했을 가능성이 가장 무서워요. 현대 미국의 해악이 이곳 맨슨에는 아직 손을 뻗치지 않았다고 생각하고 싶지만, 세상에는 이상한 사람들이 많잖아요. 심지어 이런 작은 마을에도요."

새미는 마지막으로 목격되었을 때 노란색 긴팔 티셔츠와 파란색 잠옷 반바지를 입고 있었다. 경찰은 조사에 도움이 될 만한 정보는 무엇이든 제보해달라고 요청했다.

기사에는 제임스 핀이 내게 보여준 사진과 똑같은 사진이 실려 있었지만, 이번에는 흑백사진이었다. 새미의 짙푸른색 눈동자는 검은색이 되었고 과다 노출된 얼굴은 이목구비가 거의 다 날아가 새하얗게 보였다.

조금 더 검색해보니 새미의 부모인 잭 웬트와 몰리 웬트의 사진이 나왔다. 새미가 사라진 지 겨우 며칠 뒤의 사진으로, 두 사람은 맨슨 보안관서의 외부 계단에 서 있었다.

둘은 지독하게 피곤해 보였고 얼굴에 긴장이 가득했으며 두 눈에 두려움이 역력했다. 특히 몰리 웬트는 돌이킬 수 없이 망가져 보였는데 정신이 신체를 떠나 몸이 제멋대로 움직이는 듯했다. 입모양이 심하게 찌그러져 꼭 미친 사람 같았다.

화면으로 몰리의 생김새를 살피다가 내 얼굴과 비교해보았다. 우리 둘 다 얼굴이 길고 매부리코에 눈매가 쳐졌다. 몰리는 나보다 키가 훨씬 작아 보였지만 잭 웬트는 180센티미터가 훨씬 넘는 듯했다. 자세히 들여다볼수록 두 사람에게서 내 모습이 보였다. 잭 웬트의 작고 창백한 귀, 몰리 웬트의 자세, 잭의 넓은 어깨, 몰리의 뾰족한 턱. 양쪽의 DNA가 내게 조금씩 다 있는 것 같았다.

물론 이런 생각은 아무 의미도 없었다. 별자리 운세를 볼 때와 비슷했다. 별자리 운세는 독자들 스스로 원하는 것을 보게끔 의도한다.

내가 잭과 몰리에게서 내 모습을 보고 싶어 하는 걸까? 궁금했다. 갑자기 이 질문이 떠오르자 곧 더 많은 질문이 머릿속을 가득 채웠다. 새미의 눈도 내 눈처럼 짙푸른색이지 않았던가? 새미의 통통한 두 다리가 나처럼 길고 깡마른 다리로 바뀔 수 있지 않을까? 새미가 살아 있다면 나와 비슷한 나이가 아닌가?

잭과 몰리는 아직도 딸의 소식을 기다릴까? 전화벨 소리와 문 두드리는 소리가 날 때마다 희망이나 두려움이, 아니면 희망과 두려움이 뒤섞인 씁쓸한 감정이 두 사람의 마음을 가득 채웠을까? 길에서 마주치는 모든 여자에게서 새미의 얼굴을 발견했을까? 아니면 다 잊고 앞으로 나아갈 방법을 찾았을까?

그중에서도 가장 큰 질문이 유리 조각처럼 머릿속에 들어와 박혔다. 캐럴 리미, 사회복지를 전공한 후 액자걸이를 제조하고 판매하는 회사의 인사과에서 오랫동안 일했던 여자가 정말, 실제로, 그럴 수가—

나는 여기서 생각을 멈추었다. 함축된 의미가 지나치게 거대했고, 솔직히 말해 터무니없었다.

시끄럽게 코 고는 소리가 들려 노트북에서 시선을 돌렸다. 에비는 초록색 안락의자에서 깊이 잠들어 있었고 와인잔이 엄지와 검지 사이에 위태롭게 걸려 있었다. 나는 에비의 손에서 잔을 빼내고 텔레비전을 끈 후 푹신한 빨간색 담요로 에비의 다리를 덮어주었다. 늘 그렇듯 에비는 몇 시간 동안 잠들어 있을 것이다. 그러다 새벽 세 시이면 일어나 화장실에 갔다가 뒤뚱뒤뚱 복도로 걸어 나갈 것이다.

나는 에비를 그대로 두고 조용히 침실로 들어와 침대에 누웠다. 잠이 들자 온몸이 그림자인 키 큰 남자가 나오는 꿈을 꾸었다. 그림자 사내는 침실 창문 밖에서 나타나 말도 안 되게 긴 팔을 나에게 뻗쳤다. 남자는 나를 안아 들고 키 큰 나무가 늘어선 길고 좁은 흙길을 걸어 내려갔다.

켄터키, 맨슨

그때

1990년 4월 3일, 잭 웬트는 2층 화장실에서 소변을 보았다. 그의 아내는 몇 발자국 떨어진 곳에서 샤워를 하고 있었다. 불투명한 유리를 사이에 두고 바라본 아내 모습이 어딘가 지금 상황과 잘 어울렸다. 한때 잘 알았던 여자의 어렴풋한 형체. 그런 느낌이었다.

몰리는 물을 잠갔지만 샤워 부스 밖으로 나오지 않았다. "다 끝났어, 잭?"

"거의 다 됐어." 잭이 손을 씻었다. "거기 숨지 않아도 돼. 자기 몸에서 내가 안 본 데가 어디 있다고."

"그래도. 그냥 기다릴래." 몰리는 몸을 옹송그리고 부스 뒤에 서 있었다. 몰리의 웅크린 자세를 보니 제2차 세계대전에 관한 책 내용이 떠올랐다. 마음이 망가진 홀로코스트 생존자, 아니면 시체가 나뒹구는 들판에 서 있는 평범한 마을 소녀의 모습.

그날 몰리가 입을 옷이 화장실 문 뒤에 걸려 있었다. 연분홍색 긴팔 스웨터와 발목까지 내려오는 무거운 데님 치마였다. 이게 바로 오순절파 스타일이었다.

먼 옛날, 그러니까 새미가 태어나기 전 몰리는 손에 닿는 다정한 사람이었지만 최근 들어 몰리는 점점 희미해지는 것 같았다. 이 집에 사는 게 아니라 유령처럼 복도에 떠다니는 느낌이랄까. 그런 점에서 몰리는 정말 놀라운 사람이었다. 나가서 돈을 벌지 않아도 될 만큼 잭의 약국은 잘되었고 아름다운 아이들 셋에, 의지할 신앙까지 있었지만 그럼에도 여전히 몰리는 슬퍼할 일을 찾아낼 수 있었다.

몰리가 샤워 부스 문을 살짝 열어 밖을 내다보았다. 웅크린 어깨에 소름이 돋아 있었다. "빨리 좀 해. 나 얼어 죽겠어."

"알았어, 지금 나가." 잭이 복도로 나가 등 뒤로 문을 닫으며 말했다.

1층에 내려오니 아이 둘이 영화 〈닌자 터틀〉에 푹 빠진 채 텔레비전 앞에 앉아 있었다. 아무도 잭에게 아침 인사를 하지 않았다. 오동통한 아홉 살 소년 스튜는 감기에서 회복 중이었다. 스튜는 모직 담요를 두르고 클리넥스 박스를 끼고 앉아 부릅뜬 눈과 헤벌어진 입을 하고 화면을 들여다보았다.

"아들, 좀 낫니?" 잭이 스튜의 이마에 손등을 대보며 말했다. 스튜는 대답이 없었다. 닌자 거북이에 정신이 단단히 팔려 있었다.

두 살 난 천사 새미도 텔레비전을 보고 있었지만, 영화 못지않게 제 오빠에게도 관심이 많아 보였다. 새미의 두 눈이 만화 영화와 스튜의 얼굴 사이를 바삐 오갔다. 주인공 미켈란젤로가 재치 있는 말을 해서 스튜가 웃음을 터뜨리면 새미도 소리의 크기뿐만 아니라 리듬까지 똑같이 따라 웃었다. 악당 슈레더가 사악한 계략을 펼치면 스튜가 헉 하고 숨을 내쉬었고, 새미도 스튜를 따라 숨을 내뱉었다.

잭은 우연히 만난 집안의 평화를 깨트리고 싶지 않았기에 조용히 거실에서 나왔다.

첫째 딸 에마가 부엌 조리대 앞에서 한쪽 팔로 그릇을 감싸 안고 콘플레이크를 먹고 있었다. 잭은 교도소 수감자들이 그런 식으로 밥을 먹지 않을까 생각했다.

에마가 우리 집을 그렇게 생각하는 걸까? 잭은 궁금했다. 끝이 오기만을 기다리는 감옥살이. 가끔은 잭도 비슷한 기분을 느꼈다.

"우리 딸, 좋은 아침." 잭이 커피를 내리며 말했다. "해리스 코치님이 어제 약국에 오셨어. 네가 또 PMS라 체육 못 하겠다고 했다며. 진통제 좀 갖다 주련?"

에마가 툴툴댔다. "성인 남자 둘이서 내 생리 얘기를 해도 된다고 생각하는 이유를 모르겠네."

"체육 수업 빠지려고 생리 핑계 대는 거, 좀 진부하지 않니?"

"그건 진부한 게 아냐, 아빠. 고전적인 거지. 게다가 해리스 코치 너무 소름끼친단 말야. 자기가 밑에서 '도와준다'면서 우리한테

026

맨날 밧줄타기를 시킨다고. 그래서 마침 생각난 건데, 여기 사인 좀 해줘."

에마가 배낭 깊숙한 곳에서 허가서를 한 장 꺼내 잭에게 건넸다.

"과학과 진화론 수업에 참여해도 된다는 허가서?" 잭이 내용을 소리 내어 읽었다. "요즘에는 수업 듣는 데에도 부모 허가가 필요해?"

"애들 절반이 망할 펀디*일 땐 그래야 돼."

잭이 목소리를 낮췄다. "네 엄마가 이거 봤어?"

"아니."

잭이 셔츠 앞주머니에서 펜을 꺼내 재빨리 허가서에 서명했다. "우리끼리만 아는 걸로 해두자. 그리고 엄마 앞에선 그 말 쓰지 말고."

"망할이라는 말?"

"펀디라는 말."

에마가 허가서를 접어서 다시 가방 깊숙한 곳에 넣었다.

엄밀히 말하면 잭과 몰리 둘 다 빛 안의 교회 교인이었지만(몰리는 개심자였고 잭은 모태신앙이었다) 몰리는 잭보다 훨씬 진지했다. 일주일에 세 번 있는 예배에 전부 참석했다. 뒤늦게 믿음을 발견한 교인 사이에서는 흔한 일이었다. 보통 그런 사람들에겐 채워야 할 마음의 구멍이 있었다.

잭은 10대 때부터 빛 안의 교회에서 멀어지기 시작했고 에마가 태어난 후로는 아예 예배에 참석하지 않았다. 잭은 안전 문제 때

---

* fundie, 종교적 근본주의자

문이라고 핑계를 댔다. 다른 많은 오순절파 근본주의자들처럼 빛 안의 교회 교인들도 예배 때 독사를 만지고 여러 종류의 독을 삼켰다. 아이들에게 안전한 환경은 결코 아니었다. 그래서 잭은 집에서 에마를 돌봤고 몰리는 자기가 원하는 대로 하게 두었다. 지금도 잭은 몰리가 자신을 떠나지 않도록, 또 부모님이 자신과 연을 끊지 않도록(가끔은 두 가능성 다 그리 나빠 보이지 않았다) 빛 안의 교회 교인인 척했지만 사실 믿음을 잃은 지 오래였다.

몰리가 연분홍색 스웨터를 입으며 아래층으로 내려왔다. "좋은 아침, 에마."

에마가 대답으로 웅얼거리는 소리를 냈다.

"해리스 코치님이 아빠한테 네가 체육 수업 안 들려고 PMS 핑계 댔다고 하셨어. 사실이야?"

"아빠가 이미 잔소리했으니까 엄마는 안 해도 돼."

"네 아빠가 거짓말은 죄고, 지금은 공부가 네 인생에서 가장 중요하다고 이미 말했으면 좋겠네."

"하느님 맙소사, 또 시작이야."

"에마." 몰리가 주먹으로 조리대 위를 탕탕 두드렸다. "나무는 각각 그 열매로 아나니. 마음의 가득한 것을 입으로 말함이니라. 그분의 이름을 들먹이면-"

"-믿음을 어기는 것이다." 에마가 지겨운 듯한 목소리로 따라 읊었다. "말이 우리의 신앙을 증명하며 말이 곧 우리 자신이다. 알았어. 고마워." 에마가 그릇을 싱크대 안에 넣었다. "나 나가야 돼. 셸리 만날 거야."

에마가 배낭을 집어 들고 더러운 스니커즈를 신은 두 발로 터벅 터벅 부엌을 빠져나갔다.

"나 좀 도와주면 좋잖아." 몰리가 잭에게 말했다. "난 당신이 알아서 잘한다고 생각했지." 잭은 한 팔로 몰리의 어깨를 감싸 안고 팔 밑에서 몰리의 몸이 뻣뻣해지는 것을 모른 척하려 노력했다.

"에마가 걱정이야, 잭."

"에마는 아직 길 잃은 영혼이 아냐." 잭이 말했다. "살짝 헤매는 거지. 당신 저 나이 때 어땠는지 기억해봐. 게다가, 애가 날 좋아할 날도 얼마 안 남았다고. 어디서 읽었는데 여자애들은 사춘기가 되면 뇌에서 뭐가 바뀌어서 자기 아빠 냄새를 싫어하게 된대. 진화상의 이유 때문이래. 근친상간을 막으려고."

몰리가 얼굴을 찡그렸다. "진화론을 안 믿을 이유가 또 하나 생겼네."

새미가 잭의 한쪽 바짓가랑이를 잡아당겼다. 고릴라 모양 봉제 인형을 질질 끌고 뒤뚱뒤뚱 부엌으로 걸어 들어온 것이었다. "압빠." 새미가 말했다. "상간?"

몰리가 웃음을 터뜨렸다. 몰리의 웃음소리를 들으니 기분이 좋아졌다. "한번 잘해봐. 난 스튜 챙겨야 해서."

몰리가 부엌을 나가자 잭이 두 팔로 새미를 안아 들고 얼굴을 가까이 들이댔다. 잭의 콧수염과 뜨거운 숨기운에 새미가 킥킥대며 버둥거렸다. 새미에게서 산뜻한 베이비파우더 냄새가 났다.

"상간?" 새미가 또다시 물었다.

"사과." 잭이 말했다. "왜, 빨갛고 동그란 거 있잖아."

웬트 가족이 운영하는 웬트 약국은 맨슨 상점가 한복판에서도 맨슨 가와 바클리 가가 교차하는 모퉁이에 있었다. 약국은 대형 주차장과 메인 가를 잇는 지름길이기도 해서 유동 인구가 상당히 많았다. 사람들은 언제나 아팠고 사업은 언제나 잘 되었다.

잭이 약국에 도착하자 데버라 쇼실레프스키가 카운터에서 손님이 주문한 약을 봉지에 담고 있었다. 눈 사이가 멀어서 항상 놀란 것처럼 보이는 촌스러운 소녀 데버라는 약국에서 가장 어리고 가장 믿음직한 직원이었다.

"좋은 아침이에요, 보스. 처방전이 엄청 쌓였어요. 메모꽂이에 꽂아놨어요."

"고마워, 데비."

데버라가 눈을 굴리며 웃음을 터뜨리고는 손님에게 말했다. "제가 데비라고 부르는 걸 싫어하는 걸 알고 기회만 생기면 저를 데비라고 부르신다니까요."

잭이 점잖게 웃어 보이며 살며시 카운터 뒤로 들어왔다. 하얀색 가운의 단추를 미처 다 잠그기도 전에 뼈만 남은 손이 카운터 위로 넘어와 잭의 팔을 붙잡았다.

"관절이 끔찍하게 아파, 잭." 늙은 목소리가 숨을 가쁘게 몰아쉬며 말했다. 그레이엄 케이시는 아주 오래전부터 맨슨에 살았고 잭이 어린 소년이었을 때에도 이미 한참 옛날 사람 같아 보였다. 그가 헐거워진 틀니 사이로 말을 할 때면 잭의 할아버지가 말년에 내던 노인 특유의 쌕쌕거리는 소리가 났다. "내가 기억 못하는 이유로 내 뼈들이 나를 벌하는 거 같아. 저기 선반에 약들은 나한테 전혀 안 들어, 잭. 이 망할 놈의 것보다 더 센 걸 내놔." 그레이엄이 텅 빈 페인어웨이 통을 흔들어댔다. 페인어웨이는 피부 표면에서 발생한 통증을 완화하는 초강력 크림이었다.

"의사는 만나보셨어요, 그레이엄?"

"아터한테 종이 쪼가리 한 장 받아오려고 콜먼까지 그 먼 길을 운전해서 가라고? 이봐, 잭. 저기 약 있는 거 다 알아."

"저는 마약 밀매하는 사람이 아니에요. 그리고 콜먼까지 가야 한다고 누가 그래요? 여기 맨슨에 레드먼드 선생님이 계신데."

"난 레드먼드랑 잘 안 맞아."

잭이 데버라 쪽을 보고 살짝 눈을 찌푸리자 데버라가 깔깔 웃었다. 그레이엄 케이시는 흑인이자 여성인 레드먼드 선생에게 진찰을 받느니 차라리 연비가 나쁘고 오래된 스테이츠맨 자동차를 타고 콜먼까지 30킬로미터를 달려갈 사람이었다.

"죄송해요, 그레이엄. 제 일은 처방이 아니라 처방된 약을 조제해드리는 거예요."

대화를 나누는 내내 그레이엄은 잭의 팔을 붙잡고 놓지 않았다. 그레이엄의 차갑고 앙상한 손가락을 보니 하얀 애벌레 사체가 떠올랐다. "노인 공경도 몰라?"

"그건 불법이에요."

"거 참, 불법이라고? 잭, 나도 어떻게 하면 되는지 다 알아. 네 작은 카운터 뒤에 있는 건 뭐든 폐기 처리할 수 있잖아. 물건은 항상 없어지기 마련이라고. 그냥 사라져버릴 수도 있고 쥐가 씹어 먹을 수도 있고 기한이 지날 수도 있고."

"그런 건 어디서 들으셨어요?"

"글쎄, 샌디가 운영할 때는 여기가 그렇게 꽉 막힌 곳이 아니었다고만 해두지."

어머니의 이름을 듣는 순간 목 뒤에서 뜨거운 기운이 올라왔다. 웬트 약국은 잭이 태어나기 2년 전에 문을 열었고, 문에 쓰인 문구(웬트 약국. 1949년 설립)가 매일 그 사실을 상기시켰다. 잭은 대학을 졸업하고 4년 뒤 제값을 치르고 약국을 인수했지만, 약국이 온전히 자기 것이라고 느낀 적은 한 번도 없었다.

약사이지만 엄밀히 말하면 은퇴한 어머니가 아스피린 한 통이나 점보 사이즈 두루마리 휴지를 산다는 핑계로 격주마다 불쑥 나타나 복도 사이를 돌아다니며 "항히스타민제를 왜 여기에 뒀니?" 같은 말을 하는 것도 도움이 되지 않았다. 한번은 깐깐한 영국 유모처럼 먼지가 있나 없나 검지로 뒤쪽 선반 위를 쓸어보기까지 했다.

그레이엄은 잭의 눈빛에 어린 분노가 심상치 않다는 것을 눈치 챘는지 손에 힘을 풀고 마침내 잭의 팔을 놔주었다. 그레이엄이 붙잡았던 팔의 피부가 창백했다. "이런, 제기랄. 그냥 이 망할 놈의 약이나 한 통 더 줘."

잭이 싱긋 웃고는 한 손으로 그레이엄의 어깨를 탁 쳤다. 잭은 이 심술궂은 노인네의 재킷에서 날리는 먼지를 확실히 보았다.

"들었지, 데비." 잭이 말했다. "여기 케이시 씨에게 망할 놈의 약 한 통 싸드려."

"즉시 대령하겠습니다, 보스."

잭은 처방약을 조제하려고 자기 방으로 돌아왔지만 영 진정이 되지 않았다. 그레이엄 케이시가 오래된 상처를 후벼놓은 탓에 잔뜩 짜증이 났다.

어머니 문제가 있는 성인 남자라. 잭은 생각했다. 이루 말할 수 없이 진부하군.

그건 진부한 게 아냐. 귀에서 에마의 목소리가 들렸다. 고전적인 거지.

잭은 일에 집중해보려고 했지만, 첫 번째 처방전을 메모꽂이에서 빼내다 거의 반으로 찢을 뻔했다. 다행히도 중요한 내용은 읽을 수 있었다. 앤드리아 앨비, 플루옥세틴, 유지 용량.

잭은 작은 플라스틱 컵을 들고 방에서 나와 키 큰 약 선반으로 걸어가 앤드리아 앨비에게 줄 프로작을 찾았다. 그리고 자리로 돌아와 책상 위 뚱뚱한 컴퓨터의 전원을 켰다. 컴퓨터가 윙윙거리는 소리를 내며 버벅였다. 몇 분 뒤 검은 화면에 녹색 의약품 목록이 나타났다. 잭은 데이터베이스에서 플루옥세틴을 찾아 약병 옆에 붙이기 위해 부작용 프린트 버튼을 눌렀다.

프린터가 덜컹거리더니 시끄러운 소리를 내며 부작용 목록을 인쇄했다. 발진, 초조함, 오한, 발열, 졸음, 부정맥, 발작, 피부 건조증, 구강 건조증. 앤드리아 앨비라는 사람은 도대체 얼마나 슬픈 걸까? 뇌를 마비시키는 게(실제로 앤드리아 앨비가 원하는 게 이거였다. 사람들의 생각과는 달리 프로작은 우리를 행복하거나 괜찮게 만들어주지 않는다) 이 모든 부작용을 감수할 만큼 가치 있는 일일까?

데보라가 방 안으로 머리를 빼꼼 내밀었다. "전화 왔어요. 여기서 받으실래요?"

"그럴게. 고마워, 데보라."

데보라의 눈이 평소보다도 더 커다래졌다. "데비라고 안 하시네요!"

잭이 케이시에게 한 것처럼 싱긋 웃자 데보라가 전화를 잭의 자리로 돌려주었다.

"잭 웬트입니다."

"잭, 나야." 잭은 목소리만 듣고 누군지 바로 알아차렸다. "같이 점심 어때?"

오후 두 시, 잭은 메리 호수의 동쪽 끝에 있는 주차장에 차를 대고 자신의 빨간 뷰익 레아타 컨버터블(다정하게도 에마는 이 차를 중년의 위기 자동차라고 불렀다)에 기대 서 있었다. 500미터 두께의 우거진 숲 지대에 가려 주차장은 고속도로 쪽에서 잘 보이지 않았다. 주차장은 대개 텅 비어 있었고, 그건 봄 날씨가 슬슬 사람들을 물가로 끌어들이기 시작하는 이맘때에도 마찬가지였다.

10분 뒤 트래비스 에클스가 산업용 청소 장비를 갖춘 승합차를 타고 주차장에 도착했다. 헐렁한 흰색 멜빵바지를 입은 트래비스는 차에서 내려 앞 유리를 거울삼아 바람에 날린 머리를 매만졌다. 눈이 험상궂게 멍들어 있었다.

"뭐야 이게, 무슨 일 있었어?" 잭이 물었다.

트래비스가 멍든 눈을 찔러보더니 움찔했다. "보이는 것만큼 아프진 않아."

잭이 두 손으로 트래비스의 얼굴을 붙잡고 얼마나 다쳤는지 자세히 살폈다. 얼굴이 통통 부어서 폭력배였던 그의 형 같아 보였다. "얼마나 아픈데? 진통제 필요해?"

트래비스가 어깨를 으쓱했다. "아냐, 괜찮아."

"아바가 그랬어?"

트래비스는 아무 대답이 없었다. 그렇다는 뜻이나 마찬가지였다. 아바 에클스는 트래비스의 어머니로, 가끔씩 주먹으로 대화하는 걸 즐기는 난폭한 술꾼이었다. 만약 루머가 사실이라면 아바는 맨슨에 사는 남자의 반 이상과 자고 다닌 여자이기도 했다.

트래비스의 아버지는 미 공군 승무원이었고 1983년 노스캐롤라이나 남동 해안에서 훈련 중 추락한 CH-53 시스탤리온 헬리콥터에 탑승했다. 탑승객 전원이 사망한 사건이었다.

트래비스에게는 패트릭이라는 형도 있었지만, 가중 폭행죄로 현재 그린우드 교도소에 수감 중이었다. 그 밖의 사촌들은 죄다 대학 중퇴자나 마약상, 불량배였다.

대단한 집안이야. 잭은 생각했다. 하지만 트래비스는 괜찮은 사람이었다. 스물두 살인 트래비스는 아직 젊기에 맨슨을 벗어날 가능성이 있었고, 청소는 꿈의 직업은 아니어도 착실히 급여가 나오는 착실한 일이었다. 가끔은 상스럽고 거칠었지만 트래비스는 다정하고 유쾌했다. 그의 이런 면을 봐주는 사람은 많지 않았다.

트래비스가 업무용 승합차의 옆문을 열었다. 차 옆면에 빨간색 글씨로 커다랗게 써 붙인 CLINICAL CLEANING에서 EAN이 떨어져 CL   ING이 되어 있었다. 트래비스가 한쪽으로 비켜섰다.

"먼저 타."

잭이 호수를 둘러보았다. 강풍이 휩쓸고 지나가자 콜먼 쪽의 상록수들이 바람에 마구 흔들렸지만 호수는 고요하고 잠잠했다. 잭과 트래비스 둘뿐이었다. 잭이 승합차 뒷좌석에 올라타자 트래비스도 따라 탄 뒤 문을 닫았다. 차 안은 따뜻했다. 트래비스가 멜빵바지를 허리까지 내렸고 잭도 바지 단추를 풀었다.

오스트레일리아, 멜버른

현재

동생이 사는 타운하우스는 똑같이 생긴 집들이 줄줄이 늘어선 캐롤라인 스프링스의 주택가에 있었다. 열두 번은 더 와본 곳이었지만 에이미가 나를 맞이하러 뛰어나올 때까지도 내가 제대로 찾아온 게 맞는지 확신하지 못했다.

"뭐야?" 에이미가 소리쳤다. "무슨 일이야? 무슨 문제 있어?"

"무슨 소리야? 아무 문제 없어. 누가 문제 있대?"

에이미가 허리를 굽혀 무릎을 짚더니 드라마처럼 안도의 한숨을 쉬었다. "창문으로 언니를 딱 보는데 그냥… 언니가 오는 줄 몰라서… 미안. 내가 최악을 상상하는 버릇이 있나 봐."

"이런. 언니가 동생 보러도 못 와?"

"그 언니가 언니일 때는. 언니가 갑자기 찾아오는 부류는 아니잖아."

나는 일부러 더 과장해서 눈썹을 치켜올렸는데, 그 말이 사실이라는 걸 에이미에게 들키고 싶지 않았기 때문이었다. 에이미의 말처럼 나는 고독을 즐기게 타고났다. 혼자 집에서 책을 읽거나 완벽한 링귀니 파스타 브랜드를 찾아 한 시간 동안 슈퍼마켓 통로를 어슬렁거리는 게 사람들과 함께하는 시간보다 훨씬 편하다.

나보다 다섯 살 어린 에이미는 얼굴이 동그랗고 따스하며 몸집이 좀 있다. 엄마는 이렇게 말하곤 했다. '나와야 할 데는 다 나왔다니까.' 마치 동생의 유전자가 내 유전자와 대척점에 서기로 마음먹은 듯했다. 학교에서 동생을 멈춰 세우고 '미안하지만 네 가슴이 거꾸로 달린 것 같아'라고 말하는 사람은 아무도 없었다.

정확히 말하면 에이미와 나는 절반만 자매였다. 에이미의 아빠(나의 새아빠)는 내가 두 살 때 우리 엄마를 만났고 두 분은 내가 다섯 살 때 에이미를 낳았다. 하지만 핏줄과 DNA를 빼면 우리 사이에 절반이랄 건 없었다. 누가 뭐래도 에이미는 확실한 내 동생이었다.

딘은 공식적인 진짜 아빠 자리를 차지할 만큼 오랜 시간 내 곁에 있었다. 물론 생부에 관해 아는 게 없어서 두 사람을 비교할 일도 없었다.

"이모!" 세 살 난 조카 리사가 손가락 두 개를 입에 넣은 채 열린 문으로 달려 나와 잔디밭으로 뛰어들었다. 잔디에 물기가 있어 양말이 바로 젖어버렸지만 리사는 멈추지 않았다. 리사는 최선을 다

해 잔디밭을 달렸다. 나는 리사의 겨드랑이를 붙잡고 들어 올려 거꾸로 뒤집었다. 리사는 기뻐서 소리를 지르며 코에서 콧물이 나올 때까지 키득거렸다.

나는 리사를 문 앞에 내려놓고 집 안으로 들어가게 했다. 리사의 젖은 양말이 원목 마루에 자그마한 발자국을 남겼다. 늘 그렇듯 집은 난장판이었다. 싱크대에는 접시가 6층으로 쌓였고 복도에는 리사의 장난감들이 널브러져 굴러다녔으며, 거실 소파는 색색 크레용으로 뒤덮였고 소파 틈 사이사이는 잃어버린 분필과 음식 부스러기로 가득했다.

52인치 신상 텔레비전이 최고 음량으로 쾅쾅 울렸다. 리사는 좀비처럼 텔레비전에 정신이 팔려 보였다. 화면에서 겨우 30센티미터 떨어진 곳에 멈춰 서서 입을 떡 벌린 모습을 보니 화면 속 만화 캐릭터들이 우주의 비밀이라도 속삭이는가 싶었다.

거실 한가운데에는 이케아 박스가 있었는데 반쯤 뜯어낸 사이로 값싼 나무 브래킷과 플라스틱 브래킷이 마구 뒤엉켜 있는 게 보였다.

단 하루만 에이미처럼 살아도 나는 감각 과부하로 정신을 잃을 테지만 에이미는 이 카오스 속에서도 문제없이 잘 사는 듯했다.

"리사 방에 놓을 장난감 상자야." 리사가 L 모양 브래킷을 집어 들고 무슨 미스터리한 고대 유물이라도 되는 양 손안에서 뒤집어 보았다. "결국 장난감 상자가 되긴 될 거야… 언젠가는. 아주 먼 미래에는."

"조립 도와줄까?"

"됐어. 웨인이 할 때까지 그냥 둘 거야. 무슨 여자가 그러냐는 소리 들어도 상관없어. 커피 마실래?"

"좋지."

거실 옆 부엌에서 커피를 내리는 5분 내내 에이미는 장난감 상자 이야기를 했다. 커피메이커의 소음 사이로 고함을 치면서 장난감 상자가 얼마였는지, 이케아의 어느 섹션에서 찾았는지, 완성품은 어떻게 생겼는지, 이 상자를 구입하기까지 얼마나 복잡한 결정을 거쳤는지를 설명했다. 에이미가 이 모든 걸 쉼 없이 줄줄 얘기하는 동안 나는 거실에서 기다렸다. 내가 자리를 떠나 화장실에 다녀왔더라도 에이미는 아마 몰랐을 것이다. 나는 그 시간에 책장을 훑어보며 사진 앨범을 찾기로 했다.

내가 찾는 건 보라색 정자로 어릴 적 추억이라고 쓰인 두꺼운 분홍색 앨범이었다. 원래 이 앨범은 엄마 것이라 아빠 집에 있는 게 옳지만, 엄마가 돌아가신 후 에이미는 유독 사진에 집착했다.

그 사진들이 내가 이곳에 온 이유였다. 지난밤 내가 제임스 핀이 보여준 사진 속 아이일 수도 있다는 생각이 슬그머니 들었기에 그 생각을 머릿속에서 빨리 몰아내고 싶었다.

책장에는 DVD와 잡지가 빽빽이 꽂혀 있었고 리사, 6개월이라고 쓰인 자그마한 아기 발 조형물 액자도 있었지만 사진 앨범은 없었다.

"뭐 찾아?" 에이미가 뒤에서 갑자기 나타나 블랙커피를 건네주었다. "우유는 없어."

"괜찮아. 그리고 뭐 찾는 거 아냐. 그냥 보는 거야."

"거짓말."

망했군, 나는 생각했다. 어린아이였을 때부터 에이미는 내가 뭔가를 숨기면 바로 알아챘다. 거의 초능력에 가까운 재능이었다. 로언 키플링과 생애 첫 섹스를 하고 돌아온 날 아침, 나는 엄마 아빠에게 친구 샬럿네 집에서 자고 왔다고 말했다. 그때 겨우 열한 살이었던 에이미는 시리얼 그릇 위로 나를 쳐다보며 이렇게 말했다. "거짓말."

자기들이 모르는 뭔가를 에이미가 안다고 생각한 엄마와 아빠는 빌어먹을 진실이 낱낱이 드러날 때까지 나를 추궁했다. 내가 거짓말을 못하는 게 아니었다. 그저 에이미가 특출한 거짓말 탐지기일 뿐이었다.

나는 한숨을 쉬며 실토했다. "우리 어릴 때 사진이 든 사진 앨범을 찾고 있어."

에이미가 혀를 탁 쳤다. 어릴 적부터 생각에 잠길 때 하는 행동이었다. 그 축축한 탁 소리가 그린로 가 14번지에 있던 내 침실로 나를 순간 이동시켰다. 기억은 흐릿하게 조각조각 흩어져 있었고 어렴풋한 꿈처럼 맥락이 없었다. 하지만 분홍색과 초록색 줄무늬 잠옷을 입은 네 살이나 다섯 살의 에이미가 분명하게 보였다. 에이미는 내 침대에 기어오르려 했고 나는 침대보를 잡아당겨 에이미를 올려주었다.

기억이 점점 멀어지면서 마음속에 커다란 슬픔이 남았다.

"아마 사진은 다 창고에 있을 거야." 에이미가 말했다. "믿을진 모르겠지만 아직도 창고 짐을 다 못 풀었어. 6개월이나 지났는데.

웨인이 하기로 했는데 내가 말을 꺼낼 때마다 한숨을 푹푹 쉬는 거야. 언니도 알지? 그 바람 빠진 타이어 같은 소리. 내가 무슨 콩팥이라도 떼어달라고 한 것처럼 군다니까."

"그래서 사진이 있다고?"

"그게 왜 필요한데?"

"이상하게 들리겠지만 비밀이야."

에이미가 커피를 한 모금 마시며 숨겨진 비밀이나 날 꿰뚫어 보는 데 쓰던 초자연적 신호를 찾으려고 내 얼굴을 훑었다. 어느 순간 에이미의 두 눈이 환하게 빛났다. "내 생일하고 관련된 일이야? 웨인이 쇼핑센터에서 본 사진 콜라주 얘기 언니한테 했어? 아니다. 말하지 마. 깜짝 놀라고 싶으니까. 따라와."

창고에서는 오래된 페인트와 에탄올 냄새가 났다. 에이미가 어둠 속에서 줄을 찾아 잡아당기자 머리 위에서 형광등이 깜박거렸고, 곧 천장이 낮은 비좁은 콘크리트 창고가 눈앞에 나타났다.

에이미의 작은 빨간색 혼다 재즈와 저 멀리 벽 사이에 포장된 상자들이 줄줄이 늘어서 있었다. 우리는 짐이 없는 조막만 한 콘크리트 바닥에 상자를 하나하나 내려놓고 안에 뭐가 들었는지 들여다보면서 40분가량을 보냈다.

대부분 박스에는 자질구레한 잡동사니가 들어 있었다. 1년 전 전기료 고지서, 기한이 만료된 쿠폰 한 뭉치, 누더기가 된 앞치마, 영국 동전 한 개가 들은 금이 간 도기 재떨이. 냉장고 자석이 가득 든 쇼핑백이 나오자 에이미는 기쁜 듯이 내 손에서 가방을 잡아채고 말했다. "이거 내가 찾던 거야."

한 박스는 내가 옛날에 찍은 사진 작품으로 가득했다. 당황스럽게도 대개가 어젯밤 학생들이 발표한 사진과 비슷했다. 그중에는 대학교 1학년 때 작업했던 시리즈 상처: 신체와 감정도 있었다. 에이미가 사진들을 바인드에 정리해둔 모양이었다. 나는 민망해하며 사진을 넘겨보았다. 대학생의 작품이라기보단 고등학교 과제에 더 가까웠다.

　한 사진에는 어느 여름 친구네 집 수영장에서 기어 나오다가 베인 새끼발가락의 작은 상처가 있었다. 다른 사진에는 에이미가 10단 기어 자전거에서 떨어졌을 때 허벅지에 생긴 처참한 상처가 있었다. 엄마 손의 심한 화상 상처를 찍은 사진과, 옛날 룸메이트의 구개열을 일부러 번지게 찍은 사진도 있었다. 그 밖에 슬픔과 소외감, 분노가 느껴지는 대상을 찍은 사진이 여러 장 있었다. 보는 사람이 외면과 내면의 상처를 생각해보게 하고 싶었던, 독창성이라곤 전혀 없는 허세 가득한 작품이었다.

　"아, 맞다. 프랭크랑은 잘 돼가?" 에이미가 옛날 성적표를 대충 넘겨보며 물었다.

　"흠."

　"그게 무슨 뜻이야?"

　"우리 이제 안 만나."

　"왜?" 에이미가 목소리를 높여 우는소리를 했다.

　"특별한 이유가 있는 건 아니고. 음, 그러니까. 사랑까진 아니었어."

　"언니는 너무 까다로워. 언니도 알지. 이제 아기 가질 수 있는 시간도 얼마 안 남았다고."

에이미는 무서울 만큼 적극적인 엄마였다. 출산은 에이미 인생의 유일한 목적이었다. 에이미와 약혼자 웨인은 최대한 빠른 속도로 리사를 만들었고 둘째를 계획 중이었다. 반면 나는 아이를 낳고 싶은 충동을 단 한 번도 느낀 적이 없었다.

우리는 마침내 아홉 번째인가 열 번째 상자에서 가족 앨범을 찾아냈고, 바닥에 책상다리로 앉아 앨범을 보았다. 앨범 제목은 전부 정자로 커다랗게 쓰여 있었는데 글자색이 안에 든 사진의 주제를 그럭저럭 잘 표현했다. 퍼스 여행 ˝93은 검은색과 노란색이어서 퍼스가 있는 웨스턴오스트레일리아 주의 깃발과 잘 어울렸다. 엄마 아빠가 오즈번 대로에 있던 집에서 벤저민 가의 더 작지만 훨씬 최근에 지은 집으로 이사한 과정을 담은 앨범인 새 집으로의 제목 색은 파란색과 초록색이었는데 파란색은 오즈번 집의 현관 계단 색을, 초록색은 벤저민 집의 침실 벽 색을 나타냈다. 우리의 첫 번째 결혼이라는 웃기는 제목은 그날 엄마가 입었던 드레스 색깔과 똑같은 밝은 주황색으로 쓰여 있었다.

이렇게 꼼꼼하게 색깔을 맞추고 사진을 정리한 사람은 엄마라고 생각하기 쉽지만 사실 아빠 딘의 작품이었다. 엄마가 돌아가시기 전에도 아빠는 추억 하나하나를 안전하게 보관하려고 집요하게 사진을 찍고 분류하고 기록했다.

에이미가 엄마 아빠의 결혼 앨범을 발견하고 바로 집어 들었다. 에이미는 슬픈 미소를 띤 채 페이지를 넘기며 엄마의 얼굴을 좇았다.

나는 상자 제일 밑에서 두꺼운 분홍색 앨범을 찾아냈다. 제목 어릴 적 추억은 어린 시절 내 침대머리 색인 보라색으로 쓰여 있었다. 앨범에는 생일 파티와 여행, 크리스마스 때 찍은 사진들이 있었는데 전부 잊고 살던 기억이었다. 에이미가 태어나기 전에 살던 오래된 아파트에서 찍은 내 사진도 있었다. 나는 모든 방을 빠짐없이 뒤덮었던 못생긴 노란색 벽지를 배경으로 헤벌쭉 웃고 있었다. 처음으로 유치원에 간 날 사진에서 엄마는 내 손을 잡고 활짝 미소 지었다.

세 번째로 본 사진에서는 통통하고 발랄한 여자애가 앨범의 비닐 너머로 나를 응시했다. 아이는 물에 젖어 무겁게 늘어진 노란색 수영복을 입고 호텔 수영장의 얕은 쪽 끝에 서 있었다. 왜인지 생각이 깊고 똑 부러져 보였다. 사진 아래 깔끔한 정자로 킴, 두 살이라고 쓰여 있었다. 아빠 어깨 위에 앉아 수영장 가장 깊은 곳까지 들어갔던 그날의 기억이 어렴풋이 떠올랐다.

다음 페이지는 비어 있었다. 아기 때 사진도 없고, 세 살 전에 찍은 사진도 더 이상 없었다. 큰 기대를 하진 않았다. 내 생부는 좋은 사람이 아니었다. 친아버지 얘기가 나왔던 몇 안 되는 날에 엄마가 해준 이야기였다. 친아버지를 떠날 때 엄마는 한 손엔 아기를, 다른 한 손엔 작은 여행 가방을 들고 서둘러 집을 빠져나오느라 내 어릴 적 사진을 챙길 시간도 여유도 없었다고 했다. 지금 그 이야기는 걱정스러울 정도로 편리해 보였다.

"괜찮아?" 에이미가 물었다. "언니 지금 유령이라도 본 사람 같아."

어떤 면에서는 정말 그랬다. 갑자기 어린 시절 사진 한 장 한 장에 새미 웬트의 유령이 떠다녔다. 핸드폰에서 새미의 사진을 다시 보기 전에 이미 새미와 내가 아주 많이 닮았음을 깨달았다. 짙푸른 눈동자와 검은 머리카락, 앙다문 입가의 미소, 튀어나온 턱, 커다란 코, 작고 하얀 귀. 신기한 정도가 아니었다. 새미가 내 도플갱어거나, 그게 아니라면 내가 똑같은 여자애 사진을 보고 있는 거였다.

왜 전에는 몰랐지? 그저 내 어렸을 때 모습을 까먹었던 걸까? 아니면 그 사실을 마주할 준비가 안 됐었나? 그렇다면 지금은 준비가 됐나?

"아, 언니. 뭔데 그래?"

"에이미, 사실 나 오늘 내 어린 시절 사진하고 90년대에 실종된 미국 여자애 사진을 비교하러 온 거야."

"잠깐. 그럼 내 생일 선물로 사진 콜라주 만드는 게 아니었어?"

나는 눈을 감고 심호흡을 한 뒤 이야기를 시작했다. 상자에 둘러싸여 바닥에 책상다리를 하고 앉아 오래된 페인트와 에탄올 냄새를 맡으며, 새미 웬트라는 문을 열어 에이미를 초대했다.

에이미는 속을 알 수 없는 차분한 표정으로 조용히 내 말을 경청했다. 내가 이야기를 마치자 부엉이처럼 눈을 꿈뻑이며 멀뚱히 앉아 있다가 갑자기 웃음을 터뜨렸다. 피식 웃거나 키득거린 게 아닌 대폭소였다. 에이미는 한 손으로 배를 잡고 고개를 뒤로 젖혀 깔깔대며 웃어댔다. "내가 정리해볼게. 그러니까 언니는 우리 엄마가, 영화 〈네버엔딩 스토리〉에서 말이 죽는 장면을 보고 눈이 통통 붓도록 울었던 우리 엄마가 납치범이라는 거지? 또 엄마가 납치한 아이가 언니고. 엄마가 미국 어딘가에서 언니를 유괴해서 키웠다는 거잖아. 한 번도, 심지어 돌아가시기 직전에도 그 사실을 밝히지 않았고."

"나도 몰라, 나는…"

"어쩌면 암시장에서 언니를 샀을지도 몰라. 생각해보면 완전 말이 되는 소리야. 아, 아니면 톰 크루즈처럼 와이어 같은 걸 메고 언니가 누워 있는 요람 위로 접근했을지도 모르겠다. 아니면 개를 훈련시켜서-"

내가 핸드폰을 보여주었다. 에이미는 화면에 뜬 새미 웬트의 사진을 보고 말문이 막힌 채 얼어버렸다. 내게서 핸드폰을 빼앗아 가만히 들여다보던 에이미의 얼굴에서 순식간에 미소가 사라졌다. "이런, 미친."

"그래, 미쳤지."

"그 남자가 정확히 뭐랬어?" 에이미가 핸드폰을 어찌나 꽉 쥐었는지 핸드폰이 부서질 수도 있겠다고 생각했다. "그 남자는 언니를 어떻게 찾은 거야? 증거가 있대?"

"나도 몰라. 내가 그 사람한테 얘기할 시간을 안 줬어. 이상한 사람인 줄 알았거든."

점점 더 심한 욕설을 연달아 내뱉은 후 에이미가 말했다. "대마 피울래?"

우리는 리사가 집 안에서 텔레비전을 보게 두고 뒷문 계단에 나란히 앉았다. 에이미네 뒷마당은 작지만 깔끔했다. 파란색 플라스틱 모래 박스에 빗물이 고여서 안에 든 모래가 진흙이 되어 있었다. 양옆 집들의 회색 벽에 하늘의 반이 가려졌다.

에이미가 대마에 불을 붙이고 아주 오랫동안 깊이 빨아들인 뒤 내게 건네줬다. "사기네. 딱 그거네."

"이게 어떻게 사기야?" 내가 말했다. "나한테 돈이나 개인정보를 달라고 하지도 않았고―"

"두고 봐. 그 사진은 아마 훔친 걸 거야."

"우리 둘 다 그 사진 본 적도 없잖아."

"아 몰라. 그 남자가 훔쳐 가서 그랬나 보지."

"28년 전에? 내가 두 살 때? 그럼 그동안 뭘 한 거야? 역사상 가장 긴 사기를 치려고 때를 기다린 거야?"

"엄마가 외국에서 언니를 납치한 건 말이 되고? 이런 게, 이게 정말 진짜면… 젠장. 모든 게 엉망진창이 된다고. 우리도 더는 자매가 아니고."

대마 때문에 잠시 기침이 나왔지만, 덕분에 복잡한 마음을 좀 가라앉힐 수 있었다. "말도 안 되는 소리 하지 마."

"언니, 우리가 피로 연결된 자매가 아니라면 난 아마 다시는 언니 못 볼걸. 오늘 언니가 우리 집에 왔을 때 나 거의 심장마비 올 뻔했다고. 무슨 문제 생긴 줄 알았단 말야." 에이미가 대마를 도로 가져갔다. "젠장, 결국 내 말이 맞았잖아. 그냥 들른 거 아니었잖아. 증거를 찾던 거지."

"나한테 화내지 마." 내가 말했다. "지금은 아니야."

에이미가 한숨을 쉬었다.

대마 연기가 원을 그리며 이리저리 흩날려 눈에 눈물이 맺혔다.

"웨인이 냄새 맡고 알아차릴지 몰라." 내가 말했다.

"내가 약에 취해도 되는 날이 있다면 바로 오늘이야." 에이미가 눈물을 훔쳤다. 에이미가 대마 연기 때문에 우는지, 이 상황 때문에 우는지 알 수 없었다. 에이미가 울타리를 노려봤다. 그 너머에 또 다른 타운하우스가 있었고, 그 뒤에는 또 다른 타운하우스가 있었다.

에이미가 내 쪽으로는 절대 시선을 주지 않고 자세를 바꿔 매니큐어가 벗겨진 자기 손톱을 들여다봤다.

"내가 어떻게 하면 좋겠어?" 내가 물었다.

"아무것도 하지 마. 언니가 아무것도 안 했으면 좋겠어. 핸드폰에서 그 사진 지워. 그 남자 번호도 지우고. 전부 잊어버려."

"그럴 수 있을까."

"그렇게 해야 돼, 언니. 이 문제를 끝까지 파헤치면 모든 게 변해버릴 거야."

"알았어." 내가 말했다.

"약속해?"

"약속해."

나는 에이미네서 출발한 뒤 갓길에 차를 세우고 제임스 핀이 내게 준 번호를 찾았다. 마음속으로 전화를 받지 않기를 바랐지만, 그는 연결음이 한 번 울리자마자 전화를 받았다.

켄터키, 맨슨

그때

에마는 숲속 바닥을 뒤지며 실로시빈 버섯을 찾았다. 어린 버섯일수록 더 좋은데, 어린 버섯은 하얀색 뚜껑이 꼭대기부터 서서히 분홍빛 도는 갈색으로 변했다. 시간이 더 지나면 뚜껑이 검은색이 되고 가장자리가 안으로 말렸다. 전부 셸리 포크너의 사촌에게 들은 내용이었다.

숲은 이른 오후에 내린 소나기로 흠뻑 젖었고 흰곰팡이와 산월계수 냄새가 났다.

셸리 포크너는 에마 왼쪽으로 15미터가량 떨어진 덤불 속에서 전설의 괴물 새스쿼치처럼 낙엽을 발로 차고 낮게 드리운 나뭇가지를 부러뜨려가며 움직였다.

에마는 곧 버섯 찾는 데 싫증이 나서 쓰러진 풍나무 기둥에 앉아 가방에서 담배를 찾았다. 담배를 꺼내려고 대수학 교과서를 치우다 보니 맨슨 고등학교 생각이 났고, 곧 익숙한 불안이 온몸을 가득 채웠다. 셸리와 함께 오늘 수업을 쨰기로 한 사실이 두 배로 기뻤다.

에마가 담배에 불을 붙이고 디스크맨 시디 플레이어 볼륨을 최대로 높이자 모리세이의 노래 '매일이 일요일 같아'가 숲의 푸른 빛을 잿빛으로 바꾸었다. 모리세이의 노래는 에마가 사는 동네에 딱 어울리는 배경음악이었다. 맨슨을 생각할 때마다 에마는 뒤집어진 딱정벌레가 속절없이 다리를 버둥거리는 모습을 떠올렸다.

물론 외지인의 눈으로 보면 맨슨은 친절하고 운치 있는 마을일 것이다. 맨슨이 애팔래치아 산맥 쪽에 있는 이웃 지역만큼 가난에 시달리지 않는 건 사실이었고 에마도 이 동네에 촌뜨기가 비교적 적다고 생각했지만, 그래도 맨슨은 급수탑에 자랑스레 써놓은 천국의 한 조각은 결코 아니었다. 간간이 흘러드는 관광객들은 현실의 한쪽 면만 보았다. 그들은 하이킹과 먼 옛날을 떠올리게 하는 친절함, 메인 가 끝에 있는 수백 년 된 대저택 헌트 하우스의 화려함을 즐기려고 맨슨을 찾았다.

에마는 관광객들이 모르는 걸 알았다. 이 동네 사람들은 오직 지역민에게만 진심으로 친절을 베푼다는 것, 성경에 나오지 않는 건 알 가치가 없다고 생각한다는 것, 헌트 하우스는 노예를 착취해서 지었다는 것(그러므로 죽은 노예들의 귀신이 씌었으리라는 것).

"말도 안 돼." 셸리가 외쳤다. 목소리가 어찌나 큰지 헤드폰을 쓰고 있던 에마도 들을 정도였다. "에마, 이거 좀 봐."

에마가 쓰러진 풍나무에서 기어 내려오자 셸리가 마치 아기 새라도 쥔 양 두 손을 조심스레 포개고 덤불 사이로 천천히 걸어왔다.

셸리가 팔을 뻗어 에마에게 두 손 가득한 흰 버섯을 보여주었다. "금광을 찾았어."

셸리는 덩치 큰 소녀였다. 정확히 말해 뚱뚱하다기보단 부피가 컸다. 넓은 어깨는 안으로 굽어 있었고 늘 검지로 안경을 쓱 밀어 올렸다. "잘 찾은 게 확실해. 그치? 빈스가 말한 거랑 똑같이 생겼어."

셸리가 버섯 한 개를 에마에게 건넸고, 에마가 버섯을 집어 빛에 비춰보았다. 크림색 한가운데가 갈색으로 동그랗게 물들어 꼭 젖꼭지를 보는 것 같았다.

"그런 것 같네." 에마가 말했다. "재밌네, 나는 항상 하얀 점이 있는 빨간 버섯을 상상했거든. 슈퍼마리오가 먹는 거 있잖아. 그런데 얘네가 마법 버섯이 맞다는 걸 어떻게 확인하지?"

"확인할 방법이 딱 하나 있지. 우리가 먹어보는 거. 유니콘 같은 게 보이기 시작하면 얘네가 진짜고 빈스가 완전 개새끼는 아니라는 걸 알게 되겠지. 목이 부어오르고 앞이 안 보이면, 뭐…"

"이번 주말에 먹어보자." 에마가 헤드폰을 벗으며 말했다. 에마는 약 하는 걸 특별히 좋아하는 건 아니었다. 한번은 롤런드 부처네 집에서 물담배로 대마를 피우다 피를 토하듯 심하게 기침을 한 적도 있었다. 하지만 에마는 자신이 어딘가 변했다는 걸 알았고 다시 전처럼 변할 수 있길 간절히 바랐다.

에마와 셸리가 메리 호수에서 수영을 하며 놀았던 게 겨우 지난 여름이었다. 지난 봄에는 엘크피시 협곡에서 하이킹을 했고 지난 가을에는 10단 기어 자전거를 타고 맨슨을 돌아다녔으며 지난 겨울에는 하얗게 눈 내린 애팔래치아 산맥 꼭대기에서 스키를 탔다.

이제는 온 세상이 잿빛이 되어버렸다. 어쩌면 셸리의 버섯이 세상에 색채를 조금이나마 되찾아줄지도 몰랐다.

"너희 부모님한테 주말에 우리 집에서 잔다고 해." 에마가 말했다. "우리 엄마 아빠한테는 너희 집에서 잔다고 할게. 내가 아빠 텐트 몰래 챙길 테니깐 제분소로 하이킹을 가서 버섯으로 차를 우린 다음에-"

셸리가 버섯 하나를 입 안에 던져 넣으며 에마의 말을 끊었다. 잠시 버섯을 씹더니 두 볼과 이마가 만날 것처럼 잔뜩 얼굴을 찡그렸다. 그리고 큰 소리를 내며 꿀꺽 삼키고는 씩 웃었다.

에마의 두 눈이 앞으로 튀어나올 듯 커다래졌다. "넌 내 영웅이야. 무슨 맛이야?"

"흙 맛. 이제 네 차례야."

셸리가 엄지와 검지로 버섯 하나를 집어 아이에게 채소를 먹이려고 애쓰는 부모처럼 에마의 입으로 가져갔다.

에마가 셸리의 손을 밀어냈다. "나는 네가 어떻게 되는지 보고 좀 이따가 먹을래. 눈이 멀어버릴 수도 있잖아."

셸리가 더 크게 씩 웃었다. "좋은 생각이야."

몇 분이 지난 후에도 셸리에게 아무 이상이 없었기에 에마도 눈을 감고 버섯 하나를 입 안에 밀어 넣었다. 셸리 말이 맞았다. 버섯에선 흙 맛이 났다.

버섯의 효과가 나타나기를 기다리는 동안 둘은 맨슨의 변두리 지역과 숲을 가르는 깊은 콘크리트 수로를 정처 없이 쏘다녔다. 수로는 거의 메말랐고 졸졸 흐르는 흙탕물은 폭이 좁아서 대부분 쉽게 건너뛸 수 있었다. 수로 바닥에는 담배꽁초와 싸구려 맥주병, 와인병이 널려 있었고 가끔씩 먹고 남은 베이크드빈즈 통조림도 보였다. 셸리의 엄마 말이, 옛날에는 부랑자들이 1.5킬로미터 더 가면 나오는 고가도로 밑에 짐을 풀고 수로를 떼로 돌아다녔다고 했다.

왼쪽으로는 그래탄 가에 있는 집들의 뾰족뾰족한 널담이 있었다. 그래탄 가는 이제 거의 아무도 찾지 않는 가장자리 동네로, 잔디가 초록색이 아닌 누런색이었고 사람들 얼굴은 딱딱하고 피곤해 보였다. 에마는 벌어진 널판 사이로 마당을 들여다봤다. 깎지 않아서 길게 자란 잔디와 짖어대는 개 한 마리, 더러운 얼굴을 하고 트램펄린에 책상다리로 앉은 남자애 두 명이 보였다.

콘크리트 수로 오른쪽으로는 나무가 빽빽한 숲 지대가 있었다. 풍나무숲 사이로 쏟아진 오후의 햇살이 셸리 얼굴에 거미줄 같은 그림자를 드리웠다.

"아직 아무것도 안 느껴져?" 에마가 물었다.

"응. 전혀."

"나도."

두 사람은 졸졸 흐르는 흙탕물이 고속도로 아래를 통과하게 만든 대형 원형 배수로에 도착했다. 콘크리트 터널의 높이는 에마가 걸어 들어갈 만큼 높았지만(에마도 소름끼치는 벌레들 때문에 두 팔로 머리를 감싸고 몸을 수그리긴 했다) 셸리는 머리를 부딪치지 않으려면 몸을 구부정하게 구부려야 했다.

에마는 숨을 꾹 참고 배수로 끝에서 빛나는 동그란 모양의 빛만 응시했다. 그리고 터널 끝에서 갈라져 나가는 비밀 통로를 상상했다. 한 번만 길을 잘못 들어도 얼마 남지 않은 평생 동안 맨슨의 지하 수로를 정처 없이 헤맬 수 있었―

셸리가 에마의 어깨를 붙잡았다. 에마가 어찌나 크게 비명을 질렀는지 소리가 콘크리트 벽의 곡선을 타고 거의 5초 동안이나 울렸다.

"완전 겁쟁이네." 셸리가 에마를 오후의 밝은 빛 속으로 밀어내며 말했다. 에마도 반박할 수 없었다. 다시 맨슨의 소리가 들리고 시원한 봄바람이 뒷목을 간질이자 에마는 어둠 밖으로 빠져나왔다는 사실에 마음을 쓸어내렸다.

에마와 셸리는 계속 수로를 따라 나아갔다.

"여름은 아빠랑 캘리포니아에서 보내야 해." 편안한 침묵이 몇 분간 이어지다 셸리가 입을 열었다. "아빠가 왜 그렇게 멀리 이사 갔는지 도저히 모르겠어. 게다가 아빠는 엄마를 괴롭히고 싶어서 나를 데려가려는 거야. 엄마 아빠가 이혼한 뒤로 내내 이 길고 긴 전쟁을 벌이고 있다니까. 그 전쟁에서 엄마 아빠는 장군이야. 참호에서 열심히 싸우는 사람은 나뿐이고."

"흠. 그래도 너는 운이 좋은 거야." 에마가 말했다. "너희 부모님이 이혼하신 건 옛 같은 일이지만 적어도 두 분은 행동에 나섰잖아. 결혼 생활이 잘 안 풀리니까 끝낸 거지. 현명하잖아."

셸리가 내뱉었다. "하반신이 마비된 사람한테 온종일 앉아 있을 수 있으니까 운 좋은 거라고 말하는 것 같네."

"우리 엄마 아빠의 결혼 생활은 2년 전부터 아주 천천히 죽어가고 있어. 그런데 아무도 그 고통에서 빠져나오려고 하질 않아. 엄마 아빠가 같이 살면서 불행한 것보다 따로 살면서 행복한 게 낫지 않아?"

"너, 엄마 아빠가 따로 살면서 불행한 경우를 빼먹은 것 같은데." 셸리가 웃으면서 말했다. "너희 부모님이 자주 싸우시는 줄은 몰랐어."

"아니 안 싸워. 바로 그게 문제야. 차라리 싸우면 문제가 좀 해결될지도 몰라. 문장이 끝나지 않는 느낌이야. 서로한테 뭘 말할 때마다 꼭 끝에 쩜쩜쩜이 붙어. 마침표 대신에."

"줄임표." 셸리가 말했다.

"문장 끝에 붙는 그 쩜쩜쩜 말이야. 그거 이름이 줄임표라고."

에마가 눈썹을 으쓱거렸다.

"어쨌든, 네 말이 맞을지도 모르겠다." 셸리가 말했다. "너희 엄마 아빠는 이혼하는 게 더 나을지도."

갑자기 께름칙한 슬픔이 에마를 덮쳤다. 엄마 아빠가 정말로 갈라선다면 아빠는 분명 재혼하리라는 걸 에마는 알았다. 지금껏 붙잡고 있던 교회와의 끈을 느슨히 풀고 행복을 찾아, 쓸쓸해하며 펀디였던 전처 이야기를 하겠지. 하지만 엄마는? 부표 역할을 하는 아빠 없이 엄마는 빛 안의 교회에 더욱더 깊이 빠져들 것이다. 그러면 에마가 알던 엄마의 모습은 결국 완전히 사라질지도 몰랐다.

"아직도 아무 느낌 안 나?" 에마가 물었다.

"전혀."

숲속으로 400미터쯤 더 들어가자 졸참나무에 둘러싸인 허름한 제분소가 나왔다. 제분소 뒤로 해가 떨어지며 땅 위에 늘어지는 직사각형 모양의 그림자를 남겼다. 그 모습은 마치 무덤에서 튀어나온 시체 같았다.

몇 년 전만 해도 제분소는 운영 중이었다. 물론 그때도 밀가루와 옥수수가루를 팔아서 버는 돈보다 기념품점과 관광객 투어에서 나오는 수익이 더 많았다.

에마는 엄마와 함께 이곳에 와본 적이 있었다. 아빠는 콜먼에 위치한 사촌 집에 가 있었는데 남자들끼리의 모임이라며 스튜만 데려갔다. 엄마는 둘이 함께하는 하루를 어떻게 보내고 싶은지 에마가 결정하도록 했고 에마가 제분소 나들이를 제안했다.

그때는 양쪽에 가로수가 늘어선 넓은 포장도로가 고속도로에서 갈라져 나와 있었다. 그 길은 출렁거리는 현수교로 이어졌고, 현수교 아래로 지하수에서 시작된 얕은 개울이 흘렀다. 에마는 졸졸 흐르는 시냇물 소리를 들으려고 다리를 건너는 내내 창문 밖으로 고개를 내밀었던 기억이 났다.

제분소 안으로 들어간 두 사람은 커다란 도르래와 회전 벨트가 낟알을 찧고 빻아서 옥수수가루와 밀가루로 만드는 모습을 보고 감탄을 금치 못했다. 투어가 끝나자 엄마가 관광안내소에서 콜라 한 잔을 사주었고 두 사람은 제분소 남쪽에 있는 피크닉장에 자리를 잡았다.

에마의 기억에 따르면 그때 두 사람은 아무 말 없이 조용히 앉아 있었다. 불편한 침묵이 아니라 자연스러운 침묵이었다.

제분소는 이제 더는 엄마들이 도르래에 감탄하고 잔디밭에서 콜라를 마시려고 딸을 데려갈 만한 장소가 아니었다. 경기 침체(에마도 들어본 단어였지만 무슨 뜻인지는 어렴풋하게만 알 뿐이었다) 때문에 자금 지원이 뚝 끊겼고 한때 인기를 누리던 역사적 명소는 얼마 지나지 않아 곧 황폐해졌다. 도르래와 벨트는 작동을 멈추었고 창문에는 먼지가 두껍게 쌓였다. 헐거워진 동쪽 벽은 돌풍이 불 때마다 조금씩 더 주저앉았다.

셸리가 있는 힘껏 문을 열었고 에마가 셸리를 따라 제분소로 들어갔다. 누렇고 얼룩덜룩한 창문 사이로 빛이 몇 줄기 새어 들어왔지만 대체로 캄캄했다. 공기 중에 시큼한 곰팡이 냄새가 떠다녔다. 비 피해를 입은 2층 바닥이 일부 내려앉아서 삐죽빼죽한 나무 들보와 뒤틀린 철근이 훤히 드러나 있었다.

안쪽 벽은 색색의 펜과 마커로 휘갈긴 이름으로 뒤덮여 있었다. 정치인과 팝스타, 맨슨 고등학교의 알아주는 개자식 리치 위더포드처럼 에마가 아는 이름도 있었다. 그 외 나머지는 에마가 모르는 사람들이었다. 서머 드로시, 조너선 애스키스, 크리스 디그넘, 소피 레인, 앤지 스펄링-브루흐. 에마가 아는 거라곤 누군가가 이들이 죽기를 바랐다는 것뿐이었다.

그게 맨슨의 도시 전설이었다. 숙적의 이름을 제분소 벽에 쓰면 그 사람은 24시간 내에 죽는다는 것.

이 전설이 사실이 아님은 쉽게 증명할 수 있었다. 에마가 아는 한 이 벽에 이름이 적힌 사람 중 그 누구도, 적어도 24시간이라는 정해진 시간 안에는 죽지 않았다. 하지만 에마에게 그 사실은 중요치 않았다. 미워하는 사람의 이름을 적으면 이상하게도 치유되는 느낌이 들었다. 에마도 그곳에 이름을 몇 번 적었다.

에마는 나무 벽에서 자기 손글씨로 휘갈긴 헨리 미켓의 이름을 발견했다. 헨리는 에마가 1년 반이나 사랑에 빠지는 실수를 범했던 맨슨 고등학교의 육상 챔피언이었다. 헨리가 에마에게 크게 잘못한 것은 없었다. 사실 에마는 복도에서 가끔 마주치는 어쩐지 낯익은 얼굴이라는 것 말고는 헨리가 자기에 관해 아는 게 없으리라고 생각했다. 하지만 헨리는 또 다른 아름다운 육상 챔피언 신디 카이츠와 사귀면서 에마의 마음을 찢어놓았다.

에마는 한창 괴로워하던 시기에 헨리의 이름을 적었다가 나중에 다시 돌아와 두꺼운 파란색 매직으로 이름 위에 줄을 그었다. 지금 남아 있는 것은 ~~헨리 미켓~~이었다.

헨리의 이름을 적는 건 기분 좋은 일이었고 심지어 이름 위에 줄을 긋는 건 더더욱 기분이 좋았다. 몇 번의 마커질은 처음에는 분노를, 그다음에는 용서를 나타냈다. 다시 한번 화를 표출하고 어쩌면 용서까지 하고 싶은 마음에, 에마는 벽에 또 다른 이름을 적고 싶다는 유혹을 느꼈다.

그냥 치유 차원이야. 에마가 스스로에게 말했다. 그러나 정말 치유 차원일 뿐이라면 에마의 손은 왜 떨렸을까?

"나 쉬해야겠어." 셸리가 이렇게 말하고는 앞문으로 사라졌다.

셸리를 기다리는 동안 에마는 삐걱거리는 계단을 올라 2층으로 갔다. 에마의 눈에 보이는 모든 표면이 먼지로 뒤덮여 있었다. 오후에 내린 소나기로 고여 있던 빗물이 천장에 난 십여 개의 구멍 사이로 뚝뚝 떨어지며 바닥에 더러운 갈색 물웅덩이를 남겼다.

에마는 발로 바닥을 대충 쓸어낸 뒤 책상다리를 하고 앉아 담배에 불을 붙였다.

눈이 천천히 어둠에 익숙해지자 널따란 원목 마루를 가로질러 창문 밑에 난 구멍으로 들어가는 긴 왕개미 행렬이 보였다. 아마 삭은 벽 속에 지은 집으로 향하는 것 같았다. 개미떼는 깨진 유리병과 유리 조각, 쓰고 남은 콘돔(으윽) 사이로 나아가다 길이 좁아지자 방향을 홱 틀어 위험할 정도로 거미줄에 가까이 다가갔다. 직접 본 건 아니지만 에마는 눈이 기분 나쁘게 노랗고 뚱뚱한 까만 거미가 어둠 속에서 개미떼를 기다리는 모습을 상상할 수 있었다.

에마는 갑자기 자리에서 일어나 이럴 순 없다는 듯 고개를 저었다. 개미떼를 어떻게 해야만 했다. 에마는 길을 가로막은 장애물들을 치우기 시작했다. 유리 조각을 발로 쓸었다. 두꺼운 철근을 이용해 콘돔을 던져버리고 본 적 없는 상상 속 거미가 마루닐 틈으로 도망가게끔 거미줄을 없애버렸다.

에마는 입술을 깨물며 자신의 선한 행동이 좋은 결과를 가져오기를 기다렸다.

"이런 쌍." 당황한 에마가 말했다. "안 돼."

개미떼 행렬이 길을 잃고 여기저기로 흩어졌다. 방향의 지침이 되어주던 유리 조각과 콘돔, 거미줄이 없어지자 개미들은 갈피를 못 잡고 헤맸다. 에마가 랜드마크를 옮기자 경로도 사라져버린 것이다.

그럴 일도 아닌데 생각 이상으로 마음이 아팠다. 에마는 갑자기 울고 싶은 충동에 휩싸였다. 아니, 어깨를 들썩이며 엉엉 흐느끼고 싶었다.

그때 뭉근한 명료함이 온몸에 퍼져왔다. 마법 버섯의 효과가 나타난 것이다. 환청이 들리거나 기묘한 색채와 빛이 보이진 않았지만(셸리의 사촌이 그럴 수도 있다고 했다) 모든 감각이 더 예민하게 느껴졌다. 안개가 걷히고 갑자기 주변 세상이 보이게 된 것처럼 말이다. 자신의 몸과 왕개미들, 제분소, 숲, 맨슨, 이 세상, 그리고 우주까지.

약에 취한 느낌은 에마가 상상한 것, 특히 영화에서 본 모습과는 전혀 달랐다. 대마와도 달랐다. 더 미묘하고 황홀했다. 에마는 처음으로 진짜 약에 취한 이날의 느낌을 앞으로 수년간 찾아 헤맬 것이었다. 숲에서 셸리와 버섯을 먹었던 이날을 진정한 어린 시절의 마지막 하루로 회상할 게 분명했다.

에마가 배낭을 열어 검은색 마커를 찾았다.

천천히 계단을 내려가는 동안 에마는 발밑에 집중했다. 더러운 마루널에 깨진 유리 조각이 오도독거렸고 물웅덩이를 밟자 축축한 철썩 소리가 났다. 오래된 포르노 잡지의 종이가 미끄러웠고 텅 빈 초록색 스프레이 페인트 통이 덜거덕거리며 굴러갔다.

1층에 도착한 에마는 벽에 이름 하나를 휘갈겼다.

("-에마, 내 말 들려? 너 내가-")

에마는 한 발짝 뒤로 물러서서 자신의 작품을 감탄하며 바라보았다.

("-뭐라고 했는지 알아? 너 여기서-")

에마는 수십 개, 아니 어쩌면 수백 개의 이름 사이에 정자로 새미 웬트의 이름을 써넣었다.

미안해. 에마는 생각했다. 네가 미운 건 아니야. 그냥 치유 차원이지.

("-제발 좀, 여기서 빨리 나가야-")

셸리의 두툼한 손이 에마의 어깨를 붙잡고 돌려세웠다.

"너 내 말 들었어? 내가 뭐라고 했는지 들었냐고."

에마가 손을 뻗어 셸리의 왼쪽 안경알을 톡톡 두드렸다. "너 정말 예뻐. 너도 알지, 셸리? 내가 네 안경 써봐도 돼?"

"이런 망할. 너 지금 약 기운 오른 거야? 타이밍 죽이네. 타이밍 죽여."

에마가 셸리의 안경에서 그 너머로 초점을 옮기자 셸리의 창백해진 얼굴이 보였다. 입은 걱정스러운 듯 굳게 다물어져 있었고 커다래진 두 눈은 흔들리고 있었다. 셸리답지 않은 모습이었다.

"내 말 잘 들어, 에마. 너 정신 차려야 돼."

"왜 그러는데?"

"여기 누가 있어."

"뭐라고? 누구?"

"나도 몰라." 셸리가 심상치 않은 목소리로 말했다. "바깥에 있는 관광안내소에서 발소리를 들었어."

에마가 웃었다. "너도 취했구나."

"아냐, 맹세해."

"네가 상상한 거야." 에마가 말했다. "버섯 때문에. 얘네 효과가 진짜-"

에마의 몸이 얼어붙었다. 저 멀리 창문 밖에서 그림자가 움직였기 때문이었다. 유리창은 금이 가고 더럽고 덩굴이 우거졌지만 아찔했던 그 짧은 순간 에마는 분명히 사람 형상을 보았다. 그 사람은 셸리가 뒤돌아보기 전에 모습을 감췄다.

"방금 뭐였어?" 셸리가 말했다.

"나 사람을 본 것 같아."

제분소의 문이 먼지를 일으키며 무겁게 열렸고 에마와 셸리가 휘청거리며 뛰어나왔다. 에마가 재빨리 뒤돌아서 그림자가 있던 곳을 살폈다. 아무도 없었다.

버섯 때문에 잘못 본 것일 수도 있었지만 에마는 속으로 잔뜩 겁을 집어먹었다.

"나 집에 가고 싶어." 셸리가 말했다.

"그래. 나도 그러고 싶어."

한 걸음 한 걸음, 발밑은 바스락거리는 낙엽이 마른 땅으로, 우거진 풀로, 회색 보도로 변했고 마침내 여기저기가 움푹 파인 크롬데일 가의 아스팔트 길이 나타났다.

에마는 문제가 생겼다는 걸 즉시 알아차렸다. 아주 많은 이웃이 잔디밭과 현관에 서서 에마가 지나가는 모습을 지켜보았다. 로이 필리는 냄새가 지독한 시가를 입에 물고 문 열린 창고 안에서 에마를 빤히 쳐다보았다. 러레인 부히스는 한 손으로는 차 한 잔을, 다른 한 손으로는 미니 폭스테리어를 들고 흔들의자에 앉아 앞뒤로 몸을 움직였다. 음모론자이자 오래전부터 레즈비언이라는 소문이 돌았던 이웃 팸 그래디는 두 손을 옆구리에 짚고 연석에 서 있었다. 저 얼굴에 서린 건… 호기심인가? 아니, 그건 염려였다.

다들 에마가 약에 취한 걸 아는 걸까?

집에 가까워질수록 길가의 이상한 기운이 점점 더 커졌다. 집이 내려다보이는 언덕을 오르자 아빠의 컨버터블이 반은 진입로에, 반은 잔디밭에 서 있는 게 보였다. 운전석 문이 활짝 열려 있었다.

에마는 더 빠르게 걸었다. 문제가 생긴 게 틀림없었다. 그것도 심각한 문제가.

셸리가 뭐라고 말했지만 에마 귀에는 들리지 않았다. 에마는 이미 달리고 있었다. 가방이 걸리적거려 속도가 느려지자 에마는 가방을 벗어서 인도에 던져버렸다.

심각한 문제가 생긴 거야.

에마가 제분소 벽에 쓴 이름은 집에 가까워질수록 썰물처럼 빠르고 잔잔하게 에마의 기억에서 멀어져갔다.

오스트레일리아, 멜버른

현재

나는 격변의 시기가 찾아올 때마다 늘 물에 이끌렸다. 강아지 섀도우가 죽었을 때는 자전거를 타고 오렐 호수에 가서 세 시간 내내 강둑에 앉아 있었다. 울 만큼 다 울고 나서야 추위에 벌벌 떨면서 집으로 돌아왔다. 엄마가 돌아가셨을 때는 차 안에 홀로 앉아 오후 내내 배스 해협을 멍하니 바라보았다.

마침내 내가 병원에 돌아왔을 때 에이미는 불같이 화를 냈지만, 아빠는 나를 이해해주었다. 아빠는 물에 이상한 힘이 있다는 걸, 삶에 닥친 문제가 크면 클수록 물의 양도 많아야 한다는 걸 나만큼 잘 알았다.

예를 들면 3개월간 만났던 애인과 이별했을 때는 욕조를 가득 채울 만큼의 물만으로도 마음을 달랠 수 있었다. 사진 작업이 잘 안 풀릴 때는 가벼운 샤워만으로도 도움이 된다. 하지만 진짜 문제, 큰 문제, 엄마가 돌아가셨다거나 어쩌면 나의 삶 전체가 거짓일지도 모를 때에는 더 광대하고 힘 있게 요동치는 장소가 필요했다. 그래서 나는 야라 강에 있는 요란한 둑, 다이트 폭포로 향했다.

차를 주차한 뒤 좁은 흙길을 따라 덤불 속으로 들어갔다. 발밑에서 저벅저벅 솔잎이 밟혔다. 강은 아직 나무에 가려 보이지 않았지만 휘몰아치는 급류 소리가 가득했고 공기도 축축했다.

강에 가까워지자 구부러지고 갈라진 나무들이 나타났고 마침내 숲이 걷히면서 부글부글 끓는 듯한 기막힌 장관이 펼쳐졌다. 나는 제임스 핀과의 두 번째 만남이 어떤 문을 열게 될지 궁금해하며 생각보다 더 오랜 시간 동안 급류를 바라보았다. 그는 나와의 점심 약속에 응했고, 나는 아무런 준비도 되어 있지 않았다. 마음의 균형이 무너진 느낌이었다. 그 기이한 미국인 회계사가 나를 옆으로 살짝만 밀어도 바로 넘어져버릴 것 같았다. 하지만 그의 말을 끝까지 들어보는 것 말곤 내가 어떤 선택을 내릴 수 있을까?

한 낚시꾼이 건너편 강둑에 있는 바위에 홀로 앉아 있었다. 낚시꾼은 갑자기 벌떡 일어서더니 낚싯줄을 신나게 감았다. 하지만 바늘은 텅 비어 있었고, 기운이 빠진 낚시꾼은 낚싯줄을 강으로 돌려보낸 후 자리로 돌아가 다시 기다림을 청했다.

제임스는 카페 뒤쪽 테이블에 앉아 천천히 차를 마시며 이북리더기로 뭔가를 읽고 있었다. 어느 모로 보나 처음 만났을 때처럼 차갑고 뻣뻣해 보였다.

"와주셔서 감사합니다." 제임스가 날 발견하고 말했다.

아빠라면 참지 못하고 실없는 농담을 던졌을 것이다. 아빠를 떠올리니 마음이 아팠다. 자신이 끔찍하게 아끼는 죽은 아내가 유괴범이 아닐지 의심하는 나를, 아빠는 어떻게 생각할까.

나는 커피를 주문했다. 지금 가장 하고 싶지 않은 일이 바로 뭔가를 먹는 일이었지만 제임스와 나는 어색하게 메뉴를 들여다보았다.

"클레어 때문에 저는 커피를 못 마십니다." 제임스가 말했다. "클레어는 제 아내예요. 제가 커피를 마시면 얼마나 안절부절못하는지 잘 알거든요. 그래서 늘 차를 마시죠."

"아내 분은 같이 안 오셨나요?"

"네. 집을 돌보고 있어요."

나는 메뉴를 펴서 읽는 척을 하다가 다시 덮었다. "미리 말씀드리는 게 좋을 것 같은데, 제가 여기 왔다고 해서 당신 말을 다 믿는건 아니에요."

"이해합니다."

"그러니까 제 말은, 제 출생증명서에 엄마 이름이 쓰여 있다는 거예요. 엄마가 미국 발음을 썼다면 제가 진즉 알아챘을 거고요."

"하지만 지금 여기 와 있네요." 그가 칼같이 말했다. "참고로, 발음은 출생증명서만큼이나 쉽게 꾸며낼 수 있습니다."

"그런데 정확히 이러는 이유가 뭐죠?"

"말씀드렸잖습니까." 그가 말했다. "당신이-"

"새미 웬트라고 생각한다고요. 그건 알아요. 그런데 왜 그렇게 그 아이에게 관심이 많은 거죠? 목적이 뭐냐고요. 30년 전 일이잖아요. 부업으로 사립 탐정 일이라도 하는 건가요?"

"아마 그보다는 탐정 소설 애독자에 더 가까울 겁니다." 그가 말했다. 그는 손가락으로 끊임없이 테이블을 두드렸다. 지금까지 그는 늘 자신감 있고 침착했으며 조금 로봇 같아 보이기까지 했다. 그런데 지금은 난처하고 불안해 보였고, 조금은 인간 같았다. "전에 말씀드렸듯이 웬트 가족과 아는 사이입니다. 그 일이 일어났을 때 저도 맨슨에 있었어요. 그저 새미의 실종 사건이 제게… 박혀버린 겁니다."

주문한 커피가 나왔다.

"절 어떻게 찾았죠?" 내가 물었다.

"지금 보여드릴게요." 그가 뒤에 뒀던 작은 가방에서 서류철을 꺼냈다. 앞면에 리미, 킴벌리라고 쓰여 있었다.

그가 서류철에서 얼굴 사진 한 장을 꺼내 내게 건넸다. 두 눈이 귀신처럼 푹 파인, 어딘지 낯익은 표정의 얼굴이었다. 실제 사진이나 그림이 아닌 그 사이쯤에 있는 이 3D 합성물은 짙은 머리칼에 기다란 코, 굳게 다문 생기 없는 입술의 여자를 보여주었다. 종이 맨 밑에는 이렇게 쓰여 있었다. 새미 웬트, 추정 연령 25-30세.

"법의학 아티스트에게 성인이 된 새미의 얼굴을 그려달라고 의뢰했어요." 제임스가 말했다. "당시 새미의 외모와 가족 관계를 근거로 오늘날 새미 얼굴이 이렇게 생겼을 거라고 추정한 거죠."

사진 속 얼굴은 나와 얼추 비슷했지만, 만약 내가 범죄를 저질렀는데 경찰이 이 사진을 이용해서 나를 추적한다면 뉴질랜드로 느긋하게 도주해도 괜찮을 듯했다.

"이 사진을 십여 개의 얼굴 인식 프로그램에 입력해서 온라인에 올라온 수백만 개의 이미지와 비교했어요. 일치하는 이미지는 7,000개가 약간 넘었고, 제가 하나하나 살펴본 후 900개 정도로 좁혀서 하나씩 조사에 나섰죠."

"엄청 오래 걸렸겠네요."

"저희 엄마는 늘 제가 욥의 인내심을 가졌다고 했어요." 그가 말했다. "그 900장 중 하나가 그쪽이 페이스북에서 태그된 사진이었고, 그렇게 그쪽 학교로 가게 된 거예요. 이메일을 보낼까도 생각해봤지만, 왠지 당신이 맞을 것 같았어요. 직감이죠."

"직감만 믿고 오기엔 너무 먼 길인데요." 내가 말했다. "게다가 이건 증거라고도 볼 수 없어요. 당신이 직접 말했잖아요. 일치하는 얼굴이 900개였다고요. 그리고 당신 이야기가 사실이라면 제가 뭐라도 기억하지 않겠어요?"

"어쩌면 기억할 수도 있어요." 그가 말했다. "소멸 이론이라고 들어본 적 있어요?"

"아니요."

"자, 상상해봐요. 기억이 형성될 때 뇌는 신경화학적 흔적을 남겨요. 필요할 때 다시 꺼내볼 수 있도록요. 기다란 빨간색 실을 떠올려봐요. 의식에서 시작되는 빨간 실이 머릿속 깊은 곳으로 엮여 들어가는 거예요. 어떤 기억을 다시 떠올리고 싶으면 그 실을 잡아당겨서 끌어올리는 거죠."

제임스는 설명하면서 찻잔 속 티백을 들었다 놨다 했다. "단순해요. 말이 되죠. 하지만 소멸 이론에 따르면 어떤 기억을 특정 기간이 지나도록 오래 꺼내보지 않으면 실이 점점 닳아서 결국엔…" 그가 찻잔에서 티백을 꺼내 실을 끊었다. 티백은 우유 섞인 차 안으로 사라졌다. "실이 끊어지면 그 기억은 그저 뇌 속을 떠다니는 거예요. 어디에 매여 있거나 고정되지 않은 채로요. 켄터키에서 살았던 어린 시절을 기억하지 못한다고 생각할 수도 있겠지만 그 소녀는 아직 당신 머릿속에 남아 있을지 몰라요. 어쩌면 어떻게 해야 당신에게 가닿을지 알아냈는지도 모르죠. 그래서 당신이 여기 있는 걸지도요."

"전 그래서 여기 온 게 아니에요." 내가 말했다.

그가 고개를 끄덕이며 서류철을 두 번 탁탁 두드렸다. "압니다. 증거를 보고 싶은 거죠. 결정적 증거를요. 그 전에 먼저 화장실에 다녀와도 괜찮을까요?"

제임스가 화장실에 간 사이 나는 서류철 위에 적힌 내 이름을 가만히 바라보았다. 서류철은 테이블에 떡 하니 놓여 있었다. 내가 직접 읽어보길 바란 걸까? 정말로 이 안에 결정적 증거가 들어 있다면 이제 현실 부정은 더 이상 불가능할지도 몰랐다.

일단 서류를 무시하고 제임스의 이북리더기를 몰래 들여다보았다. 내 경험상 (디지털이든 아니든 간에) 서재는 그 안에 책을 쌓아둔 사람의 모습을 꽤나 정확하게 그려냈다.

제임스 편의 디지털 서재에 있는 책들은 대부분 비소설이었다. 역사와 전쟁 관련 도서도 몇 권 있었지만, 대개는 실제 일어난 범죄에 관한 책이었다. 그중에는 앤 룰의 『내 옆의 이방인』과 존 베런트의 『선악의 정원』, 트루먼 커포티의 『인 콜드 블러드』처럼 내가 아는 책들도 있었지만 모르는 책이 훨씬 많았다. 정치적 암살, 마피아 범죄, 유명인 살인 사건, 미해결 사건, 연쇄 살인에 관한 책이 있었고… 당연하게도 어린이 납치 관련 도서도 있었다.

이상하게도 이 모든 암울함이 마음을 편안하게 했다. 제임스의 서재는 그가 범죄에 으스스한 호기심을 가진 탐정 소설 애독자임을 드러냈다.

그게 아니라면…

나는 눈으로 빠르게 새미 웬트의 이름을 찾으면서 그가 사실 범죄 소설 작가가는 아닐까 생각했다. 어색하고 기이한 태도가 딱 그래 보였다. 어쩌면 그가 지금 새미 웬트를 다룬 소설을 쓰고 있고, 나는 3막에 등장하는 사람이 아닐까.

화장실에서 돌아온 제임스는 심호흡을 한 번 한 뒤 자리에 앉았다. "준비됐나요?"

그가 가방을 열었다. 가방 안에는 경찰의 사건 보고서와 지도, 각종 서류가 들어 있었다. 제임스가 가방을 뒤지면서 서류 뭉치를 잠시 꺼내놓았다. 제일 위에 있는 서류에 맨슨과 주변 자치주의 성범죄자 목록이라는 제목의 명단이 들어 있었다. 이름 중 3분의 1 정도에는 줄이 그어져 있었는데, 제임스가 용의 선상에서 제외한 사람들로 보였다. 나머지 이름들은 밑줄이나 동그라미가 쳐져 있었다.

제임스의 가방 속 내용물이 나를 불편하게 했다. 탐정 소설 애

독자의 호기심 수준이 아니었고, 범죄 관련 책을 쓰려고 조사한 자료 같아 보이지도 않았다. 그건 집착이었다.

제임스가 서류철에서 종이 한 장을 꺼내 내게 내밀었다. 맨 위에 작은 파란색 로고가 있었고 그 밑에 미-진스(Me-Genes)라고 쓰여 있었다.

"미 진스가 뭐죠?"

"여기 멜버른에 있는 유전체 생명공학 회사입니다. DNA 샘플을 보내고 요금을 지불하면 결과를 보내주죠. 추가 금액을 내면 결과를 더 빨리 받아볼 수 있고요."

종이는 세 칸으로 나뉘어 각각 유전자 마커, 샘플 A, 샘플 B라고 쓰여 있었다. 칸마다 여러 숫자와 알파벳 조합이 들어 있었는데 대부분이 서로 일치했다. 유전체학을 전공해야 이해할 수 있는 내용 같았다.

중요한 부분은, 내 가슴을 요동치게 한 부분은 오른쪽 아래 굵은 글씨로 커다랗게 쓰여 있었다. 형제일 가능성, 98.4퍼센트.

"그쪽이 샘플 B입니다." 제임스가 말했다.

내가 보고 있는 글자들이 무슨 뜻인지 점차 이해되자 피부가 붉게 달아오르고 온몸이 분노로 덜덜 떨렸다.

"당신… 당신이 내 DNA를 검사했어요? 도대체 내 DNA를 어디서 구했죠?"

"우리가 처음 만났을 때 소다를 마시고 있었어요."

"맙소사. 그건 불법이라고요!"

"사실 불법은 아닙니다." 제임스가 말했다. "확실할 필요가 있었어요. 확실하니까 오늘 여기 나온 거고요."

나는 휘청거리며 자리에서 일어나 카페를 박차고 나왔다. 낚싯바늘에 걸려 급류에 이리저리 휩쓸리며 배고픈 물고기에게 잡아먹히기만을 기다리는 벌레가 된 기분이었다.

성큼성큼 길을 건너 차에 탄 후 엔진 시동을 걸었다. 힐끗 백미러를 보니 제임스가 보였다. 카페 밖으로 따라 나와 청바지 주머니에 손을 쑤셔 넣고 내 쪽을 쳐다보고 있었다. 칙칙한 오후 풍경 속에서 연노란색 스니커즈가 유난히 눈에 띄었다. 소나기구름에서 천둥 치는 소리가 났다.

"이런 빌어먹을." 나는 시동을 끄고 차에서 내려 다시 제임스에게로 걸어갔다. "샘플 A가 누구죠?"

"킴, 내 말 좀 들어봐요…"

"내가 샘플 A와 형제라면서요." 내가 말했다. "그게 누구냐고요."

"아내가 너무 서두르지 말라고 경고했어요. 당신을 겁먹게 하려던 건 아니에요."

"그러니까 샘플 A가 누군데요."

"접니다." 그가 말했다. "제 진짜 이름은 스튜어트 웬트입니다. 그쪽의 오빠죠."

켄터키, 맨슨

그때

맨슨의 64세 보안관 체스터 엘리스는 책상 뒤에 앉아 신문《맨슨 리더》를 읽는 중이었다. 고향의 이 저질스러운 지역 신문에는 트랙터의 날에 진행했던 핵심 이벤트와 새로 지은 기독교 역사박물관의 기공식 사진, 맨슨 워리어즈 팀의 자세한 경기 해설이 실려 있었다. 맨슨 워리어즈는 콜먼 베어스에게 뼈아픈 패배를 당했다.

맨슨에서의 조용한 하루가 또다시 시작되고 있었다. 조용한 날들뿐인 1년 중 조용한 날들뿐인 한 달 중의 조용한 하루였다.

엘리스는 조금이라도 흥미로운 헤드라인을 찾으며 페이지를 천천히 넘겼다. '본격 정전 예방 캠페인: 에너지 사용량을 줄이기 위한 새로운 프로젝트' '맨슨 스포츠클럽, 새 보금자리를 찾다' '오래된 약에

대한 새로운 관점: 노년의 중독 이해를 돕는 설명회 개최'

엘리스는 개인 광고면의 두 번째 칸 맨 밑에서 자신이 낸 광고를 발견했다. 전문직에 종사하고 기독교 가치를 추구하는 탄탄한 체격의 아프리카계 미국인 남성. 친구 그리고/또는 연인 관계를 원하는 여성을 찾습니다.

엘리스는 21년 전 뇌종양으로 아내를 잃은 후 혼자 두 아들을 키우느라 데이트는 엄두도 내지 못했다. 아들들이 다 커서 각자 짝을 찾은 지금 엘리스는… 무엇이 필요한 걸까? 격정적인 사랑을 원하는 건 아니었다. 심지어 그냥 사랑도 원하지 않았다. 물론 어쩌다 사랑하는 사람이 생긴다면 그것대로 좋겠지만. 엘리스는 그저 삶을 공유할 사람을 찾고 있었다.

물론 그 광고는 대체로 거짓부렁이었다. 대학 시절에는 '탄탄한' 것처럼 보였을 수도 있겠지만 이제 그 근육은 전부 지방으로 변했다. '기독교적 가치' 부분 역시 절반만 사실이었다. 개인 광고란을 책임지며 금요일마다 《맨슨 리더》의 프런트 데스크를 맡아보는 어밀리아 터너가 광고에 꼭 넣어야 한다고 설득해서 넣은 것이었다.

물론 엘리스는 신을 믿었고 욕을 지나치게 많이 하거나 누군가를 지나치게 싫어하지 않으려고 최선을 다했다. 하지만 맨슨에서 기독교는 스펙트럼이 상당히 넓었다. 어떻게 봐도 엘리스는 네 이웃을 사랑하라 류의 평범한 쪽에 가까웠다. 하지만 다른 쪽 끝에는 엘리스가 엮이길 원치 않는 사람들이 있었다. 빛 안의 교회 교인들이었다.

오순절파 **집단**(엘리스는 그들을 당파라고 칭하면 안 된다는 걸, 사이비는 더더욱 안 될 일이라는 걸 힘들게 배웠다)은 독사와 전갈을 이용해 예배를 드렸다. 소문이 사실이라면 그들은 스트리크닌이라는 독약을 마시고 방언을 하며, 커비스 바에서 독한 위스키에 거나하게 취한 톰 커커는 그들이 피를 마시고 악마를 숭배한다고도 했다.

엘리스의 부하 중 한 명이 문을 두드렸다. "방해해서 죄송합니다, 보안관님. 시간 괜찮으세요?"

"들어와, 비치. 무슨 일이야?"

존 비처는 아직 남자라는 호칭이 어울리지 않았다. 엘리스는 언젠가 비처도 남자가 되리란 걸 알았지만 지금 비처는 털이 거의 나지 않은 창백한 19세 소년이었다. 당황할 때마다 피부가 사과처럼 달아올랐는데, 꽤 자주 있는 일이었다. "방금 잭 웬트에게서 전화가 왔습니다. 웬트 약국의 그 웬트요. 딸이 사라졌답니다."

"딸?" 엘리스가 시계를 확인했다. 오후 네 시가 조금 지나 있었다. "학교에서 조금 늦게 오나 보지."

"아뇨, 막내딸이요." 비처가 메모지를 들여다봤다. "새미 웬트. 두 살. 마지막으로 목격된 건 대략 두 시간 전입니다."

"이런. 험과 루이스를 보내."

"이미 가고 있습니다, 보안관님. 보안관님도 알고 싶어 하실 것 같아서 말씀드린 거예요." 비처의 눈길이 엘리스가 읽던 신문으로 향했다. "광고 보고 연락 온 사람 없나요?"

엘리스가 《맨슨 리더》를 책상 서랍 제일 위 칸에 밀어 넣었다. "그 책 어디 있는지 아나, 비치? 범죄 현장 교본 말이야. 험과 루이스한테 필요할 수도 있어."

비처가 고개를 저었다.

"제목이 범죄 현장 어쩌구인데. '범죄 현장 해부'였나, '범죄 현장 추론'이었나… 거기에 실종자 관련 챕터가 있거든. 뭘 물어볼지 같은 거 있잖나, 뭘 해야 할지를 알려줘."

"아, 그 입문서요? 화장실에서 본 것 같습니다, 보안관님."

비처의 말이 맞는 듯했다.

이제 엘리스의 두 아들은 전부 성인이 되었지만 엘리스는 아들들이 너무나도 작고 여리던 때를 기억했다. 지금 잭과 몰리는 분명 제정신이 아닐 것이다.

"다시 생각해보니 책은 필요 없겠군. 웬트의 집 주소 좀 알려줘. 내가 직접 갈 테니까."

크롬데일 가는 넓고 나무가 무성했다. 딱 한 집을 제외하면 전부 커다란 식민지풍 주택이었다. 예외는 바로 9번지인 에클스 가였다. 엘리스는 에클스 가 앞에서 속도를 줄였다. 모든 것이 선명하게 기억났다. 기울어진 우편함과 울타리에 걸린 무단 침입 금지 표지판. 누가 봐도 불필요한 표지판이었다. 제정신이 박힌 사람이라면 누가 이런 집에 침입하고 싶겠는가?

마당은 손질이 잘되어 있었다. 에클스 가의 막내아들인 트래비스가 마당을 관리했다. 하지만 집은 허물어지고 있었고 자재도 형편없었다. 누군가가 에클스네 마당에 침입하기로 결정했다고 치자. 낡아서 삐걱거리는 철문을 발로 차서 안으로 들어가면, 그다음은? 가치 있는 것이라곤 제프 에클스의 유해를 담은 놋쇠 단지와 에클스가 사망한 후로 한 달에 한 번 받는 군인 연금 수표가 다였다.

엘리스는 운전을 계속했다.

먼저 도착한 부하들이 순찰차 경광등을 그대로 켜두었는지 잭과 몰리의 집이 지고 있는 석양을 배경으로 빨갛고 파랗게 아른거렸다. 엘리스는 잭의 컨버터블 옆에 차를 세워두고 집 쪽으로 걸어갔다.

"보안관님." 현관 쪽에서 조용한 목소리가 들려왔다. 곧이어 작고 왜소한 사람이 나타났다. 심각한 표정을 한 에마 웬트였다. "새미가 사라졌어요, 보안관님. 몇 시간만 지나면 해가 질 거고 추워질 텐데 엄마는 새미가 스웨터를 입고 있었는지 아닌지도 기억 못해요."

에마의 목소리는 열세 살 소녀의 목소리치곤 굵었다. 움직이는 모양새가 왜인지 몽롱하고 좀비 같았다. 충격을 받아서일 거라고, 엘리스는 생각했다.

엘리스가 에마의 어깨에 손을 올렸다. "안에서 얘기하자꾸나."

에마가 엘리스를 거실로 안내했다. 몰리 웬트가 커다란 빨간색 소파에 힘없이 앉아 있었다. 머리를 지저분하게 대충 묶고 두 눈이 퉁퉁 부은 이 상황에서도 아름다운 여자였다. 여덟이나 아홉 살쯤 되어 보이는 땅딸막한 어린애가 몰리의 무릎 위에 앉아 있었다. 몰리는 아이와 팔짱을 끼고 아이가 고무공이라도 된 것마냥 몇 초마다 아이를 쥐어짰다. 아이는 불편해 보였지만 엄마가 계속 자신을 쥐어짜게 두는 편이 낫다는 걸 아는 듯했다.

부보안관인 험과 루이스가 어색하게 집 안을 맴돌았다. 더 어리고 몸이 좋은 쪽인 험은 여기저기를 돌아다녔고, 더 나이가 많고 차분한 쪽인 루이스는 제자리에서 가만히 서성거렸다. 두 남자 모두 엘리스를 발견하고 안도하는 것 같았다.

"험, 크롬데일 가 조사 시작해." 엘리스가 위엄 있는 목소리를 내려고 애쓰며 말했다. "이상한 걸 보거나 들은 사람 있는지 찾아봐. 동의하면 마당도 수색하고. 못 들어오게 하는 사람 있으면 나한테 알려주고. 루이스, 수색대 꾸려. 도로를 수색해야 해. 배수관하고 숲도—"

"이런 젠장, 숲이 있었지." 잭 웬트가 말했다. 거실 끝 창문 옆에 서 있던 잭은 하얀색 레이스 커튼을 들추고 밖을 내다보았다. "새미가 그렇게 멀리까지 걸어갔으리라고는 생각 안 하시죠?"

"새미는 어디로도 걸어가지 않았어, 잭." 몰리가 말했다. 그러면서 무릎 위에 앉은 아이를 너무 세게 꼬집은 나머지 아이에게서 짧게 윽 하는 소리가 튀어나왔다. "누가 새미를 데려간 거야. 누가 우리 집에 들어와서 새미를 데려간 거라고."

"아직 모르는 일이야, 몰리. 제발 히스테리 부리지 좀 마. 지금 우리가 절대 하면 안 되는 게 바로 히스테리 부리는 거라고. 침착해야 해. 새미가 사라진 지 아직—"

"히스테리라고? 진심이야? 우리 막내딸이 사라졌다고."

험과 루이스를 보내기 전에 엘리스는 두 사람을 복도로 따로 불러냈다. "에클스네 집은 놔둬. 여기 일 끝나면 내가 직접 갈 거야."

"혼자 가시는 건 아니죠?" 험이 말했다.

"괜찮을 거야. 자, 어서 가."

험과 루이스는 각자 임무를 맡아 떠났고, 엘리스는 다시 몰리와 잭에게 돌아왔다. "왜 누가 새미를 데려갔다고 생각하는 거야, 몰리?"

"새미 방 창문이 열려 있었어. 그것도 활짝."

"거기에 무슨 의미가 있는데." 잭이 말했다. "당신 원래 늘 창문 열어놓잖아."

"이번에는 안 열어놨어, 잭. 내가 알아."

"새미 방 창문 말씀하시는 겁니까?" 엘리스가 물었다.

"가끔은 산들바람이 들어오게 창문을 열어놓기도 해요. 방충망 같은 게 없긴 하지만 새미가 올라가기엔 창문 위치가 높거든요. 그렇지 않았다면 절대로… 어쨌거나 이번에는 닫아뒀어요. 내가 닫은 게 분명히 기억난단 말이에요."

"마지막으로 새미를 본 게 언제죠?"

"한 시쯤이에요." 몰리가 말했다. "보통은 그렇게 늦게 낮잠을 재우지 않아요. 결국 밤새 안 자거든요. 그런데 오늘은 애가 너무 짜증을 내고 까탈스럽게 굴어서 그냥… 어쨌든 창문은 닫혀 있었어요. 제가 닫은 게 기억나요."

"창문에 잠금장치가 있나요?" 엘리스가 물었다.

몰리가 고개를 저었다.

"걸쇠가 부러졌어요." 잭이 말했다. "부러진 지 좀 됐는데, 빨리 고쳐야겠다는 생각은 안 했어요. 2층이기도 하고, 아시잖아요. 여긴 맨션이에요. 범죄의 중심지라곤 할 수 없잖아요."

엘리스가 고개를 끄덕였다. "잘 있나 확인하러 들어가 봤더니 아이가 사라졌다, 이 말씀이시죠, 웬트 부인?"

"두 시 반쯤 들어갔어요. 침대가 비어 있었고 창문은 활짝 열려 있었어요."

잭이 초조하게 서성거렸다. "이봐요, 보안관님. 개새끼처럼 굴려는 건 아니지만 아내는 늘 창문을 활짝 열어둡니다."

"제발 좀, 잭."

"미안해, 몰리. 하지만 당신 정말 그래. 당신이 열어뒀을 가능성이 큰데 그 망할 창문이 열려 있었던 게 마치 중요한 단서처럼 보이지 않았으면 좋겠어. 그리고 잊지 마. 그 창문은 2층에 있다고. 만약 누가 정말로 새미를 데려간 거라면 세상에서 제일 키 큰 사람이어야 할 거야."

"사다리가 뭔지도 몰라, 잭?"

잭이 두 손을 쳐들었다. "봐봐, 새미는 그냥 1층으로 내려왔다가 밖으로 나간 거야. 새나 그레이스 킹네 고양이 같은 걸 봤을 수도 있지. 그래서 따라가다가 방향을 바꿔서…"

몰리가 눈을 치켜떴다. 몰리의 무릎 위에 앉은 남자아이가 제 엄마 품에 더 깊이 파고들었다.

엘리스가 남자아이에게 미소 지으며 말했다. "이름이 뭐니?"

"스튜어트 알렉산더 웬트예요." 아이가 말했다.

"우리는 스튜라고 불러요." 몰리가 말했다.

"그렇구나. 스튜야, 여동생이 숨을 만한 곳을 아니? 이 동네에서 동생이 가고 싶어 하는 곳이라든가."

스튜가 고개를 저었다. "몰라요. 죄송해요."

"새미는 지금 밖에서 놀고 있는 게 아니에요." 몰리가 차갑게 말했다. "새를 본 것도 그레이스 킹네 고양이를 본 것도 아니고 자기 발로 직접 나간 것도 아니라고요. 누가 새미 방 창문으로 들어와서 새미를 데려간 거예요."

"오늘 학교에서 몇 시에 돌아왔니?" 엘리스가 스튜에게 물었다.

"오늘 학교 안 갔어요." 몰리가 말했다. "감기 기운이 있어서요. 집에서 하루 더 쉬는 게 좋겠다고 생각했어요."

"오늘 뭐 이상해 보이는 건 없었니?" 엘리스가 물었다. "아니면 무슨 소리가 나진 않았니? 작은 소음이라도?"

아이는 자기 엄마를 힐끗 바라보더니 다시 고개를 저었다. "저는 계속 젤다만 했어요."

"젤다가 뭐니?"

"닌텐도 게임 중 하나예요." 잭이 말했다.

엘리스는 등 뒤에서 에마의 시선을 느꼈다. 하지만 뒤를 돌아보자 에마는 자기 발끝을 내려다보고 있었다.

"에마 너는? 여동생이 갈 만한 데 아니?"

에마가 고개를 저었다.

"오늘 학교에서 돌아오는 길에 뭐 이상한 건 전혀 없었고? 단 하나도?"

"네. 전혀 없었어요."

에마는 뭔가를 말하고 싶어 하는 것처럼 보였다.

"정말이니? 아주 사소한 정보도 도움이 될 수 있단다."

"말씀드렸잖아요. 아무것도 못 봤다고."

엘리스가 고개를 끄덕이며 다시 잭과 몰리 쪽으로 고개를 돌렸다. "새미 방 좀 봐도 될까요?"

새미의 침실은 황홀할 정도로 연분홍색과 진보라색이 넘쳐흘렀다. 한쪽 구석 장난감 상자에 동물 모양의 봉제 인형이 가득했다. 벽에는 가족사진 몇 개와 아이가 그린 듯한 그림 몇 장, 은색 반짝이로 뒤덮인 커다란 핑크색 'S', 영화 〈애들이 줄었어요〉와 〈인어공주〉 포스터가 걸려 있었다.

침대 위에도 장난감이 있었다. 여자 인형 두어 개와 역시 동물 모양 봉제 인형이었다. 엉망으로 주름진 이부자리에 자그마한 몸이 누웠던 흔적이 남아 있었다. 엘리스는 속이 뒤틀렸다.

이번에는 창문 쪽으로 향했다. 아이가 기어오를 만큼 턱이 깊었지만 두 살배기가 올라가기엔 너무 높았다. 새미가 어쩌다 창문턱을 붙잡았다 하더라도 자기 몸을 들어 올리는 건 절대 불가능했다. 게다가 창문 높이가 3.5미터에 가까웠다. 창문 아래 정원에서 축 늘어진 여자아이를 발견하지 못했다는 점에서 새미가 창문으로 나가지 않았음은, 적어도 자기 힘으로 나가진 않았음은 확실했다. "그러니까 방에 들어왔을 때 창문이 열려 있었다고요?"

"네, 활짝이요." 몰리가 말했다. "바깥에 나가서 창문 아래 신발자국이나 사다리를 걸친 흔적이 있나 찾아봤는데 아무것도 없었어요."

잭이 몰리에게 눈초리를 보냈다.

엘리스는 창문을 등지고 방과 문밖의 복도를 둘러보았다. "새미를 재우고 나서 문을 닫으셨고요?"

"아니요." 잭이 말했다. "문은 절대 닫지 않습니다. 새미가 손잡이에 키가 안 닿는데 문 닫은 방 안에 있기를 싫어해서요. 그렇지, 몰리?"

몰리가 엘리스를 가만히 바라보았다. "오늘은 새미가 평소보다 더 까다롭게 굴었어요, 그래서…"

"그래서 문을 닫았어?" 잭이 말했다. "그러면 새미가 싫어한단 말이야."

"당신은 여기 없었잖아. 곁에 있질 않잖아, 늘."

"그게 무슨 뜻이야?"

"내가 약국에 전화했을 때 당신 어디 있었어?"

"제발, 싸움은 나중에 하면 안 될까?"

엘리스는 창문 쪽으로 몸을 돌려 창문 아래를 내려다보았다. 그 자리에 서자 시선이 정확히 에클스네 집으로 향했다. 오후가 서서히 저녁으로 변해갔고, 가혹한 어둠이 맨슨을 감쌌다.

울타리에는 걸쇠 대신 다 해진 노끈이 걸려 있었다. 엘리스가 노끈을 풀어 문을 열자 호러 영화에 나올 법한 끼익 소리가 음산하게 났다. 무단 침입 금지 표지판이 덜컹 흔들렸다. 엘리스는 마냥 저 끝에 있는 에클스 가를 한 번 올려다본 후 그쪽으로 걸어가기 시작했다.

엘리스는 몇 년 전 무장한 부보안관 일곱 명을 대동하고 이 마당을 가로질렀다. 패트릭 에클스를 가중폭행 혐의로 체포하기 위해서였다. 패트릭은 커비스 바에서 당구채로 로저 앨범의 머리를 박살냈는데, 정확한 이유는 아무도 알지 못했다.

지지직 하고 현관불이 들어오면서 찢어진 방충망과 먼지투성이의 낡은 소파가 보였다. 문이 열리자 어떤 근본적이고 원시적인 본능이 엘리스의 손을 45구경 권총갑 위에 올려놓았다. 권총을 꺼내 보일 필요는 없었다. 그저 그곳에 권총이 있다는 사실을 상기하고 싶었다. 문을 열고 나온 사람에게 권총의 존재를 상기시키는 것도 나쁘지 않았다.

엘리스는 눈을 가늘게 뜨고 어두컴컴한 집을 둘러보았다. 자그마한 여자가 밖으로 나와 현관불 아래 모습을 드러냈다. 한 손에는 맥주 캔을, 다른 한 손에는 담배를 들고 있었다.

"안녕하세요, 에클스 부인. 잠깐 말씀 좀 나눠도 괜찮을까요?"

아바 에클스는 헝클어진 금발에 가느다란 팔, 배가 앞으로 툭 튀어나온 평범한 외모의 여자였다. 검은색 레깅스와 낡고 헐렁한 분홍색 티셔츠를 입었는데, 엘리스는 2% 천사, 98% 악마라고 쓰인 티셔츠 문구를 간신히 알아보았다.

"드디어 우리 집에 납셨구만." 아바가 담배를 깊이 빨아들이며 말했다. "당신네들이 집집마다 들르는 걸 다 봤거든. 우리 집에만 안 오더라고."

"새미 웬트에 관해서 여쭤볼 게 있습니다. 길 건너편에 사는 잭과 몰리의 딸이요. 그 사람들 아시죠?"

대답 대신 아바는 담배꽁초를 마당에 던지고 또 한 대에 불을 붙였다.

"새미가 사라졌습니다, 에클스 부인. 오늘 오후에 뭔가 이상한 걸 보거나 듣진 않았나요?"

아바가 가슴 앞으로 팔짱을 꼈다. "여기서 볼 만한 건 텔레비전밖에 없는데요."

"이상한 자동차나 모르는 사람은 없었고요?"

아바가 담배를 한 모금 빨고 고개를 저었다.

"부인께서는 종일 집에 계셨습니까?"

"내가 여기 말고 갈 데 있는 여자처럼 보여요?"

"트래비스는요?"

"트래비스 뭐요?"

"트래비스가 오늘 오후에 이상한 걸 보거나 들었다고 하진 않았나요?"

"그 애한테 직접 물어봐요."

"그러는 게 좋겠네요." 엘리스가 말했다. "지금 집에 있나요?"

"일하는 중인데요."

"요즘도 클리니컬 클리닝에서 일합니까?"

"그건 정직한 일이에요."

"저도 그렇게 생각합니다."

아바가 엘리스에게 한 발짝 다가섰다. 키가 엘리스보다 30센티미터는 작았지만, 아바의 예측 불가능한 난폭함이 엘리스를 긴장하게 했다. "우리 가족한테 관심이 아주 많으신가 봐. 안 그래요, 보안관님?"

"저는-"

"여자애가 사라지니까 에클스 가족과 관련이 있을 거라고 생각한 거지. 첫째를 감방에 처넣은 거로는 모자라서 이젠 둘째까지 넣으려고 하시네."

"저희는 크롬데일 가의 모든 거주민에게 혹시 이상한 걸 보거나 듣지 않았는지-"

"여기까지만 하시죠, 보안관님. 계속 이러시면 상류 사회에서는 안 하는 게 좋은 말이 튀어나올 것 같네요."

"그게 뭘까요, 에클스 부인?"

그러자 아바가 미소를 지었다. 이가 작고 누랬다. "글쎄요. 예를 들면, 문을 여니까 현관에 경찰이 와 있는 거랑, 문을 여니까 현관에 깜둥이가 와 있는 것 중에 뭐가 더 거슬리는지 잘 모르겠다고 말할 수도 있겠네요."

엘리스가 숨을 크게 내쉬었다. 이런 말을 들을 거라곤 예상치 못했다. 화산지대의 온천처럼 분노와 수치심이 폭발하듯 솟구쳤지만 억눌렀다. "하나만 더 묻겠습니다, 에클스 부인. 아드님이 모는 승합차 말입니다. 그 차 안에 사다리가 있습니까?"

오스트레일리아, 멜버른

현재

아빠의 지프와 에이미의 재즈 뒤로도 주차할 공간이 있었지만, 재빨리 도망쳐야 할 경우를 대비해 길가에 차를 댔다. 아빠는 지금도 엄마와 함께 살던 방이 세 개나 되는 집에 살았다. 외벽은 짙은 고동색과 붉은색이었지만 오늘은 가는 비가 내려 모든 것을 잿빛으로 뒤덮었다.

정기적인 일요일 저녁 식사에서의 내 계획은(그리고 내가 앞으로 나아갈 유일한 방법은) 식탁 위에 전부를 꺼내놓는 것이었다. 아빠가 새미 웬트를 전혀 모를 가능성도 있었고 이 새로운 정보가 아빠의 기억 속 엄마의 모습을 산산조각 낼 수도 있었다. 하지만 운전하는 동안 그건 내 문제가 아니라고 마음을 다잡았다. 이건 나에게 일어난 일이지, 나 때문에 일어난 일이 아니었다.

문 앞에 마중을 나온 아빠가 나를 꼭 껴안았다. 늘 그렇듯 포옹은 3초라는 긴 시간 동안 이어졌다. "이런, 키미. 너 너무 말랐구나. 충분히 먹고 있는 거니? 추운데 어서 들어와."

키가 크고 호리호리한 아빠는 1990년대 시트콤에 나오는 아버지처럼 하얀색 반소매 셔츠를 파란 청바지에 넣어 입고 흰색 스니커즈에 갈색 재킷을 걸쳤다. 재킷은 무려 팔꿈치 부분에 천이 덧대어져 있었다. 아빠가 나를 집 안으로 데리고 들어갔다. 아빠의 열세 살 고양이이자 가장 친한 친구인 스카우트가 살그머니 나와 내게 인사했다. 아니, 인사가 아니라 나를 재보는 건가. 판단하기 어려웠다.

에이미와 약혼자 웨인, 조카 리사는 타닥타닥 장작 타는 소리가 나는 거실 벽난로 앞에서 느긋하게 쉬고 있었다. 에이미는 나를 발견하고는 소파에서 거의 점프하다시피 튀어 올랐다. 그리고 슬픈 미소를 지으며 다가와 내 양쪽 어깨를 붙잡았다. "괜찮은 거야?"

"괜찮아." 내가 말했다.

"그거에 뭐 새로운 뉴스 없고?"

내가 움찔하며 말했다. "없어."

"그거가 뭔데?" 아빠가 와인 두 잔을 들고 와서 내게 한 잔을 건네며 물었다.

"아무것도 아니에요." 나는 한 번에 와인의 거의 절반을 들이켰다. "웨인, 안녕."

"안녕하세요, 킴벌리." 에이미의 약혼자는 세상에서 나를 풀네임으로 부르는 유일한 사람이었다. 못생긴 남자는 아니었다. 그에게 개성이라는 게 있었다면 잘생겨 보일 수도 있는 외모였다. 웨인은 웬만하면 입을 열지 않았고 말을 할 때도 지나치게 조심스러워서 그냥 집의 일부처럼, 예컨대 아빠가 일요 장터에서 샀는데 아직 둘 데를 정하지 못한 장식품처럼 느껴졌다.

아빠가 소파에 앉아 와인을 홀짝였다. 그리고 청바지 주름을 매만진 다음 다시 일어나 벽난로 불을 살폈다. 아빠는 한곳에 오래 머무는 일이 없었다.

"키미, 너 호두 먹니?" 아빠가 물었다. "호두에 든 분자가 암세포의 성장을 막아준대. 너 하루에 1킬로그램씩 먹어. 장난 아니고 진심이야."

"1킬로그램이요?"

아빠가 다시 사라졌다가 잠시 후 호두가 가득 든 거대한 봉지를 들고 돌아왔다. 아빠는 내게 봉지를 건네고 윙크하며 말했다. "파머스 마켓에서 샀어."

모두가 암을 무서워하지만, 아빠의 공포는 비이성에 가까웠다. 암으로 아내를 잃은 후부터 아빠는 암이 우리를 잡아먹으려고 기다리는 중이라고 확신했다. 본인이 암에 걸리는 일은 그리 두려워하지 않았다. 술도 많이 먹는 편이었고, 한 번도 인정하지 않았지만 때때로 옷에서 담배 냄새가 나기도 했다. 하지만 아빠는 암이 다시 돌아와 자기 딸들을 데려갈까 봐 무서워했다.

아빠가 벽난로에서 쇠받이를 꺼내 장작을 부지깽이로 쿡쿡 찔렀다. 장작의 반이 허물어지며 재가 되어 빨갛게 빛났다. "있지, 웨인. 난로에 넣을 장작 좀 더 가져와 줄래? 뒤쪽 데크에 있는 작은 상자에 들었어."

웨인이 자리에서 일어나 의례적으로 고개를 끄덕이고는 방을 나섰다.

"키미, 그래서 요즘 어떻게 살고 있니?" 아빠가 물었다.

"늘 똑같죠, 뭐." 내가 거짓말을 했다.

에이미가 내게 걱정 가득한 눈빛을 던졌다. 다행히 아빠는 난로에 집중하느라 에이미의 눈빛을 보지 못했다. "어제 쇼핑센터에 갔는데 누가 반려동물 초상화를 그려주길래 키미 네 생각이 났지 뭐니. 아주 돈을 쓸어 담고 있더라고. 가격을 알기 전에는 나도 스카우트를 데려갈까 했는데 무려 그림 세 장에 40달러인 거야. 액자도 안 끼워주는데. 이게 믿어지니?"

"언니는 반려동물 사진 안 찍어요." 에이미가 말했다. "그런 거 하기엔 재능이 아깝지."

"키미가 동물 사진만 찍어야 한다는 게 아니라, 사진으로 가욋돈을 벌 좋은 방법이라는 거지. 5,000달러짜리 카메라가 선반 위에서 먼지만 쌓고 있잖니. 그리고 에이미, 리사가 콜라 저렇게 많이 먹게 두면 안 될 것 같구나. 한창 자라는 아이한테 아스파탐이 어떤 영향을 미치는지 아니?"

리사가 탁자 옆에 서서 다이어트콜라가 담긴 웨인의 컵에 양손을 넣었다가 손가락을 빨아먹고 있었다. 리사는 두 눈을 동그랗게 뜨고 어른들을 올려다봤다.

웨인이 기다란 장작을 두 팔 가득 안고 거실로 돌아왔다. "어디에 놓을까요?"

"한번 맞춰봐, 웨인."

아빠는 튜나 파스타 베이크를 준비해두었다. 그 맛과 냄새가 향수를 불러일으켰다. 아빠가 와인을 더 따라주었고 나는 벌컥벌컥 마시고 싶은 충동을 겨우 억눌렀다. 리사는 어른들과 같이 밥을 먹기 싫다며 거실에 앉아 텔레비전을 봤다. 에이미와 웨인이 내 건너편에 앉았다. 에이미는 구슬픈 얼굴로 나를 바라보았고 웨인은 스마트폰으로 크리켓 경기 상황을 확인했다.

"무인도에 떨어진다면 혼자 있을래, 아니면 최악의 원수와 함께 있을래?" 아빠가 물었다. 아빠 특유의 행동이었다. 아빠는 '흥미로운 대화를 유도하고, 저녁 테이블에 철학을 들여오고, 일상을 초월하기 위해' 식사 때마다 생각을 불러일으키는 질문을 던졌다.

예를 들면 이런 질문이었다. '네 삶이 한 편의 영화라면 제목을 무엇으로 할래?', '사랑하는 사람을 구하기 위해서라도 깰 수 없는 원칙이 있니?', '너의 가장 흥미로운 점 세 가지와 그 이유를 말해봐.'

아빠는 똑같은 질문을 반복하는 경우가 드물었고 자신의 대답을 늘 세심히 준비했다. 어쩌다 보니 나는 아빠의 이 기벽을 썩 좋아하게 됐지만 에이미는 아니었다. "아빠, 제발." 에이미가 말했다. "나 머리 써야 할 땐 음식 맛있게 못 먹는 거 알잖아요."

기억 하나가 떠올랐다. 우리는 노란색 벽지가 둘러진 엄마의 호스피스 병실에 앉아 있었다. 희미하게 똥 냄새가 났지만, 모두가 모르는 척하기로 했다. 에이미가 샌드위치를 싸와서 다들 침대 옆에 모여 샌드위치를 먹었다. 아빠가 복도에 놓인 자판기에서 인스턴트커피를 뽑아온 뒤 텔레비전을 끄고(어차피 아무도 안 봤다) 우리에게 물었다. "지구에 있는 모든 사람에게 메시지를 보낼 수 있다면 뭐라고 보낼래?"

"매일 밤 이런다니까." 엄마가 말했다. 엄마는 샌드위치를 먹는 게 아니라 그저 잘게 조각내고 있었다. "어젯밤에는 라지 페퍼로니 피자를 시켰는데 박스를 열면서 이렇게 묻는 거야. '만약 당신이 절대 안 죽는다는 걸 알게 된다면 당신 삶에서 뭘 바꾸고 싶겠어?' 아니, 내가 여기에 뭐라고 답해야 하니?"

아프기 전 엄마는 파란 눈으로 사람을 꿰뚫는 듯한 강하고 단단한 여자였다. 호스피스 병동에서의 그날 밤 엄마의 몸은 한 군데도 빠짐없이 전부 노랗게 쭈그러들어 있었지만, 눈만은 예외였다. 엄마의 파란 눈은 돌아가실 때까지 그대로였다.

엄마도 내게 진실을 말하고 싶었을까? 나는 궁금했다. 이 사실 때문에 엄마의 마지막 몇 달이 특히나 더 힘들었을까? 어쩌면 이 비밀이 엄마를 죽인 걸지도 몰라. 어쩌면 크고 심각한 비밀을 안고 사느라 몸에 병이—

"나라면 최악의 원수와 함께 갇히는 쪽을 택하겠어." 아빠가 말문을 열자 병동에서의 기억이 스르르 사라졌다. "왜냐하면 나쁜 사람이라도 함께 있는 게 혼자보단 낫고, 사이가 나빠진다 해도 최소한 배고플 때 잡아먹을 수 있을 테니까."

에이미가 식탁 너머로 나를 바라보았다. "우리 어렸을 때는 아빠가 강인하고 과묵한 타입이었던 거 기억나? 그때가 그립네."

"나쁜 사람 얘기가 나와서 말인데, 너 오늘 무슨 일 있어?" 아빠가 말했다.

에이미는 저녁 내내 기분이 좋지 않았다. 말이 없었고 입을 열면 짧고 퉁명스러운 말만 튀어나왔다. 기분 나쁜 사람이 나였다면 아무도 눈치채지 못했겠지만, 에이미가 말수가 적다는 건 엄청난 문제가 있다는 신호였다.

"네? 아뇨, 괜찮은데요." 에이미가 말했다.

"이번 주 내내 이래요." 웨인이 핸드폰에서 눈을 떼지 않은 채로 툴툴댔다.

아빠가 식탁에 팔꿈치를 괴고 몸을 앞으로 기울여 에이미를 자세히 뜯어보았다. "우리 딸, 무슨 일인데?"

에이미가 아빠한테 말해와 한마디도 하지 마를 동시에 말하는 듯한 얼굴로 나를 힐끗 쳐다보았다.

"알았어." 아빠가 말했다. "내가 생각해온 멋지고 지적인 대화 주제는 잊어버리자. 날씨 얘기나 하는 거야. 괜찮지? 휘발유 가격이나 정치 얘기 같은 거."

"에스메 듀랜드 얘기해요." 에이미가 말했다.

"에스메 듀랜드가 누군데?" 아빠가 물었다.

"내 고등학교 친구였던 피오나 듀랜드 기억해요?"

아빠가 잠시 생각에 잠겼다. "피오나가 침대에 오줌 쌌던 애니?"

"그건 미셸이고요. 피오나는 머리가 빨간 애예요. 작고 엄청 귀

옆고. 엄마 장례식에도 왔었는데."

"댄스파티 갔다가 밤늦게 와서는 마지막 남은 내 얄스버그 치즈 먹은 애 말하는 거야?"

"그건 내털리고요. 중요한 건, 피오나네 엄마가 지금 싱글이라는 거예요. 걔네 아빠가 같이 일하는 여자랑 도망쳤거든요. 금융회사인지 뭔지에서 일하는데 그 여자가 상사였어요. 여자가 열 살 더 많댔나."

"엄청난 스캔들이었겠네." 아빠가 자기 잔에 와인을 더 따르며 말했다.

"맞아요, 뭐 어쨌거나, 걔네 엄마 지금 싱글이에요."

"그래서?"

"싱글이고, 귀여워요. 두 분이 잘 어울릴 것 같아요."

"아, 그래. 제안은 고맙다만 딸한테 데이트 상대를 소개받고 싶진 않단다."

"누군가는 해야죠."

아빠가 조용해졌다. "아직은 별로 그러고 싶지가 않아."

"4년이나 지났어요, 아빠. 평생 혼자 살고 싶어요?"

에이미의 말투가 심각하고 과격해졌다. 아빠는 꼭 덫에서 빠져나가려고 애쓰는 겁먹은 생쥐 같았다. "난 괜찮아, 정말이야. 난 그저… 그러는 게 쉽지가…"

"엄마도 아빠가 다시 누군가를 만나기를 바랐을 거예요."

"그만해, 에이미." 내가 말했다. "아직 준비가 안 되셨다잖아."

에이미의 눈이 빨개지면서 눈가가 촉촉해졌다.

"너 무슨 일이야." 아빠가 물었다. 이제 아빠의 말투도 심각해졌다. 내가 보기엔 약간의 노여움도 느껴졌다. "너 왜 우는 거야."

"나한텐 아무 일도 없어요." 에이미가 냅킨으로 두 눈을 두드리며 날카롭게 받아쳤다. "그저 아빠가 외롭게 지내는 게 싫은 거예요."

"나 안 외로워. 너희와 리사, 스카우트가 있잖니."

에이미가 더 크게 울음을 터뜨렸다. 웨인은 자리에 가만히 앉아 어리둥절하고 겁먹은 얼굴로 에이미를 바라보았다.

"우리 딸…" 아빠가 자리에서 일어나려 하자 에이미가 손사래를 쳤다.

"난 괜찮아요."

"너 전혀 안 괜찮아. 왜 그러는데? 내가 뭐 잘못했니? 말해봐."

"아빠 때문이 아니에요."

"그럼 뭐 때문인데?"

에이미가 눈에서 냅킨을 떼고 나를 힐끗 쳐다보았다. 그러더니 비꼬듯 쌀쌀맞게 내뱉었다. "이게 다 망할 새미 웬트 때문이에요."

"…새미 웬트?"

에이미가 나를 바라보았다. 아빠도 내 쪽으로 고개를 돌렸다. 웨인까지 놀라서 눈을 껌벅거리며 내 쪽을 보았다. 얘기를 꺼낼 유일한 기회였다.

"새미 웬트는…" 나는 잠시 말을 멈추고 마음을 다잡았다. "한 남자가 절 찾아왔어요. 뭐를 조사한다고요."

"잠깐, 너한테…" 아빠는 아직 이해를 못 하고 있었다. "경찰이 너를 찾아왔다고?"

"경찰은 아니에요. 회계사인데, 실종 사건을 조사하고 있어요. 오래전 사건이에요. 1990년에 있었던. 여자애가 사라졌대요. 그 애 이름이-"

나는 아빠 얼굴이 창백하게 굳는 걸 보고 말문이 막혔다. 아빠는 냅킨을 꽉 움켜쥐고 있었다. 어찌나 세게 움켜쥐었는지 손등이 하얗게 변할 정도였다. 그때 불쾌한 깨달음이 밀려왔다. 아빠는 알고 있다.

아빠는 그 이름을 들어본 적이 있었다. 오래전일 수도, 얼마 전일 수도 있지만, 아빠는 그때부터 지금까지 내 입에서 그 이름이 나오기를 기다려왔다. 엄마는 아빠에게 이야기했다. 아빠에게는 말했지만 내게는 말해주지 않았다.

커다란 망치로 배를 한 대 얻어맞은 듯했다. 순간 영화 〈엑소시스트〉처럼 반쯤 소화된 파스타를 부엌 전체에 뿜을 것 같은 느낌이 들었다. 그 대신 앞으로 휘청하면서 식탁에 몸을 기댔다.

아빠가 냅킨을 던지고 식탁에서 벌떡 일어났다.

"아뇨." 내가 말했다. "가까이 오지 마세요."

에이미의 시선이 나에게서 아빠에게로 향했다가 다시 내게로 돌아왔다. "언니…"

머릿속이 빙빙 돌았다. 몸을 가누려다가 와인이 반쯤 남았던 와인 잔을 떨어뜨렸다. 다리 힘이 빠져왔다. 다른 사람도 아니고 무려 웨인이 아니었다면 나는 아마 쓰러졌을 것이다. 웨인이 재빨리 자기 팔을 내 팔 밑에 껴서 내가 넘어지지 않도록 붙잡아주었다.

"얼마나 아는 거예요?" 내가 아빠에게 물었다.

에이미의 시선이 마치 세상에서 가장 슬픈 탁구 게임을 보는 것처럼 계속해서 왔다 갔다 했다. "언니, 무슨 말이야. 아빠는 아무것도–"

"제발 진정해, 키미." 아빠가 말했다. "진정하고 천천히 얘기하자."

"언제부터 알았어요?"

하지만 나는 아빠에게 대답할 기회를 주지 않았다. 이번에는 정말로 토할 것 같았다. 나는 식탁에서 황급히 일어나 화장실로 달려갔다.

변기 앞에 무릎을 꿇고 토해낸 아빠의 파스타를 보면서 이게 리미 가족이 함께하는 마지막 일요일 저녁일지 모른다고 생각했다. 일어나보려 했지만 현기증이 밀려와 다시 화장실 바닥에 주저앉았다. 그때 누가 화장실 문을 두드렸다. 아빠였다.

"나 들어간다, 괜찮지?"

다시 토하고 싶은 욕구가 안 된다고 말하고 싶은 욕구보다 더 강렬했다. 몇 초 후 아빠의 커다란 손이 내 등을 두드리는 게 느껴졌다.

"여기, 이거 마셔." 아빠가 콜라 한 잔을 손에 쥐어주었다. 나는 한 모금 마시고 잔을 다시 아빠에게 건넸다. 머리가 지끈거렸다.

"네 엄마가 아팠을 때 우리는 어떻게 하면 엄마가 나을지에 대해서만 얘기했어." 아빠가 화장실 벽에 등을 기댔다가 미끄러져 내려와 내 옆에 앉았다. "그러다 나을 수 없다는 게 확실해졌고,

앞으로 어떻게 할지에 대해 얘기하기 시작했지."

나는 두루마리 휴지를 몇 칸 뜯어서 입가를 훔치고 변기 물을
내렸다.

"이해해주렴, 키미. 우울한 이야기겠지만, 나는 네 엄마랑 같이
죽고 싶었고 그러겠다고 얘기도 많이 했어. 하지만 네 엄마는 최
대한 오래 살겠다고, 아내를 잃고 무너져서 몇 달 못 살고 죽는 남
자가 되지 않겠다고 약속해달라고 했어. 네 엄마에게는 그게 정말
로 중요했단다. 왜인지 아니?"

"우리 때문에요." 내가 조용히 말했다. "에이미와 저를 보살펴줄
사람이 있어야 하니까요."

"빙고. 네 엄마의 유일한 바람은 딸들이 안전하고 건강하고 행
복하게 지내는 거였어. 세상을 뜨기 얼마 전에, 호스피스 직원이
약을 조금씩 늘려가는 걸 보고 우리도 곧 일어날 일을 예감했지.
그때 얘기를 했단다. 그―"

"새미 웬트요?"

"키미, 네 엄마가 약속해달라고 했어. 비밀과 함께 묻히고 싶다
고."

아빠의 눈에서 눈물이 흘러내렸고 내 안의 분노도 잠시 쓸려 내
려갔다. 아빠가 우는 모습을 본 건 강아지 섀도우가 죽었을 때뿐
이었다. 내가 가장 좋아하는 에니드 블라이튼의 동화 『양치개 개,
섀도우』에서 이름을 따온 섀도우는 심장비대증을 앓았다. 수의사
는 우리 가족에게 섀도우를 놓아주는 것이 섀도우에게 해줄 수 있
는 가장 큰 배려라고 말했다. 아빠가 오래된 닷선 자동차에 섀도

우를 태우고 마지막으로 병원에 가는 임무를 맡았다. 목줄만 들고 집에 돌아온 아빠 얼굴에서 눈물이 흘러내렸다.

우리는 잠시 조용히 앉아 있었다. 나는 칙칙한 초록색 타일을 자세히 들여다봤다. 타일 사이의 회색 시멘트가 울퉁불퉁했다. 아빠가 무릎을 꿇고 타일을 하나하나 붙이는 모습이 그려졌다. 엄마는 아빠에게 샌드위치를 가져다주며 이제 그만 멈추고 점심을 먹으라고 우겼을 것이다.

"너 내가 과거를 떠올릴 때 뭐가 보이는지 아니?" 아빠가 말했다. "깊고 넓은 바다야. 기억들은 물고기지. 얕은 곳을 걸어 다닐 땐 원하면 물고기를 집어 들어서 볼 수 있어. 두 손으로 기억을 붙잡고 들여다본 다음 다시 물에 던져 떠나보낼 수 있지."

아빠가 화장실 벽을 멍하니 응시했다. 얼굴에서 눈물이 하염없이 떨어졌다. "하지만 깊이 들어갈수록 물도 캄캄해지는 거야. 곧 내 발이 안 보이기 시작하지. 물고기도 안 보여. 물고기가 다리 옆을 스치고 지나가는 건 느껴지지. 물고기들은 저기 어딘가에, 깊은 물속에 있어. 걔네는… 상어야, 키미. 상어고 괴물이야. 가만히 내버려둬야 해. 내 말 무슨 뜻인지 이해하니?"

나는 조용히 자리에서 일어나 다시 균형 감각이 돌아왔음에 안도했다. 아빠의 긴 다리를 넘어 화장실 바닥에 아빠를 두고 나왔다. 등 뒤로 문을 닫고 아래층으로 내려와 추운 어둠 속으로 향했다.

바다로 가자고, 나는 생각했다.

켄터키, 맨슨

그때

"새미… 새미… 새미!"

수백 명의 사람이 새미의 이름을 불렀다. 자원봉사자 행렬이 콘크리트 수로에서 시작해 숲을 지나 울퉁불퉁한 선을 그리며 산불방지턱에까지 이어졌다. 사람들은 1미터 간격으로 서서 시선을 바닥에 고정한 채 천천히 앞으로 나아갔다. 그러면서 계속 새미의 이름을 외치며 수풀 밑을 헤집었다.

"새미! 새미!"

탐색 중인 사람들은 열두 명 중 한 명꼴로 경찰이었다. 트래비스는 맨슨에 경찰이 많지 않다는 걸 알았다. 에클스 가의 일원으로서 어쩔 수 없이 알게 된 사실이었다. 트래비스는 콜먼이나 레드워터의 순찰 대원들이 단체로 버스를 타고 왔을 거로 추측했다.

수중에서도 탐색이 이뤄졌다. 트래비스는 행렬에서 빠져나와 잠시 호수를 내려다보았다. 물 위에 소형 보트가 일곱 대 떠 있었고 다이버는 그보다 더 많았다. 다이버들은 저마다 색색의 작은 부표를 뒤에 매달고 있었다.

트래비스는 숲속의 자원봉사자들이 여자아이를 간절히 찾고자 하는 만큼 물속의 사람들은 아이를 발견하고 싶지 않은 마음이 간절하리라 생각했다.

그때 소름 끼치는 생각이 떠올랐다. 그 여자애는 죽었어.

만약 다이버들이 호수에서 자그마한 시체를 건져낸다면 잭의 마음이 찢어질 것이고, 그러면 트래비스의 마음도 찢어질 것이다.

탐색대에 자원한 건 괜찮은 위장법이었다. 마을 사람 거의 절반이 도움을 자청한 듯했다. 트래비스가 이곳에 온 목적은 하나였다. 잭이 보고 싶었다. 약국은 문을 닫았고 당분간 다시 열 것 같지 않았다. 더욱이 트래비스는 감히 집으로 전화할 엄두를 내지 못했다. 잭의 아내에게 덜미가 잡힐 위험을 감수하며 집에 전화를 거는 건 지극히 평범한 상황에서조차 꿈도 꿀 수 없는 일이었다. 지금 같은 상황에서는 더더욱 말할 것도 없었다.

트래비스는 아는 얼굴을 찾으며 다시 탐색대로 복귀했다. 정오가 다 된 시간이었지만 지난밤 내려앉은 음산한 안개가 아직 자욱하게 깔려 있었다.

트래비스는 프랜 햅스콤을 발견했다. 캐닝 주유소에서 일하는 사과처럼 동글동글한 여자였다. 트래비스는 일주일에 한 번 캐닝 주유소에서 업무용 승합차에 기름을 채웠고 그때마다 프랜은 늘 좋은 대화 상대가 되어주었다. 프랜도 트래비스가 에클스 가의 일원이라는 걸 누구 못지않게 잘 알았지만, 트래비스만은 좋은 사람이라고 생각했다. 그 말인즉슨 트래비스의 형과 엄마, 사촌들은 나쁜 사람이라는 얘기였다. 하지만 어쩌겠는가. 프랜도 그저 사람일 뿐이었다.

트래비스가 프랜에게 손을 흔들었다. 프랜도 활짝 웃으며 손을 흔들었다. 그러다 지금 숲에서 실종된 두 살배기를 찾는 중이라는 사실을 기억해내고는 상황에 적절한 걱정 어린 표정을 지었다.

"트래비스, 안녕." 프랜이 표정에 걸맞은 구슬픈 목소리로 말했다. "너무 끔찍하지 않니? 이런 일이 도시에서 일어난단 얘긴 들었지만 맨슨에서는…" 프랜이 저 멀리 숲을 바라보며 고개를 절레절레 흔들었고, 두 사람은 잠시 자원봉사자들의 외침에 귀를 기울였다.

"혹시 잭 보셨어요?" 트래비스가 물었다.

"잭? 철물점의 잭 리스티? 그 절뚝거리는 다리로는 이런 골짜기에 못 나올걸. 분명 돕고 싶은 마음은 굴뚝같겠지만 말이야. 자기는 오래전에 축구를 하다 다쳐서 절뚝거리는 거라는데, 내가 보기엔 통풍이야. 믿을 만한 소식통 얘기로는 일주일에 롤링락 맥주를 두 박스씩 먹으면서 그 힘으로 움직인대. 지금 그 농장에 사는 사람은 잭뿐이잖아. 그러니까 맥주를 소한테 먹이는 게 아니라면-"

"잭 리스티가 아니라 잭 웬트요. 새미의 아빠."

프랜의 뺨이 붉어졌다. "아, 잭 웬트, 그렇지. 아까 호수 옆 주차장에서 사람들한테 이것저것 나눠주고 있었어. 이거 잭한테 받은 거야." 프랜이 트래비스 쪽으로 생수 한 통을 휙 내밀었다가 무슨 비밀스러운 보물이라도 되는 양 다시 생수를 꼭 껴안았다. "잭 웬트랑 아는 사이야?" 프랜의 말투에서 수상쩍어하는 기미가 느껴졌다.

"아니요." 트래비스가 말했다. "음, 안다고 할 수도 있겠네요. 이웃이거든요." 그냥 이웃은 아니지. 이런 생각을 하자 입꼬리가 올라가는 게 느껴졌다.

갑자기 프랜의 얼굴이 환해졌다. "새미가 실종된 동네에 사는구나? 너 뭐 본 거 없어? 그 일이 있고 나선 꽤나 떠들썩하겠어." 프랜이 내부 정보를 조금이라도 얻으려고 몸을 앞으로 기울였다.

"팸 그래디가 웬트네 바로 오른쪽 집에 사는데요." 트래비스가 목소리를 확 낮추고 말했다. "그날 오후에 키 큰 금발 남자가 까만색 세단에 타고 있는 걸 봤대요. 잭과 몰리 집 앞에 차를 세우고 안을 들여다봤다는 거예요."

"오, 하느님."

"팸 말로는 선글라스를 쓰고 있었대요. 이상한 게, 어린 애를 납치할 만한 사람으로는 안 보였대요. 심지어 값비싼 양복까지 입고 있었대요."

"양복?"

"팸이 생각하기엔, 이건 프랜하고 나하고의 비밀이에요, 팸 생각엔 정부 요원 같대요."

"말도 안 돼!"

트래비스가 고개를 끄덕이며 비밀을 지켜달라는 표시로 검지로 코끝을 톡톡 두드렸다.

물론 트래비스는 장난을 친 거였지만 엄밀히 따지면 그의 말은 전부 사실이었다. 팸 그래디는 실제로 새미가 사라진 날 오후 잭의 집 앞에서 검은색 세단에 탄 키 큰 금발 남자를 봤다고 했다. 팸 그래디는 달 착륙이 거짓이며 조지 부시가 길고 하얀 비행기꼬리를 남기며 유해한 화학물질을 비밀리에 맨슨에 뿌렸다고 주장하는 사람이기도 했다. 게다가 그 금발 남자가 차에 타고 있었다면 키가 큰지 아닌지를 어떻게 안단 말인가?

하지만 프랜은 트래비스가 멋진 선물이라도 안겨준 것처럼 기뻐했고 트래비스는 프랜이 이 별것 아닌 소문을 온종일 곱씹으리란 걸 알았다.

트래비스는 프랜과 인사를 나누고 탐색대에서 빠져나와 숲길을 걸어 내려갔다. 질척질척한 흙길에 사람들의 발자국이 남아 있었다.

"새미… 새미… 새미!" 저 위에서 탐색대의 목소리가 들려왔다. 어제만 해도 이 아이의 존재를 아는 사람이 얼마 없었다는 생각이 떠올랐다.

"새미… 새미!"

트래비스는 나무둥치 뒤에서 작은 피투성이 손이 나타나거나 눈을 크게 뜬 시체가 자신을 올려다보진 않을까 생각하면서 걸음 사이사이 수풀 밑을 살폈다.

악몽이네. 트래비스는 생각했다. 제발, 하느님, 제가 새미를 발견하지 않게 해주세요.

시체를 발견하는 사람이 트래비스 에클스라면… 오, 이런, 그건 프랜 햅스콤이 씹을 안줏거리가 될 것이다.

프랜은 이렇게 말할 것이다. 걔도 좋은 사람은 아니었던 거야. 그런 말을 하는 사람은 프랜뿐만이 아닐 것이다. 트래비스의 눈앞에 《맨슨 리더》의 헤드라인이 보이는 듯했다. 에클스 가의 아들, 시체를 발견하다: 너무 쉬운 전개?

주차장 북쪽 끝에 이동식 사무실이 설치되어 있었다. 기다란 은색 트레일러 옆면에 하얀색 글씨로 커다랗게 빛 안의 교회라고 쓰여 있었는데, 알파벳 T는 전부 십자가 모양이었다. 트래비스는 이들이 먼저 잭과 상의하고 돕기로 한 건 아니리라 생각했다.

트레일러 바로 옆에 세운 대형 천막 아래서 긴팔을 입은 펀디 몇 명이 접이식 테이블 근처를 서성였다. 테이블에는 세 줄로 늘어선 생수병과 과자 봉지 크기의 감자칩 몇 개, 땅콩버터와 잼을 바른 샌드위치 십여 개(하나하나 랩으로 포장되었다), 똑같은 새미 웬트의 사진이 프린트된 컬러 복사물 한 뭉치가 놓여 있었다.

하얗게 차려입은 사진 속 새미는 천사 같았다. 새미의 눈은 아빠를 닮았다. 마치 작은 행성처럼 반짝이는 깊고 푸른 눈.

복사물마다 맨 밑에 초록색과 파란색의 작은 카피 헛 로고가 박혀 있었다. 제리 로슨이 로고를 넣는 대신 가격을 깎아줬을 게 뻔했다. 광고는 무조건 좋은 거지. 트래비스는 속으로 냉소했다.

트래비스의 냉소와는 별개로 탐색대에게 새미의 사진을 나눠주는 건 누가 봐도 쓸모없는 일 같았다. 새미 말고 실종된 아이가 더 있던가? 트래비스는 자원봉사자 중 한 명이 쓰러진 나무 옆을 지나가다가 그 밑에서 겁먹은 채 떨고 있는 여자아이를 발견하는 상상을 했다. 그 사람은 카피 헛에서 프린트한 새미 사진을 펼쳐보고 눈앞의 아이와 비교한 다음 외친다. 잘못 봤네, 얘는 새미가 아니야.

소심해 보이는 여자 한 명이 천막 아래에서 서성거리다 트래비스에게 다가왔다. 한 손에는 생수병을, 다른 한 손에는 샌드위치 여러 개가 담긴 플라스틱 통을 들고 있었다. 알고 보니 여자는 베키 크리치였다. 베키의 오빠가 바로 빛 안의 교회의 우두머리였다.

"안녕하세요." 베키가 말했다. "트래비스 에클스, 맞죠?"

트래비스는 발목까지 내려오는 베키의 빛바랜 청색 치마에 정신이 팔려서 베키가 어떻게 자기 이름을 아는지 의아해할 틈이 없었다. 펑퍼짐한 옷 아래가 어떠한지는 몰랐지만 베키는 펀디 치고 못생긴 편이 아니었다. 베키의 머리카락은 흠 하나 없이 완벽한 두 귀 뒤로 질끈 묶여 있었다. 트래비스는 성별과 관계없이 귀가 아름다운 사람을 좋아했다. 하지만 베키의 미소는 어딘가 억지스러워 보였다.

"도울 일을 찾는 거라면, 탐색대에게 샌드위치를 날라줄 사람이 필요해요." 베키가 말했다. "곧 점심시간이 될 텐데 해산하지 않고 각자 자리를 지키는 게 좋거든요."

베키가 샌드위치가 담긴 통을 건네려 했다. 트래비스는 베키의 엄지와 검지 사이에서 지저분한 작은 상처를 보았다. 뱀에게 물린 흔적이었다. 빛 안의 교회 교인들은 교회 안에서 방울뱀을 만졌다. 맨슨 거리를 지나다니는 펀디의 손에는 뱀에게 물린 상처가 한두 개 있을 확률이 높았다.

"거기 별문제 없죠?" 커다란 목소리가 들려왔다. 데일 크리치 목사가 막 트레일러에서 나와 이쪽으로 걸어왔다. 데일은 턱이 잘생기고 머리카락이 검고 두꺼운 장신의 미남이었다. 트래비스는 데일이 제정신이 아니라고 생각했지만(펀디들은 전부 제정신이 아니었다) 데일의 미소에 왜인지 마음이 편해졌다.

"트래비스 에클스." 베키가 말했다. "이쪽은 제 오빠 데일이에요."

트래비스와 데일이 악수를 나누었다. 데일의 손은 부드러웠다.

"만나서 반갑습니다, 에클스 씨." 데일이 말했다. "더 좋은 상황에서 만났으면 좋았겠지만요. 어린아이를 찾도록 주님이 도와주시길."

"아멘." 베키가 말했다.

자원봉사자들과 구경꾼들은(트래비스는 사람들이 그 사이를 오갈 거라고 추측했다) 주차장에 몇 명씩 무리 지어 다니며 심각한 목소리로 수군거렸다. 트래비스는 그 사이에서 잭의 얼굴을 찾길 바랐지만 아무런 성과도 없었다. 그 대신 호수 옆에 주차된 잭의 빨간색 컨버터블을 발견했다.

트래비스가 차 쪽으로 걸어갔다. 차 뚜껑이 열린 컨버터블 안에서 아홉 살 난 잭의 아들 스튜어트가 뒷좌석에서 게임보이를 가지고 놀고 있었다.

"스튜어트, 안녕." 트래비스가 말했다.

스튜어트가 슬픔 가득한 눈으로 트래비스를 올려다보았다. 그때 다시 섬뜩한 생각이 떠올랐다. 이 아이의 여동생은 죽었어.

"나는 트래비스야. 길 건너편에 살아. 나 기억하니?"

아이가 고개를 끄덕였다. "다들 내 동생을 찾고 있어요. 아저씨도 알죠."

"응."

"나도 돕고 싶은데 아빠가 나는 너무 어리대요."

"음, 네 아빠는 똑똑하니까, 아빠 말이 맞을 거야." 트래비스가 말했다.

"트래비스?" 잭이 호수 쪽에서 걸어오고 있었다.

잭은 몰골이 엉망이었다. 얼굴이 수척하고 창백했다. 불가능한 일이지만 지난 24시간 동안 10킬로그램은 빠져 보였다. 노란색 셔츠는 단추를 잘못 잠가서 단추 사이사이가 벌어져 있었다. 그 틈이 꼭 기이하게 늘어진 입 같았다.

"안녕, 잭. 이런." 트래비스가 말했다. 잭에게 달려가 키스하고 싶은 마음이 굴뚝같았지만 빌어먹을 보는 눈들이 있었다. 잭의 머리를 껴안고 다 괜찮을 거라고 말해주고 싶었다. 하지만 트래비스는 양팔을 옆구리에 붙이고 뻣뻣하게 서 있을 뿐이었다.

"여기서 뭐 해?" 잭이 말했다.

"걱정돼서."

잭이 스튜어트를 힐끗 봤다. 스튜어트는 다시 게임보이에 집중했다. 잭이 머리칼을 넘기며 한숨을 쉬었다. "그냥 집에 가, 트래비스."

"나도 돕고 싶어."

"집에 가는 게 도와주는 거야."

"이따가 볼 수 있을까? 얘기만 해도 돼. 네가 원하는 거 뭐든 하자."

트래비스가 손을 뻗어 잭의 팔을 붙잡았다. 바로 그때 《맨슨 리더》에 기사를 쓰는 캐스린 굿맨이 이쪽을 쳐다봤다. 자원봉사자들을 인터뷰하며 이름을 받아 적는 중이었다. 연필 끝을 씹는 굿맨의 시선이 잭에게서 트래비스로 향했다가 다시 잭에게로 돌아왔다.

트래비스의 머릿속에 또 다른 헤드라인이 떠올랐다. 에클스 가의 아들, 실종 여아의 아버지와 열렬한 사랑에 빠지다.

잭이 팔을 흔들어 빼내고 한 발짝 뒤로 물러섰다. "나 다시 가봐야 돼."

캐스린 굿맨이 다시 자원봉사자 쪽으로 시선을 돌린 것을 확인하고 트래비스가 말했다. "네 옆에 있고 싶어, 잭."

잭은 움찔하더니 저리 가라는 손짓을 하며 아들에게로 돌아섰다.

잭이 스튜어트를 차에서 꺼내주었고, 두 사람은 말 한마디 없이 멀어져갔다.

호수 앞 고속도로 갓길에 주차해둔 승합차로 트래비스가 다시 돌아왔을 때쯤 안개가 걷히기 시작했다. 탐색대 상황은 별로 나아질 것 같지 않았다. 지평선에서 회색 먹구름이 올라오고 있었다. 오후가 되면 안개는 폭우로 바뀔 것이다.

트래비스는 보안관 체스터 엘리스가 차 뒷유리창에 얼굴을 들이밀고 양손을 동그랗게 말아 두 눈에 댄 채 안을 자세히 들여다보는 모습을 발견했다. 안에 든 건 청소 도구뿐이었지만 트래비스는 마음이 초조해졌다. 경찰은 늘 트래비스를 초조하게 했다. 트래비스는 부보안관도 아니고 순찰대원도 아닌 맨슨의 보안관이 자기 차를 몰래 들여다보는 걸 보면 법을 누구보다 잘 준수하는 시민일지라도 흠칫 놀라리라 생각했다.

"제가 뭘 좀 도와드릴까요, 보안관님?" 엘리스와 거리가 충분히 가까워지자 트래비스가 말했다.

엘리스가 깜짝 놀라 뒤를 돌아보았다. "트래비스." 그가 말했다. "트래비스구나."

"다이슨의 사이클론 진공청소기에 감탄하고 계셨던 것 같은데요. 그래도 전 오래된 석덕 청소기가 더 좋아요. 쟤는 거의 로봇이나 다름없어요."

"아, 그래…"

"아니면 래거 맥스 파이프 클리너를 보셨던 거려나? 최적화된 하이드로 메커닉 노즐이 달렸다는데, 최적화된 하이드로 메커닉이 뭔지는 모르겠지만 얘로 못 뚫는 배관은 본 적이 없어요. 어쨌거나 뒷유리로는 들여다보기 힘드셨을 듯한데, 제가 도와드릴게요." 트래비스가 승합차의 옆문을 밀어서 열었다.

할아버지, 전 숨겨야 할 게 없답니다. 트래비스는 생각했다. 그 순간 새미 웬트의 시체가 땅으로 굴러떨어지는 끔찍한 상상이 들었다. 다행히도 뒷좌석은 호스와 노즐, 청소기, 세제 같은 청소 도구가 굴러다닐 뿐 시체는 없었다.

먹구름이 비친 엘리스의 얼굴이 무거워 보였다. "미안하구나. 몰래 염탐한 것처럼 됐네."

"괜찮습니다." 트래비스가 말했다. "익숙해요. 지금 맨슨 분위기가 영 험하기도 하고요."

"험한 것 이상이지." 엘리스가 말했다. "너희 엄마가 내가 왔다 갔다고 말씀하시던?"

트래비스가 고개를 끄덕였다. "엄마가 따뜻하게 맞아주신 것 같진 않던데요."

엘리스가 어깨를 으쓱했다. "그랬던 것 같구나."

"보안관님, 무례하게 굴려는 건 아닌데, 왜 제 차 앞에서 기다리셨던 거죠?"

"보안관서로 돌아가는 길이었는데 이 차가 보여서 네가 근처에 있으면 잠깐 얘기하면 좋겠다고 생각했지." 엘리스가 맨슨 보안관서의 제복인 개똥색 바지의 허리춤을 끌어올리며 차분하게 깊은 숨을 내쉬었다. "묻고 싶은 질문이 몇 개 있어. 지금이 딱 좋은 타이밍 같지?"

"새미 웬트에 관한 거예요?"

엘리스가 고개를 한 번 까딱했다. "유감이지만 그렇구나. 캔버스가 뭔지 알지, 트래비스?"

트래비스가 어깨를 으쓱했다.

"이런 일이 생기면 보통 경찰이 한 집 한 집 찾아가서 정보를 얻어. 가끔 도움이 될 때가 있지. 누가 이상한 걸 봤거나 비명을 들었을 수도 있고, 뭐 그런 거니까. 이해하니?"

트래비스가 고개를 끄덕였다.

"새미가 사라진 날 밤 부하들한테 너희 동네를 캔버스하라고 했어. 평소와 다른 점이 있었는지 물어보라고 했지. 그랬더니 몇 명이, 사실은 대부분이 네 이름을 댔다더군."

이럴 수가, 놀라워라. 트래비스는 생각했다. 맨슨에 나쁜 일이 생기면 제일 처음 의심받는 건 늘 에클스 가족이지.

"네가 웬트네 집 앞에 자주 나타난다는 보고를 받았다." 엘리스가 말을 이었다. "사람들은 네가 때를 가리지 않는다고 했어. 늦은 밤에도 집 앞을 지나가면서 창문 안을 들여다본다고. 네가 숨어서 기웃거린다고."

"기웃거린다고요?" 트래비스의 입안이 갑자기 잘 말린 수건보다 더 건조해졌다. 물론 트래비스는 때를 가리지 않고 웬트네 집 앞을 지나갔다. 물론 그 앞을 기웃거렸다. 하지만 그건 새미 때문이 아니라 새미의 아빠 때문이었다. "들으셨어요? 팸 그래디가 그러는데 검은 세단을 탄 키 큰 금발 남자가 웬트네 집 앞에서-"

엘리스가 한 손을 들어 트래비스의 말을 끊었다. "솔직히 말할게. 난 네 이웃들이 한 얘기가 팸 그래디의 맨인블랙 이론이나 마찬가지라고 생각해. 즉, 안 믿는다는 거지. 사람들은 순식간에 탓할 사람을 찾아내거든. 솔직히, 탓할 사람을 찾지 않고는 못 배기는 것 같다니까. 그 사람이 너희 가족이면, 뭐, 더 좋겠지."

"맞아요." 트래비스가 말했다. "저도 느꼈어요."

"문제는, 얼마나 말도 안 되는 진술이든 내가 끝까지 조사하지 않으면 직무 유기가 된단 거야. 그래서 이렇게 묻는 거고. 화요일 오후 한 시에서 두 시 반 사이, 그러니까 새미가 사라진 시간에 어디 있었지?"

그 애 아빠 거시기 빨고 있었죠. 트래비스는 생각했다. "일하는 중이었어요." 트래비스가 말했다.

엘리스가 작은 수첩에 트래비스의 대답을 적었다. "청소 일이지? 정확히 어디였지?"

"제가 일하는 업체는 맨슨 여러 곳과 계약을 해요."

"화요일엔 어디 있었는데?"

"화요일에는 맨슨 상업지구에 있었을 거예요." 트래비스가 말했다.

"어느 회사?"

"거기에 있는 회사 여러 곳과 계약을 맺었거든요."

"화요일엔 어디를 청소했는데?"

"그게…"

"회사에서 일지 작성 안 하나? 기억이 잘 안 나면 내가 가서 확인해도 되고."

"아니에요." 트래비스가 말했다. "밀러앤에이에 있었어요."

"밀러앤에이?"

"밀러앤어소시에이츠요. 회계법인이에요."

"한 시 반에서 두 시 사이에 거기 있었다는 거지. 알았어, 내가 전화해보지."

"아, 잠시만요. 한 시 반에서 두 시 사이에는 외부에 있었어요."

"어디?"

"점심 먹으러 갔어요."

"먹을 걸 직접 싸 왔나? 아니면 외식?"

"기억 안 나는데요."

"기억이 안 나?"

트래비스는 목에 이물질이 걸린 것처럼 침을 꿀꺽 삼켰다. 엘리스가 바지춤을 다시 한번 끌어올리고 말했다. "말했듯이 나는 그저 내 일을 하는 거란다."

"햄버거를 먹은 것 같아요."

"어디서?"

"네?"

"햄버거를 어디서 사 먹었냐는 말이야."

"… 웬디스 버거에서요."

"웬디스. 거기 맛있지. 확인하러 간 김에 나도 밀크셰이크나 한 잔 마셔야겠군." 엘리스가 수첩에 무언가를 휘갈긴 후 트래비스를 쳐다보았다. "눈은 어떻게 된 건가?"

트래비스는 말뜻을 이해하는 데 시간이 좀 걸렸다. "아, 멍든 거요. 아무것도 아니에요. 문에 부딪혔어요. 바보 같죠, 저도 그렇게 생각해요."

엘리스가 아주 오랫동안 트래비스를 바라보았다. 적어도 트래비스에게는 오랜 시간처럼 느껴졌다. 마침내 엘리스가 수첩을 덮고 가슴에 달린 호주머니에 밀어 넣었다. "이제 됐네. 협조해줘서 고마워."

"네. 뭐. 언제든지요. 그럼 이제 가봐도 되죠?"

"안 될 게 뭐 있겠나?"

트래비스는 곧바로 옆문을 닫고 운전석에 올라탔다. 곧이어 법에 저촉되지 않는 알맞은 속도로 고속도로에 진입했다.

트래비스의 엄마는 소파에 아무렇게나 드러누워 텔레비전을 보고 있었다. 아직 곯아떨어지진 않았지만 거의 그러기 직전이었다. 겨우 오후 두 시였지만 블라인드가 쳐져 있었다. 트래비스는 굳이 블라인드를 올리지 않았다. 이 집은 캄캄한 어둠이 어울렸다.

"아가야, 뭐 새로운 소식 없냐?" 아바가 물었다.

트래비스는 엄마가 아직 많이 취하지 않았다는 걸 알고 깜짝 놀랐다. 매력 있고 재미있는 아바 에클스는 보통 아침 일찍부터 만취할 때까지 술을 마시다 두 시쯤이면 슬픔과 회한에 가득 찬 아바 에클스로 변했다. 이렇게 변한 아바 에클스는 너희 아빠는 어떻게 우리만 두고 그렇게 떠날 수가 있니 같은 말을 하곤 했다. 머리에 총 맞아 죽은 존 레넌과 달리 트래비스의 아빠에게는 다른 선택지가 있었던 것처럼.

"나 왔어요, 엄마."

"아직 못 찾았대?"

"응?"

"그 여자애 말야." 아바가 말했다. "걔 찾는 거 도와주러 간 거 아니야?"

"아, 맞아요. 아직 못 찾았어요."

"걔가 살아 있을 가능성은 없어. 없어진 지 한 3일 됐나? 지금 걔 꼬라지가 어떨지 상상이 가? 창백해서는 온통 진흙투성이에 벌레가 들끓을걸. 내일이면 더 심할 거고 모레는 더하겠지. 피부는 벗겨지고 옷도 썩어 없어질 거다. 그 사람이 걔 옷을 남겨놨다면 말이지만."

"누구 말하는 거예요?" 트래비스가 물었다.

"왜, 누구든 간에. 그 여자애를 데려간 놈이 있을 거 아냐." 아바가 말을 멈추고 텔레비전에 시선을 고정한 채 담배를 한 모금 빨았다. 텔레비전에선 드라마가 나오고 있었다. 「더 볼드 앤 더 뷰티풀」 아니면 「데이즈 오브 아워 라이브즈」, 아니면 「더 영 앤 더 레스트리스」였다. 트래비스 눈에는 세 드라마가 다 비슷해 보였다. "내 생각엔 시간문제일 뿐이야."

"무슨 말이에요?"

"맨슨이 곧 다른 지역 강간 사건과 살인 사건 발생률을 따라잡을 거라고." 아바가 담배를 한 모금 더 빨아들이고는 토할 것처럼 기침을 해댔다. "1년 뒤에 걔를 찾으면? 그땐 뼈랑 흙밖엔 안 남았을걸."

아바가 발아래로 손을 뻗어 아이스박스에서 맥주 한 캔을 꺼냈다. 아바 에클스가 잘하는 게 있다면 그건 더 잘 취하는 거였다. 취하지 않고 깨어 있는 짧은 시간 동안 아바는 풀린 눈과 쿵쿵 울리는 머리로 이 방 저 방을 비틀비틀 오가며 다가올 시간을 준비했다. 재떨이를 비우고 샌드위치와 감자칩, 뜯지 않은 담배 몇 갑과 잡지를 탁자에 올려두었다. 그중에서도 가장 중요한 일은 맥주 캔을 가득 채운 파란색 아이스박스를 소파 옆에 두는 것이었다. 냉장고와 소파의 거리는 4미터도 채 되지 않았지만, 그 거리는 여섯이나 일곱 번째 맥주를 마신 후엔 15미터처럼, 열셋이나 열네 번째 맥주를 들이켠 후엔 30미터처럼 느껴졌다. 아이스박스를 옆에 둔 아바는 전화기 코드를 뽑고 소파에 편히 기대앉아 잡지나 텔레비전을 보며 정신을 잃을 때까지 술을 마셨다.

취하는 데 전문가야. 트래비스는 생각했다. 그렇게 오래 연습했으니 전문가가 되고도 남지.

아바가 처음부터 전형적인 백인 쓰레기였던 건 아니었다. 물론 원래도 한 성질 했지만, 주먹을 쓰기 시작한 건 술에 입을 대고 난 후부터였고, 술에 입을 대기 시작한 건 트래비스의 아버지가 돌아가신 후부터였다. 그때부터 아바는 군인 유족 연금으로 이런 생활을 유지하고 또 정당화해왔다.

트래비스는 최선을 다해 아버지의 죽음을 극복했지만, 패트릭은 온전히 헤어나오지 못했고 아바는 서둘러 남편 옆에 묻히길 바라는 듯했다.

"일은 왜 안 갔어?" 아바가 말했다. "잘렸냐? 매달 초에 월세 안 내면 쫓겨날 줄 알어."

"잘린 거 아니에요." 트래비스가 말했다. "그냥 오늘 일할 기분이 아니었어요." 그리고 엄마 옆자리에 앉았다. "한 캔 마셔도 돼요?" 맥주 한 캔이면 엘리스 때문에 예민해진 신경이 진정될 것 같았다.

"상황에 따라 다르지. 돈 낼 거냐?"

"아, 엄마."

"친구 사이를 유지하고 싶으면 절대 돈을 빌리거나 꿔주면 안 돼." 아바가 말했다. 아바가 가장 좋아하는 말 중 하나였다. "그리고 나는 딱 맥줏값만 받아. 이걸로 돈 벌려는 게 아니라고."

트래비스가 지갑에서 1달러를 꺼내 탁자에 올려놓았다.

"거스름돈은 없다." 아바가 말했다.

"알았어요. 엄마 가져요." 트래비스가 맥주 캔을 따서 단번에 비워냈다. 지갑에서 1달러를 더 꺼내 탁자에 올려놓은 뒤 아이스박스에서 한 캔을 더 꺼냈다. 이번에는 한 모금씩 천천히 마셨다.

기분 좋게 알딸딸해지면서 걱정이 가라앉던 그때 울타리에서 익숙한 삐걱 소리가 들려왔다.

"누군지 가서 보고 와." 아바가 퉁명스럽게 말했다.

한숨을 쉰 트래비스는 툴툴거리며 소파에서 일어나 창문 앞으로 갔다. 블라인드를 올려 눈을 가늘게 뜨고 어두침침한 창밖을 바라보았다. 현관 쪽으로 걸어오는 남자의 얼굴이 또렷하게 보인 순간 트래비스는 거의 유리창에 머리를 박을 뻔했다.

"제기랄" 트래비스가 말했다.

"너 말조심해." 아바가 또 한 캔을 따면서 말했다. "누군데?"

"패트릭이요." 트래비스가 믿을 수 없다는 듯이 말했다. "형이 집에 왔어요."

코네티컷, 하트퍼드 카운티

현재

보잉 787기가 맑고 파란 하늘 사이로 내려와 부드럽게 착륙한 뒤 터미널을 향해 천천히 이동했다. 활주로 옆 깃대에서 성조기가 나부끼며 펄럭였다.

짐 찾는 곳에 도착해 핸드폰 전원을 켰다. 에이미에게서 부재 중 전화 여섯 통, 아빠에게서 문자 메시지가 한 통 와 있었다. 너 지금 어디야? 두 사람은 내가 오스트레일리아를 떠난 소식을 몰랐다. 아빠가 했던 말이 아직도 머릿속에서 메아리쳤다. '깊이 들어갈수록 물도 캄캄해지는 거야.' 아빠가 이야기의 전말을 안다 해도(그럴 거라 생각하진 않았다) 나와 함께 바다로 들어가진 않을 게 확실했다. 엄마 이름에 먹칠할 행동은 절대 안 할 사람이었다.

피곤과 분노를 느끼며 다시 핸드폰 전원을 껐다.

세관을 통과하자 스튜어트와 그의 아내가 나를 기다리고 있었다. 클레어는 체구가 작고 아름다운 여성이었다. 내가 나타나자 클레어는 말 그대로 나를 향해 달려들어 두 팔로 내 목을 감고 꽉 끌어안았다. 보통은 이런 류의 예상치 못한 친밀함에 위험을 느꼈지만 클레어에게는 어딘가 따스하고 진실된 면이 있었고, 나는 단번에 클레어를 좋아하게 되었다. 아니, 어쩌면 그저 포옹이 필요했던 걸지도.

"이렇게 만나게 돼서 반가워요." 클레어가 말했다. "이 모든 상황이, 그냥 너무, 믿을 수가 없네요. 제가 따라와서 불편한 게 아니었으면 좋겠어요."

"전혀요."

"그 발음이요." 클레어가 말했다. "정말 멋져요."

스튜어트가 나와 의례적으로 악수를 나누고 내 가방을 들었다. "지금 여기 있는 게 믿어지지 않아요." 스튜어트가 말했다.

"저도요."

"그렇게 헤어지고 돌아온 게 마음에 걸렸어요." 스튜어트가 말했다. "제가 요령이라곤 없는 사람이라."

"그건 제가 보증해요." 클레어가 말했다.

스튜어트와 클레어는 공항에서 차로 한 시간 거리인 그런디에 살았다. 그런디는 뉴욕과 스탬퍼드로 출근하는 사람들의 베드타운이며 대학생들로 바글바글하다고 클레어가 말해주었다. 미국에 온 건 처음이었지만 미국의 풍경과 패스트푸드점, 심지어 공기 냄새에서도 향수가 느껴졌다. 미국 텔레비전 프로그램을 보고 자라면 이렇게 되는구나 하고 생각했다.

우리는 페콴녹 강의 시작점을 지나는 경치 좋은 길을 택했다. 페콴녹은 '험한 지역' 또는 '학살의 땅'이라는 뜻의 미국 원주민(정확히 말하면 퍼거싯족)의 언어라고 스튜어트가 설명해주었다.

두 사람 집은 도시 경계 바로 바깥에 위치한 캘리포니아 스타일의 작은 방갈로였다. 크리스마스카드를 떠올리게 하는 집이었다. 손님방은 아늑하고 따뜻했다. 긴 비행으로 무척 피곤했던 터라 침대에 쓰러져 꿈도 꾸지 않고 푹 자고 싶은 마음이 간절했다. 하지만 제대로 된 수면 패턴을 만들기로 결심했으므로 잠들지 않으려고 최선을 다했다.

스튜어트가 중국 음식을 포장해와서 작은 부엌 식탁에 다 같이 둘러앉아 저녁을 먹었다. 가벼운 이야기를 나누며 적당히 시간을 보낸 후 내가 불쑥 말을 꺼냈다. "아빠랑 얘기해봤어요."

"새미에 관해서요?" 스튜어트가 젓가락을 떨어뜨리며 물었다.

"모든 것에 관해서요."

"뭐라고 하셨어요?"

"…이미 알고 계시더라고요."

스튜어트는 의자에서 곧 튀어 오를 것 같았다. "알고 계신다니, 그게 무슨 뜻이에요? 얼마나 아시는데요? 킴, 그분이 인정했다는 뜻이에요?"

"진정해, 스튜." 클레어가 말했다.

"인정하진 않았지만 부정하지도 않았어요." 내가 설명했다. "그리 많이 아는 것 같진 않아요. 많이 안다고 해도 내게 말해주진 않을 거예요."

클레어가 내 손을 붙들었다. "이런, 킴. 힘들었겠어요."

내가 고개를 끄덕였다. "힘들었어요. 그래서 여기에 온 거고요." 그리고 스튜어트의 눈을 바라보았다. 좋은 상황에서도 나에게는 절대 쉽지 않은 행동이었다. "절 키워준 사람이 왜 28년 전에 당신 집에 들어가서 당신 여동생을 데려온 건지 알아야 해요."

"저도 그게 알고 싶어요, 킴." 스튜어트가 잠시 울 것 같은 얼굴을 했다. "우선 웨스트버지니아에 있는 마사에 들를 거예요. 우리, 아, 미안해요. 제 누나가 거기 살거든요. 마지막으로 연락했을 때까지만 해도 거기에 살았어요. 자주 만나는 사이는 아니지만, 분명히 누나도 킴을 보고 싶어 할 거예요."

"누나가 있는 줄 몰랐어요."

"여동생도 하나 있죠." 스튜어트가 한쪽 눈썹을 으쓱 올리며 말했다.

나는 에이미 생각을 했다.

"마사에서 다시 차를 타고 바로 켄터키로 갑니다." 스튜어트가 말했다. "맨슨에 도착하면 엄마한테 갈 거예요. 분명히 심장마비를 일으키실 테지만."

"그쪽 아버지는요?" 내가 물었다.

스튜어트와 클레어가 불편한 눈길을 주고받았다. 스튜어트는 잠시 자기가 먹던 국수를 바라보았다. "아버지는 지금 와이오밍에 사세요. 전화도 하고 메시지도 남겼지만 그 번호가 아버지 번호가 맞는지조차 모르겠어요. 어떤 가족은 비극을 만나면 더 끈끈해지잖아요? 우리 가족은 그 반대였어요."

스튜어트의 눈을 보았다. 그 안에 희망이 비쳤고, 그게 나를 걱정스럽게 했다. 스튜어트는 내가 가족을 다시 이어 붙여주길 바라는 걸까?

"다 합치면 차에 타 있는 시간만 열다섯 시간 정도예요." 클레어가 말했다. "맨슨에 도착할 때쯤이면 서로가 아주 지긋지긋해질 거예요."

"클레어는 안 가요?" 내가 물었다.

"자동차 여행을 정말 좋아하지만 전 여기서 제 자리를 지키려고요. 두 사람이 서로를 알아갈 시간이 필요할 것 같아서요."

그게 바로 걱정되는 점이었다. 클레어는 뼛속까지 다정한 사람이라 지금껏 훌륭한 완충 장치 역할을 해주었다. 상대가 누구든 간에 그렇게 오랜 시간을 함께 보내는 건, 특히 만난 지 얼마 안 된 사람과 오래 함께하는 건 내성적인 나로서는 힘든 일이었다. 스튜어트에게 나는 오래전에 잃어버린 여동생이었지만 나에게 그는 아직 낯선 사람일 뿐이었다.

"그때 일을 얼마나 기억해요?" 내가 스튜어트에게 물었다.

"거의 못해요."

스튜어트가 입술을 굳게 다물었다. 뭔가 숨기고 있다는 불안한 예감이 들었다. 나는 처음에는 스튜어트가 형사라고 생각했다가, 그다음엔 슬픈 뒷이야기와 강박으로 괴로워하는 남자라고 생각했다. 빙산의 일각이라는 말은 스튜어트 웬트를 염두에 두고 만든 말 같았다. "제가 아는 정보 대부분은 나중에 알게 된 거예요." 스튜어트가 말했다. "부모님에게 듣고, 경찰 보고서를 읽고. 그런 식으로요."

"유력한 용의자가 있었나요?" 나는 밥을 퍼서 내 그릇에 덜어놓으며 물었다.

"가장 많이 지목된 용의자는 트래비스 에클스였어요." 스튜어트가 더듬거리며 이름을 말했다. 잠시 주저하더니 다시 말을 이었다. "트래비스는 건너편에 사는 이웃이었어요. 꽤 문제가 많은 가족이었죠. 다른 사람들은 엄마를 범인으로 지목했어요. 엄마가 화를 참지 못해서 새미를 마구 흔들거나 때리다가 실수로 죽였을 거라고요."

"왜들 그렇게 생각한 거죠?"

"사람들은 보통 부모를 가장 먼저 비난하니까요. 또 보통은 그럴 만한 이유가 있죠." 스튜어트가 말했다. "실제로 엄마는 가끔 성질을 못 참았어요. 다른 사람들처럼요. 우리를 때린 적은 절대 없지만요."

"지금도 맨슨에 사세요?"

"돌아가실 때까지 맨슨을 떠나지 않을걸요." 클레어가 살짝 눈동자를 굴리며 말했다.

"자기 자식을 죽였다는 비난을 받은 후에도요?"

"엄마는 한 번도 교회를 떠난 적이 없어요." 스튜어트가 말했다. "엄마는… 저를 오순절파로 키웠어요. 엄만 빛 안의 교회에 푹 빠져 있었고, 아버지는 그 정도는 아니었고요."

"빛 안의 교회가 뭐죠?"

스튜어트가 클레어를 쳐다보았고, 클레어가 뭔가를 묻는 듯 눈썹을 치켜들었다. 이렇게 텔레파시로 소통하는 커플을 보면 늘 경외감과 좌절감을 동시에 느꼈다. "아직 말 안 했어?" 클레어가 물었다.

스튜어트가 굳어진 얼굴로 내 쪽을 바라보며 물었다. "뱀을 만지는 교회가 있다는 거 알아요?"

"아니요."

"독사를 만지면서 신이 자신들을 지켜주리라고 믿는 교회들이 있어요."

"잠시만요… 그쪽 엄마가 그런 교회에 다녔다고요?"

"아니요." 스튜어트가 말했다. "다녔던 게 아니라, 지금도 다녀요. 이제 그 얘기는 잘 안 하지만 제가 알기론 아직 그 교회 교인이세요."

"쭉 그런 환경에서 자란 거예요?"

"글쎄요. 맞기도 하고 아니기도 해요." 스튜어트가 말했다. "집에 뱀을 들인 적은 없어요. 그런 일들은 전부 교회에서 일어났죠. 엄마는 우리를 개종시키려 했고, 아버지는 그만큼 우리를 교회에서 떨어뜨려 놓으려고 애썼어요."

"아버지는 교회에 안 다니셨어요?"

"아버지는 빛 안의 교회 교인으로 자랐지만, 나이가 들면서 점점 멀어졌어요. 믿기 힘들지만, 엄마는 아버지 쪽 가족을 만나면서 그 교회에 나가게 된 거고요."

"아이에게 좋은 환경이었을 것 같진 않네요."

스튜어트가 어깨를 으쓱했다. "아버지는 늘 엄마가 곧 정신을 차릴 거라고 생각한 것 같아요. 엄마도 아버지를 보고 똑같이 생각한 것 같고요."

"하지만 그거 트릭이죠?" 내가 물었다. "뱀 만지는 거요. 실제로 하는 건 아니잖아요."

"트릭이 아니에요. 가끔 뱀들이 힘이 없을 때가 있긴 해요. 아마 배가 고파서일 거예요. 뱀한테 약을 먹이거나 이빨을 뽑진 않아요. 그건 원칙을 어기는 짓이에요."

"사람들이 물리기도 해요?"

"그럼요, 엄청 많이요. 뱀을 오래 만진 사람들은 다 한두 번씩 물려요. 목숨을 잃기도 하고요."

"스튜어트의 삼촌 클라이드도 뱀에게 물려서 죽었어요." 클레어가 말했다.

고개를 끄덕이며 스튜어트가 말했다. "진짜 삼촌은 아니지만, 우리 다 그분을 그냥 삼촌이라고 불렀어요. 맞아요. 클라이드는 방울뱀을 한 손 가득 붙잡고 품 안에 꼭 안곤 했어요. 그러다가 어느 날 뱀에게 물렸고요. 이쪽, 여기 어깨요. 치료받기를 거부하다 이틀 후에 돌아가셨죠. 끔찍했을 거예요. 방울뱀에게 물리면 신경과 조직, 뼈까지 파괴되거든요."

"왜 치료를 거부하셨죠?"

"치료가 필요하지 않았으니까요. 신이 구해주리라 생각한 거죠. 그날 신은 아프리카의 굶주린 아이들을 도와주느라 바빴나 봐요."

문득 꿈속에서 본 그림자 사내가 언뜻 떠올랐다. "하필 왜 뱀이 죠?"

스튜어트가 한숨을 쉬었다. 같은 질문을 수백 번 받아본 사람의 한숨이었다. "제정신이 아니니까요. 사도행전 28장 1절에서 6절에 나오는 내용 때문이기도 하고요. 바울이 나무 한 묶음을 거두어 불에 넣으니 뜨거움으로 말미암아 독사가 나와 그 손을 물고 있는지라. 원주민들이 이 짐승이 그 손에 매달려 있음을 보고 서로 말하되 '진실로 이 사람은 살인한 자로다. 바다에서는 구조를 받았으나 정의가 그를 살지 못하게 함이로다.'"

갑자기 등골이 오싹해졌다.

"바울이 그 짐승을 불에 떨어버리매 조금도 상함이 없더라. 그들은 그가 붓든지 혹은 갑자기 쓰러져 죽을 줄로 기다렸다가 오래 기다려도 그에게 아무 이상이 없음을 보고 돌이켜 생각하여 말하되 그를 신이라 하더라."

맨슨에서 무엇을 만나게 될까? 나는 생각에 잠겼다.

다음 날 아침 일찍 출발할 예정이어서 스튜어트는 식사를 마친 후 바로 잠자리에 들었다. 나는 자지 않고 클레어와 와인을 서너 잔 더 마셨다. 시차로 인한 피로는 걱정하지 않아도 되었다. 클레어가 좋은 술친구가 되어준 덕분에 잠을 쫓을 수 있었다. 클레어의 부드러움은 스튜어트의 모난 면을 완벽하게 보완해주었다.

"뭐 하나 물어봐도 돼요?" 내가 술기운을 빌려 말했다. "내가 혼자서 간다고 하면 스튜어트가 어떻게 생각할 것 같아요?"

"왜요, 혼자 가고 싶어요?"

"상상하실 수 있겠지만 이 모든 게 너무 벅차서 그래요. 그냥 제 속도대로 가고 싶은 것뿐이에요."

클레어가 잠시 생각에 잠겼다. "보여드릴 게 있어요."

클레어는 나를 데리고 뒷마당으로 나갔다. 마당 끝에 커다란 창고가 하나 있었다. 클레어가 창고 자물쇠를 풀고 문을 활짝 열었다. 창고 안은 어두웠다. "왼쪽에 조명 스위치가 있어요."

"여기 뭐가 있는데요?"

"남편이 킴에게 보여주고 싶어 하지 않는 것들이요." 클레어가 말했다. "하지만 저는 킴이 봐야 한다고 생각해요."

조금 긴장감과 호기심을 느끼며 창고에 들어가 스위치를 찾았다. 반짝이는 디스코 조명처럼 불이 깜박이더니 이내 창고 안을 밝혔다. 내부는 창고라기보다는 경찰서 같았다. 저쪽 멀리 벽에 화이트보드가 일렬로 서 있었고, 여러 이름과 메모가 각기 다른 색깔의 마커로 쓰여 있었다. 사진도 붙어 있었는데, 각 사진 아래는 이름과 함께 새미 웬트와의 관계로 보이는 내용이 적혀 있었다.

왼쪽에서 오른쪽 방향으로 사진들을 훑어보았다. 데버라 쇼실레프스키, 웬트 약국 직원, 한때 새미의 베이비시터, 알리바이 없음. 조지 그레그슨-룰, 네 살이었던 멀리사 제닝스와 레이철 커비를 강간하고 살해한 죄로 97년 유죄를 선고받음, 새미와의 관계는 알 수 없음, 알리바이 없음. 아바 에클스, 이웃, 알리바이 없음…

이름들은 그 뒤로도 쭉 이어졌다. 내 시선은 사진들을 지나 벽에 꽂힌 커다란 맨슨 지도로 향했다. 수색 지역과 숲에 난 길이 표시되어 있었다. 그중 빨간색으로 동그라미 쳐진 곳 아래 제분소라고 쓰여 있었다.

나는 말문이 막혔다. "이걸 왜 저한테 보여주는 거예요?"

클레어가 문 앞에서 서성거리며 몸보다 큰 카디건을 가슴 앞에서 단단히 여몄다. 그리고 고르고 고른 문장을 조심스럽게 말했다. "살며시 알려주는 거예요, 킴. 킴이 이 모든 걸 알게 된 지는 3주가 조금 안 됐죠. 하지만 스튜어트는 평생을 이렇게 살았어요."

창고의 유일한 창문에는 새미 웬트의 사진 수십 장이 붙어 있었다. 지금까지 내가 본 새미의 사진은 오스트레일리아에서 스튜어트가 보여준 것이 전부였다. 갑자기 다양한 나이대에 다양한 각도에서 찍은 새미가 눈앞에 나타났다. 갓 태어난 아기 시절의 새미 웬트, 새미 웬트의 첫 번째 크리스마스, 컴벌랜드 폭포로 놀러 간 새미 웬트, 엄마 품속에서 잠든 새미 웬트. 오랫동안 잃어버린 내 모든 사진이 이곳에 있었다.

이게 나야. 나는 생각했다.

클레어가 슬픈 미소를 지으며 내 손을 잡았다. 이건 확실했다. 클레어는 어머니의 마음을 가졌다. 그런 클레어를 보니 에이미가 떠올랐다.

"킴은 스튜어트에게서 한순간도 멀어진 적이 없어요." 클레어가 말했다. "가장 행복한 순간에도 스튜어트 안에는 늘 슬픔이 있었어요. 곁에 있어야 할 새미가 없으니까요. 당신을 찾는 일은 스튜어트 평생의 사명이었어요. 스튜어트를 데리고 가요. 스튜어트가 필요하다는 걸 킴도 알리라 생각해요. 하지만 당신에게 스튜어트가 필요한 것보다 더, 스튜어트에겐 당신이 필요해요."

켄터키, 맨슨

그때

잭 웬트는 사소한 것들을 떠올렸다. 화장실 세면대 한쪽에 외로이 놓인 솔이 다 벌어진 새미의 칫솔, 부엌 식탁 옆 아기의자에 널브러진 먹다 남은 땅콩버터 샌드위치, 문 옆에 둔 새미의 작디작은 고무장화 같은 것들.

온종일 호수와 주변 숲을 수색했지만 아무런 성과 없이 집으로 돌아오는 길이었다. 새미는 곧 집 밖에서 네 번째 밤을 보내게 될 것이다.

계속 별것 아닌 것들을 생각하는데, 파란색 픽업트럭이 글렌데일 가로 튀어나와 불쑥 길을 가로막아서 잭을 근처 유치원 벽돌담으로 거의 날려버릴 뻔했다.

급브레이크를 밟은 잭은 핏속에서 뜨겁게 요동치는 분노를 느꼈다. 그러나 온종일 잭에게 들러붙었던 두려움보다는 분노가 나았다. 분노로는 무언가를 할 수 있었다. 차에서 내려, 타이어 타는 냄새를 뚫고 걸어가, 픽업트럭 운전사를 흠씬 두들겨 팰 수 있었다.

잭이 차에서 내려 갓길에 선 픽업트럭을 향해 길을 건넜다. 두 손을 꽉 쥐었고 귀에서 심장 뛰는 소리가 들렸다. 온몸에 아드레날린이 흘렀다.

"어떤 놈이 이런 식으로 운전을 해?" 잭이 소리를 질렀다. "사람 하나 죽이려고 작정-"

그때 픽업트럭 문이 열리고 운전사가 보였다. 깨끗한 흰 블라우스를 입고 눈 화장을 짙게 한 작고 다부진 40대 여자였다. 키가 155센티미터 정도밖에 안 돼서 운전석에서 내리려면 팔을 넓게 벌려 균형을 잡고 뛰어내려야 했다. 여자가 끙하고 앓는 소리를 내며 착지한 후 잭을 향해 걸어왔다. 물고기처럼 두 눈을 커다랗게 뜨고 전혀 깜박이지 않았다. "정말 죄송해요. 이를 어째, 괜찮으세요?"

잭이 심호흡을 했다. 그리고 잠깐 말없이 가만히 서 있었다. 몸속의 원초적인 난폭함을 억누르는 데 집중해야 했다. 너무 일찍 입을 열었다간 괴성을 내지를지도 몰랐다. "괜찮아요."

"어떻게 된 일인지 모르겠어요. 렌트한 차인데 이렇게 큰 차를 모는 데 익숙하지가 않아서 페달을 좀 심하게 밟았나 봐요. 이를 어째. 다친 덴 없으세요?" 여자가 영국인지 아일랜드인지 모를 나라의 발음으로 말했다.

잭이 최선을 다해 엷은 미소를 지었다. "뭐, 다친 사람은 없네요. 그거면 됐죠."

"정말 다행이네요! 아직도 심장이 쿵쿵 뛰는 거 있죠. 정말 안 다치신 거 맞아요?"

여자가 말을 멈추고 잭의 얼굴을 자세히 살폈다. "잠깐만요, 어디서 본 분인데!"

"아닐 것 같은데요." 잭이 말했다.

"뉴스에서 봤어요. 그 사람 맞죠. 그 여자애 아빠, 맞죠?"

잭이 고개를 끄덕이며 슬픔을 살짝 내비쳤다. 이미 수없이 반복한 표정이었다.

여자가 한 발짝 뒤로 물러났다. 겁을 먹은 듯했다. 뒤돌아서 자기 픽업트럭을 한 번 쳐다보고, 다시 잭을 살폈다. "그럼, 다치신 데가 없으면…"

"네, 괜찮아요." 잭이 자기 차로 돌아오며 다시 한번 말했다. 그리고 차에 올라타 거칠게 후진한 뒤 길가에 선 파란색 픽업트럭과 자기 뒤통수를 쳐다보는 여자를 내버려 두고 다시 글렌데일 가를 달리기 시작했다.

집에 들어오자 온 가족이 내뿜는 감정의 무게가 잭의 머리를 짓눌렀다. 잭은 며칠 내내 자지 못했다. 온몸이 부서질 것만 같았다. 잭은 1층 현관을 지나면서 조각난 몸이 부서져 내리는 모습을 상상했다. 귀 한쪽, 손가락 몇 개, 그리고 왼팔.

누군가가 부엌에서 덜커덕대는 소리에 잭은 생각했다. 저 사람이 내 아내일 수도 있을까?

새미가 사라진 이후 몰리가 한 일이라곤 긴급 상황에서 가장 쓸모없는 두 가지, 울고 기도하는 일뿐이었다. 아내가 울기와 기도하기를 잠깐이라도 멈추고 아이들에게 밥을 먹인다면 그건 상당한 발전일 터였다. 적어도 음식은 실제로 만질 수 있으니까.

부엌에서 소리를 내는 사람은 자기 특기인 그릴드 치즈 샌드위치를 잽싸게 만드는 에마일 가능성이 높았다. 고작 열세 살인 에마는 알아서 필요한 일을 해냈다. 엄마의 임무를 맡아 스튜를 씻기고 먹였고, 어젯밤 스튜가 악몽을 꿨을 때 조용히 스튜 방으로 들어가서 스튜 옆에 누운 사람도 에마였다.

부엌에 있는 사람은 몰리도 에마도 아니었다. 차라리 아홉 살난 아들이 키스 더 셰프라고 쓰인 앞치마를 입은 모습을 봤다면 지금 눈앞에서 한쪽 어깨에 행주를 걸치고 가스레인지와 오븐 사이를 왔다 갔다 하는 사람을 봤을 때만큼 놀라진 않았을 것이다.

"…어머니?"

샌디 웬트는 새끼손가락으로 무언가 빨간 것을 찍어 입에 넣었다. 두 눈을 감고 맛을 음미하더니 만족스러워하며 고개를 끄덕였다. "여기 마늘은 없니? 진짜 마늘 말이다. 튜브에 든 거 말고."

"여기서 뭐 하세요?"

"너희 가족 먹일 저녁 만들지." 샌디가 잭에게 다가와 포옹을 했다. 잭의 두 팔은 뻣뻣하게 양 옆구리에 붙어 있었다. "이제 아침마다 들러서 아침 차리고 애들 챙겨주마. 점심 차린 다음에는 가게로 갈 거야."

픽업트럭이 불쑥 길을 막았을 때 느꼈던 분노가 또다시 온몸을 타고 올라 턱에 이르렀다. "약국 문 닫았어요."

"말이 되는 소릴 해." 샌디가 말했다. "왜, 내가 가운을 입기엔 너무 늙은 것 같니?"

"안 도와주셔도 괜찮아요." 잭이 얇은 입술 틈으로 말했다.

"이런, 얘야. 너 지금 전혀 안 괜찮아. 새미 찾는 데 집중해야지. 그래도 그동안 삶은 계속되어야 해. 내가 재키 너 대신 자잘한 일들을 맡아서 하마."

"아무도 그래 달라고 부탁한 적 없어요."

"우린 가족이잖니." 샌디가 말했다. "원래 가족은 이렇게 하는 거야. 그리고 네 말 틀렸어. 몰리가 나한테 전화했다. 네가 기도를 안 한다고."

분노가 뒷목과 어깨를 조여왔다. 아내와 어머니의 관계는 잭이 평생 어머니와 맺어온 관계보다 더 가까웠다. 잭이 빛 안의 교회에서 멀어진 만큼 몰리는 더욱더 교회에 투신해 열심히 활동했다. "전 애들 보러 갈게요."

거실에선 디즈니 만화 영화 〈로빈 후드〉가 재생되고 있었다. 이 영화는 몇 년 전부터 스튜가 가장 좋아하는 영화였는데 지난 24시간 동안은 가히 집착에 가까웠다. 거의 쉬지 않고 틀어놓은 나머지 재생할 때마다 VHS 비디오가 조금씩 늘어졌다. 잭은 이 영화의 어떤 점이 그렇게 스튜의 마음에 드는지 몰랐다. 그저 결말을 미리 안다는 사실이 영향을 주리라 추측할 뿐이었다.

그때 초인종이 울렸다.

"이번엔 또 누구야." 잭이 조용히 중얼거렸다. 지난 72시간 동안 위로와 기도를 전하고 캐서롤을 주러 온 사람들이 끊임없이 이어졌다.

잭이 현관문을 열었다. 어렴풋이 낯익은 남자가 문밖에 서 있었다. 남자는 뚱뚱했고 고무줄 청바지 주머니에 두 손을 쑤셔 넣었다. 희끗희끗한 염소수염을 하고 하얀색 페도라를 쓰고 있었다.

밝은 햇빛 아래에서 깜깜한 방 안으로 걸어 들어갈 때처럼 눈앞 풍경에 머리가 적응하면서 잭은 서서히 그 남자를 알아보았다. 저 사람이 20년쯤 젊고 50킬로그램쯤 덜 나간다면, 우스꽝스러운 페도라를 벗긴다면, 저 사람은 꼭…

"버디?"

"오래간만이야, 잭." 남자가 말했다.

"이런, 버디 번스. 이게 얼마 만이야?"

"20년. 거의 그 정도 됐지." 버디 번스가 말했다. "그동안 동네에서 가끔 봤는데 인사할 용기가 안 났어."

"용기가 안 나? 왜?" 버디가 두 손을 주머니에서 꺼내 불룩 나온 배 앞에서 맞잡았다. "우리가 마지막으로 만났을 때 있던 일로 마음이 편치 않았어, 잭. 연락하고 싶었지만, 자존심 때문에 쉽지가 않더라고. 그런데 네 딸 새미 소식을 들으니까…"

"안으로 들어와." 잭이 말했다. "맥주 한잔할래?"

버디가 주저하며 몸을 움츠렸다.

"아 맞다, 미안. 술 안 마시지. 그럼 콜라 한잔?"

잭이 오래된 포드를 타고 교회에서 1킬로미터씩 멀어질 때마다 더 가벼워지는 기분을 느끼며 마지막으로 교회에서 돌아오기 전, 버디 번스는 잭의 가장 절친한 친구였다. 두 사람은 늘 붙어 지냈다. 함께 사냥과 낚시, 하이킹을 했고, 그게 아니면 버디의 오래된 픽업트럭 뒤에 올라타 이야기를 나누었다. 두 사람은 몇 시간씩이고 대화를 했다. 신에 대해서, 삶과 죽음, 사랑, 우주 그리고 진화론에 대해서.

교회에 금주 규정이 있진 않았지만, 확실히 교인들은 음주를 못마땅해했다. 하지만 버디는 맥주를 가득 채운 아이스박스를 챙겨오곤 했고, 술은 두 사람 관계에 젊은이다운 반항기를 보태주었다.

마지막으로 이야기를 나누었던 밤, 차는 호숫가에 주차되어 있었다. 잭과 버디는 키스를 했고 그건 처음이 아니었다. 전과 다른 점이 있었다면 열기가 점점 달아오르면서 잭이 버디에게 교회를 떠나자고 제안한 것뿐이었다. "우리 함께 여길 떠날 수 있어. 남쪽으로 가서 처음부터 다시 시작하자. 우리 식으로 예배를 드리는 거야."

그러자 버디는 갑자기 싸늘해졌고, 잭을 호모 새끼라고 부르고는 차를 타고 떠나버렸다. 잭은 10킬로미터를 혼자 걸어서 마을로 돌아왔다.

"애가 다섯이라고?"

"그래, 맞아." 버디가 자랑스럽다는 듯 고개를 끄덕이며 말했다. "열심히 살았지."

"확실히 그런 것 같네."

두 사람은 뒷마당에 놓인 키 작은 나무 벤치에 나란히 앉았다.

"몰리가 네 와이프를 좋게 얘기하던데." 잭이 말했다.

"서로 잘 지내더라고."

잭이 콜라를 한 모금 마시고 집을 올려다봤다. 새미 방에 불이 켜져 있었다. 보이진 않았지만, 그 안에 몰리가 있음을 알 수 있었다. 아마 바닥에 뒹구는 새미의 장난감 사이에서 몸을 웅크리고 울거나, 기도하거나, 아니면 울면서 기도하고 있을 것이다.

"어떤 사람이야?" 잭이 물었다. 본인에게도 뜻밖의 질문이었다.

"내 와이프?"

"아니, 내 와이프. 이 일이 있기 전에 말이야. 예배 때 만났을 거 아니야."

버디가 불편한 얼굴로 고개를 끄덕였다. 그리고 페도라를 벗어서 손으로 앞뒤를 뒤집었다가 다시 머리에 썼다. "늘 주님께 손을 뻗었고, 내가 보기엔 주님께서도 손을 잡아주셨어. 우리 모두 그 외엔 더 바라는 게 없지."

차가운 바람이 불자 울타리 위에서 나뭇잎이 흔들렸다. 잭은 새미 생각을 했다. 아가야, 어디 있니. 거긴 춥지 않니?

"그래서 여긴 왜 온 거야, 버디?"

"무슨 말이야?"

"우리 서로 얘기 안 한 지 수십 년이야. 그냥 위로하고 기도해주러 들른 건 아닐 거 아냐. 그게 맞다면 그것대로 고맙지만."

버디가 자리에서 일어나 마치 부모에게 성적표를 건네주기 전

머뭇거리는 아이처럼 서성거렸다. "이런, 잭, 사실 할 말이… 이걸 어떻게 얘기해야 할지 잘 모르겠는데, 네가 이해해줬으면 좋겠어. 내가 말했다는 걸 아무도 알아선 안 돼…"

"뭔데, 버디?"

"잭, 비밀 지키겠다고 약속해줘. 내 아내가 알면, 아니 교회에서 알면…"

"버디 번스." 그때 잭 어머니의 날카로운 목소리가 들려왔다. 샌디가 앞치마에 젖은 손을 닦으며 마당을 가로질러 걸어왔다. "네가 오는 줄 알았으면 저녁을 더 넉넉히 준비했을 텐데."

버디가 빠르게 눈을 깜박였고 잭은 버디의 표정에서 어딘가 이상한 점을 느꼈다. 처음에는 뜻밖의 만남에 어색하게 군다고 생각했지만 아니었다. 버디 번스는 겁에 질린 듯했다.

"안녕하세요." 버디가 떨리는 손으로 페도라를 기울이며 말했다. "괜찮아요. 아내가 저랑 우리 딸들 먹을 저녁을 차려놨을 거예요. 그래서 말인데, 이제 슬슬 가봐야겠어요."

"버디, 잠깐만." 잭이 샌디 쪽을 돌아보고 말했다. "어머니, 잠깐만 자리 좀 비켜주시겠어요?"

샌디 웬트가 눈을 가늘게 뜨고 잭과 버디를 번갈아 가며 쳐다보았다. 이내 미소를 지었다. "물론 그래야지. 너무 늦진 말렴. 저녁다 식는다."

어머니가 집으로 들어갈 때까지 기다렸다가 잭이 다시 입을 열었다. "그래서 하려던 말이 뭐야?"

너무 늦었다. 버디는 이미 겁을 먹은 상태였다. "다음에, 잭."

잭은 뒷마당에 남아 버디 번스가 잔디에 난 길을 어기적어기적 걸어 집 안으로 들어가는 모습을 바라보았다. 그리고 생각했다. 한때는 저 남자를 사랑했었지.

버디가 떠나고 10초도 지나지 않아 에마가 나타났다. 한 손엔 분홍색 고무장갑을 끼고 다른 손으로는 고무장갑 한 짝을 들고 있었다. "전화 왔어, 아빠."

나무 벤치에서 급하게 일어나는 바람에 잭은 거의 정원으로 고꾸라질 뻔했다. "새로운 소식이야?"

에마가 고개를 저었다. "그런 것 같진 않아."

"누군데?"

"말 안 하던데. 그런데, 아빠." 에마가 말을 멈추고 뒤돌아서 집을 바라본 뒤 목소리를 낮추었다. "전화한 남자가 울고 있는 것 같아."

잭은 목소리를 듣기도 전에 전화한 사람이 트래비스임을 알았다.

"나도 알아, 안다구." 트래비스가 말했다. "그러니까 잔소리는 아껴둬. 중요한 일 아니었으면 전화 안 했을 거야."

에마가 옳았다. 트래비스는 격한 상태 같았다. 날카로운 목소리에서 물기가 느껴졌다. 잭은 잔소리를 아낄 마음이 전혀 없었다. "도대체 무슨 생각이야?" 잭이 목소리를 최대한 낮춰서 말했다. "집으로 전화하지 마. 예외는 없어. 더군다나 이 와중에…"

그때 어머니가 문틈으로 얼굴을 내밀었다. 잭은 프라이버시를 위해 위층 침실에서 전화를 받았지만, 확실히 조금의 프라이버시도 지키지 못했다.

"아들, 아무 문제 없지?" 샌디가 물었다.

"아무 문제 없어요, 어머니."

샌디는 이해가 안 된다는 듯 잠시 자리를 맴돌았다. 그러더니 일부러 크게 한숨을 쉬고는 문을 닫고 나갔다.

전화선 너머에서 사람들이 웃고 떠드는 소리와 음악 소리가 들렸다. "지금 어디야?"

"커비스 바." 트래비스가 말했다.

커비스 바에 있는 트래비스의 모습이 머릿속에 그려졌다. 화장실 문 옆 낡은 공중전화 앞에 서서 불안한 듯이 손가락으로 전화선을 꼬고 있는 트래비스.

"엘리스가 내가 했다고 생각해, 잭."

"뭘?"

"내가 새미를 납치했다고 생각한다고."

잭이 바로 받아쳤다. "뭐라고? 말도 안 돼."

"진짜야, 잭. 내 주위를 맴돌면서 자꾸 뭘 물어봐."

"트래비스, 제발. 모든 사람한테 다 그래. 그냥 조사하는 거라고."

"나한테 새미가 사라졌을 때 어딨었냐고 물었어."

긴장한 잭이 얕은 숨을 들이쉬었다. "그래서 뭐라고 했어?"

"아무 말도 안 했어. 그래서 상황이 더 악화됐지."

"트래비스, 내가 어떻게 했으면 좋겠어?"

트래비스가 다시 입을 다물었다. 한참 후 잭은 트래비스가 전화를 끊은지도 모른다고 생각했다. 그때 트래비스가 말했다. "너한 테 원하는 거 없어, 잭. 조심하라는 말 하려고 전화한 거야."

"조심해? 뭘?"

"조만간 경찰이 찾아와서 너한테 불편한 질문을 할지도 몰라. 네가 아무것도 모르는 채로 허를 찔리지 않았으면 해서." 말을 끝 낸 트래비스가 맥주로 추정되는 뭔가를 한 모금 마셨다. "미안해, 잭. 난 엘리스한테 말해야 해."

누군가가 자기 머리를 물속에 처넣은 것처럼 잭의 세상 속 모든 소리가 둔탁해져왔다. "…지금 뭐라고 그랬어?"

열세 살 때 잭은 친구들과 함께 포스 절벽으로 하이킹을 간 적 이 있었다. 포스 절벽은 엘크피시 협곡에서 툭 튀어나온 부분으 로, 10미터 아래에 깨끗하고 얼음처럼 차가운 메리 호수가 흘렀 다. 호르몬과 또래 집단의 압력, 부엌에서 슬쩍해온 요리용 브랜 디 몇 모금이 합쳐지자 잭은 절벽에서 뛰어내릴 용기가 생겼다. 떨어지는 것 자체는 스릴 넘쳤지만 11월의 얼음장처럼 차가운 물이 수천 개의 작디작은 강철 이빨이 되어 사방에서 잭을 공격 했다. 그보다 더 큰 괴로움은 몸에서 갑자기 산소가 빠져나간 거 였다.

지금까지 그만큼 괴로운 경험은 없었다. 트래비스의 위협(아니면 결정이었을까)이 그때처럼 잭 몸속에 있는 공기 전부를 빨아들였다. 잭은 얕은 숨을 헐떡이며 스스로에게 진정하라고, 차분해지라고, 숫자를 열까지 세라고 말했다. 자기 몸의, 이 상황의 통제권을 되 찾아야만 했다.

"날 보호하는 것뿐이야." 트래비스가 말했다. "엘리스는 내가 알리바이를 댈 때까지 계속 나를 따라다닐 거야. 네 딸이 사라졌을 때 내가 어딨었는지, 너 기억하지?"

잭이 두 눈을 감자 그날의 기억이 밀려들었다. 트래비스가 무릎을 꿇고 입과 두 손으로 잭을 어루만졌고, 잭은 신음을 내지 않으려 아랫입술을 세게 깨물었다. "너 얼마나 마신 거야?"

"아빠처럼 굴지 마, 잭."

잭의 세상에 다시 소리가 들리기 시작했다. 잭은 이 상황을 해결할 수 있었다. 해결해야만 했다. "너 거기 그대로 있어."

잭은 트래비스의 클리니컬 클리닝 승합차가 커비스 바 주차장에 주차된 걸 보고 안도했다. 트래비스가 운전석에 앉아 한 손에 맥주 캔을 든 모습에 더더욱 안도했다.

잭이 차에서 내린 후 트래비스가 맥주를 숨기리라 생각하며 승합차 조수석 쪽 창문을 두드렸다. 예상과 달리 트래비스는 개의치 않았다. 손에 든 캔을 마저 비우고 뒷좌석에 둔 아이스박스에서 새 캔을 꺼낸 뒤 몸을 기울여 조수석 문을 열어주었다.

잭이 차에 올라탔다. 바닥에 빈 맥주 캔이 너저분하게 굴러다녔다. 잭이 개수를 셌다. "네 캔?"

"다섯 캔이야. 이것까지 하면." 트래비스가 자기 말에 마침표를 찍듯이 딸깍하고 새 캔을 땄다. 그리고 아이스박스에 손을 넣어 휘젓고는 더 이상 맥주가 없다는 사실을 깨달았다. "젠장. 이게 마지막이었네. 나눠 먹지 뭐."

잭이 신선한 공기가 들어오도록 창문을 살짝 열었다. "난 괜찮아."

트래비스가 운전석에 더 편하게 기대앉고 한 손을 운전대에 올렸다. 그리고 커비스 바를 힐끗 쳐다보았다. "들어가서 뭐 좀 마실래?"

"아니."

"그럴 줄 알았어." 트래비스가 맥주 캔을 감싸 쥐고 엄지와 검지로 캔을 찌그러뜨렸다. "왜 여기까지 그 먼 길을 왔는지 모르겠네."

"우리 얘기 좀 해."

"얘기할 거 없어. 이게 유일한 방법이야. 내가 실토하지 않으면-"

"그럴 일은 없어, 트래비스."

"경찰이 나를 교도소로 보내면, 그땐 어쩔 건데? 내가 우리 형처럼 되면 좋겠어?"

잭의 머릿속에 불쾌할 정도로 끔찍한 질문이 떠올랐다. 이 비밀을 지키기 위해 내가 어디까지 갈 수 있지? 커비스 바에 CCTV가 있나? 이미 이 차를 알아본 사람이 있을까?

"제발 무슨 말이라도 좀 해봐." 트래비스가 말했다. 트래비스는 절박해 보였지만, 잭은 트래비스에게서 희망을 보았다.

아직 결정 내린 게 아냐. 잭은 깨달았다. 그러지 말라고 설득당하고 싶은 거야.

"트래비스, 엘리스가 공식 혐의를 제기하면 그땐 내가 나설게.

내가 전부 다 설명할게. 절대로 너한테 안 좋은 일이 일어나게 두지 않을 거야. 약속할게."

"이렇게 숨어서 사는 거 지겹지 않아, 잭? 이렇게 힘들게 사는 거 지겹지 않으냐고. 처음부터 다시 시작하고 싶지 않아?"

"이 동네에서 우리가 얼마나 그렇게 살 수 있다고 생각해?"

"다른 곳으로 떠나면 돼. 우리 둘이서. 그럼 더는 숨기지 않고-"

"내 딸이 실종됐어, 트래비스."

"그래, 맞아. 제기랄. 내 말은, 나중에 말이야. 네 딸 찾고 나서."

"난 그러고 싶지 않아." 잭이 말했다. "그 점은 늘 분명히 했잖아."

"그랬지. 나한테서 원하는 게 뭔지는 늘 분명했지." 트래비스는 마지막 맥주를 한 번에 비우고 빈 캔을 찌그러뜨려 바닥에 던졌다. "그럼 뒷좌석으로 가서 할래, 앞에서 할래?"

"닥쳐, 제발." 잭이 주위를 두리번거렸다.

"이게 네가 나한테서 원하는 거 아니야?" 트래비스가 말했다.

"애처럼 굴지 마. 가서 엘리스한테 말하든가. 난 아니라고 할 테니까. 그럼 사람들은 누구 말을 믿을까? 애 셋과 아내가 있는 약사 말을 믿을까, 에클스 집안 사람을 믿을까?"

"네 아내는 누구 말을 믿을 것 같은데?"

잭은 문득 결혼반지의 무게를 실감했다.

주차장 반대쪽 끝에 버스 한 대가 들어왔다. 옆면에는 흰색 글씨로 커다랗게 부즈 버스라고, 바로 아래에는 작은 글씨로 최고의 켄터키 술집 투어에 올라타세요라고 쓰여 있었다. 셔츠를 입은 남자

십여 명(잭이 보기엔 남자 전용 파티를 즐기는 듯했다)이 왁자지껄하게 버스에서 내려 바 입구에서 시끄럽게 웅성댔다. 잭은 이곳이 그들의 첫 번째 방문지는 아닐 거라고 생각했다.

트래비스가 잭의 다리에 손을 올렸다. 잭은 그 손을 밀쳐내고 싶었다. 트래비스의 목을 조르고 싶었다. 배 속에서 뜨거운 분노가 올라왔다. 그 대신 잭은 트래비스에게 키스를 했고, 트래비스도 화답했다.

몇 초 후 두 사람은 서로 뒤엉켰다. 트래비스가 잭의 청바지 단추를 풀고 속옷 허리밴드 아래로 손을 밀어 넣었다. 그리고-

"우웩!"

잭의 몸이 얼어붙었다. "무슨 소리야?"

잭이 왼쪽을 돌아보았다. 버스에서 내린 무리 중 한 명이 이쪽으로 걸어오다 검은색 픽업트럭에 기대 마구 토를 했다. 깡마른 두 다리가 갓 태어난 망아지처럼 후들거렸다.

"우웩." 남자가 또다시 시끄러운 소리를 내고 침을 뱉었다. 그리고 몸을 일으키다 승합차에 탄 두 사람을 발견했다. 남자는 헤벌쭉 웃으며 이쪽으로 걸어왔다. "하던 거 계속하셔." 그리고 딸꾹질을 한 뒤 턱에 묻은 토사물을 손바닥으로 닦아냈다. "내가 방해하면 안 되지. 젊은 두-"

남자는 이제야 제대로 알아보았다. 승합차에 탄 사람이 한 남자와 여자가 아니라 두 남자라는 것을. 상황을 이해한 남자가 얼굴을 찌푸렸다. "게이 커플이구만." 남자가 혼자 중얼거리더니 다시 커비스 바 쪽으로 걸어갔다.

잭이 문손잡이를 움켜쥐었다.

"그러지 마." 트래비스가 말했다. "버스 타고 온 사람이야. 이 동네 사람 아니라고. 우리가 누군지 몰라."

너무 늦었다. 잭은 이미 차에서 내려 깡마른 남자를 향해 주차장을 가로질렀다.

"이봐, 거기 잠시만." 잭이 남자를 불렀다. "당신이 본 거… 그러니까 당신이 봤다고 생각하는 그거…"

깡마른 남자가 초점 없는 눈으로 뒤돌아보고는 웃음을 터뜨렸다. "이봐, 친구. 당신 좋을 대로 하라고."

"그게 아니고 내 말은-"

"잭." 이제 트래비스도 차에서 나왔다. "그냥 내버려 둬. 이 사람은 그냥 돌아가서 술 마시고 싶은 거야. 맞죠?"

"그럼, 아직 자리가 많이 남았다고." 남자가 배를 두드리며 말했다.

무리 중 몇 명이 깡마른 남자를 찾았다.

"거기 무슨 문제 있어, 돈?" 그중 한 명이 외쳤다. 어깨가 넓고 가슴이 떡 벌어진 거구였다.

깡마른 남자 돈이 무리를 향해 손을 흔들었다. "문제없고 아주 댄디해. 댄디에 밑줄 쫙 그어." 돈은 양손으로 무릎을 짚고 재미있어 죽겠다는 듯 껄껄 웃어댔다. 그리고는 다시 잭 쪽으로 몸을 돌려 말했다. "이해했어? 댄디한 아저씨?"

잭이 돈에게 한 발짝 다가섰다.

돈이 항복한다는 표시로 두 손을 번쩍 들었다. "그쪽하고 싸울 생각은 없는데." 그리고 콧노래를 부르듯이 말했다. "집에 있는 와이프가 안 좋아할 거야."

"잭, 그만해." 트래비스가 잭에게 다가와 팔을 꽉 붙잡았다. "그냥 가게 두라고."

돈의 친구들이 주차장을 가로질러 모여들었다.

잘됐네. 잭은 생각했다. 온몸에 분노가 들끓었다. 부러진 코로 피를 흘리며 절뚝절뚝 집으로 돌아가면 무슨 일이었는지 설명해야겠지만 그건 나중 일이었다. 지금 잭은 싸움을 하고 싶었다. 고통과 공포, 두려움, 증오와 싸우고 싶었다. 싸움으로 교회와 몰리, 어머니, 버디, 트래비스, 그리고 새미를 잊고 싶었다.

새미 너 지금 어디야? 지금 어디냐고? 지금 당장 집으로 돌아오지 못해? 집으로 돌아와, 지금 당장!

잭이 트래비스를 떠밀었고 트래비스는 양팔을 휘청거리며 뒤로 밀려났다. 잭은 트래비스가 포기할 거라고 생각했지만 트래비스는 끈질겼다.

"지금 실수하는 거야, 잭." 트래비스가 냉정하게 말했다. 지난 한 시간 동안 그가 마신 맥주 양을 생각하면 상당히 놀라운 냉철함이었다.

무리 중 남자 두 명이 가까이 다가왔다. 가슴이 떡 벌어진 거구가 돈의 어깨에 손을 올리고 물었다. "무슨 일이야?"

"지나가다 사랑싸움에 휘말렸어." 돈이 말했다.

"그런 거 아니라고-" 잭이 다시 돈에게 다가섰지만 거구가 길을 막았다. 그럭저럭 잘생긴 책벌레 타입의 세 번째 남자는 눈을 크게 뜨고 잭을 유심히 쳐다보았다.

"무슨 문제 있소?" 거구가 물었다.

잭의 목이 뜨겁게 달아올랐다.

"아니요." 트래비스가 두 사람 사이에 끼어들며 말했다. "아무 문제 없어요. 오해가 있던 것뿐이에요."

거구가 잠시 트래비스를 보더니 잭에게로 시선을 옮겼다. 그리고는 고개를 내젓고 뒤돌아 걸어가며 중얼거렸다. "호모 새끼."

"지금 뭐라고 했어?" 잭이 말했다. 하지만 잭이 한 말 같지 않았다. 잭의 입에서 잭의 목소리로 나온 말이었지만 꼭 다른 존재가 말하는 것 같았다. 사악하고 사나운 존재, 그건 바로 분노였다.

잭은 막연히 생각했다. 악마다.

거구가 다시 뒤를 돌아보았다. "내가 후회하게 만들어주기 전에 그냥 네 귀염둥이 애인한테 돌아가시지."

잭은 입꼬리가 말려 올라가 섬뜩한 미소가 지어짐을 느꼈다.

"조심하라구." 돈이 거구의 옆구리를 장난스레 찌르며 말했다. "이 사람 지금 즐기는 것 같아. 우리한텐 싸움일지 몰라도 이 자식들한텐 사랑놀음일 수 있어."

거구가 잭을 위아래로 훑어보고 바닥에 침을 뱉은 뒤 손가락 마디를 우둑우둑 꺾었다. "됐고. 그럼 해보자고. 생긴 걸 보니 그리 오래 걸릴 것 같도 않네."

돈이 사냥감 주위를 도는 하이에나처럼 껄껄 웃으며 발을 굴렀다.

커비스 바에서 남자들이 몇 명 더 나온 참이었다. 그들은 웃고 노래를 불러대며 버스 주위를 어슬렁거렸다. 그중 몇 명은 잭 쪽을 바라보았다. 잭은 신경 쓰지 않았다. 수가 많을수록 더 즐거웠다.

"잭, 제발." 트래비스가 말했다.

잭은 이미 목을 좌우로 꺾으며 거구 쪽으로 천천히 걸어갔다. 남자도 두 손으로 주먹을 쥐며 잭에게 다가왔다.

버스 근처에 있던 남자 여섯에서 일곱 명이 이쪽으로 접근했다. 거구의 지원군이었다. 잭은 이 싸움에서 이기지 못하리라는 걸 깨달았다. 거구에게 제대로 몇 방 먹인다고 하더라도(잭은 그럴 자신이 있었다) 저들 전부를 상대로 이길 가능성은, 저들이 취했든 아니든 간에, 전혀 없었다.

하지만 그건 중요치 않았다.

떠밀면서 꾸물거릴 시간 없어. 잭이 스스로에게 말했다. 바로 주먹을 날려.

잭이 한 발에 무게를 싣고 주먹 쥔 손을 뒤로 당겼다. 그리고-

"나 저 사람 알아." 잭을 유심히 보던 그럭저럭 잘생긴 남자였다. "맞아, 확실해. 멈춰봐. 나 이 사람 알아."

"그럴 리 없어." 잭이 말했다.

"아냐, 맞아. 아침에 밥 먹을 때 뉴스에서 봤어. 진짜야. 내가 봤어. 이 사람 봤다고." 남자가 지금 막 도착한 사람들 쪽으로 몸을 돌렸다. "나 아침에 텔레비전에서 이 사람 봤어. 애가 납치인지 뭔지 당했다던데, 맞지?"

거구가 주춤했다. "저게 무슨 소리야?"

"아무것도 아냐." 잭이 말했다.

"아, 맞네. 나도 봤어." 무리 중 한 명이 말했다. 갈색 수염이 텁수룩하지만 머리카락은 없는 작고 다부진 남자였다. "이런, 참. 형씨, 이게 무슨 말도 안 되는 일이랍니까. 나도 애가 넷인데… 이런, 참."

"나 참, 애가 납치돼?" 거구가 멋쩍게 중얼거렸다. "이봐, 친구. 그냥 여기서 끝냅시다."

"애 엄마가 당신 여기 있는 거 알아?" 돈이 물었다. 돈의 입에서 토 냄새가 났다.

모두가 잭을 바라봤다. 잭은 이 상황이 어떻게 보일지 알았다. 아니, 이들이 잘못 본 게 아니었다. 그게 사실이었다.

"아니." 잭이 말했다. "아내는 몰라. 그리고 계속 몰랐으면 해."

남자들이 수군거리기 시작했다. 몇 명은 잭을 멍하니 바라보았고, 몇 명은 실실 웃었다.

"분명히 말해두는데, 당신들이 생각하는 그런 상황 아니야." 잭이 말했다. 잭은 정확히 거구를 향해 말했다. 그 사람이 무리의 리더 같았다. "당신 친구 말처럼 내 딸이 사라졌어. 그리고…" 잭이 트래비스를 돌아보았다. "난 그게 이 사람과 관련이 있다고 생각해."

트래비스는 힘이 쭉 빠졌지만, 전혀 놀라 보이진 않았다. 마음 한편으로는 잭이 자신을 배신하리란 걸 알았던 듯했다.

"난 저 사람 추궁하던 거야." 잭이 말했다.

거구가 잭의 어깨 너머로 트래비스를 쳐다봤다가 다시 친구들에게로 고개를 돌렸다.

돈이 트래비스에게 물었다. "사실이야?"

"난 가봐야겠어요." 트래비스가 승합차를 향해 걸었다.

돈이 트래비스를 따라갔다. "당신 정신병자야?" 바닥에 침을 뱉으며 말했다. "여자애들 건드리는 그런 놈이냐고. 그런 거야?"

"난 문제 일으키기 싫어요." 트래비스가 말했다. 그리고 상처 입은 눈으로 잭을 바라보았다.

돈이 뒤에서 트래비스의 멜빵을 붙잡고 홱 잡아당겼다. 트래비스가 돌아서서 돈을 밀쳤지만, 돈은 다시 배고픈 하이에나처럼 껄껄 웃으며 춤추듯 폴짝댔다.

트래비스가 잭 쪽으로 몇 걸음 내디뎠다. 몇 걸음 더 다가갔다. "내가 무슨 짓을 했길 원해, 잭? 말해주면 지금 당장 그대로 말할게."

잭이 거구를 힐끗 쳐다보았다. 남자는 당혹스러워하는 듯했다.

잠자코 있어, 트래비스. 잭이 생각했다. 내가 더 나가게 하지 마.

"어차피 날 이용했잖아, 잭. 다른 쪽으로도 이용하는 게 나을지 몰라." 이제 트래비스는 귓속말을 할 수 있을 만큼 가까이 있었고, 둘 사이의 거리는 한 발짝도 되지 않았다.

두 사람을 둘러싼 남자들이 무슨 일인지 보려고 점점 더 가까이 모여들었다.

"형씨, 그래서 어쩔 거요?" 돈이 물었다.

거구가 돈의 어깨에 손을 올리고 돈을 진정시켰다. "살살해, 돈."

"좋은 질문이네." 트래비스가 말했다. "형씨, 그래서 어쩔 거야?"

"그만해." 잭이 말했다.

"어쩔 거냐고?"

"그만하라고 했어."

"원하는 걸 다 가질 순 없어. 나도 마찬가지야. 넌 날 증오하면서 사랑할 수는-"

잭이 트래비스의 얼굴을 때렸다. 뒤로 넘어진 트래비스가 잠시 정신을 잃었다가 코를 훌쩍였다. 코에서 피가 흘렀다. 아마도 부러진 듯했다. 트래비스는 마치 청혼하듯 한쪽 무릎을 꿇고 앉아 손바닥으로 흐르는 피를 받으며 손가락 사이로 피가 뚝뚝 떨어지는 모습을 바라보았다. 이가 두 개 부러져 있었다.

힘없이 늘어진 트래비스가 말했다. "네가 정말 이럴 줄은 몰랐네."

잭이 또다시 트래비스에게 주먹을 날렸다.

잭이 집에 돌아온 건 자정이 넘어서였다. 잭은 굳이 불을 켜려고 하지 않았다. 어느 쪽으로 가야 할지는 잘 알았다. 하지만 잭은 침실 대신 거실로 들어가 소파에 쓰러져 울기 시작했다.

계단에서 누군가 내려오는 소리가 들렸다. 흰색 잠옷을 입은 몰리의 희미한 실루엣이 보였다. 유령 같군. 잭은 생각했다.

"잭?"

"나 때문에 깼어?"

"나 요즘 못 자." 몰리가 불을 켰다. 엉망이 된 소파를 보자 몰리의 눈이 커다래졌다.

"무슨 일 있었어?"

"아무것도 아니야." 잭이 거짓말을 했다. "이거 내 피 아니야."

"새미랑 관련된 일이야?"

잭이 고개를 저었다.

몰리는 버럭 화를 내며 설명을 요구하고 성경을 인용할 수도 있었다. 하지만 그러는 대신 잭에게로 다가갔다. 몰리는 잭의 눈물을 닦아주고 잭 옆의 소파 팔걸이에 앉아 두 손으로 잭의 얼굴을 감쌌다.

"내가 실수를 저질렀어, 몰리." 잭이 말했다. 그리고 아내에게 몸을 기댔다. 몰리에게서 자연스럽고 익숙한 냄새가 났다. 피부는 부드러웠다. 트래비스의 피부보다 훨씬 더. 몰리가 몇 년 만에 처음으로 잭의 머리카락을 가만히 쓰다듬어주었다.

"무슨 일인지 얘기하고 싶어?" 몰리가 물었다.

"아니, 별로." 잭이 말했다.

몰리는 더 다그치지 않았다.

펜실베이니아의 어딘가

현재

나는 프리우스 안에 신선한 공기가 들어오도록 조수석 창문을
살짝 내렸다.

"인터넷이 들어오자마자 바로 찾아봤어요." 스튜어트가 말했다.
"그땐 집에 인터넷이 없어서 고등학교 도서관을 이용해야 했어요.
다른 실종 아동이나 유죄 판결을 받은 유아 살인범 정보를 찾아봤
죠. 관련이 있을지 모르니까요."

우리는 길게 뻗은 고속도로를 달리고 있었다. 도로를 따라 이어
진 떡갈나무와 단풍나무 너머로 밭이 끝없이 펼쳐졌고 가끔씩 농
가 주택이 덩그러니 나타났다. 이곳의 세상은 더 넓어 보였다. 내
게 익숙한 멜버른의 작은 동네에 비하면 확실히 훨씬 넓었다. 지

평선 위로 해가 떠오르자 눈앞에 더 너른 땅이 나타났다. 풍경을 지나가는 게 아니라 풍경 안으로 흡수되는 듯한 느낌이었다.

"그때는 학교 컴퓨터를 사용하는 시간이 정해져 있었어요." 스튜어트가 말을 이었다. "그 30분 동안 정보를 최대한 많이 긁어모아서 미친 듯이 프린트를 했어요. 시간이 다 되면 프린트한 것들을 몰래 가방에 싸 와서 제발 엄마 아빠가 보지 않기만을 바랐죠."

"들키면 큰일이 났을까요?" 내가 물었다. "그런 상황에선 자연스러운 행동으로 보이는데요."

스튜어트가 어깨를 으쓱했다. "부모님이 아셨으면 아마 절 심리상담사한테 보냈을 거예요."

그것도 그리 나쁘진 않았겠네. 나는 생각했다.

"그러니까 고등학교 때부터 쉬지 않고 계속 조사해온 거예요?"

"대학 때 잠깐 마약으로 잊으려고 해봤어요. 그것도 오래 안 가더라고요. 중독된 거예요. 마약이 아니라 조사하는 것에요. 솔직히 말하면 지금도 똑같아요. 그게, 그러니까 그게 욕구든, 충동이든, 강박이든 간에 이미 나와버린 거예요. 짜낸 치약을 다시 튜브에 넣을 순 없잖아요. 그때 클레어를 만났어요. 제 집착이 병적으로 심해지지 않도록 클레어가 많이 도와줬죠… 가끔 심해질 때도 있지만요."

"사랑받는 것 같네요."

"클레어가 아니었다면 그쪽을 절대 찾지 못했을 거예요." 내가 본 것 중 가장 활기차고 감정적인 모습이었다. 처음으로 이 남자에게 깊이 공감했다.

나는 생각했다. 에이미가 사라졌다면 나도 똑같이 행동했을지 몰라.

"에마는 어떻게 극복했어요?" 내가 물었다.

"당신 장례식을 치렀어요."

"음… 뭐라고요?"

"진짜예요. 나무 상자에 킴의 장난감과 책을 가득 담아서 자기 집 뒤에 묻었어요. 가족들도 전부 초대했는데 전 안 갔어요."

"왜요?"

"포기하는 것처럼 느껴져서요."

내가 올리버 가에서 자전거를 타는 동안, 아니면 에이미와 거실에 앉아 텔레비전을 보거나, 아빠와 산책을 하거나, 엄마가 빗으로 내 머리를 빗겨주는 동안 다른 대륙에서 에마 웬트가 여동생의 죽음을 애도하는 모습이 그려졌다.

"나한테 말하지 않을 생각은 안 해봤어요?" 내가 물었다. "나를 위해서가 아니라, 당신 가족을 위해서요. 다들 잊고 잘 살아가고 있다면-"

"「이녹 아든」이라는 작품 읽어본 적 있어요?" 스튜어트가 내 말을 끊고 물었다.

"아뇨."

"19세기 영국 시예요. 고등학교 때 학교에서 배웠어요. 이녹 아든이라는 선원 이야기인데, 배가 난파돼서 10년 동안 무인도에 갇혀요. 마침내 가족에게 돌아온 이녹 아든은 집 밖에서 창문으로 안을 들여다봐요. 그리고 아내가 재혼한 걸 알게 되죠. 아내는 지난 일을 잊고 행복하게 살고 있어요. 이녹은 그 모습을 보고 집에 들어가지 않기로 결심해요. 아내가 자기 없이 더 잘 살리란 걸 아니까요. 그리고 떠돌아다니다 상심한 채로 쓸쓸히 죽어요."

내 두 손이 떨리고 있었다.

"베일리 선생님이 이 시를 읽고 에세이를 쓰게 했어요." 스튜어트가 말했다. "이녹이 왜 그런 결정을 내린 것 같은지, 더 중요하게는 이녹이 옳은 결정을 내렸다고 생각하는지에 대해서요."

"옳은 결정이었다고 생각해요?"

스튜어트가 웃었다. "당연히 아니죠. 제가 이녹 아든이었으면 조금도 망설이지 않았어요. 문을 부수고 들어가서 아내의 새 남편과 싸웠을 거예요. 이기적인 행동일 수도 있겠죠. 어떻게 생각해요?"

"이녹 아든에 대해서요?"

"아뇨… 지금 이 상황에 대해서요. 내가 말을 안 했으면 좋았겠다고 생각해요?"

"아직 잘 모르겠어요." 내가 말했다. "스스로는 빨간약*을 택하는 편이라고 생각하는데, 솔직히 좀 두렵네요."

"뭐가 두려워요?"

"이 일이 우리 가족한테 어떤 영향을 미칠지가 두려워요. 에이미와 아빠는 제 삶에서 늘 그 자리에 있는, 오래된 관계라고 느껴지는 유일한 사람들이거든요."

* 영화 〈매트릭스〉에서 진실을 알게 하는 매개체로 등장한다. 빨간 약은 혼란스럽고 고통스러운 진실의 모습을 보는 것이고, 대척점에 있는 파란 약은 질서 있는 세계에서 안온한 만족의 길로 제시된다.

스튜어트가 침묵에 잠겼다. 침묵 속에서 스튜어트는 앞으로 몸을 기울여 라디오를 틀었다. 나는 그 행동이 대화가 끝났음을 의미한다고 생각했다. 신경 쓰이진 않았다. 은은한 엔진 소리와 조용히 들려오는 라디오 속 목소리가 복잡한 머릿속을 가라앉혀주었다.

우리는 경치 좋은 너른 고속도로를 따라 펜실베이니아를 지나 웨스트버지니아로 진입했다. 시골 마을을 우회하며 넓게 펼쳐진 농지와 황야를 따라 달렸고 옥수수밭과 담배 농장을 통과했다. 대화를 많이 나누진 않았지만 길 위에서 보내는 시간이 길어질수록 둘 사이의 침묵도 점점 편안해졌다. 서서히 우리만의 리듬을 찾아가고 있다는 느낌이 들었다.

조수석 시트에 내 엉덩이 자국이 또렷하게 남을 만큼 오랜 시간이 흐른 후에야 웨스트버지니아 마사에 도착했다. 빈집과 무너져가는 콘크리트 건물, 파형 철판으로 세운 창고가 줄지어 선 가난한 동네였다. 우리는 오후 여덟 시쯤 빅윈드모터 모텔에 차를 댔다. 땅에 우뚝 솟은 겨자색이 눈에 확 띄는, 커다랗고 네모난 5층 건물이었다. 방을 따로 잡은 우리는 다음 날 아침 식당에서 만나 밥을 함께 먹은 뒤 에마 집으로 출발하기로 했다.

내 방은 스탠더드 싱글 룸이었다. 침대는 푹신했고 난방도 잘되었다. 나는 타일 바닥에 앉아 배꼽 위로 물이 흘러내리는 모습을 지켜보며 긴 샤워를 했다. 그 후에는 침대에 앉아 채널을 이리저리 돌리며 텔레비전을 봤다. 지역 뉴스를 보니 내가 낯선 땅에 온 이방인이라는 사실이 실감이 났다.

핸드폰이 울렸다. 아빠의 전화였다. 무음 버튼을 누르고 화면에 뜬 아빠 이름을 물끄러미 바라보았다. 그때 머릿속에 생생하고 선명한 이미지가 떠올랐다. 낙담한 얼굴로 핸드폰을 내려다보는, 한 손으로 얼굴을 쓸어내리며 눈물을 뚝뚝 흘리는 아빠. 나는 한숨을 내쉬고 전화를 받았다.

"아빠."

"이런, 다행이구나." 아빠가 말했다. "음성 메시지 남기는 데 슬슬 지치던 참이었다."

"죄송해요. 좀 바빴어요."

"어디니? 연락이 안 돼서 너희 집에 갔었어. 이웃집에 사는 그 덩치 큰 여성분이 널 못 본 지 좀 됐다고 하시더구나. 그래서 학교에 전화했지. 너 몇 주 휴가 냈다며?"

"시간이 좀 필요해서요."

"에이미가 정신이 나갔어." 아빠가 말했다. "네가 내 전화를 안 받는 건 이해해. 하지만 네 동생한테 벌을 줄 필요는-"

"에이미한테 얼마나 말했어요?"

"무슨 말?"

"빌어먹을 새미 웬트에 대해서요."

"아무 말도 안 했어, 킴. 에이미가 꼬치꼬치 물었는데도 아무 말 안 했다."

"이제 끊어야 해요."

"잠깐, 키미. 시간이 필요한 거 알아. 원하는 만큼 시간 가져도 돼. 다만 미국에 안 가겠다고만 해줘."

"못 해요." 내가 말했다. "이미 미국에 왔거든요."

전화기 반대쪽에서 침묵이 흘렀다. "킴, 맨슨에 가면 안 돼."

"왜요?"

"네가 모르는 게 있어."

"그게 뭔데요?"

"…말할 수 없어. 말하지 않겠다고 네 엄마랑 약속했다."

"에이미한테 사랑한다고 전해주세요."

"킴, 잠깐만-"

나는 전화를 끊고 핸드폰 전원을 껐다. 미니바에서 와인 한 병을 꺼내 텔레비전의 볼륨을 높였다. 텔레비전 소음이 머릿속에서 악을 써대는 생각들을 조용히 가라앉혀줄 거라고 생각했다. 사실 텔레비전보다는 와인이 도움이 되었다.

몇 시간 후 나는 원래의 가족과 새로운 가족을 생각하며 잠에 빠져들었다.

트레일러 파크 입구에 매달린 커다란 나무 간판 양옆에 거대한 플라스틱 독수리가 서 있었다. 간판에는 엘스웨어 파크(Elsewhere Park)라고 쓰여 있었고, 독수리는 성조기 무늬로 페인트칠 되어 있었다.

스튜어트는 복잡하게 얽힌 도로와 막다른 골목 사이에서 길을 찾으며 넓디넓은 공원을 천천히 가로질렀다. 에마가 트레일러 파크에 산다는 얘기를 처음 스튜어트에게 들었을 때 나는 낡은 집들과 웃자란 잔디, 흔들의자에 앉아 초점 없는 눈으로 먼 곳을 바라보는 노인들, 목줄이 팽팽해진 채 사납게 짖어대는 개들을 상상했다. 예상과 달리 엘스웨어 파크는 여름 캠프를 떠올리게 하는 묘한 매력이 있었다.

아이들이 공을 차고 자전거를 타며 놀았고 사람들이 개를 산책시켰다. 길을 묻느라 두 번 차를 세워야 했는데, 두 번 다 친절하고 우호적인 사람들이었다.

"자, 이 길을 쭉 따라 내려가면 밝은 빨간색 조립식 주택이 나와요." 한 남자가 창턱에 한쪽 팔꿈치를 기대고 톨킨의 소설 속 등장인물처럼 파이프에 담배를 채우며 말했다. "거기가 케이트 펜턴네 집이라오. 이혼 소송이 끝나면 또 어떻게 될지 모르지. 어쨌든 케이트네 집이 나오면 왼쪽으로 꺾어서 달걀껍데기처럼 새하얀 방갈로를 찾아야 해. 거기가 나이절 라이언네 집이야. 그 집 현관 앞을 지나가면 그 양반이 늘 그렇듯이 손을 흔들어줄 게야. 자, 나이절 집을 지나면 말이지-"

에마의 집은 베이지색 커다란 조립식 이동 주택이었다. 지붕널 밑에 자주색 장식 패널이 달렸고, 막다른 골목 끝에 있어서 옆으로 조금만 내려가면 지하수가 샘솟는 얕은 개울이 나왔다. 전체적으로 봤을 때 아이들을 키우기 나쁘지 않은 곳 같았다. 에마에게는 아들이 셋 있었다.

진입로가 비어 있었지만, 스튜어트는 바깥을 향하도록 차를 돌려 도로에 주차했다. 익숙한 책략에 마음이 편해진 나는 속으로 빙긋 웃었다.

"빨리 도망치려고요?" 내가 물었다.

"누나랑 있으면 무슨 일이 일어날지 아무도 몰라요." 스튜어트가 웃음기 전혀 없이 말했다.

트레일러 앞문은 활짝 열려 있었고 방충망만 닫혀 있었다. 스튜어트가 나보다 몇 발짝 앞에 서서 초인종을 눌렀다. 잠시 후 깡마른 여자가 모습을 드러냈다. 회색 방충망에 가려서 잘 보이지 않았다.

"누구시죠?" 에마가 말했다.

"나야, 누나." 스튜어트가 방충망 너머의 실루엣을 향해 말했다. "스튜어트야."

"스튜?" 여자가 한 손으로 방충망을 열고 다른 한 손으로 입에 문 담배를 뺐다. 그러더니 활짝 웃었다. "이게 누구야, 너 여기서 뭐 해?"

에마는 마흔한 살이었지만 쉰 살처럼 보였다. 탈색한 금발이 느슨하게 묶여 있었다. 얼굴 피부가 까무잡잡하고 거칠었다. 에마는 몸보다 큰 버거킹 셔츠를 입고 있었다.

"근처에 올 일이 있어서." 스튜어트가 말했다.

"근처라니, 말이 되냐. 빨리 들어 와."

에마가 담배를 바닥에 버리고 양말로 비벼 끈 후 동생을 끌어안았다. 두 손으로 스튜어트의 어깨를 꽉 잡고 한 발 뒤로 물러나서 스튜어트를 바라보았다.

"너무 오랜만이다, 똥싸개."

스튜어트가 고개를 절레절레 저으며 내 쪽을 바라보았다. "어린 시절 내내 절 저렇게 불렀어요. 참 다정하죠?"

에마가 고르지 않은 작은 이를 드러내며 씩 웃었다. "그래서 저분은 누구야? 나한테 소개해줄 거야? 이젠 클레어랑 끝났나 보지?"

스튜어트의 얼굴이 붉어졌다. "아냐, 클레어와는 여전히 부부 사이야. 이쪽은 내 아내가 아니고… 그러니까 이쪽은…" 스튜어트가 적절한 단어를 고르며 잠시 말을 멈췄다.

"야 똥싸개, 그냥 말해." 에마가 말했다. 스튜어트의 심각한 표정을 눈치챈 에마의 얼굴에서 미소가 사라졌다.

"누나… 이쪽은 새미야."

에마가 몸을 움찔했다. "만나서 반가워요, 새미. 우리한테도 새미라는 이름의 여동생이 있었는데. 스튜가 이미 말해줬죠?"

"아냐, 누나. 이 사람이 바로 새미야."

무거운 침묵이 흘렀다. 에마가 나에게서 스튜어트에게로 시선을 돌렸다가 다시 나를 쳐다보았다. "야, 하나도 안 웃겨."

"웃기라고 한 말 아니야. 진짜 새미야. 내가 찾았어. 내가, 내가 드디어 새미를 찾았다고."

"꺼져." 에마가 중얼거리듯 내뱉었다. "꺼져, 이 자식아." 에마의 눈에서 눈물이 흘러내렸다.

스튜어트도 울고 있었다. 충격적이었다. 모두가 볼 수 있는 바깥에서 이렇게 감정을 드러낼 수 있는 사람일 거라곤 생각하지 못했다. 집에 혼자 있을 때 베개에 얼굴을 묻고 끅끅 울거나, 뜨거운 물이 쏟아지는 샤워기 아래에서 조용히 우는 스튜어트의 모습은 쉽게 상상이 갔지만 이렇게 엘스웨어 파크의 트레일러 현관에서 울 줄은 전혀 몰랐다.

에마가 내 어깨를 붙잡았다. 잠깐 에마가 나를 공격할지도 모른다고 생각했다. 에마는 거칠고 힘이 넘쳐 보였다. "진짜야? 네가 정말 우리 막내야?"

나는 눈을 껌벅이며 가만히 서 있었다. "아마… 아마도…" 내가 말했다. "네. 그런 것 같아요."

"하지만 발음이?"

"오스트레일리아 사람이에요."

"이런, 맙소사." 에마의 다리에 힘이 풀렸다. 에마가 현관 바닥에 앉아 흐느껴 울었다. 나도 에마 곁에 무릎을 꿇고 앉았다. 어느샌가 나도 울고 있었다.

"괜찮아요." 내가 조용히 말했다. 그게 보통 우는 사람에게 해주는 말이었기 때문이다. "괜찮아요."

"난 네가 죽은 줄 알았어." 에마가 말했다. "여태까지 쭉… 제기랄."

"괜찮아요." 나는 이렇게 말하고 두 팔로 에마의 어깨를 감쌌다. 실제로는 1분이나 2분 정도였겠지만 거의 한 시간처럼 느껴지는 시간 동안 그렇게 우리는 서로를 얼싸안았다. 그때 겁에 질린 에마의 아들이 방충망 뒤에서 고개를 빼꼼 내밀었다.

"엄마, 무슨 일이야?"

에마가 눈물을 닦고 자리에서 일어났다. 나를 보내고 싶지 않다는 듯이 한쪽 팔로는 여전히 내 팔을 꼭 붙잡고 있었다. "괜찮아,

아들. 엄마 괜찮아. 사실은 엄청 기뻐."

"왜 다 울어요?" 남자아이가 물었다.

에마가 웃음을 터뜨렸다. "찰리, 이건 기뻐서 우는 거야. 자, 얼른 나와서 이모하고 인사해야지."

켄터키, 맨슨

그때

맨슨 보안관서로 들어서자 꼭 악마의 엉덩이 틈으로 들어서는 것 같았다. 밤새 라디에이터가 오작동한 탓인데, 켜진 채로 오작동한 게 아니었다면 이만큼 끔찍하진 않았을 것이다. 창문이란 창문은 전부 열어놓았는데도 보안관서는 여전히 사우나처럼 후 끈했다.

엘리스는 자기 사무실로 걸어가면서 윗옷을 벗어 어제부터 입 는 내의인 밀친 새 ㅡㄹㅍㄱ ㄱㄱ요 ㄴ을 비벘디. ㄱㄴ 1ㅇ기간 동안 총 네 시간밖에 자지 못했다. 하지만 그건 엘리스가 부딪친 많고 많은 문제 중 극히 일부일 뿐이었다.

새미가 사라진 지 5일째였다. 5일 내내 수색과 분석, 브레인스

168

토밍, 조사 외에도 여러 활동을 펼쳤다. 그리고 5일 내내 조금도 진전이 없는 것에 거듭 사과를 해야 했다.

휴게실에서 부보안관 비처가 나왔다. 겨드랑이에 접시만큼 커다란 땀자국이 나 있었고 눈 밑에 다크서클을 달고 있었다. "배리에게 전화했습니다. 레드워터에 일이 있어서 빨라봐야 정오에나 라디에이터 고치러 올 수 있다네요."

"비처, 몰골이 산송장 같은데." 엘리스가 말했다. "집에는 다녀왔어?"

"유치장에서 몇 시간 쉬었어요. 웃긴 게, 원래는 유치장에 있으면 늘 겁이 났거든요. 그런데 지금은 간이침대랑 베개 챙겨서 그 안에 갇히는 게 전혀 나쁘지 않다니까요."

"그러게나 말이야."

"그럼 라디에이터는 어떻게 할까요?" 비처가 물었다.

"글쎄, 전반적으로 보면 고장 난 라디에이터는 별로 큰 문제가 아닌 것 같은데."

"저도 그렇게 생각했을 거예요. 기자회견만 없었다면요."

"아… 이런, 젠장. 그게 오늘이었지?"

"루이스가 적어도 기자들이 땀 흘리지 않고 앉아 있도록 서에 있는 의자를 전부 잔디밭에 꺼내놓는 게 좋겠다고 하더라고요."

"그게 좋겠어." 엘리스가 말했다. "그리고 아스피린 좀 빨리 갖다줄 수 있겠나, 비처?"

"두통 있으세요?"

"아직은 없어." 엘리스는 오늘 하루가 끝날 때쯤엔 분명 두통이 생길 거라 확신했다. 머리를 아프게 하는 건 조사 자체라기보다는 조사에 따라붙는 정치질이었다. 모두에게 문제가 있었고 모두 엘리스가 자기 문제를 해결해주길 바랐으며 모든 해결책이 또 다른 문제를 낳는 듯했다.

기자회견이 완벽한 사례였다. 원래는 쉽게 목록에서 지울 단순한 항목이었어야 할 기자회견이 삐걱대고 있었다. 고장 난 라디에이터 하나로 온갖 걱정거리가 생겨났다. 날씨가 나빠지면 어떡하지? 미디어가 어떤 각도로 이 이야기를 다룰까?

맨슨 경찰, 무능함을 여실히 드러내다.

망할 라디에이터만 문제가 아니었다. 《맨슨 리더》의 어밀리아 터너가 어젯밤 늦게 보안관서로 전화를 걸어와 '특별 부탁'을 했다. 기자회견 때 사진작가를 꿈꾸는 열여섯 살 난 딸 베스와 자신을 위해 맨 앞줄 두 자리를 맡아달라는 거였다.

특혜를 달라는 것 자체는 별문제가 아니었다. 엘리스 생각에 주변 카운티의 미디어들도 기자회견에 참여할 것 같았다. 어쩌면 NBC나 CNN의 유명한 기자들도 참석할지 몰랐다. 만약 어밀리아 터너가 맨 앞줄에 앉지 못한다면? 《맨슨 리더》 동료들에게 엘리스가 두 자리 빼놓을 힘도 없더라고 말하고 다니진 않을까?

아니면, 엘리스가 낸 개인 광고를 떠벌리지는 않을까? 전문직에 종사하는 탄탄한 세척의 아쁘띠기세 미뀌인 님싱

오, 맙소사.

물론 가장 큰 문제는 미디어에 전달할 내용이 없다는 거였다. 그 어떤 뉴스도 단서도 없었다. 일반 대중에게 도움을 요청하는

게 기자회견 목적이긴 했지만 기자들은 무슨 내용이라도 듣고 싶어 할 것이다. 엘리스는 먹이를 줄 시간에 몸뚱이만 가지고 빈손으로 사자 우리에 들어가는 자신의 모습을 상상했다.

엘리스 머릿속에 내일 신문의 헤드라인이 떠올랐다. 《맨슨 리더》뿐만 아니라 전국의 신문에서 이런 기사를 실을 것이다. '아무런 단서도 내놓지 못한 무능한 보안관' '어설픈 조사로 난항에 빠진 새미 탐색' '우천으로 기자회견 취소되다'

"보고드릴 게 또 있습니다." 비처가 말했다. "지난밤 그린우드 교도소의 클라라 이에게서 전화가 왔습니다."

"뭐래?"

"패트릭 에클스가 출소했답니다."

패트릭이 조기 출소할 수 있다는 얘기는 엘리스도 들은 기억이 있었다. 모범수니, 바람직한 행실이니, 교화의 증거니 하는 말들이 나왔다. 패트릭이 돌아오는 건 시간 문제였다. "언제?"

"수요일이요." 비처가 말했다. "새미가 사라진 다음 날입니다. 패트릭에게는 타이밍이 좋았죠."

정말 좋은 타이밍이었다. 그린우드 교도소 철창 안에 갇혀 있었다는 건 패트릭이 기대할 수 있는 가장 좋은 알리바이였다. 패트릭이 일주일만 일찍 출소했어도 사람들은 패트릭 동생 대신 그에게 손가락질했을 것이다.

"내가 그 애한테 수갑을 채운 게 바로 어제 같은데 말이지." 엘리스가 말했다. "출소가 꽤나 빨랐군."

"거기서 신을 발견했나 보죠." 비처가 말했다.

엘리스는 콧방귀를 끼고 자기 사무실로 들어왔다. 전화기 불빛이 깜박거렸다. 음성 메시지가 열일곱 개 와 있었다. 엘리스는 커피를 한 잔 따르고 책상 앞에 앉아 메시지를 확인했다.

첫 번째는 콜먼의 부보안관에게서 온 메시지였다. 그동안 콜먼 경찰서는 인력을 지원해 맨슨 밖에서 단서를 찾고 있었고, 아주 잠깐 엘리스는 배고픈 미디어에게 던져줄 뭔가가 있을지도 모른다고 생각했다. 하지만 콜먼의 부보안관에게도 뉴스는 없었다. 엘리스는 다음 버튼을 누르며 무소식이 희소식이라고 말한 사람이 누군지는 모르겠지만 나가 뒈졌으면, 하고 생각했다.

삐.

다음 메시지는 도리스 윙에게서 온 것이었다. 동네의 호사가인 윙은 어째서인지 엘리스의 내선전화 번호를 알았다. "내가 당신 일을 대신 해낸 것 같아, 체스터." 윙의 메시지가 이어졌다. "방금 중간 체구의 흑인 남자가 줄줄 흘러내리는 헐렁한 바지를 입고 우리 집 앞 도로를 걸어 내려갔어. 엄청 수상해 보인다구."

삐.

이어진 두 개의 메시지도 도리스 윙에게서 온 것이었다. 윙은 다시 전화를 걸어서 아주 작지만 누가 봐도 매우 중요한 정보를 덧붙였다. "아, 말하는 걸 깜박했는데, 범인은 야구 모자를 썼어. 모자는 피빈색이고, 옳으고 있어. 보통 이런 녀들은 표기를 거꾸로 쓰던데 얘는 아니네."

삐.

"또 나야, 체스터. 내가 마지막으로 전화하고 거의 15분이 지났어. 난 지금도 창문 앞에 서서 왜 자네가 순찰차를 보내서 내 기억이 아직 생생할 때 범인 몽타주를 그리려고 하지 않는지 생각 중-"

삐.

"아, 음. 안녕하세요. 처음 뵙겠습니다." 기분 좋은 긴장이 느껴지는 여자의 목소리였다. 엘리스가 모르는 사람이었다. "이것 참 어색하네요. 죄송해요. 제 이름은 수 비디예요. 음, 그리고… 나이는 쉰세 살이 다 됐고요, 괜찮은 날엔 몸무게가 68킬로그램 정도고, 곧 쉰세 번째 생일을 맞이하는데 누가 알든 말든 신경 안 써요. 음, 또 뭐가 있을까? 죄송해요. 너무 어색하네요. 보통 이런 거 잘 안 하거든요."

엘리스는 볼과 어깨 사이에 전화기를 끼우고 메모할 펜을 찾았다. 그리고 여성의 이름과 신체 사이즈를 적었다. 이유는 몰랐지만, 조사에서는 상세한 정보가 중요했고 이건 누가 봐도 상세한 정보였다.

"갈색빛이 도는 금발이고, 눈동자는 갈색이고요, 아이고, 뭘 더 말해야 하나. 나머지는 서프라이즈로 남기죠, 뭐." 여자가 웃음을 터뜨렸다. 아름다운 웃음이었다. "아, 맞다. 왜 전화했는지도 얘기 안 했네. 제가 왜 자기소개를 하는지 모르시죠.《맨슨 리더》에 내신 광고를 봤어요. '전문직'이고 '몸이 탄탄'하고. '기독교 가치'를 추구하고. 바로 그 광고요."

엘리스가 펜을 떨어뜨리고 두 손으로 전화기를 잡아 귀 옆에 바싹 갖다 댔다. 양 볼이 뜨거워졌다.

"요즘은 일요일마다 매번 교회에 가진 않아요." 수 비디의 메시지가 이어졌다. "하지만 십계명에 따라 살고요, 최대한 어기지 않으려고 노력한답니다. 부모를 공경하라 부분은 그리 잘 못 지키지만, 주님은 프랭크 비디와 카를라 비디를 만나는 불쾌한 경험을 안 해보셨잖아요. 이 얘기는 여기까지만 할게요, 두 분이 부디 편히 잠드셨길 바랄 뿐이에요. 어쨌든, 금발에 68킬로그램인 쉰세 살 여자와 함께 저녁 먹을 생각이 있다면 저한테 전화 주세요." 여자가 자기 전화번호를 알려주었다. "전화 안 하셔도 기분 나빠 하지 않을게요. 좋은 하루 보내세요."

삐.

이후로도 메시지가 더 있었지만 전혀 중요하지 않았다. 중요한 메시지였는데 엘리스가 못 들었을 가능성도 있었다. 수 비디의 부드럽고 아름다운 목소리가 사라지지 않고 엘리스의 귓속을 계속 맴돌았다.

기자회견은 오전 10시에 시작될 예정이었다. 9시 15분이 되자 보안관서 앞 잔디밭이 기자와 뉴스 프로듀서, 카메라맨, 사진작가, 그리고 뭔지는 모르겠지만 각자 자기 할 일을 하며 바삐 돌아다니는 사람들로 북적였다.

주차장도 방송사 차량으로 넘쳐났다. 모든 차량에 머리글자를 딴 약어가 붙어 있었다. CNN, NBC, STKV, WKYP, GRMTV. 이름이 끝없이 이어졌다. 차량이 계속해서 밀려 들어와 잔디밭과 인도에 자리 잡았다. 아무도 교통 법규를 지키지 않았다. 차량 행렬은 프랜시스 가의 모퉁이를 돌아서까지 이어졌다.

그 밖에도 마을 사람 절반이 참석했다. 엘리스는 사람들이 이렇게 많이 올 줄 전혀 예상치 못했지만, 한편으로는 이해가 갔다. 새미는 맨슨에 사는 모든 어린아이를 대변했다. 그리고 그게 뭐든 간에 새미에게 일어난 일은 모든 **흉악** 사건, 그러니까 연쇄 살인이나 성범죄 같은, 프랑크푸르트나 뉴욕, 디트로이트같이 먼 곳에서나 일어나는 사건을 대변했다.

그런 **흉악**한 사건이 맨슨에까지 손을 뻗친 것이다.

엘리스가 건물 앞 계단에 서서 사람들이 밀려드는 모습을 지켜보는 사이 부보안관 비처가 엘리스 옆으로 다가와 말했다. "저 궁둥이들을 다 앉힐 의자는 도저히 못 구하겠는데요."

"괜찮아, 비처. 서 있으라고 하면 돼."

아침에 비처가 접이식 의자를 줄지어 엇갈리게 세워둔 상태였다. 심지어 비처는 어밀리아 터너와 딸을 위해 맨 앞줄 두 자리에 작은 예약 표시까지 올려두었다. 연단은 없었지만, 전반적으로 비처는 준비를 훌륭히 마쳤다.

"수고했어, 비처." 엘리스가 말했다.

비처의 얼굴이 체리처럼 빨갛게 변했다. "웨딩플래너를 했어도 잘했을 텐데 말이에요."

"지금도 늦지 않았어." 엘리스가 절반은 진심을 담아 말했다.

새미의 가족인 잭과 몰리, 10대 딸 에마, 아홉 살 난 스튜는 열 시 조금 전에 도착했다. 기자들이 이들 주위로 떼 지어 몰려들었다.

새미네 가족은 무채색이었다. 흑백의 인물들이 색채를 지닌 기자들 사이를 지나갔다. 몰리는 얼굴이 푸석하게 축 늘어져 있었고 잭은 며칠 동안 아예 먹지 않은 것처럼 보였으며—

붕대?! 엘리스가 생각했다. 잭이 오른손에 붕대를 감았어?

엘리스의 생각을 읽기라도 한 듯 몰리가 잭의 팔 아래로 자기 팔을 넣어 붕대가 보이지 않도록 잭의 손을 붙잡았다.

몰리와 잭이 슬픔에 잠겨 걸음을 옮겼다. 엘리스가 정말 지켜보기 괴로운 사람은 어린 스튜였다. 스튜는 연약하고 핼쑥했다. 몸은 움직이고 있지만 그 안에는 어떤 영혼도 남지 않은 듯했다.

울지 않기 위해 엘리스는 마음을 다잡아야 했다. 새미가 맨슨에 일어난 흉악 사건을 대변했다면 스튜는 엘리스의 죄책감과 실패를 나타내는 상징이었다. 이 아이의 어린 시절은 배수구로 흘러드는 따뜻한 목욕물처럼 떠내려가고 있었다. 그 구멍을 막아야 했다. 모두가 그렇듯, 아이에게는 희망이 필요했다. 그러나 엘리스는 아무것도 줄 게 없었다.

손이 떨려왔기에 엘리스는 두 손을 바지 주머니에 쑤셔 넣었다. 주머니에 기자회견에서 말할 내용을 적어둔 쪽지가 들어 있었다. 엘리스는 쪽지를 꺼내 펼쳤다. 손으로 적은 글씨가 종이의 절반을 겨우 채웠다. 그 아래 텅 빈 곳이 자신을 향한 비난처럼 느껴졌다.

"이제 나가셔야 합니다." 비처가 말했다.

기자회견은 회견이라기보단 사형대처럼 느껴졌다. 그 어떤 단서도 해결책도 없었으므로 엘리스는 이 지역의 보안관이 새미 웬트를 찾으리라 생각하게끔 사람들을 속이지 못했다. 답하기 힘든 질문이 수없이 쏟아졌지만 그중에서 가장 쓰라린 질문은 맨슨 거주자인 어밀리아 터너에게서 나왔다. 터너는 맨 앞줄 예약석에 앉아 은색 녹음기를 권총처럼 조준하고 이렇게 물었다. "본인에게 이 사건을 해결할 능력이 있다고 얼마나 자신하십니까?"

엘리스는 지금은 더 이상 기억나지 않는 애매한 말로 더듬거리며 대답했다. 아마 무슨 말을 했는지는 내일 자《맨슨 리더》에서 확인할 수 있을 터였다.

엘리스는 사무실로 돌아와 의자에 쓰러지듯 앉았다. 창고에 걸린 먼지 쌓인 낡은 공구가 된 듯했다. 책상 위 메모지를 힐끗 쳐다보았다. 빈 종이 맨 아래 수 비디의 전화번호가 가지런히 적혀 있었다. 물론 데이트를 하기에 좋은 때는 아니었지만 지난 며칠이 넘치게 암울했다. 약간의 불빛이 필요했다. 엘리스는 축축한 손가락으로 전화기에 수 비디의 번호를 눌렀고, 자동응답기가 연결되었다.

"저, 네, 안녕하십니까." 엘리스가 자동응답기에 대고 말했다. "체스터 엘리스입니다. 메시지를 남겨주셔서, 저, 메시지를 듣고 이렇게 연락했습니다." 엘리스는 잠시 말을 멈추고 이마를 쓸었다. "레드워터에 바라쿠다라는 좋은 이탈리안 레스토랑이 있습니다. 그러고 보니 얼마나 좋은 곳인지는 잘 모릅니다만, 좋은 피자를 만든다고 들었습니다. 언제 시간 되시면 말씀하신 대로 함께 저녁 먹으면 좋겠습니다. 아, 저한테 다시 전화 주셔도 됩니다. 제 사무실 전화번호 있으시죠. 아니면 집으로 전화하셔도 됩니다. 집 번호는—"

그때 수 비디가 전화를 받았다. "체스터 씨?"

"네, 부인."

"일요일은 어떠세요?"

"네?"

"좋은 피잣집에서 식사하는 거요." 비디가 말했다. "너무 적극적인가요?"

엘리스가 숨을 들이쉬었다. "아닙니다, 전혀 그렇지 않습니다."

"다행이네요. 그런데 조건이 하나 있어요."

"뭡니까?"

"다시는 절 부인이라고 부르지 마세요."

엘리스가 미소를 지었다. "네, 그러도록 하겠습니다."

엘리스가 전화기를 내려놓고 몇 초 지나지 않아 비처가 눈썹 위로 흐르는 땀을 닦으며 엘리스의 사무실로 들어왔다. "뭔가 발견한 것 같습니다."

엘리스는 호수 옆 주차장 북쪽 끝에 순찰차를 세웠다. 호수에서는 탐색이 한창 진행 중이었다. 빛 안의 교회 트레일러 옆에 세워진 대형 천막에서 자원봉사자 몇 명이 수다를 떨고 있었다. 교회 사람들은 새미가 사라진 날부터 이곳에 쭉 상주했다. 이들이 제정신이 아닐지는 몰라도 엘리스는 도움을 받을 수 있어 기뻤다.

주차를 마친 엘리스와 비처가 차에서 내려 무보안관 투이스에게로 걸어갔다.

"뭔가 발견했다고?" 엘리스가 물었다.

"그런 것 같습니다. 다이버 한 명이 윌로우 지점에서 뭔가를 찾았습니다. 별것 아닐지도 모르겠지만 다이버에게 직접 들으셔야 할 것 같다고 생각했어요."

루이스가 비처와 엘리스를 보트 선착장으로 데려갔다. 키 작은 여자가 잠수 장비를 픽업트럭 뒤에 싣고 있었다. 사이드미러에 걸 어놓은 잠수복에서 물이 뚝뚝 떨어졌다. 여자는 배가 고팠는지 선 착장에서 트럭으로 짐을 나르면서 샌드위치를 우적우적 베어 먹 었다.

"보몬트 씨, 이쪽은 보안관 엘리스와 부보안관 비처입니다." 루 이스가 말했다. "보몬트 씨는 콜먼 경찰 소속으로 다이빙에 능숙 해서 저희를 도와 계속 호수를 탐색하고 계십니다."

"큰 도움을 받고 있습니다. 사건이 마무리되면 정식으로 감사를 표하겠습니다."

"별말씀을요." 보몬트가 말했다. "그리고 그냥 테리라고 부르세 요."

"그래서 발견하신 게 뭐죠?"

"윌로우 지점 근처에서 물밑을 수색하고 있었어요. 아시다시피 메리 호수에서 사체를 찾는 건 사창가에서 처녀를 찾는 것이나 다 름없어요."

비처가 웃음을 꾹 참았다.

"윌로우 지점은 그 어떤 도로와도 멀리 떨어져 있어요. 시체를 유기하기에 적절한 곳은 아니죠. 어깨에 시체를 짊어지고 10킬로 에서 11킬로 정도를 걷고 싶은 게 아니라면요."

"보트가 있다면 얘기가 달라지죠." 비처가 말했다.

"그렇다 해도 말이죠, 그 근처에서 호수 폭이 급격히 좁아지는 데다 뾰족한 바위가 많아서 걸리기 쉬워요. 만약 아이가 제 발로 물에 걸어 들어갔고 물고기가 아직 시체를 다 뜯어먹지 않았다면, 윌로우 지점도 살펴볼 만하다고 생각했죠."

"그래서 뭔가를 찾으셨습니까?" 엘리스가 물었다.

"물속에선 아니고요, 바깥에선 그렇다고 볼 수 있죠. 이맘때는 물속에 토사가 말도 못 하게 떠다녀서 시야 확보가 잘 안 돼요. 그래서 물 밖으로 나와서 물안경을 닦는 데 시간을 많이 썼죠. 그때도 물안경을 닦는데 한 남자가 강둑에서 절 쳐다보는 거예요." 테리가 트럭에 실은 장비 위로 끈을 던진 후 반대편으로 가서 끈을 트럭에 단단히 묶었다. "사냥이나 하이킹을 하는 것 같진 않았어요. 낚시 장비도 없었고요. 호수에 배는 제 것뿐이었고, 말씀드렸듯이 윌로우 지점은 가까운 도로와 몇 킬로미터나 떨어져 있어요. 그래서 뭔가… 좀 이상하다는 생각을 했어요. 그때 남자가 저랑 얘기하고 싶은 것처럼 이쪽으로 오라고 손짓을 하더라고요."

"그래서 얘기를 나눠봤나요?"

테리가 트럭 짐칸의 문을 쾅 닫고 빗장을 걸어 잠근 뒤 고개를 끄덕였다. "5미터에서 6미터 거리까지 다가갔지만 더 가까이 갈 마음은 없었어요. 평소에는 파트너인 데이브와 일을 같이 하는데 데이브 아내가 곧 셋째를 출산할 예정이라 조콜릿 케이그 한 박스를 사러 나가는 게 아니면 절대 외출을 못 하게 하거든요. 그래서 거리를 유지했죠. 혹시 모르니까요. 인적 없는 곳에서 갑자기 사람이 나타나서 좀 소름이 끼쳤어요. 제가 다가가니까 실종된 아이를 찾는 거냐고 묻더군요. 그래서 그렇다고 했더니 뭔가 찾은 게 있느냐고 물어봤어요."

엘리스가 말이 더 이어지기를 기다렸다가 물었다. "끝인가요?"

"버지니아 쇼버스 사건 기억하세요?" 테리가 물었다.

"이름이 낯이 익네요."

"버지니아 쇼버스는 레드워터에서 실종됐어요. 그게 언제냐면, 이런, 아마 81년이나 82년일 거예요. 큰 사건이었어요. 제 동료 한 명도 수사에 참여했는데, 친구 말로는 늘 주변을 얼쩡거리면서 탐색을 도와주고 질문을 하던 남자가 있었대요. 심지어 실종자 부모한테 직접 미트로프를 구워서 갖다 주기까지 했다는 거예요. 당시에는 아무도 몰랐는데, 몇 달 후에 그 남자 뒷마당에서 버지니아의 시체가 발견됐죠."

"이런." 비처가 말했다. "오싹한데요. 도대체 왜 그랬을까요?"

"수사가 어떻게 진행되나 감시하던 걸지도요." 테리가 말했다. "아니면 그냥 즐겼을 수도 있죠. 뭐랄까, 자기가 그럴 수 있다는 것 자체를요. 어쨌거나 호수에서 그 남자가 질문을 할 때 이 얘기가 머리에 떠올랐어요. 그래서 남자를 불러서 이름이 뭐냐고 물어봤죠. 그랬더니 아무 대답도 안 하고 뒤돌아서 숲으로 들어가 버리더라고요. 제가 그 사람을 위협하기라도 한 것처럼요."

"그게 언제였죠?" 엘리스가 물었다.

"이삼십 분 이상은 안 지났을 거예요." 테리가 말했다. "남자가 사라지자마자 최대한 빨리 돌아온 거예요."

"어떻게 생겼는지 자세히 보셨나요?"

"원래는 안경을 쓰는데 호수에 들어갈 땐 안 써요." 테리가 말했다. "물안경에 도수가 있긴 한데, 믿을 수가 있어야죠. 머리카락은 검은색이었어요. 30대 후반이나 40대 초반 같았고요. 확실하진 않아요."

"몽타주 그리는 사람한테 그대로 묘사해줄 수 있나요?"

"한번 해볼게요." 테리가 말했다.

"그 남자를 본 지점을 지도에서 찍어줄 수 있겠어요?"

비처가 트럭 후드 위에 맨슨 지도를 펼쳐놓았다. 테리가 지도 위에 빨간색으로 작은 'x' 자를 그리는 동안 비처와 엘리스는 날아가지 않도록 지도 양 끝을 붙잡았다.

"비처, 어때?" 엘리스가 말했다. "하이킹할 기분이 좀 나나?"

비처가 대답을 하려는데 숲속에서 깨질 듯한 고음의 호루라기 소리가 들려왔다. 나무에 앉아 있던 새들이 푸드득 날아갔다. 호루라기 소리는 5초에서 6초간 지속되었고, 자동차 경적 같은 짧고 날카로운 소리가 몇 번 더 이어졌다.

"이제 도대체 뭐죠?" 비처가 물었다.

엘리스가 숲을 올려다봤다. "탐색대에서 뭔가를 찾았나 봐."

엘리스와 비처, 루이스, 자원봉사자 몇 명이 우뚝 솟은 나무들 밑으로 고개를 수그리고 재빨리 숲속으로 들어갔다. 이들은 부패한 씨틀기 축축한 흙, 장작불, 비 냄새를 맡으며 걸었다. 30에서 40초마다 호루라기 소리가 들려와 그 소리를 따라 방향을 잡을 수 있었다.

호수에서부터 400미터쯤 걸었을 무렵 해리 바르와 마주쳤다.

빛 안의 교회 교인인 해리는 이지타임 견인 회사의 출동 보조원이었고 엘리스가 들은 바로는 소설가 지망생이기도 했다. 해리는 뒤로 길게 땋은 머리를 하고 있었다. 사람들을 발견한 해리가 목에 건 호루라기를 입에서 내려놓았다. 해리의 두 뺨이 붉게 달아올라 있었다.

"여기예요." 해리가 사람들을 불렀다. 작은 노란색 깃발이 땅에 꽂혀 있었지만, 엘리스는 해리가 무엇을 찾은 건지 알아볼 수 없었다. "여기예요. 여기 수풀 밑이요."

해리와의 거리가 6미터 정도로 가까워졌을 때 엘리스는 루이스를 시켜 봉사자들을 뒤로 물러서게 했다. 엘리스와 비처가 해리 쪽으로 조심스레 다가갔다. 깃발 주변의 축축한 풀들이 신발 모양으로 뭉개져 있었다.

"죄송하지만 저 부츠 자국은 제 거예요."

엘리스가 깃발 옆에 무릎을 꿇고 앉아 땅바닥을 살폈다. 일렬로 늘어선 병솔나무 아래 고릴라 봉제 인형이 떨어져 있었다. 인형은 진흙투성이에 흠뻑 젖어 있었다.

"새미의 인형일까요?" 해리가 물었다.

"가족에게 확인해보겠습니다." 엘리스가 말했다. 말은 했지만 속으로는 새미의 인형임을 알았다. 그래야만 했다. 새미는 이곳에 있었다. 바로 이 지점에 있었다.

엘리스는 끙하는 소리와 함께 삐걱대며 자리에서 일어나 주변을 살폈다. 오래된 버지니아 소나무들이 우거져 햇볕을 가렸다. "두 살짜리가 집에서 혼자 여기까지 올 순 없어요. 누가 여기로 데려온 거죠. 아마 지나는 길에 인형을 떨어뜨렸을 겁니다."

엘리스가 생각하기에 그 어린아이를 이 먼 곳까지 데려온 합당한 이유는 단 하나, 아이를 죽이려는 것뿐이었다. 엘리스는 비처, 어쩌면 해리까지도 똑같은 생각을 하리라 확신했지만 세 사람은 그 생각을 소리 내어 말하지 않을 만큼 분별력이 있었다. 새미를 여기까지 끌고 온 사람은 아무도 없는 공간을 찾았을 것이다. 엘리스는 그가 어디로 갔는지 알 듯했다.

제분소의 들쭉날쭉한 실루엣이 엘리스와 비처의 눈앞에 나타났다. 날카로운 모서리와 그라피티, 깨진 유리로 가득한 암울한 공간이었다.

두 사람은 먼저 관광안내소로 향했다. 제분소에서 15미터 정도 떨어진 곳에 창문을 전부 판자로 막아놓은 키 작은 회색 건물이었다. 여기저기가 깨진 VISITOR CENTER라는 흰색 글자가 입구 위에 매달려 있었다. V와 두 개의 R은 오래전에 떨어져 흐릿한 자국만이 남았다. 엘리스는 자물쇠가 부서진 걸 발견했다. 돌이나 쇠지레 같은 무거운 물체로 내리친 듯했다. 자물쇠 주변의 목재가 안쪽으로 삐죽삐죽하게 쪼개져 있었다.

"애들 소행이겠죠." 비처는 이렇게 말했지만 피부는 붉게 달아올라 있었다.

"그럴지도." 엘리스가 말했다. 문을 조심스럽게 밀자 끼익하는 소리와 함께 문이 활짝 열렸다. 판자를 덧댄 창문 틈 사이로 빛이 흘러들어와 텅 빈 곳에 노란색 줄무늬를 남겼다. 점포 비품은 다치워놓은 상태여서 바닥에 희미한 하얀색 흔적만 남아 있었다.

"이거 어떻게 생각하세요?" 비처가 물었다. 누가 빗질을 한 것처럼 깨진 유리 조각과 흙먼지가 문 뒤에 깔끔하게 모아져 있었다. "애들이 이렇게 청소를 하진 않잖아요."

엘리스가 저 멀리 벽에 기대어진 물체를 더 자세히 보려고 손전등을 비췄다. 국방색 더플백이었다. 가방 옆에는 펼쳐놓은 침낭과 공기로 부풀리는 베개, 프로판 램프, 물이 반쯤 찬 커다란 플라스틱 물병이 있었다. "누가 여기서 잠을 자는 거야."

"다이버가 봤다는 남자일까요?"

"그건 알 수 없지."

손전등 불빛으로 더플백을 살펴보던 엘리스의 머릿속에 끔찍한 생각이 떠올랐다. 어린아이를 넣을 만한 크기네.

엘리스는 한쪽 겨드랑이에 손전등을 끼우고 천천히 가방 지퍼를 열면서 제발 죽은 어린애의 생기 없는 두 눈이 자신을 쳐다보지 않게 해달라고 빌었다. 다행히도 가방에는 어린아이의 시체가 없었다. 그 대신 모직 담요와 성냥, 참치캔 십여 개, 갈색 종이 가방이 들어 있었다. 종이 가방에 든 건 엑스맨, 배트맨, 원더우먼 같은 만화책이었다.

"무전 칠까요?" 비처가 물었다. "범죄 현장일 수도 있는 곳을 찾았다고요."

"아냐." 엘리스가 말했다. "전부 그대로 놔두고 갈 거야. 주인이 이것들을 가지러 다시 돌아올지 몰라. 험과 루이스한테 연락해서 여길 지켜보라고 해."

비처가 험과 루이스에게 연락해서 잠복근무 지시를 전달하는 동안 엘리스는 제분소 쪽으로 건너갔다. 엘리스는 문을 밀고 들어가 입구 앞에 가만히 서 있었다. 처음 눈에 띈 형상은 먼지 쌓인 낡은 벨트와 도르래였다. 반쯤 무너진 2층 바닥의 뼈대가 점차 눈에 선명하게 들어왔다.

발밑의 콘크리트 바닥은 군데군데 젖어 있었고 여기저기 깨진 유리병과 쓰고 남은 콘돔, 질척하게 젖은 포르노 잡지가 널려 있었다. 공기에서 오줌 냄새가 났다.

엘리스는 계단을 올라 2층으로 향했다. 엘리스의 무거운 몸 아래에서 계단이 삐걱대는 소리를 냈다. 엘리스는 계단과 함께 1층으로 떨어져 각종 잔해와 돌무더기에 깔린 자신의 모습을 상상했다. 다행히 엘리스는 다치지 않고 2층에 도착했다.

2층 창문은 바깥에서 들어온 덩굴 식물이 무성했다. 덩굴 틈으로 들어온 약간의 빛이 바닥에 정글 같은 그림자를 드리웠다. 2층에는 쓰레기 말곤 아무것도 없었다.

다시 1층으로 내려가던 엘리스는 한쪽 벽에 쓰인 글자들을 발견했다. 엘리스는 손전등을 비춰 손글씨로 쓴 수많은 이름을 훑어보았다. 스티븐 럼볼드, 캐서린 딕슨, 마지 포스, 엘리아 플레밍, 퍼트리샤 카라스코, 제리 베이커, 로버트 아머먼, 트리니티 힝클, 캐런 갤랜느…

비처가 제분소 입구에 나타났다. "지금 출발한답니다. 뭐 찾으신 거 있나요?"

엘리스가 손전등으로 벽을 비췄다. "이게 뭔지 아나, 비처?"

비처가 제분소로 들어와 엘리스 옆에 서서 이름을 훑어보았다.

"아, 이건 도시 전설 중 하나예요."

"그게 뭐지?"

"미워하는 사람 이름을 이 벽에 적으면 24시간 안에 그 사람이 죽는다네요."

"자네는 그걸 어떻게 알지?"

"남동생이 말해줬어요. 제 동생도 가끔 자기 친구들하고 여기에 오거든요."

"저게 뭔지도 동생이 아나?" 엘리스가 손전등으로 포르노 잡지를 비췄다.

비처가 빙그레 웃었다.

"이런." 엘리스가 벽 쪽으로 한 발짝 더 다가서며 말했다. 관절이 더 이상 말을 듣지 않고 귀가 점점 안 들릴지 몰라도, 엘리스의 눈만은 팔팔한 젊은 남자만큼 건강했다. "이것 좀 봐, 비처."

"뭔데요?"

엘리스가 아무 말 없이 손전등을 들어 수백 개의 이름 중 하나를 비췄다. 새미 웬트였다.

웨스트버지니아, 마사

현재

우리는 에마의 이동 주택 거실에서 가스히터가 든 가짜 벽난로 주위에 둘러앉았다. 벽마다 액자에 끼운 사진이 줄줄이 걸려 있었지만 그 어디에도 새미 웬트의 모습은 보이지 않았다.

에마의 세 아들, 열두 살 찰리와 열다섯 살 해리, 열여덟 살인 잭은 좁은 소파에 다 같이 끼어 앉아 면접관처럼 나를 뜯어보았다. 아이들 모두 외모가 준수했다. 에마가 첫째와 둘째는 술을 마셔도 된다고 허락했기에 잭과 해리는 펩스트 블루리본 맥주 한 캔을 나눠 마셨고 찰리는 어쩔 수 없이 혼자 초콜릿 우유를 마셨다.

"DNA 테스트를 했더니 일치한다고 나왔어." 스튜어트가 말했다. 스튜어트는 창문 옆에 놓인 안락의자에 앉아 있었다. "타임라

인도 들어맞고, 킴의 어린 시절 사진과 새미의 사진도 일치해. 또 킴의 새아버지가 그렇다고 거의 인정했고."

"그렇다고 거의 인정한 건 뭐야?" 에마가 물었다. 에마는 내 옆에 앉아 내 팔을 꽉 붙잡은 채 담배를 피웠다.

"부정하지 않았어요." 내가 말했다. "새아빠는 제가 두 살 때 우리 엄마를 만났어요. 그 이후 어느 시점에 엄마가 아빠한테 털어놓은 것 같아요… 제가… 생물학적 딸이 아니라는 걸요."

"그럼 그쪽을 납치한 사람이 엄마예요?"

"그건 몰라요." 내가 말했다.

"엄마한테 말하니까 뭐라고 해요?"

"말 안 했어요. 아니, 못 했어요. 4년 전에 돌아가셨거든요."

에마가 얼굴을 찡그렸다. "진짜 뭣 같네."

엄마가 살아 있다고 해도 직접 물었을 거란 확신은 못 했다. 아빠가 알았다는 사실에 큰 충격을 받긴 했지만, 아빠에게는 어설프게나마 그럴 만한 이유가 있었다. 아빠는 그저 아내를 보호하고 약속을 지켰던 것이다. 하지만 우리 엄마 캐럴 리미는 일부러 다른 가족에게서 나를 납치했다. 엄마에게 그 사실을 따져 물으려면 내가 가진 거의 모든 것을 포기하고 홀로 진실을 감당해야 했을 것이다. 엄마가 살아 있을 때 스튜어트가 나를 찾아왔다면 스튜어트에게 다시 연락하지 않았을지도 몰랐다.

"경찰하고 얘기해봤어요?" 에마가 물었다. "FBI한테 관련 자료가 남아 있을 텐데. 이게 진짜라면 경찰도 알고 싶을 거예요."

"아직 연락 안 했어." 스튜어트가 말했다.

"왜?"

스튜어트가 내 쪽을 쳐다보았다. "킴이 원하는 속도대로 가려고. 그래서 말인데 얘들아, 당분간 이거 다 비밀이다, 알았지?"

잭과 해리, 찰리가 미리 연습이라도 한 것처럼 일제히 입을 벌리고 멍한 얼굴로 스튜어트를 바라보았다.

"내 말은 학교 친구들한테 이 일에 관해 말하지 말라는 거야. 트위터 같은 데도 올리지 말고."

에마가 내 쪽을 보고 물었다. "언론에 발표할 생각은 안 해봤어요?"

"언론 발표… 아니요."

"아가씨." 에마가 말했다. "그쪽이 지금 무슨 마음일지 상상도 안 되지만, 이 거지 같은 일로 얼마나 상처받았을지도 가늠이 안 되지만, 질문을 품은 사람이 당신 혼자가 아니라는 걸 알아야 해요. 경찰 얘기가 아니에요. 지금 우리 손에 있는 건 하나의 이야기라고요. 모두가 조금씩 듣고 싶어 하는 이야기. 그 사실을 명심할 만큼 똑똑한 사람일 거라고 생각해요. 두 손으로 꼭 붙잡지 않으면 빠른 속도로 사라져버릴 거예요."

통제는 환상이다. 나는 생각했다.

에마가 내 팔을 놓고 잠시 나를 똑바로 보다가 다시 내 팔을 붙잡았다. "지금 당장 생각해볼 필요는 없지만 아예 생각을 안 하는 건 실수예요. 내 말 알겠어요?"

"알았어요." 내가 말했다.

"그래서 무슨 일이 일어났던 것 같아요?" 에마가 물었다.

스튜어트가 나 대신 대답해주었다. "킴을 납치한 사람이 마을을 지나다가, 아마도 맨슨에 사는 사람을 방문하러 왔겠지, 그러다 엄마 아빠랑 외출한 새미를 본 거야. 월튼 가에 있는 놀이터나 아니면 홈푸드에서 쇼핑할 때 봤을 수도 있겠지. 최근에 아이를 잃어버렸을 수도 있고 정신병력이 있었을 수도 있고-"

"난 킴한테 물어본 거야."

두 사람이 전부 내 쪽을 바라보았다. 입이 바싹 말라서 맥주를 마셔봤지만 별 도움이 되지 않았다. "잘 모르겠어요. 순진한 말일지 모르겠지만 제가 아는 엄마는 그런 짓을 저지를 만한 사람이 아니거든요."

"하지만 평생 당신한테 거짓말을 한 사람이긴 하죠." 에마가 말했다. "그러니까 내 말은, 엄마가 실제로 어떤 사람인지 당신은 모른다는 거예요." 그리곤 스튜어트에게 말했다. "얘기 좀 해줘. 그때 우리 집 주변에서 여자가 지나다니는 거 본 사람이 있었나?"

스튜어트가 고개를 저었다. "여자 용의자는 없었지. 엄마를 빼면."

"맨슨에는 자주 방문하세요?" 내가 에마에게 물었다.

"아, 열아홉 살에 맨슨에서 탈출한 뒤로는 대여섯 번밖에 안 갔어요. 맨슨에선 다 그렇게 말해요. 떠나는 게 아니라 탈출하는 거라고. 그러니까 그게…" 에마가 말을 멈추고 담배를 든 손으로 숫자를 세었다. "일이 있고 6년이 지났을 때네. 그해에 같이 맨슨에 살던 칼 애스브룩하고 신시내티로 이사했어요. 그 사람이 잭 아빠예요."

옆방에서 세탁기가 돌아갔다. 세탁기 모드가 바뀔 때마다 온 집 안의 벽이 흔들렸다.

"칼하고는 잘 안 됐어요. 이혼하고 나서는 잠시 방황했던 것 같아요. 대학에 등록했다가 때려치우고, 그러다 지금 남편인 론을 만났고. 배 속에서 이런 악마 같은 놈들을 두 명이나 더 내보냈죠." 에마가 소파에 앉은 아이들을 가리켰다. "나머지는 뭐, 별다를 게 없네."

오후의 태양이 창문으로 쏟아져 들어와 공기 중에 떠다니는 수백 개의 먼지 입자를 비추었다.

"론은 집에 잘 없어요." 에마가 새 담배에 불을 붙이며 말했다. "트럭 모는 일을 하는데, 나는 그 일을 별로 안 좋아해요. 그래도 덕분에 우리가 이렇게 오랫동안 헤어지지 않고 지내는 거겠죠. 떨어져 지내면 더 애틋해지잖아요?"

"누나는 지금 버거킹에서 일하고?" 스튜어트가 물었다. 나는 스튜어트의 목소리에서 잘난 체하는 기색을 느끼지 못했지만 에마는 나와 다른 듯했다.

"모든 사람이 회계사가 되는 건 아냐." 에마의 말투만 들으면 스튜어트가 로켓 전문가나 뇌 전문의, 아니면 영국의 왕이라도 되는 듯했다.

스튜어트가 두 손을 들고 말했다. "누가 뭐래?"

에마가 내게 말했다. "그냥 아침에 잠깐 일하는 거예요. 론이 돈을 많이 벌지만, 내가 일을 안 하면 돌아버릴 것 같아서."

내가 맥주 캔을 비우자 에마가 묻지도 않고 자리에서 일어나 두 번째 캔을 가져다주었다. 그 점이 무척 마음에 들었다.

에마가 다시 내 옆에 앉아 맥주 캔을 따며 웃었다. "그래서, 그 쪽한텐 무슨 일이 있었어요?" 그리고 맥주를 꿀꺽꿀꺽 마신 뒤 조용히 트림을 했다. "어디서 자랐어요? 뭘 하면서? 결혼은 했어요? 애들은? 던전에 갇혀서 평생 생선 대가리만 먹은 것 같진 않은데."

"하. 전혀요."

"다 얘기해줘요, 아가씨."

팹스트 블루리본 한 캔 반에 알딸딸해진 나는 스튜어트가 나타나기 전까지의 삶을 요약해주었다. 그리 오랜 시간이 걸리진 않았다. 오스트레일리아에서 자랐다고 말했고, 엄마, 아빠, 그리고 에이미에 대해 이야기했다.

엄마가 돌아가신 얘기를 하자 에마가 한숨을 크게 쉬었다. 결혼하지 않았고 아이도 없다는 말에 에마는 어깨를 으쓱했다. "결혼이니 출산이니 너무 과대평가되긴 했죠."

"우와, 고마워요, 엄마." 첫째 아들 잭이 쓴웃음을 지으며 말했다. 에마가 그 대답으로 트림을 하자 세 아들이 웃음을 터뜨렸다.

그때 초인종이 울렸다.

"피자 배달일 거예요." 에마가 말했다. "저, 새미, 아 미안해요, 킴, 돈 좀 내줄 수 있어요? 오늘 ATM에 못 들러서."

스튜어트가 에마에게 못마땅한 눈길을 던졌다.

"괜찮아요." 내가 말했다. "제가 낼게요."

대화는 몇 시간이나 이어졌다. 우리는 부엌 식탁으로 자리를 옮겨 피자를 먹으며 맥주를 더 마셨다. 얼마 지나지 않아 밖은 완전히 깜깜해졌고 엘스웨어 파크의 트레일러들도 차례로 잠자리에 들었다. 아이들은 안 보이는 데 숨어서 핸드폰을 들여다봤고 스튜어트는 잭의 방에서 일찍 잠들었다. 낮에 현관에서 감정을 분출했던 걸 생각하면 지치는 것도 당연했다.

부엌 식탁엔 에마와 나 둘뿐이었다. 피자 박스는 텅 비었고 우리는 각자 맥주를 다섯 캔씩 마셨다. 옆 트레일러에서 헤비메탈 음악이 들려왔다. 개 짖는 소리, 귀뚜라미 우는 소리가 들렸고 미풍이 불어와 현관 방충망이 흔들렸다.

알고 보니 에마와 나는 공통점이 많았다. 사람들이 손가락 관절을 꺾는 걸 싫어했고 발에 심한 혐오감을 느꼈으며 길리언 플린의 소설을 좋아했다. 그리고 우리 둘 다 어렸을 때 했다가 지금은 후회하는 타투가 있었다. 오른팔 아래쪽에 있는 내 타투는 눈이 새빨간 올빼미 그림이었고 오른쪽 가슴 위에 있는 에마의 타투는 빨간 하트 속에 전남편 이름을 새긴 것이었다.

그날 밤 나는 에이미와 같이 있으면 좋겠다는 생각을 몇 번이나 했다. 에이미와 아빠에게서 온 부재중 전화가 계속 쌓여가면서 그걸 못 본 척하기가 점점 더 힘들었다.

자정이 되기 몇 분 전 에마가 말했다. "됐나, 이제 충분히 취했어. 확실해."

"충분히 취해요?"

자리에서 일어난 에마가 취기에 거의 앞으로 고꾸라질 뻔했다

가 마지막에 겨우 중심을 잡았다. "제정신일 땐 절대 보여줄 수 없
는 걸 보여줄 수 있을 만큼 취했다고. 적어도… 우리 관계가 이렇
게 초반일 땐 보여주기 힘들지."

에마가 싱크대 밑에서 손전등 두 개를 꺼내 하나를 내게 건넨
뒤 앞장서서 막다른 도로 쪽으로 나갔다.

"어디 가는 거예요?" 내가 손전등을 켜고 파카 지퍼를 올리며
물었다. 바깥 공기가 쌀쌀했고 옅은 안개가 트레일러 파크로 밀려
들고 있었다.

"말해도 안 믿을걸." 에마가 녹슨 가드레일을 넘어 풀이 우거진
비탈길을 걸어 내려가며 말했다.

나는 손전등 빛에 의지해 무릎 높이의 풀숲을 헤치면서 에마를
뒤따라갔다. 얼마 지나지 않아 얕은 개울에 도착했다.

"여기서 건너면 돼." 커다랗고 납작한 돌을 띄엄띄엄 놓아 만든
위험천만해 보이는 징검다리가 나타나자 에마가 말했다. "세 번째
돌을 조심해. 더럽게 미끄럽고 흔들리거든. 내가 다 건널 때까지
기다려. 불을 비춰줄 테니까."

술에 취한 채로 꽤 당황한 나는 웃으면서 에마 앞으로 불을 비
춰주었다. 연달아 마신 맥주 때문에 에마가 고꾸라져 개울에 빠지
는 건 아닐까 걱정됐지만 오히려 그 반대 효과가 나타났다. 에마
는 취기에 자신감이 생겼는지 돌 하나하나를 민첩하게 건넜다.

개울 반대편에 안전하게 도착한 에마는 두 발을 붙이고 서서 양
팔을 펴고 고개 숙여 인사를 했다. 나는 손전등을 한쪽 겨드랑이
에 끼고 열정적으로 박수를 보냈다.

"고맙습니다, 고마워요." 에마가 다시 한번 인사를 하며 말했다. "이제 그쪽 차례."

에마가 돌다리 위로 손전등 빛을 비추었고 오래지 않아 나는 유쾌한 공포에 몸을 떨며 개울 한가운데까지 건너와 있었다. "이럴 만한 가치가 있는 곳이겠죠?"

대답이 없기에 손전등을 비춰보니 에마가 얼굴을 찡그렸다. 에마는 눈앞에 손을 대고 빛을 가렸다. "그것 좀 잘 간수해."

"죄송해요." 내가 말했다.

"이쪽이야." 에마가 말했다. "조심해, 가파르니까."

우리는 비탈진 언덕을 기어올라 풀이 무성한 능선을 따라 걸었다. 능선 한쪽에는 엘스웨어 파크가 있었다. 직사각형 모양의 검은 지붕이 수백 개 깔려 있었고 그중 몇 집에는 불이 켜져 있었다. 반대쪽으로는 공업단지가 펼쳐졌다. 공장의 높은 굴뚝에서 하얀 연기가 뿜어져 나왔다. 연기 때문에 공기에서 가스 냄새가 났다.

"아직 많이 남았어요?" 내가 허공에 대고 큰 소리로 물었다. 쌀쌀한 공기에 취기가 달아났고 과연 술이 깨는 편이 좋은지 알 수 없었다.

"아니. 다 왔어. 저기야. 보여?"

우리는 바람과 힘겹게 싸우고 있는 어린 벚나무 앞에 도착했다. 나무 옆에 접이식 의자가 펴져 있었고 주위에 빈 맥주 캔과 담배 꽁초가 흩어져 있었다.

"여기가 어디예요?"

"어릴 때 헤어진 내 동생, 네 무덤이야."

에마의 말이 농담인지 확인하려고 에마의 얼굴에 불빛을 비췄지만 그럴 필요가 없었다. 단호한 목소리만으로도 이미 알 수 있었다. 벚나무 쪽으로 손전등을 비추자 나무 아래 비에 젖은 장난감이 든 유리 상자가 보였다. 고릴라 모양의 봉제 인형이었다.

"온라인에서 애도에 관한 글을 읽다가 본 거야." 에마가 말했다. "인터넷에서 늘 그런 걸 찾아봤거든. 잊을 방법을 알고 싶어서." 에마는 공장의 깜박이는 불빛을 내려다보았다. "그러다 시체 없이 애도하는 방법을 찾은 거야. 가짜 장례식을 치르라고 하더라고. 그 사람 물건을 전부 상자에 넣어서 땅에 묻으래. 그래서 그렇게 했지. 바보 같은 짓 같기도 했지만… 모르겠네. 어느 정도는 도움이 된 것 같아."

내 무덤 옆에 무릎을 꿇고 앉아 손전등으로 고릴라 인형에 불을 비췄다. 물에 젖어 축 늘어져 있었고 눈 하나가 없었다. 과거의 나라면 사진을 찍고 싶어 했을 것이다. 손을 뻗어 유리 상자를 만지자 갑자기 속에서 슬픔이 차올랐다. 혼자였다면 바람 속에서 흐느끼며 슬픔을 표출했을지도 몰랐다.

"이 인형, 그 아이 거죠?" 내가 물었다. "그러니까, 제 거, 새미거죠?"

에마가 고개를 끄덕이며 담배에 불을 붙였다. "네 첫 번째 생일에 내가 돈을 모아서 사준 거야. 너는 어디든 그 인형을 끌고 다녔어. 1년 동안 증거보관실에 있으면서 그 모양이 됐지. 제기랄, 미안. 또 이러네." 에마가 울고 있었다. 에마는 마지막 맥주를 비우고 캔을 찌그러뜨려서 바닥에 나뒹구는 맥주 캔 옆에 던졌다. 그리고 내 옆으로 와 잔디에 앉았다. "뭐라도 기억나는 게 있어?"

"아뇨."

에마는 내 대답이 마음에 들지 않는 듯했다.

"나도 기억나는 게 있으면 좋겠어요. 당신을 기억했으면 좋았을 텐데. 스튜어트도요."

"네가 어쩔 수 있는 일이 아니지."

"알아요. 하지만 당신과 스튜어트가 나를 찾아 헤매는 동안 나는 내 인생을 살면서 내 할 일을 했다는 게 죄책감이 들어요."

"난 너를 안 찾았어." 에마가 말했다. "처음에는 찾았지만 곧 너를 땅에 묻고 애도했지. 거의 20년 동안 네가 존재했다는 사실 자체를 잊으려고 최선을 다했어." 에마가 허공에 담배를 털었다. 담뱃재는 능선을 넘어 날아가다 저 아래 개울로 떨어졌다. 그리고 잠시 빨갛게 타오르다 곧 사라졌다. "사과해야 할 사람은 나야. 나는 새미 널 포기했거든. 새미가 아니라 킴인가. 어쨌든. 스튜어트는 절대 포기하지 않았어. 이 문제로 몇 번 크게 싸우기도 했어. 나는 스튜어트에게 현실을 부정한다고 했지. 스튜어트는 나한테 나쁜 형제라고 했어. 지금 생각해보니 스튜어트 말이 옳았던 것 같네."

에마가 주머니를 뒤적여 열쇠를 꺼냈다. 수많은 열쇠고리 중에 삭은 스위스 군용 칼이 있었다. 에마는 칼날을 이용해 유리 상자를 열고 고릴라 인형을 내게 주었다. "너 가져. 엄밀히 따지면 아직 네 거야."

에마가 자리에서 일어나 아무 말 없이 다시 개울로 내려갔다.

남자아이들은 전부 해리 방에서 잠들었고 내가 찰리의 방을 썼다. 너무 피곤해서 두 발이 침대 밖으로 삐져나오는 걸 신경 쓸 힘조차 없었다. 침대머리에 달린 별과 행성 모양의 회전 조명이 포물선을 그리며 천천히 움직였다.

나는 전화기를 붙잡고 신나게 재잘거리는 에마의 목소리, 쉬익 하는 맥주 캔 따는 소리, 라이터 켜는 소리를 들으며 잠을 청했다. 부끄럽게도 고릴라 인형을 생각보다 더 꼭 껴안고 잠이 들었다.

그날 밤, 또다시 그림자 사내의 꿈을 꾸었다.

두 눈이 욱신거리는 걸 느끼며 잠에서 깼다. 창문으로 햇빛이 쏟아져 들어왔다. 깜박하고 조명을 끄지 않고 잠들었는데 천장의 별과 행성은 아침의 환한 빛에 가려 거의 보이지 않았다.

침대에서 내려와 옷을 입고 나오니 스튜어트가 부엌에서 안절부절못하며 나를 기다리고 있었다. 이른 아침이었지만 엘스웨어 파크는 모두 깨어나 활기차게 움직이는 듯했다.

"좋은 아침." 내가 말했다. "무슨 일 있어요?"

어딘가 잘못됐다는 걸 바로 눈치챌 수 있었다. 스튜어트는 창문 옆을 서성거리다 가끔가다 커튼을 들추고 밖을 내다보았다.

"미안해요, 킴."

"뭐가요? 무슨 일인데요?"

스튜어트가 다시 한번 커튼을 들추고 눈앞의 광경에 움찔하며 커튼을 내렸다. "누나가 불러들였어요. 에마가요. 빌어먹을."

"누굴 불러들여요?" 나는 창문을 향해 걸어갔다. 솔기가 다 해진 노란색 커튼을 들춰 밖을 내다보았다. 처음 눈에 들어온 건 연

청색 파카를 입은 덩치 큰 중년 남성이 한쪽 어깨로 뉴스 카메라를 받친 모습이었다.

목을 더 길게 빼자 옷을 잘 차려입은 여자 한 명이 진입로 끝에 서 있는 게 보였다. 여자는 이른 아침의 한기에 몸을 덜덜 떨며 바람에 날리는 머리카락을 가라앉히려고 애썼다.

길가에는 더 많은 사람이 뉴스 차량을 주차하고 음향 장비를 준비하고 삼각대를 세우고 있었다.

처음에는 지난 밤 트레일러 파크에 이 사람들을 다 불러 모을 극적인 사건, 예를 들면 살인 사건이 벌어진 게 분명하다고 생각했다. 그러나 직후 이성이 상황을 파악했고, 에이미와 아빠, 리사와 웨인, 더하여 통제가 얼마나 큰 환상인지를 떠올렸다.

내 속도로 걸어가는 건 더 이상 불가능했다. 이제는 내 손을 벗어났다. 올이 나간 오래된 스웨터가 된 기분이었다. 누군가가 스웨터의 올을 붙잡고 저 멀리 뛰어가 버렸다.

아냐. 누군가가 아니야. 나는 생각했다. 에마야.

그때 예쁘장한 분홍색 셔츠와 꼭 끼는 블랙진을 입고 길에 선 에마가 보였다. 에마는 흰머리가 눈에 띄게 텁수룩한 50대 남자 리포터와 인터뷰를 하고 있었다.

"전부 다요." 스튜어트가 다른 창문 앞에 서서 말했다. "전부 다 물러 보았어요."

켄터키, 맨슨

그때

 기자회견에서 집으로 돌아오는 길엔 아무도 입을 열지 않았다. 몰리의 타우루스 자동차 안에 긴장이 감돌았다. 뒷자리에 앉은 에마는 핸들에 올린 아빠의 두 손을 바라보았다. 오른손의 붕대는 푼 상태였다. 붕대에 감겼던 손가락 마디마디가 찢어져 피투성이였고, 에마는 아빠의 손이 어쩌다 그렇게 됐는지 잘 알았다.
 잭은 원래 천천히 차를 몰았다. 애초에 속도를 즐기는 사람이 아니었고, 아이들이 탔을 때는 특히 더 조심했다. 오늘 잭은 평소보다 눈에 띄게 더 액셀을 밟았다. 에마는 아빠가 집에 빨리 가야 할 이유가 없다고 생각했다. 에마도 마찬가지였다. 이모 두 명이 어젯밤 늦게 집에 들이닥쳤고 셋째 이모도 오늘 아침 사촌 토드를 데리고 찾아왔다. 앤과 폴린, 틸리. 잭은 세 사람을 드라큘라 신부들이라고 불렀다. 에마도 아빠의 말에 동의했다. 단, 하나는 틀렸다. 뱀파이어들은 오직 초대받은 집에만 들어갈 수 있다.

창밖으로 맨슨의 풍경이 지나갔다. 집, 공원, 가게, 호수, 배수로, 도랑, 들판, 오수관.

저런 데 새미가 있을지도 몰라. 에마는 생각했다. 기자회견은 에마에게 믿음을 주지 못했다. 경찰에겐 아무것도 없었다. 에마도, 아무것도 없었다. 아빠의 찢어진 손등만 빼면.

"있잖아, 아빠. 차 좀 세워주면 안 돼?" 에마가 몸을 앞으로 기울이고 물었다.

"속이 안 좋니?" 몰리가 물었다.

"아니. 그냥 좀 걷고 싶어서. 그래도 돼?"

잭이 몰리를 쳐다봤다가 백미러를 봤다.

"다 괜찮은 거지, 에마?"

"아니, 별로." 에마가 말했다.

"그러네. 바보 같은 질문이었네."

잭이 방향지시등을 켜고 천천히 갓길에 차를 댔다.

몰리가 뒷좌석 쪽으로 몸을 돌려 말했다. "너무 늦으면 안 된다."

"안 늦을게."

"진짜야. 어두워지기 한참 전에 들어와. 약속해."

"약속할게."

스튜가 에마의 팔을 툭툭 치고 물었다. "나도 따라가도 돼?"

"이번엔 안 돼." 에마는 이렇게 말하고 차에서 내렸다. 문을 닫고 차가 멀어지는 모습을 보자 곧 기분이 가벼워졌다.

늦은 아침 공기는 맑았고 빛깔이 푸르렀다. 에마의 해진 스니커즈가 아스팔트에 탁탁 부딪혔다. 에마는 콘크리트 수로를 따라 400미터 정도 걸었다. 가끔 고개를 돌려 그래탄 가의 풀이 웃자란 마당을 쳐다봤지만 그럴 때를 제외하면 거의 발밑의 땅에 시선을 고정했다.

주머니에 담배가 있었지만 피우고 싶지는 않았다. 에마가 담배를 피웠던 건 삶에 약간 어둠을 더하기 위해서였다. 지금 에마의 삶은 이미 감당할 수 없을 만큼 어둠이 가득했다.

에마는 리턴 가에 있는 둑에 올라 셸리 포크너의 집으로 향했다. 여기가 내 두 번째 집이야. 에마는 그렇게 말하곤 했다. 안 간 지 몇 년은 된 것 같았다. 사실 2주밖에 안 되었지만 그건 어둠이 찾아오기 전의 일이었다. 그때 에마는 지금보다 겨우 14일 어렸지만 그때 이후로 40년은 지난 느낌이었다.

셸리는 캐닝 주유소 바로 건너편, 엘긴 대로의 침실 두 개짜리 아파트에 살았다. 셸리는 늘 에마의 집이 자기 집보다 세 배 반은 더 크다고, 앞마당과 뒷마당을 포함하면 여섯 배는 더 클 거라고 농담을 했다.

에마가 문을 두드렸다. 포크너 부인('도대체 몇 번을 더 말해야 날 그냥 니키라고 부를래?')이 문을 열고 나왔다가 말문이 막힌 채 잠시 에마를 멍하니 바라보았다.

"이런, 에마!" 포크너 부인이 두 팔로 에마의 어깨를 감싸고 엄마처럼 에마를 꼭 끌어안았다. 부인은 자기 딸처럼 키가 크고 어깨가 넓었다.

"셸리 불러줄게." 부인이 이렇게 말하며 아파트 안쪽으로 고개를 돌렸다. "셸리! 셸리!"

복도에 나타난 셸리가 현관 앞에 선 에마를 발견하고 걸음을 멈췄다가 다시 천천히 몇 발짝 걸었다. "에마, 맙소사, 너 괜찮아?"

에마는 고개를 끄덕이며 셸리에게 그렇다고, 괜찮다고 말하고 싶었다. 그 대신 눈물이 터져 나왔다. 새미가 사라진 뒤 처음으로 흘린 진짜 눈물이었고, 한번 터진 눈물은 걷잡을 수 없이 줄줄 흘렀다.

"미안해." 에마가 훌쩍이며 말했다. "이러려고… 이러려고 온 건 아닌데."

"야, 됐어." 셸리가 에마를 안아주며 말했다.

"너와 너희 가족을 위해 계속 기도했단다." 포크너 부인이 말했다. "우리가 할 수 있는 일이 있으면… 너희 가족에게 뭐 필요한 거 없니? 너는 필요한 거 없고? 도대체 우리가 어떤 세상에서 살고 있는지―"

"엄마, 이제 내가 알아서 할게." 셸리가 말했다.

셸리 방은 다른 열세 살짜리의 방처럼 지저분했지만 그 무질서에는 둥지 같은 아늑함이 있었다. 벽에는 형편없는 그림들이 걸려 있었다. 형편없다는 말밖에는 달리 그 그림들을 표현할 단어가 없었다. 커다란 캔버스에는 유성 페인트를 흩뿌린 그림, 눈알과 두개골 그림, 하얗고 긴 뺨 위로 눈물 한 방울을 떨어뜨리며 지구를 굽어보는 말 그림이 그려져 있었다.

누군가는 이 그림들이 셸리가 그린 거로 생각할 수도 있었다. 확실히 그림에는 우울하고 생각 많은 10대 같은 면이 엿보였다. 그러나 현실은 더욱 슬펐다. 이 그림들은 예술가를 꿈꾸지만 캘리포니아에서 여행사 직원으로 먹고사는 셸리 아빠가 그린 것이었다.

셸리도 그림들이 형편없음을 알았지만 비꼬려고 그림을 걸어둔 건 아니었다. 좋든 싫든 가족은 가족이었다.

"나 지금 학교에서 완전 유명인사야." 셸리가 무릎을 턱 쪽으로 끌어당기며 말했다. "물론 네 친구여서 그런 건데, 너 나 알잖아. 기꺼이 받아들이겠어."

두 사람은 나란히 바닥에 앉아 있었다. 에마는 주위를 둘러보다 이곳에서 보낸 밤들, 수다를 떨고 공부를 하고 다른 애들 험담을 하고 귀신 부르는 의식을 치렀던 긴긴 오후들을 떠올렸다. 내 안의 그 아이는 죽었어. 에마는 생각했다.

"애들은 그냥 뒷얘기가 알고 싶은 거야. 그게 다야." 셸리가 콧소리 섞인 단호한 말투로 말했다. "새미가 돌아오면 전부 원래대로 돌아갈 거야. 그때 되면 다시 서로 밀치면서 장난이나 칠걸."

에마가 셸리를 위해 웃음을 지어 보였다. "그래서 무슨 뒷얘기를 들려줬어?"

"저기요, 아는 뒷얘기도 없거든요."

"아, 맞다, 전화 안 줘서 미안해, 난 그냥-"

"됐어. 네가 겪은 일을 생각하면, 앞으로 겪을 일을 생각하면, 이런, 에마, 어떡하니-"

"그만해." 안경 뒤로 촉촉해진 셸리의 눈을 보고 에마가 말을 끊었다. "나도 다시 눈물 날 거 같잖아."

"나 알레르기 때문에 이러는 거거든. 난 네 정신적 지주잖아."

에마가 손을 뻗자 셸리가 에마의 손을 잡아주었다. "애들이 학교에서 무슨 얘기해?" 에마가 물었다.

셸리가 주저하며 검지로 커다란 안경을 밀어 올렸다. "어떤 애들인지 너도 알잖아. 맨슨 고등학교는 돼지우리나 마찬가지야. 짐승 같은 놈들뿐이라고."

"그래서 애들이 뭐라고 하는데?"

셸리가 심호흡을 했다. "너희 엄마가 새미를 악마한테 바쳤다고. 말했잖아. 짐승 같은 놈들이라고."

에마는 애들이 엄마가 다니는 교회를 손가락질하는 게 그리 놀랍지 않았다. 물론 빛 안의 교회 교인들은 제정신이 아니었지만, 사람들의 입에 수없이 오르내리면서 이들의 신념이 과장되고 윤색된 건 사실이었다. 사람들은 교인들이 피를 마시고 사탄을 숭배하고 악마의 제단에 동물을 바친다고, 듣자 하니 어린아이까지 바친다고 생각했다.

그렇다고 네 엄마가 용의 선상에서 제외되는 건 아냐. 뱀처럼 사악한 목소리가 에마의 귀에 속삭였다. 엄마가 집에 아무도 없다고 생각했을 때 새미에게 얼마나 화를 냈는지 기억하지. 에마는 머릿속을 잠재우려 노력했지만 목소리는 끈질겼다. 새미가 태어나자 네 엄마가 우울해지고 가족들이 서로 멀어졌어. 새미가 아예 태어나지 않았더라면 사는 게 더 편하지 않았을까? 네 엄마는 그걸 몰랐을까?

셸리가 잠시 에마를 가만히 바라보았다. "새로운 소식은 없어?"

에마가 고개를 절레절레 흔들었다. 그리고 잠시 숨을 돌렸다가 이곳에 온 이유를 털어놓았다. "셸리, 부탁이 하나 있어."

"뭐든 말해."

"트래비스 에클스와 관련된 뭔가가 있어. 뭐 들은 거 없어?"

"물론 있지. 너희 엄마를 의심하지 않는 사람은 다 트래비스를 의심해. 그런데 왜?"

에마가 어깨를 으쓱했다. "그 사람이 어젯밤에 우리 집에 전화했어."

"트래비스가?"

"내가 전화를 받았거든. 누군지 말을 안 해서 누구냐고 물어봤더니 말을 안 하더라고. 하지만 목소리를 듣고 알았지. 게다가 확실히 울고 있었던 것 같아."

"울고 있어? 왜 전화했는데?"

"아빠랑 대화하려고. 그 사람이 뭐라고 했는지는 몰라. 그런데 아빠가 전화를 받고 나갔다가… 너 아무한테도 말하면 안 된다, 알았지?"

셸리가 가슴에 십자가를 긋고 두 번째와 세 번째 손가락만 펼쳐서 관자놀이에 갖다 댔다. "스카우트의 명예를 걸고 맹세할게."

"아빠가 전화를 받고 나갔다가 밤늦게 돌아왔는데 두 손이 온통 찢어져서 상처가 벌어져 있었어. 싸움이라도 한 것처럼."

"맙소사. 왜 그런 거야?"

"나도 몰라. 아빠 아무 말도 안 하고 나도 물어볼 용기가 안 났어."

"새미와 관련이 있다고 생각해?"

"그렇지 않겠어? 아빠가 뭔가를 알아낸 게 분명해."

"너희 아빠가 증거를 잡았다면 경찰이 조사에 나서지 않았을까?"

"그걸 알아내기 위해 네 도움이 필요한 거야." 에마가 말했다. "가야 할 곳이 있는데 혼자 가면 안 될 것 같아. 내 지원군이 되어줄래?"

"언제든지." 셸리가 말했다. "계획이 뭔데?"

두 사람은 빗물이 가득 찬 홈통과 찢어진 방충망, 잡초를 뽑아 놓은 잔디밭, 무단 침입 금지 표지판을 앞에 두고 크롬데일 가 9번지에 서 있었다.

셸리는 닥터마틴 부츠를 신고 있었다. 무슨 일이 생기면 상대를 걷어차야 하기 때문이라고 했다. "너 진짜 들어갈 거야?"

에마는 이미 울타리에 걸쇠 대신 묶어둔 낡은 노끈을 풀고 있었다. 끼익하는 소리와 함께 울타리 문이 열렸고 에마는 셸리의 호위를 받으며 안으로 들어갔다. 두 사람은 잔디밭을 지나, 썩어가는 현관 계단을 올라 문 앞으로 씩씩하게 걸어갔다. 에마는 조금도 주저하지 않고(이제는 되돌릴 수 없었다) 손을 들어 노크하려고 했다. 하지만 에마가 그러기도 전에–

"너네 길 잘못 들었냐?"

아바 에클스가 현관 앞 해진 갈색 소파에 앉아 담배를 피우고 있었다. 창백한 피부와 반짝거리는 노란 눈, 거의 뼈만 남은 두 팔 때문에 꼭 시체 같아 보였다.

어쩌면 에마의 세 이모 말고도 맨슨에 뱀파이어가 더 있는 모양이었다.

"아, 안녕하세요, 에클스 부인."

아바가 눈을 가늘게 뜨고 에마를 노려보았다. "나 너 아는데."

"맞아요, 바로 앞집에 살거든요. 저는 에마 웬트예요. 얘는 셸리고요."

"에마 웬트." 에마의 이름이 아바의 입안에 쓴맛을 남긴 듯했다. "우리 집에서 뭐 하는 거냐, 에마 웬트?"

"트래비스하고 얘기 좀 하고 싶어서요." 에마가 말했다. "지금 집에 있어요?"

창백한 입술 속 아바의 치아가 누렇게 빛났다. "어."

"제가 좀 만나도 돼요?"

"왜?"

"물어볼 게 좀 있어서요."

"'당신이 내 동생 죽였어요?', 뭐 그런 거냐?"

에마는 셸리와 눈빛을 주고받았다. 셸리는 그 어느 때보다도 몸집이 작아 보였다. 에마는 늠름한 셸리와 함께 있으면 늘 안전하다고 느꼈지만 에클스 가 사람들 앞에서는 거인조차 용기를 잃어버릴 듯했다.

"아니요." 에마가 말했다. 거짓말이었다.

"이봐, 가족을 잃는 건 모두에게 힘든 일이야. 잃어버린 게 애라면 특히 더 그렇지. 하지만 별개로 다들 우리 아들이 사만다에게 뭔 짓을 했을 거라고 하는데, 그러면 안 되지."

"새미예요." 에마가 아바의 말을 고쳐주었다. "제 동생 이름은 새미예요."

"아가야, 난 개 이름이 뭔지 쥐뿔도 관심 없단다. 그리고 정말우리 아들이 네 동생을 숲으로 데려가서 배를 갈랐든 뭘 했든 네가 지금 상상하는 그 짓을 했다면 말이야, 여기에 오는 게 정말로 잘하는 짓일까? 이 사자 우리에 들어오는 게?"

셸리가 미끄러진 안경을 제자리에 올려놓고 물었다. "정말로 그런 일이 있었을 거라고 생각하세요, 에클스 부인?"

아바가 어깨를 으쓱했다. "지금 우리 입장이 별로 중요하진 않잖아. 안 그래?"

"무슨 목소리가 들린 것 같은데." 그때 녹슨 방충망 뒤에서 늘씬하고 키 큰 남자가 나타났다. 남자는 이목구비가 가늘고 짧게 깎은 머리가 새까맸다. 처음에 에마는 남자를 알아보지 못했다. "엄마, 또 여호와의 증인 사람들을 겁주는 거예요?"

"저희는 여호와의 증인이 아니에요." 에마가 말했다. "저는-"

"잭 웬트의 딸이지. 나도 알아. 미안, 방금은 농담한 거야. 재미없었지? 난 패트릭이야."

패트릭이 손을 뻗어 악수를 청했다. 손가락이 따뜻하고 단단했다. 패트릭은 막 씻은 것 같은 좋은 냄새가 났고 셔츠를 잘 맞는 블랙진 안에 넣어 입었다. "안으로 들어올래? 방금 커피 한 주전자

내렸거든."

"그래, 어서 들어가렴." 아바 에클스가 말했다. 담배꽁초를 문입술에서 축축한 소리가 났다. "사자 우리 안으로."

패트릭 에클스가 문을 열어주었다. "우리 엄마 좀 이해해줘. 말은 저렇게 거칠어도 말만 저러는 거야. 가끔 말에서 끝나지 않을 때도 있지만, 뭐. 무슨 말인지 알지?"

에마와 셸리는 아무 말 없이 집 안으로 들어갔다.

어둑하고 좁은 복도를 앞장서서 걸어간 패트릭은 두 사람에게 식탁에 앉으라고 권했다. 에마가 생각하는 전과자의 외모와 행동거지, 말투는 패트릭을 만난 이날 이후로 완전히 바뀌었다. 패트릭은 온전한 문장으로 말했고 집에서 허접하게 새긴 해골 무늬 타투도 없었다.

건조대에 깨끗한 접시가 쌓여 있었고 부엌에서는 레몬 향 바닥세제 냄새가 났다. 패트릭이 부엌으로 걸어가 찬장에서 머그잔 세개를 꺼낸 뒤 에마에게 보여주었다.

"이 중에 뭐로 할래?" 패트릭이 물었다.

첫 번째 컵에는 세계에서 가장 그냥저냥 한 직원, 두 번째 컵에는 네 문제에 관심 없으니까 난 구독 취소해줘, 세 번째 컵에는 커피 마시면 똥이 마려워요라고 쓰여 있었다.

에마가 살짝 미소를 지었다. "골라주세요."

"나는 똥으로 할래요." 셸리가 이렇게 말하자 패트릭이 고개를 뒤로 젖히며 웃음을 터뜨렸다.

패트릭이 갓 내린 커피를 따르고 크림을 넣은 다음 에마에게 세계에서 가장 그냥저냥 한 직원 컵을 건넸다.

"그래서 패트릭, 언제…" 에마는 언제 집에 돌아왔느냐는 말과 언제 출소했냐는 말 중에 무엇이 더 나은지 알 수 없었다.

패트릭이 에마를 구해주었다. "수요일. 감사하게도 정해진 날보다 2년 먼저 나왔어. 봐봐, 부탁해요와 감사합니다를 달고 살고 면도날로 감방 동료를 쑤시지만 않으면 감옥도 그리 나쁜 곳만은 아니란다."

에마와 셸리가 불안한 눈빛을 교환했다.

"또 재미없는 농담을 해버렸네." 패트릭이 말했다. "사실 난 면도날과 치즈 나이프도 구분 못해."

"그 말 믿을게요." 셸리가 말했다.

"네 동생에게 생긴 일은 정말 아주 유감이야." 패트릭이 무거운 말투로 에마에게 말했다. "나도 가족을 잃는 게 어떤 느낌인지 알아. 어딜 가도 뭔가 잃어버린 기분이지. 혹시 무슨 단서가 있니?"

에마가 어깨를 으쓱했다. "조금요."

거짓말이었다. 엘리스도 기자회견에서 아무런 단서가 없음을 분명히 밝혔다. 그렇다고 패트릭이 그 사실을 알 필요는 없었다. 물론 오늘 저녁 뉴스를 보면 알게 되겠지만.

"기분 나빠지진 말아줘." 패트릭이 말했다. "도대체 너네 여기서 뭐 하는 거니?"

"트래비스와 얘기하려고 왔어요." 셸리가 말했다. "지금 집에 있어요?"

패트릭의 얼굴이 갑자기 매우 심각해졌다. 패트릭이 자리에서 일어나 부엌문을 닫았다. 자리에 돌아온 패트릭은 매우 낮고 신중한 목소리로 말했다. "내 동생은 이 사건과 아무 관련이 없어."

"관련이 있다고 누가 그래요?"

"맨슨에 사는 사람들 절반." 패트릭이 말했다. "보안관도 포함이야. 그건 무슨 증거가 있어서가 아니라 그저 에클스라는 성 때문이야. 내가 돌아왔다는 얘기가 퍼지면 적잖은 사람들이 내가 범인이라고 생각할걸."

에마가 천천히 커피를 한 모금 마셨다. 커피는 뜨거웠다. 그래서 좋았다. 에마는 델 정도로 뜨거운 커피가 꽤 효과적인 무기가 될 수 있겠다고 생각했다. "왜 그렇게 생각해요?"

"나도 에클스 가 사람이잖아." 패트릭이 말했다. "게다가 전과자고."

셸리가 자리에서 일어나 설탕을 가지러 갔다. "동생은 어디 있어요?"

"위층에."

"얘기 나눠봐도 돼요?" 에마가 물었다.

"지금 쉬고 있어. 좀 다쳤거든."

"다쳐요?"

패트릭이 두 팔꿈치를 식탁에 괴고 몸을 앞으로 기울여 에마를 똑바로 보았다. "눈은 멍들고 입술은 찢어졌어. 턱이 골절됐고 이도 두 개가 빠졌어."

"… 우리 아빠가 그런 거예요?"

패트릭이 의자에 편히 기대앉아 커피를 한 모금 마셨다. "너희 아빠가 왜 그랬다고 생각해?"

"트래비스가 새미의 실종과 관련 있다는 걸 알게 됐으니까요."

"아빠가 그렇게 말했어?"

"말할 필요도 없죠." 에마가 말했다. "그거 말고는 두 사람이 싸울 이유가 뭐가 있겠어요?"

"사랑." 패트릭이 말했다. "이런 일들이 대부분 그렇듯이, 사랑 때문이지."

켄터키, 맨슨

현재

언덕을 넘자 갑자기 눈앞에 맨슨이 나타났다. 무기력한 회색 하늘 아래 군데군데 건물이 우뚝 솟아 있었다. 한가운데에 눈에 확 띄는 하얀 급수탑이 보였고 정면에 빨간색 글씨가 커다랗게 쓰여 있었다. 나는 아직 뭐라고 적혔는지 보이지 않았지만 스튜어트는 내용을 기억했다. "천국의 한 조각, 맨슨에 오신 것을 환영합니다."

마을 양쪽으로 숲이 우거졌다. 숲 너머로는 초록 산마루와 골짜기가 펼쳐졌다. 마을로 들어서는 길에 예수는 왕이시다라고 쓰인 대형 간판이 있었다.

웨스트버지니아는 켄터키로 향하기 전에 들어가는 감압실 역할을 했다. 끝없는 황무지와 엄청난 식사량, 컨트리 음악, 기독교 라디오 방송을 자랑하는 낯설고도 매력적인 땅, 켄터키. 공기에 감도는 불안한 에너지가 맨슨에 가까워질수록 더 커지는 듯했다. 나는 냄비에서 서서히 익어가는 랍스터의 이미지를 떨쳐낼 수 없었다.

"정말 도착했네요." 스튜어트가 말했다.

"예상 못 한 것처럼 들리는데요."

"누나네 집에서 생긴 일로 킴이 여행을 포기할 줄 알았어요."

"그럴 생각도 했어요. 나보단 동생 에이미 때문에요."

스튜어트는 이 일이 내 가족에게 어떤 영향을 미칠지 이제야 생각해보는 듯했다. 지금이라도 생각을 한다면 죄책감을 느낄까? 아니면 후회? 약간의 호기심? 그때 우리가 '이녹 아든'에 대해 나눈 대화가 떠올랐고, 스튜어트가 그런 감정을 느끼진 않을 거라고 결론 내렸다.

"아까 잘 처리하던데요." 스튜어트가 말했다. "기자들 말이에요. 쉽지 않았을 텐데."

"쉽지 않았죠." 내가 말했다. "배에 타 있다가 정확히 두 섬의 중간에서 바다로 떨어진 거나 다름없잖아요. 그때는 발버둥을 쳐도 소용이 없죠. 무슨 뜻인지 알아요?"

스튜어트가 고개를 끄덕였다. "어디론가 헤엄쳐 가야죠."

"맞아요. 어디론가 헤엄쳐 가야죠."

오후 두 시가 조금 지났을 무렵 번화가에서 2킬로미터가량 떨어진 호텔에 방 두 개를 잡았다. 맨슨 컴포트 호텔은 놀라울 정도로 방값이 비쌌지만 기막힌 자연경관을 자랑했다.

프런트데스크에서 호텔 양쪽 끝에 있는 각자의 방으로 걸어가는데 스튜어트가 오후에 자기 혼자 나갔다가 와도 괜찮겠냐고 물었다.

"물론이죠." 내가 말했다. "어디 가는데요?"

"엄마한테요." 스튜어트가 어색하게 자기 귀를 잡아당겼다. "우선 혼자 가는 게 좋겠어요. 이상해 보인다면 미안해요. 이제 이 모든 게 다 뉴스에 날 거고 온갖 말도 안 되는 일들이 일어날 테니까, 그냥… 킴을 불쑥 엄마한테 소개하는 게 좋을 것 같진 않아요."

물론 난 아무렇지 않았다. 오히려 스튜어트가 먼저 가줘서, 말하자면 지형지물을 먼저 정찰해줘서 다행이었다. 예고 없이 에마 앞에 나타난 행동도 옳지 않았던 듯했다. 게다가 나도 혼자만의 시간을 원했다.

내 방 침대에 앉아 핸드폰을 꺼내 음성 메시지를 확인했다. 열여섯 개가 와 있었고 계속 늘어나는 중이었다. 첫 번째 메시지는 미국 남부 특유의 말투가 느리고 매력적인 주니어 프로듀서에게서 온 것이었다. 자신이 누구고 어디서 일하는지를 밝힌 남자는 (KLTV 액션 뉴스에서 일하는 필 라이드였다) 자신한테 전화를 달라고 부탁하며 '단독 보도에 대한 금전적 보상'을 논의하자고 말했다.

금전적 보상이라. 나는 생각했다. 그러다 에마의 집에서 내가 피자값을 낸 기억이 떠올랐다. 그래서 에마가 미디어를 불러 모은 걸까?

두 번째 메시지는 경찰이었다. "안녕하세요, 리미 씨. 저는 맨슨 경찰서의 형사 마크 버크하트라고 합니다. 괜찮으시다면 서에 잠깐 들러서 말씀 나누면 좋겠는데요. WKYP에서 CNN까지 모두가 당신이 누군지 아는 듯하니, 이젠 저도 알아야 할 때 같네요."

형사가 번호를 남겼지만 아직 전화할 마음이 없었다.

세 번째는 에이미의 메시지였다. "언니, 어디야? 우리 얘기 좀—"

나는 전화기를 귀에서 멀리 뗐다. 지금쯤이면 오스트레일리아에서도 미디어가 에이미와 아빠에게 닿았을 터였다. 어쩌면 벌써 경찰이 나섰을지도 몰랐다. 에이미가 간절하게 내 목소리를 듣고 싶어 한다는 건 알았다. 다 괜찮다고, 그리고 무슨 일이 있어도 우리는 영원히 자매라고 내가 말해주길 바랄 것이었다. 나는 전화를 받지 않음으로써 에이미가 느낄 공포를 부채질했다. 에이미는 백만 년 전 자기 뒷마당에서 이렇게 말했다. "우리가 피로 연결된 자매가 아니라면 난 아마 다시는 언니 못 볼걸."

에이미에게 전화할 수 없었다. 아직은 아니었다. 음성 메시지 듣기를 관두고 핸드폰 전원을 끈 다음 기드온 성경이 든 협탁 안에 핸드폰을 처박아두었다.

미니바에서 맥주 한 병을 꺼내고 어리석게도 텔레비전을 켰다.

채널을 돌리며 시트콤처럼 따뜻하고 마음 편한 프로그램을 찾았지만 어쩌다 보니 오래전에 방송된 〈앤티크 로드쇼〉를 보기 시작했다. 나이든 영국 남자기 자신의 오래된 회병의 가치가 약 2,000파운드라는 걸 막 알게 된 참이었다. 남자는 잘 구운 감자에 감탄하는 정도의 열의를 보였다.

맥주는 머릿속 시끄러운 생각을 잠재워주었다. 〈앤티크 로드쇼〉

가 끝나고 광고가 나왔다가, 이상하게 마음을 불안하게 하는 음악과 함께 WKYP 뉴스 업데이트라는 자막이 오른쪽에서 왼쪽으로 빠르게 지나가기 전까지는 말이다. 타이틀 화면에 이어 심각한 표정을 한 양복 입은 남자가 나타났다. "WKYP 뉴스 앵커 리처드 루커입니다." 남자는 대본을 섞다가 한곳에 가지런히 모으며 말했다. "일곱 시 주요 뉴스를 알려드립니다. 렉싱턴에서 일어난 칼부림 사건으로 성인 한 명이 사망하고 청소년 한 명이 부상을 당했습니다. 경찰은 클락 카운티에서 발생한 공장 화재 사건에서 방화 가능성을 배제할 수 없다고 밝혔습니다. 충격적인 소식입니다. 거의 30년간 한 가족을 괴롭혔던 미스터리의 진실이 드러났습니다. 베스 터너 기잡니다."

뉴스 화면이 와이드 숏으로 넘어가면서 잔뜩 부풀린 검은 머리를 한 여자가 나타났다. 아침에 에마의 트레일러 바깥에 서 있던 여자였다. "네, 일부 시청자는 기억하실 수도 있을 텐데요, 1990년 맨슨 자택에서 당시 두 살이었던 새미 웬트가 실종되었고 사건은 지금까지도 미해결 상태로 남아 있었습니다. 하지만 오늘 사건의 진실이 밝혀진 것 같습니다. 오스트레일리아 멜버른에 거주하는 킴벌리 리미라는 여성이 새미 웬트라는 증거가 점점 쌓이고 있는데요. 킴벌리 리미에게선 아무런 말도 들을 수 없었습니다."

지난 몇 주간 비현실적인 순간을 여러 번 경험했지만 이만큼 기이한 순간은 없었다. 뉴스에서 내 이름이 나오는 것만으로도 이상했는데, 그때 에마의 트레일러에서 나와 기자들을 지나 밖에서 기다리던 스튜어트의 차로 서둘러 걸어가는 내 모습이 화면에 나왔다.

"정말 새미 웬트가 맞으신가요?" 카메라 뒤에서 한 목소리가 외쳤다.

"저…" 내가 말했다. "노코멘트 하겠습니다."

베스 터너가 다시 화면에 등장해 말했다. "지역 경찰은 아직 성명을 발표하지 않았지만 새미의 언니인 에마 웬트-핀켈은 오래전에 잃어버린 동생을 마침내 찾았다고 믿고 있습니다."

갑자기 예쁜 분홍색 셔츠와 딱 붙는 블랙진을 입고 숙취의 기미가 전혀 없이 엘스웨어 파크에 서 있는 에마의 모습이 화면에 나타났다. "다 받아들였다면 아마 거짓말일 거예요." 에마가 말했다. "마음이 놓이면서도 기진맥진하고, 혼란스러워요…" 에마의 시선이 자기 턱 아래 놓인 WKYP 마이크와 카메라 사이를 오갔다. "롤러코스터를 탄 것처럼 마음이 이랬다저랬다 하지만 동생을 찾아서 그저 기쁠 뿐-"

텔레비전을 끄고 검은 화면에 비친 내 모습을 멍하니 바라보았다. 얼굴이 전과는 달랐다. 큰 차이는 없었지만, 나만 알아보는 작은 차이였지만, 분명히 달라진 점이 있었다. 평소보다 눈이 더 움푹 파였고 두 뺨은 더 수척했다. 스트레스와 고속도로 휴게소 음식, 수면 부족 때문이리라 생각했다. 하지만 그건 원인의 일부일 뿐이었다. 나는 變하고 있었다. 내면뿐만 아니라 외면도 새미 웬트로 바뀌고 있었다.

난 이제 전과 완전히 다른 사람이 될까? 그게 아니라면 온전한 킴 리미도, 온전한 새미 웬트도 아닌, 스튜어트가 보여준 합성 사진처럼 중간 어디쯤의 이도 저도 아닌 사람이 될까?

저녁 식사를 앞에 둔 스튜어트는 말이 없었다. 창문 너머로 맨슨의 깜박이는 불빛을 가만히 바라볼 뿐이었다.

"어머니는 어떠세요?" 내가 물었다.

"이미 아시더라고요. 아침에 기자한테 전화가 왔었대요. 아마도 누나가 전화했을 거고요. 엄마한테 기분이 어떠시냐고 물어봤어요. 마음 한편으로 엄마가 새미를 만나러 가야겠으니 당장 차를 대라며 소릴 지를 거라 생각하면서요."

"안 그러셨군요."

"네. 안 그러셨어요." 스튜어트가 말했다. "엄마는 가끔 이렇게 차가워요. 스위치를 누르는 것처럼 바뀌어요. 그럴 때면 모든 걸 마음속에 꾹꾹 눌러 담으시죠."

"엄마를 닮은 것 같네요." 살짝 취기가 오른 내가 마른 웃음을 지으며 말했다.

"내 얘기예요, 킴 얘기예요?"

"한 방 먹었네."

"가족 내력 같아요." 스튜어트가 말했다. "누나만 빼고요. 누나는 누가 들을 것 같으면 지붕 위에서라도 자기 마음이 이렇다, 외칠 사람이에요. 소셜미디어는 누나 같은 사람을 위해 발명된 거예요."

나는 웨이터를 불러 술을 한 잔씩 더 시켰다. 스튜어트의 한쪽 눈썹이 올라갔다. 표현하진 않았지만 내가 술을 너무 많이 마신다고 생각하는 게 분명했다. 미국 기준으로는 사실이기도 했다.

"클레어한테 전화했어요." 스튜어트가 말했다.

"어떻게 지내요?"

"걱정하고 있어요." 스튜어트가 말했다. "CNN 뉴스 예고에도 나왔고 웹사이트에도 올라왔대요. 저한테 킴은 괜찮냐고 물었고요."

"그래서 뭐라고 했어요?"

"사실 물어본 적 없다고 했어요. 그랬더니 너무하다고 하더라고요."

내가 웃음을 터뜨렸다.

"아버지한테도 전화가 왔어요." 스튜어트가 말했다.

"그래요? 뭐라서요? 맨슨으로 오실 것 같아요?"

"전화가 왔다고 했지 받았다고는 안 했어요." 스튜어트가 불편한 듯 한숨을 내쉬었다. "음성 메시지를 남기셨어요. 저녁 먹고 전화드릴 거예요. 그 전에 얘네 좀 더 마시고요."

스튜어트가 스카치와 소다를 가리켰다. 어쩌면 나의 음주 습관을 걱정한 게 아닐지도 몰랐다.

"그쪽 가족 말이에요…" 술에 취해서 자신감이 생겼는지 이상하게 솔직해진 내가 먼저 말을 뱉은 후 생각을 마저 정리했다. "산산조각난 거 맞죠?"

스튜어트가 고개를 끄덕였다. "알아챘군요."

"그런 일이 없었다면 계속 함께 살았을 거라고 생각해요?"

"아뇨." 스튜어트가 단호하게 말했다. "우리 가족은 새미가 사라지기 전부터 이미 산산이 조각나 있었어요."

레스토랑에 적막이 흘렀다. 직원은 한 명도 보이지 않았고 손님도 몇 명 없었다.

"새미를 찾으면 다시 사이가 좋아질 거라고 믿던 시절도 있어요. 한 조각이 사라져서 온전하지 못한 거라고, 그 조각을 다시 찾아서 제자리에 끼워 넣으면 모든 문제가 해결되리라 생각했죠. 하지만 인생이 그런 식으로 돌아가진 않잖아요? 누나는 쏜살같이 미디어 앞으로 달려가고, 엄마는… 뭐랄까, 엄마는 엄마고요."

"내가 그 잃어버린 조각이군요." 나는 스튜어트의 말을 곰곰이 생각하며 말했다. "이상하지만 나도 어렴풋하게 늘 그런 기분을 느꼈어요. 항상 나머지 퍼즐 조각을 찾았고, 그걸 찾아내면 모든 게 해결될 거라고 생각했죠. 여러모로 우린 비슷한 점이 많네요."

"나도 그렇게 느꼈어요." 스튜어트가 말했다. "저기, 킴?"

"네."

"괜찮아요?"

내가 미소를 지으며 말했다. "클레어한테 난 괜찮다고 전해줘요."

새벽 네 시에 호텔 방에서 흠뻑 젖은 채로 잠에서 깼다. 침대 시트가 푹 젖어서 멍한 상태로 순간 방에 물이 새나 생각했다. 아니면 난방 온도를 너무 높게 설정해서 시트가 다 젖도록 땀을 흘린 걸지도 몰랐다. 그렇지만 방은 덥지 않았고 온도 조절 장치는 화씨 69도에 맞춰져 있었다. 머릿속으로 아주 오래 계산한 결과 화씨 69도는 섭씨 20도 정도였다.

그때 톡 쏘는 오줌 냄새가 코를 찔렀고 갑자기 깨달음과 함께 충격이 밀려왔다. 어렸을 때 이후 처음으로 침대에 오줌을 싼 것이다.

켄터키, 맨슨

그때

트래비스는 집 안에서 들려오는 목소리에 잠에서 깼다. 들어보니 여자 목소리 같았는데 말이 안 되는 상황이었다. 아마 텔레비전 소리일 테지만 그냥 일어나기로 했다. 침대에서 조심조심 내려온 트래비스는 어제부터 입은 속옷을 걸치고 방문에 달린 거울 앞으로 겨우 걸음을 옮겼다.

거울 속 남자는 꼴이 말이 아니었다. 오른쪽 눈은 퉁퉁 부어서 뜰 수도 없었다. 양쪽 콧구멍 밑엔 오래전에 생긴 피딱지가 붙어 있었고 퀘맨 입술엔 보푸라기와 누리끼리한 뭔가가 달려 있었다. 잭이 너무할 정도로 트래비스를 두들겨 팬 건 확실했다. 최악은, 의사 레드먼드 선생님도 어떻게 해주지 못한 한 가지는("트래비스,

너 꼭 치과 의사한테 가야 해. 어쩌면 계단에서 굴렀다는 말을 멍청이처럼 믿어줄지 모르지. 물론 그럴 일은 없을 것 같지만.") 치아 두 개가 잇몸에서 완전히 부러져 나간 것이었다.

의사를 만나고 온 뒤 트래비스는 이야기를 좀 더 다듬기로 했다. 계단에서 굴렀다는 말은 남편한테 맞고 사는 아내가 경찰이 문을 두드렸을 때나 하는 이야기였다.

그게 나인가? 트래비스가 꿰맨 부위에서 베개 보풀을 떼어내며 생각했다. 내가 맞고 사는 아내인가?

아니다, 강도를 당했다고 하는 편이 더 그럴듯했다. 엘리스가 찾아오면 커비스 바에서 나오는데 스키 마스크를 쓴 남자 셋이 달려들었다고 말하는 게 좋을 듯했다. 물론 술집 투어를 하던 남자들 중 그때 일을 발설한 사람이 단 한 명이라도 있다면 이런 거짓말도 아무 소용이 없을 것이다. 아무도 말을 안 하는 게, 아니, 이미 말한 사람이 한 명도 없다는 게 트래비스에게는 더 놀라운 일이었다.

그때 일이 새어 나가지 않을 거란 생각은 바보 같아. 트래비스가 거울에 비친 자신에게 말했다. 이미 말했을 확률이 높아. 사람들은 이미 틀린 결론에 도달했겠지. 어린 딸을 납치한 사람이 트래비스라는 걸 잭 웬트가 알아냈고, 아버지로서 마땅한 죗값을 물었다고 생각할 거야.

"사람들이 진실을 알아주기만 한다면." 트래비스가 소리 내어 말했다.

트래비스는 울타리 문이 끼익하고 열리는 익숙한 소리에 창문 앞으로 다가갔다.

에마 웬트와 에마의 덩치 큰 친구 셸리 어쩌구를 본 순간 찌르는 듯한 불안이 온몸을 타고 흘렀다. 두 사람은 집에서 밖으로 나가고 있었다.

복도로 뛰쳐나간 트래비스는 계단을 올라오던 형과 거의 부딪칠 뻔했다.

"너한테 가는 중이었는데." 패트릭이 말했다.

"에마 웬트가 여기서 뭘 하던 거야?"

패트릭이 얼굴을 찡그렸다. "꿰맨 데가 터졌네. 네가 만졌어?"

"걔가 왜 온 거냐고?"

"너 드레싱 좀 다시 해야겠다. 이리 와."

패트릭이 트래비스를 데리고 화장실로 들어갔다. 트래비스가 욕조 가장자리에 걸터앉았고 패트릭은 트래비스의 코에서 밴드를 떼어내 휴지통에 버렸다. 빨간 피가 밴드에 끈적하게 묻어났다. 패트릭이 화장 솜에 소독용 알코올을 묻혀 트래비스의 얼굴을 닦아주었다.

"아파?" 패트릭이 물었다.

"뒤지게 아파."

"레드먼드 선생님이 주신 처방전으로 약 타왔어?"

"아직." 트래비스가 말했다.

패트릭이 새 밴드를 트래비스의 코에 신중하게 붙였다. "이 말은 해야겠다. 네가 이런 꼴 하고 있는 거 보기 힘들어. 옛날 같았으면 그 늙은 개자식을 앞마당으로 끌어내서 죽도록 패줬을 거야."

"그렇게 늙진 않았어." 트래비스가 말했다. "그리고 지난번엔 그

방법 잘 안 먹혔잖아."

패트릭은 아무 말도 없었다. 형이 다시 집에 돌아오니 기분이 이상했다. 트래비스는 그 누구보다도 형을 사랑했고 엄마도 형이 있으니 더 다루기 쉬웠지만 형은 꼭 귀신같았고 전 같지 않았다. 감옥이 형을 다른 사람으로 만들었고, 바뀐 형의 모습은 트래비스의 예상과는 달랐다. 형이 망가진 모습으로 돌아왔다면, 악몽 때문에 한밤중에 잠에서 깨거나 불안해하거나 탁 트인 공간에서 당황스러워했다면 오히려 이해하기 쉬웠을지 몰랐다. 패트릭은 꼿꼿하게 서서 당당하게 걸어 다녔다. 담배를 끊었고 술도 거의 마시지 않았다. 정말로 감옥이 형을 교화한 걸까?

"꼭 잭의 잘못만은 아니야." 트래비스가 말했다.

"아 그래? 네가 때려달라고 부탁이라도 했나 보지?" 패트릭이 트래비스처럼 욕조 턱에 걸터앉았다. "에마가 무슨 일이 있었는지 알고 싶어 하더라. 맨슨에 사는 다른 사람들처럼 에마도 두 사람이 새미 일로 싸웠다고 생각해."

커비스 바 앞에서 일어난 일을 싸움이라고 하는 건 허구였다. 잭이 트래비스를 두드려 팼고, 트래비스는 잭을 내버려 두었다. 그런데 왜 트래비스는 잭을 미워하지 않는 걸까?

"그래서 뭐라고 했어?" 트래비스가 물었다. 패트릭이 머뭇거리자 트래비스가 재차 물었다. "형, 그래서 뭐라고 했냐고."

"사실대로 말했어." 짧은 두 마디 말이 수류탄처럼 떨어졌다.

"아니지?" 트래비스가 애원하듯 말했다. "형한테 그럴 자격이 어딨어? 거짓말이라고 해줘, 거짓말이지—"

"넌 지금 납치 용의자고 잭 웬트는 네 유일한 알리바이야. 이제 그 사람 보호하는 건 관두고 너 자신을 보호해야 할 때라고."

"그렇게 하고 있어." 트래비스가 말했다. "그럼 잭 인생만 바뀔 것 같아? 내 인생도, 형 인생도 바뀌는 거야. 그리고 엄마도, 젠장, 내가 뭔지 엄마가 알면 뭐라고 할 것 같아?"

"트래비스, 네가 뭔지가 아니라 네가 어떤 사람인지라고 해야지. 그리고 내 말 믿어. 엄만 보기보다 아는 게 많아."

"형은 그럴 자격 없어. 그러면 안 된다고-"

"너 내가 그날 밤 바에서 무슨 일 있었는지 한 번도 말한 적 없지? 내가 당구봉으로 로저 앨봄을 때린 날 말이야."

트래비스가 입을 다물었다. 그리고 고개를 저었다. 무슨 일이 있었냐고 몇 번 캐물었지만, 패트릭은 늘 술집에서 일어난 바보 같은 싸움 그 이상도 이하도 아니라며 얼버무렸다.

"친구들 몇 명하고 당구를 쳤어." 패트릭이 말했다. "로저 앨봄하고 여자애들 몇 명이 우리 게임이 끝나길 기다렸고. 게임이 끝나서 내가 당구봉을 건네줬는데 안 받으려고 하더라. '안 받을래. 게이 유전자가 가족 내력일지 모르잖아'라면서."

"…그래서 뭐, 형이 교도소 간 게 내 잘못이라는 거야?"

"그건 당연히 아니지." 패트릭이 말했다. "그날의 행동은 내 선택이었어. 그리고 솔직히 로저 앨봄의 말 자체가 중요한 건 아니었어. 그보다는 네가 너로 살아간다는 이유로 부딪쳐야 할 수많은 개똥 같은 일들을 로저가 대표했다는 게 더 가까웠지." 패트릭이 욕조에서 일어나 트래비스 어깨에 손을 올렸다. "나는 잠깐 나간

다. 이따 봐."

"그래." 트래비스가 말했다. "이따 봐."

패트릭이 나가고 울타리 문이 열렸다가 닫히는 소리가 들렸다. 트래비스는 화가 나고 우울한 상태로 집 안을 서성였다. 엄마는 왼손으로는 맥주 캔을, 오른손으로는 텔레비전 리모컨을 움켜쥐고 거실에서 기절한 듯 잠들어 있었다.

트래비스는 생각했다. 잠으로 하루를 보내다니, 엄마 똑똑하네. 그리고 다시 자기 침실로 돌아가며 패트릭의 방문 앞을 지났다. 문이 살짝 열려 있었다. 뭔가를 발견하고 발걸음을 멈추지 않았더라면 아마 그대로 걸어갔을 것이다. 트래비스는 침대 옆 탁자에 놓인 것이 지금 자신이 생각하는 그것은 아니리라 확신하면서 문을 열고 패트릭의 방으로 들어갔다.

패트릭의 침실은 부보안관들에게 이끌려 집을 나서던 그 날 그대로였다. 싱글 침대를 붙여 놓은 벽에는 한쪽 귀퉁이를 접은 섹스피스톨즈의 대형 포스터가 붙어 있었다. 포스터 주변에는 여러 잡지에서 잘라낸 작은 사진들이 압정으로 꽂혀 있었는데 밴드 라몬즈와 데드 케네디스, 서클 적스, 블랙 플래그의 사진이었다. 문 뒤에는 제한 구역이라고 적힌 녹슨 노란색 표지판이 걸려 있었다. 아마도 공사장에서 훔쳐 온 것 같았다.

유일하게 달라진 점은, 트래비스를 방 안으로 이끈 바로 그 점은, 성경책이 있다는 것이었다.

감옥에 가기 전 패트릭은 당당한 무신론자였고 트래비스가 아는 한 그 사실은 바뀌지 않았다. 그런데 이제 패트릭의 머리맡에는 성경이 있었다.

트래비스가 성경을 집어 들었다. 성경은 많이 읽은 듯 낡고 해졌다. 표지 안쪽에 손글씨가 적혀 있었다. 패트릭. 네 손안에는 지금도 네게 주어지는 너만의 선물이 있어. 사랑을 담아, B.

"B가 누구야?" 트래비스가 소리 내어 말하며 성경을 펼쳤다. 성경 안에 두꺼운 봉투가 있었고, 봉투가 끼워져 있던 페이지 속 한 구절에 밑줄이 쳐져 있었다. 그러므로 너희는 회개하고 돌이켜 죄 씻음을 받으라.

트래비스가 봉투를 열었다. 봉투에는 같은 사람이 손으로 쓴 편지가 여러 장 들어 있었다.

베키 크리치?

바로 어제 새미 웬트를 찾는 자원봉사자들 사이에서 베키와 그녀의 오빠 데일을 봤다. 베키는 트래비스의 이름을 알고 있었다.

트래비스는 침대에 앉아 첫 번째 편지를 펼쳤다. 1987년 10월 7일 자 편지였다.

패트릭에게,

내가 감옥에 있는 너에게 편지를 쓴다고 싫어하지 않았으면 좋겠다. 넌 날 모르지만 내 계산이 맞다면 우리는 얼추 나이가 비슷해. 내가 홈스쿨링을 하지 않았다면 분명히 맨슨 고등학교에서 수업 몇 개를 같이 들었을 거야(워리어스 팀 파이팅!).

나는 지금 빛 안의 교회를 대표해서 너에게 편지를 써. 밖에서 보면 빛 안의 교회는 뭐랄까 과격하고, 까놓고 말하면 제정신이 아닌 것처럼 보일 수 있어! 하지만 사실은 그저 더 거대한 무언가에 속하고 싶은 친절하고 정직하고 경건한 사람들로 가득한 곳이란다. 더 거대한 곳에 소속되길 바란 적이 있다면, 또는 그저 대화 상대가 필요하다면, 내게 답장해 줘.

사랑을 담아, 베키 크리치

P.S. 사진 한 장을 동봉했어.

트래비스가 봉투를 뒤져봤지만 사진은 없었다.

베키 크리치가 형을 전도하려던 건가? 혹시 전도에 성공했나?

트래비스는 다음 편지를 펼쳤다. 이번 편지는 1987년 11월 3일에 쓴 것이었다.

패트릭에게,

네가 답장을 줘서 정말로 기뻤어. 칭찬도 고마워. 네가 사진을 좋아해서 다행이야. 너도 한 장 보내줄래?

그럼 이제 네 질문에 대답해볼게.

맞아, 우리는 독사를 만져. 아니, 우린 독사의 심장을 먹거나 독사 피를 마시진 않아. 아니, 우리는 몰래 악마를 숭배하지 않아(이게 내가 가장 좋아하는 소문이야. 하하!). 맞아, 가끔 독사에게 물리기도 해.

주님께서 뱀을 들라 하실 때 우리가 물리는 이유는 두 가지야. 먼저, 주님께서 고통으로부터 우리를 구해주기 위해서야. 둘째, 주님께서 우리를 다시 천국으로 데려가기 위해서야. 우리가 죽는 이유는 뱀에게 물려서일 수도 있고 암이나 교통사고, 비행기 사고, 아니면 노화 때문일 수도 있어. 그 이유가 뭐든 우리는 모두 죽음을 기다리고, 죽음이 우리를 다시 주님께 데려가 준다고 믿어.

"죽음은 우리를 다시 주님께 데려가 준다." 나는 이 말이 늘 좋더라.

이젠 내가 너한테 질문할게. 넌 맨슨에서 태어났니? 고등학교를 졸업하고 나서 지금까지 뭘 했어? (아무것도 빼놓지 말고 자세히 말해줘!) 감옥 생활은 어떠니?

마지막 질문이 너무 광범위하지? 그렇다면 질문을 두 개로 나눠볼게. 첫 번째 질문은 음식, 네가 있는 방, 다른 수감자들, 자유시간에 뭘 하는지처럼 일반적인 것들에 대한 거야. 예를 들면, 정말로 거기서 번호판을 만드니? 아니면 그건 그냥 소문이니?

두 번째 질문은 네 기분에 대한 거야. 나도 갇힌 기분이 뭔지 조금은 알아. 내 방 벽은 콘크리트가 아니고, 철창이 달린 감방에서 잠들지도 않지만 말이야. 나를 둘러싼 건 죄책감이라는 벽이야. 우와, 무슨 드라마 대사 같다. 그치?

한번은 청소년부 목사님이(성격만큼 얼굴도 웃긴 데이브 플렌더슨 씨야) 도덕적인 행동은 희생을 요한다고 하셨어. 그게 전부라고. 봐봐, 나는 지난주에 홈푸드 주차장에서 나를 "망할 펀디 X"라고 부른 에린 테일러에게 소리 지르고 싶었고, 너도 당구봉으로 그 남자의 머리를 박살 내고 싶었지. 그래도 괜찮아. 그런 마음이 드는 건 사실 자연스러운 현상이거든. 하지만 그러지 않음으로써 우린 주님의 사랑을 얻을 수 있어.

사랑을 담아, 베키가.

트래비스가 편지지를 넘겨 1988년 3월 3일 자 편지를 찾았다.

패트릭에게,

너한테 클레멘타인 이야길 해주고 싶어. 클레멘타인은 두 살 난 방울
뱀이야. 요즘 운 좋은 방울뱀은 야생에서 20년까지도 살지만, 우리 교회
에서 두 살 난 뱀은 거의 어르신이나 다름없어. 평균 수명이 10개월 정도
거든. 스트레스 때문에 그보다 일찍 죽는 경우가 많아.

클레멘타인은 고약한 노인네야. 가끔 교인들을 무는 거로도 유명하지.
자기한테 밥 주는 손을 문 적은 단 한 번도 없었어. 그러니까 걔가 자기
한테 밥 주는 손인 내 손을 물기 전까지는 말이야.

더 자세히 설명해줄게.

우리 교회는 도시 경계 바로 바깥에 있는 거대한 가족 부지 한가운데
에 있어. 교회가 자리한 빈터와 교회로 이어지는 비포장도로를 빼면 그
부지는 전부 숲이야. 땅이 거의 다 숲이라는 건, 나무가 정말로 많다는
뜻이야. 숲은 빽빽하고 깊고 어두워. 하늘에서 우리 부지를 내려다본다
면 숲 40헥타르 말곤 보이는 게 별로 없을 거야.

빛 안의 교회는 일주일에 세 번 예배를 드려. 화요일 밤, 금요일 밤, 일
요일 오후에. 매달 첫 번째 일요일에 나는 예배를 드리지 않고 뱀에게 밥
을 줘. 뱀들은 숲 바로 앞에 놓인 커다란 우리에 살아. 걔네한테 밥을 주
는 게 내 숙제 중 하나야.

맞아, 나는 스물여섯 살인데 아직도 숙제를 해.

뱀 우리는 사실 우리보단 창고에 더 가까워. 콘크리트로 된 작은 창고
인데 창문도 없고 천장도 끔찍하게 낮아(항상 머리를 쿵 박는다니까. 매

번, 들어갈, 때마다!). 그리고 윙윙대면서 돌아가는 난방 램프 때문에 늘 찌는 듯이 더워.

우리는 뚜껑에 구멍이 뚫린 작은 플라스틱 통에 생쥐들을 보관해. 참고로 살아 있는 생쥐야. 아빠가 책임자였을 때는 냉동 생쥐를 샀어. 그러면 좀 덜 잔혹해 보이거든. 그런데 오빠 데일(지금은 크리치 목사지. 나도 아직 적응 중이야)이 '가족 사업'을 물려받으면서 돈을 아낀다고 직접 생쥐를 키우기 시작했어. 오빠 말로는 생쥐한테 이름을 붙이지 않는 게 비결이래.

뱀들한테 밥 주는 건 쉬워. 뱀들이 든 유리 상자의 뚜껑을 열고 쥐 한 마리를 떨어뜨린 다음 뚜껑을 닫아. 그걸 계속 반복하면 돼. 클레멘타인에게 물린 날 나는 딴생각을 했어. 혼잣말하거나 콧노래를 불렀던 것 같아. 집중하지 않았지. 그때 클레멘타인이 든 상자를 열었는데 어이쿠! 클레멘타인이 내 손을 물어버린 거야. 아주 꽉. 엄지와 검지 사이를 아주 깊게. 꼭 클레멘타인이 나를 기다렸던 것 같았어.

피가 철철 흘렀어. 그래도 교회에는 구급상자도 있고 얼마 없지만 해독제도 있어(이건 너만 알고 있어. 뱀을 다루는 교인들은 해독제가 있다는 사실을 사람들이 모르길 바라. 왜냐하면, 이런 젠장, 주님께서 물리는 걸 지켜보셨다면 해독제를 먹어선 안 되니까. 안 그러니?). 알고 보니 나도 해독제가 필요하진 않았어. 네가 뱀을 얼마나 아는지는 모르겠지만 무독성 교상이라는 게 있는데(뱀이 독을 내뿜지 않은 거야) 내 경우가 그랬거든. 물론 무독성 교상도 아파. 정말이야. 하지만 죽진 않지.

자, 여기서부터 이야기가 좀 이상해지니까 잘 들어줘. 상자 속에서 난폭하게 달려드는 클레멘타인을 보니 네 생각이 났어. 마치 (고상한 말을 써서 미안) 은유 같았달까. 클레멘타인이 나를 문 건 커비스 바에서 일어난 일을 나타내고, 내 엄지와 검지 사이의 상처는 로저 앨범의 정수리를 나타내. 클레멘타인이 든 상자는 네가 있는 감방이고, 클레멘타인의 삶은 네가 받은 형벌이야. 이런, 심지어 납작하고 넙데데한 클레멘타인의 얼굴조차 네 얼굴을 떠올리게 해(널 놀리려는 건 아니야. 난 클레멘타인이 무척 아름답다고 생각해!).

갑자기 클레멘타인이 갇혀 있는 걸 참을 수가 없었어. 그래서 곡물 자루로 클레멘타인을 감싸서 숲으로 데려갔어. 교회 가까이에 풀어주고 싶진 않았어. 클레멘타인이 사라진 걸 오빠가 알면 찾으러 나갈 테니까(참고로 오빠는 정말로 그렇게 했어. 아무 소용도 없었지만).

나는 클레멘타인을 데리고 숲속 깊은 곳으로 들어갔고 풍나무 사이로 태양 빛이 쏟아져 들어오는 조용한 장소를 찾았어. 자루를 땅에 내려놓고 끝을 살짝 잡아당긴 다음 한 발짝 물러섰어. 물론 내가 직접 클레멘타인을 꺼내줄 수도 있었지만 클레멘타인이 직접 선택하길 바랐어.

클레멘타인은 떠나고 싶지 않은 듯했어. 몇 번 자루에서 고개를 빼꼼 내밀었지만(유리 상자에서 2년을 살다가 처음으로 울창한 숲을 봤다고 생각해봐!) 매번 다시 자루 안으로 쏙 들어갔거든.

난 계속 기다렸어.

거의 한 시간이 지났고, 해가 지면서 슬슬 추워졌어. 엄마가 부엌 창문으로 밖을 내다보면서 왜 내가 아직 안 오는지 궁금해할 때였지. 그때 클레멘타인이 움직였어. 자루에서 반 정도를 기어 나온 거야. 그리고 석양아래서 잠깐 기분 좋게 햇볕을 쬈어. 맹세하는데, 틀림없이 클레멘타인은 그때 웃고 있었어.

그러다 클레멘타인은 자루에서 완전히 나와서 덤불 속으로 스르륵 기어갔어. 한 번도 돌아보지 않더라. 나는 잠시 클레멘타인이 사라진 쪽을 바라보다가 다시 교회를 향해 걸었어. 그제야 내가 울고 있단 걸 깨달았지. 이 편지를 쓰는 지금도 눈물이 나온다.

클레멘타인은 '야생 뱀'은 아니지만 난 클레멘타인이 혼자서 잘 살 거라고 확신해. 패트릭, 처음으로 무언가를 자유롭게 하는 느낌이 정말 좋더라. 클레멘타인은 자기를 가둔 세상을 향해 달려든 거야. 바깥세상에서 어떻게 살진 클레멘타인 선택이지만, 나는 클레멘타인이 용서하는 마음으로 앞으로 나아가길 기도해. 패트릭 너에게도 같은 기도를 한단다.

사랑을 담아, B.

트래비스는 안절부절못하며 편지지를 넘겼다. 형이 펀디가 된 걸까? 뱀을 만지고 독을 마시는, 사람들이 그 안에서 하는 망할 놈의 짓거리를 형도 하게 된 걸까?

트래비스는 아래쪽에 있는 편지를 골라 펼쳤다. 1989년 2월 1일 자 편지였다.

사랑하는 패트릭,

우리의 '특별 방문'을 생각하면 얼마나 신나고, 긴장되고, 들뜨고, 무서운지 말하려고 짧은 편지를 써. 지금까지는 겨우 40분뿐인데도 온갖 지시를 다 따라야 했잖아. 이런 날이 올 줄은 정말 상상도 못 했어.

내가 침대 속에서 전기뱀장어처럼 짜릿할 거라고는 말 못 하지만, 준비됐다는 말은 할 수 있어. 너를 향한 내 사랑은 깊고 진실하고 순수하고 완전하다고도 할 수 있어. 난 준비가 됐어. 이제 너는 나를 더 많이, 내 모든 걸 알게 될 거야.

사랑과 기대를 담아, B.

마지막 편지는 1989년 12월 10일에 쓴 것이었다.

패트릭, 네가 점점 더 괜찮아질 거라고 했지. 하지만 매일매일 더 힘들어지고 있어. 가끔은 내 안의 빛이 꺼져버리게 해달라고 기도해. 그러다가도 곧 네가 내 빛이라는 사실이 떠오르지. 너는 내 마음속 빛이자 터널 끝의 한 줄기 빛이야. 그렇지만 내가 얼마나 더 버틸지는 모르겠어. 얼른 돌아와, 패트릭. 돌아와서 이곳에서 나를 꺼내줘. 돌아와서 이 사람들한테서 나를 구해내 줘.

모든 사랑을 담아, B.

트래비스는 편지를 읽고 또 읽었지만, 머릿속을 쿵쿵 울리는 온갖 질문의 대답은 찾지 못했다. 이 편지 이후로 무슨 일이 일어난 거지? 베키 크리치는 누구에게서 도망치고 싶어 한 거지? 두 사람은 무슨 관계지?

에클스 가와 크리치 가? 그건 있을 수 없는 일이었다.

편지 말고 유일한 단서는(이걸 단서라고 할 수 있을지 모르겠지만) 마지막 편지 제일 끝에 펜으로 허겁지겁 적은 듯한 성경 구절이었다. 마태복음 24:29-34.

트래비스는 다시 형의 성경을 찾아 앞뒤로 넘기며 문제의 구절을 찾았다. 여기서도 해당 구절에 밑줄이 그어져 있었다. 트래비스는 그 구절을 세 번 읽었다. 음산하고 뒤숭숭했다. 해가 어두워지고, 달은 빛을 잃을 것이며, 별들은 떨어지고, 하늘이 흔들릴 것이다.

켄터키, 맨슨

현재

과일나무 한 그루가 막 깎은 잔디밭 위로 긴 그림자를 드리우는 꿈을 꾸다가 날이 밝기도 전에 잠에서 깨어났다. 꿈에 이렇다 할 암시는 없었지만 꿈속에서 내가 새미 웬트네 뒷마당에 서 있다는 것을 알았다. 먼 곳에서 새들이 지저귀었고 아주 잠깐 안전한 느낌이 들었다.

잠을 거의 못 자서인지 정신이 하나도 없고 어지러웠다. 새벽 세 시에 욕조에서 침대 시트를 빨고 문밖에 방해 금지 사인을 걸어 두었다. 이 사인이 이토록 고마웠던 적은 없었다. 딱딱하고 모던한 소파에 누워 창피함에 한껏 몸을 웅크렸다. 잠이 찾아왔다 떠나기를 반복했다. 잠에서 깰 때마다 소파를 확인했고, 그럴 때마다 소파가 젖지 않았다는 사실에 안도했다.

나는 정말 침대에 오줌을 쌌다. 저녁에 술을 너무 많이 마셨나? 아니면 더 심오한 이유가 있나?

열세 살 때도 생리가 시작된 걸 엄마한테 숨겼다. 난처하거나 수치스러워서가 아니라(물론 그런 이유도 없지는 않았겠지만) 엄마가 슬퍼할까 봐 걱정됐기 때문이었다. 엄마가 내가 여자가 되어간다고 생각하는 게 싫었다. 나 스스로가 여자가 되는 게 무서웠다. 하지만 지금 나는 다시 아이가 될까 봐 무서웠다.

옷을 챙겨 입은 다음 커피 한 잔을 들고 방에 딸린 발코니로 나갔다. 천천히 커피를 마시며 숲의 경치를 감상했다. 숲은 깊고 드넓었다.

물은 나를 차분하게 가라앉혀주지만 나무가 빽빽한 숲은 정반대의 효과를 내는 듯했다. 숲은 어두웠고 온갖 괴물로 가득했다. 강렬하고 거칠었으며, 난폭하고 원초적이었다. 숲이 갑자기 내 안에 어떤 욕구를 불어넣었다. 바로… 사진을 찍고 싶은 욕구였다.

먼지 쌓인 캐논 SLR을 가져오긴 했지만 본능에 따라 챙겼을 뿐 쓰려던 의도는 아니었다. 그런데 지금 나는 가방에서 카메라를 꺼내 전원을 켜고 야생의 일부를 사진에 담았다. 렌즈를 통해 바라본 산맥은 눈으로 볼 때보다 덜 불길해 보였다.

새미가 사라졌을 때 몰리 웬트는 내가 지금 찍는 숲속에 새미가 있을지도 모른다는 생각에 이곳에서 며칠, 몇 달, 몇 년을 헤맸을까? 물론 새미는 숲속에 반쯤 묻혀 있지 않았다. 나쁜 사람에게 목이 졸려 까맣게 멍이 든 채 통통 부어 썩지 않았다. 그 대신 조용히 오스트레일리아로 실려 가 보살핌과 사랑을 받고 잘 먹고 잘 입고 가르침을 받으며 수많은 것을 누렸다.

다시 사진을 찍으니 기분이 좋았다. 캐논 카메라가 현실에 필터를 씌워주었고, 조금이나마 현실을 통제하게 해주었다. 애초에 이 감각 때문에 사진에 끌린 걸지도 모른다고 생각했다. 카메라를 목에 걸고 있자니 맨슨에 맞설 준비가 되었다는 느낌이 들었다.

시야에 급수탑을 두고 여기저기 멈춰 사진을 찍으며 시내 쪽으로 걸었다. 고속도로 아래를 지나며 탁한 빗물을 나르는 콘크리트 수로. 찰칵. 길가의 죽은 까마귀. 찰칵. 60대처럼 보이는 덩치 큰 여성을 싣고 쌩 지나가는, 두툼한 손잡이가 달린 오토바이. 찰칵.

순진하게도 맨슨에 도착하면 플래시백이 나타날지 모른다고 어느 정도 기대했다. 어떤 나무나 강, 길모퉁이, 아니면 언덕이 억눌린 기억을 불러일으켜 나도 모르는 사이에 두 살 시절로 되돌아갈지도 모른다고. 하지만 맨슨은 호락호락하지 않았다. 갑자기 밀려드는 향수나, 그래 맞아, 여기가 내가 있어야 할 곳이야 같은 충격적인 깨달음은 없었다.

아장아장 걷기 시작한 아이의 머릿속에서 불완전하게 형성된 그 기억들은 어쩌면 가닿지 못할 만큼 깊은 곳에 있고 스튜어트가 얘기해준 기억의 실은 복구가 불가능한 것인지도 몰랐다. 새미가 그곳에 있었다. 허리에 빨간색 실을 감고, 어둠 속에서 실을 잡아당기고 또 잡아당겨 보지만 매번 힘없이 늘어진 실만 보고 마는 새미가.

아니면 문제는 마을 자체에 있는지도 몰랐다. 확실히 맨슨은 28년간 많이 바뀌었다. 그 점에 슬픔이 있었다. 시간은 계속 앞으로 나아가고, 나는 시간을 따라가거나 시간에 뒤처질 수는 있어도 다시 과거로 돌아갈 수는 없다. 내가 새미 웬트로 살았을 수도 있는 삶은, 맨슨에서 태어나고 쭉 자라난 새미 웬트의 삶은 애초에 존재하지 않았다.

여기서 뭘 찾고 싶던 거야? 스스로에게 물었다.

그 뒤로 한 시간 동안 하릴없이 걸어 다니며 사진을 찍었다. 부산한 중심가에서 교외 쪽으로 돌아 나갈수록 주택 사이의 간격이 더 넓어졌고 잔디 깔린 마당도 더 넓어졌다.

그러다 우연히 크롬데일 가에 도착했다. 신적인 존재가 나를 여기로 데려왔다는, 보이지 않는 손이 나를 이쪽으로 떠밀었다는 상상도 나쁘지 않았지만, 사실은 우연에 더 가까웠다. 이 길의 이름은 새미 웬트를 다룬 기사에서 보았다. 새미가 크롬데일 가에 있는 집에서 사라졌다는 사실은 알아도 그 집이 정확히 어디인지는 몰랐다. 길의 끝에서 끝으로 걸어 다니면서 기억이, 아니면 감정이라도 되살아나기를 바랐다. 아주 작은 기미만 있어도 만족했을 것이다. 하지만 아무 느낌도 들지 않았다.

9번지 집이 내 관심을 끌었고, 세 번째로 지나갈 때 그 집 앞에 멈춰 오래된 철조망 울타리 너머로 안을 들여다보았다. 크롬데일 가에서 유일하게 지난 30년 동안 전혀 변하지 않은 듯했다. 금방이라도 무너질 듯한 이 집은 절반이 판자로 덧대어졌고 풀들이 뒤엉켜서 웃자란 마당을 사이에 두고 길에서 멀리 떨어져 있었다.

양쪽에 집들은 비교적 현대식으로 잘 관리되어 있었지만 9번지는 꼭 칙칙한 타임캡슐 같았다.

우편함 위에 앉은 흙과 먼지를 털어내니 에클스라는 이름이 보였다. 사진을 찍으려는데 나이든 여자가 눈에 들어왔다. 여자는 집 앞 계단에 앉아 있었다. 너무 조용해서 주변 환경에 완벽하게 녹아들었던 것이다. 여자의 피부는 태양 밑에 버려진 마네킹처럼 딱딱하고 누렇게 보였다. 여자는 나를 쳐다보고 있었다. 등골이 오싹해졌다. 카메라를 손에서 놓고 앞으로 계속 걸었다.

중심가로 돌아온 뒤 커피를 한 잔 더 마시며 지금까지 찍은 사진을 훑어보려고 카페에 들어갔다. 막 문을 연 시간이어서 매니저가 내부 조명을 켜고 카운터로 올 때까지 기다려야 했다. 주문을 받으러 온 직원은 나를 보고 얼어붙더니 커다란 안경 뒤에서 눈을 몇 번 깜박인 후 미소를 지어 보였다.

"미안해요." 직원이 말했다. "뭘 드릴까요?"

가짓수가 엄청나게 많은 메뉴판이 전방에 흐릿하게 보였다. "그냥 블랙커피도 있나요?"

"물론이죠." 직원은 나를 몇 초간 더 보다가 커피를 내렸다. 40대쯤으로 보이는 덩치 큰 여자였는데, 평생을 자기 키와 싸운 사람 특유의 웅크린 자세를 하고 있었다. 나는 이 여자만큼 크진 않았지만, 키가 평균 이상이어서 여자가 느꼈을 기분을 조금은 알았다.

커피를 들고 카운터로 돌아온 덩치 큰 여자가 검지로 안경을 밀어 올리며 말했다. "당신이 누군지 알아요."

"네?"

"뉴스에서 봤어요." 여자가 말했다. "하지만 전에도 알았어요. 옛날부터요. 에마의 친구였거든요. 에마는 어떻게 지내요?"

"잘 모르겠어요." 이곳에서 최대한 빨리 도망치기 위해 플라스틱 뚜껑을 꾹 눌러 닫으며 솔직하게 답했다. "얼마죠?"

"서비스예요." 여자가 말했다. "고향에 돌아온 걸 환영해요, 새미."

내가 고향에 돌아왔나? 내가 새미인가?

커피를 홀짝이면서 호텔을 향해 고속도로 갓길을 따라 걸었다. 아직 이른 시간이라 도로에 차가 많지 않았다. 목에 건 캐논 카메라가 걸음에 따라 좌우로 흔들렸다. 이상하게 더 무거웠다.

제분소와 관광안내소, 400미터라고 쓰인 먼지 쌓인 나무 표지판이 나왔다. 아침에 호텔에서 나올 때도 이 길을 따라 걸었는데 그때는 발견하지 못했다. 표지판 밑에 달린 화살표가 숲속으로 꺾여들어가는 오래된 흙길을 가리켰다. 입구부터 나무들이 우거져 길이 어떻게 나 있는지 잘 보이지 않았다. 보이는 거라곤 좁은 흙길과 무릎 높이까지 자란 풀뿐이었다.

왜 내가 그 길을 따라가기로 했는지는 아무리 생각해도 설명하기 힘들었다. 어쩌면 정말로 보이지 않는 손이 나를 이끌었는지도 모르겠다.

조금 더 깊이 들어가자 길이 살짝 넓어졌지만 길 양쪽으로 우뚝 솟은 나무들이 고속도로의 소음을 차단해 바깥세상으로부터 고립된 기분이 들었다. 공기는 축축한 흙과 솔잎 냄새로 가득 차 있었고 나뭇가지를 흔드는 실바람 소리가 마음을 불안하게 했다.

나는 내가 야외 활동을 즐기는 사람이라고 생각했다. 탐험가 베어 그릴스 정도까지는 아니어도 어린 시절 하이킹과 수영, 탐험에 많은 시간을 쏟았다. 하지만 지금 오스트레일리아는 아주 머나먼 곳처럼 느껴졌다. 오스트레일리아에는 부시라고 불리는 오지가 있는데 부시는 푸릇푸릇한 면적만큼이나 척박한 황무지가 많다. 그곳에도 위험한 생명체가 많을지 모르지만 그래도 그곳은 내게 익숙했다. 이곳은 부시가 아니라 숲이었다. 동화에 등장하는 숲은 아이들이 부모에게 버림받고 마녀에게 붙잡히는 위험한 장소였다.

과거는 바다와 같다는 아빠의 말은 틀렸어. 나는 생각했다. 과거는 괴물이 가득한 깜깜한 숲에 더 가까워.

나무를 뚫고 깊이 들어갈수록 나무에 사로잡히는 느낌이 더 강하게 들었다. 발걸음을 돌리진 않았다.

웅장하고 오래된 현수교가 나타났다. 자동차가 지나다니도록 설계된 게 분명했는데, 비바람에 훼손된 곳이 그대로 남아 있고 그라피티도 있는 것으로 보아 오래전부터 차가 다니지 않은 듯했다. 내가 지나가자 바닥의 널판이 휘어지며 삐걱거렸다.

다리를 건너 20미터쯤 더 걸은 후 도착한 곳에는…

아무것도 없었다.

이곳에 제분소가 있었다면 아마 오래전에 철거된 듯했다. 커다란 직사각형 모양의 땅이 훤히 드러나 있었다. 그 한가운데로 걸어 들어가자 갑자기 숲에서 들려오던 소리가 잠잠해졌다. 발밑의 흙이 새까맸다. 수년간 아무것도 자라지 않은 땅이었다. 유령들이 나를 지켜보는 듯했다.

좋지 않은 곳이야, 라고 생각하며 카메라를 움켜쥐고 사진을 몇 장 찍었다. 죽은 땅. 찰칵. 쓰러진 나무들. 찰칵. 머리 위 나뭇가지 사이로 흘러드는 음산한 한 줄기 빛. 찰칵.

뭔가가 달랐다.

호텔에서 산맥 사진을 찍을 때 느꼈던 통제감이 느껴지지 않았다. 필터는 사라져 없었고, 카메라 렌즈를 통해 바라본 풍경은 현실과 다름없이 불길했다.

카메라 전원을 끄고 서둘러 현수교를 건넜다.

그리고 생각했다. 맨슨과 맞서려 했는데. 맨슨이 이겼다.

켄터키, 맨슨

그때

에마는 바깥세상 소리를 차단하려 애쓰며 목욕물 속에 할 수 있는 한 오래 머리를 담갔다. 해가 지자 화장실의 반투명 유리창이 흰색에서 회색으로 바뀌었다. 또 하루가 저물어갔다.

낮에는 새미가 나가서 논다고, 아마 아틀라스 공원에서 그네를 타거나 호숫가에서 모래 장난을 할 거라고 그리 어렵지 않게 상상할 수 있었다. 밤이 찾아오면 새미의 빈자리가 더 선명히 다가왔다. 그 나이대 아이들은 해가 진 후 바깥에 있어선 안 됐다. 목욕을 하고 만화를 본 다음 잠자리에 들어야 했다.

에마는 물에서 나와 물기를 말리고 몸보다 큰 엄마의 샤워가운을 걸친 후 허리끈을 단단히 여몄다. 사촌 토드가 이 집에 도착한 후로 에마의 가슴을 최소 열두 번은 더 훔쳐보았기 때문이다.

드라큘라 신부들은 거실에서 옛날 사진 앨범을 들여다보았다.

"에마야, 이리 와서 같이 보자." 틸리 이모가 말했다. 셋 중 가장 어린 이모였다. "지금 다들 추억에 빠져 있어."

"나중에요." 에마가 말했다. "다들 어딨어요?"

"네 남동생은 지하에서 토드랑 비디오게임 하고 있어." 첫째 이모인 폴린이 말했다.

"네 엄마는 쉬고 있고 네 아빠는 무단이탈 상태야."

"무단이탈한 게 아니에요. 새미를 찾는 거지."

이모들이 서로 눈빛을 교환했다. 왜 잭이 늦은 밤 손이 찢어진 채 돌아왔는지에 대해 이모들도 저마다 생각이 있겠지만 사실 그들은 아무것도 몰랐다. 진실을 알면 단체로 머리가 폭발해버릴지도 몰랐다. 그 진실은 잭과 트래비스 에클스가…

뭐? 에마는 생각했다. 사랑하는 사이라고?

에마가 거실에서 나오자 에마 뒤에서 폴린이 말했다. "쿵쿵거리면서 계단 올라가지 마. 네 엄마 쉬게 해줘야지."

부부 침실은 적막하게 텅 비었지만 닫힌 새미의 방문 밑으로 빛이 새어 나왔다. 에마가 문을 두드렸다.

"왜?" 문 뒤에서 몰리가 말했다.

"나야, 엄마. 들어가도 돼?"

"아, 그럼, 되지."

새미 방은 조금 더 깨끗해졌을 뿐 새미가 사라진 날과 그리 다르지 않았다. 커다란 장난감 상자는 연분홍색과 연보라색 바다를 이루는 봉제 인형들로 가득 차 있었다. 액자에 끼운 가족사진이 전보다 의미심장해 보였다. 몰리는 벽에서 액자 하나를 떼어내 두 손으로 만지작거렸다.

"쏘아붙이듯 말해서 미안해." 몰리가 말했다. "네 이모 중 한 명인 줄 알았어."

"자고 있었어?"

"숨어 있던 거에 가깝지."

"나도 엄마랑 여기 잠깐 숨어도 돼?"

몰리가 슬픈 미소를 지었다. 피부가 얼룩덜룩하고 건조했다. 에마가 침대로 올라오도록 몰리가 몸을 옆으로 움직였다.

"화학약품 냄새가 나는데."

"내가 카펫 청소했거든." 몰리가 말했다. "새미가 돌아왔을 때 모든 게 완벽했으면 좋겠어. 너 임신했을 때도 그렇게 했던 거 아니? 집 안 구석구석을 청소했어."

에마가 엄마 손에 쥐어진 사진을 봤다. 아빠가 찍은 사진이었다. 사진 속 몰리와 아이들은 컴벌랜드 폭포에 있는 오두막 난롯가에서 스모어를 구워 먹었다. 새미는 엄마 품에 안겨 카메라에서 시선을 돌린 채 행복하게 손가락을 빨았다.

"이때 기억나니?" 몰리가 말했다. "딱 작년 이맘때인데 백만 년은 더 지난 것 같다. 그땐 우리 다 정말로 행복했는데."

에마는 그때를 생생하게 기억했는데 행복한 기억은 전혀 없었다. 막 이가 난 새미는 내내 칭얼거렸고 그런 새미 때문에 엄마는 지독하게 날카로웠다. 잭이 사진을 찍으려고 모두를 부르기 직전에도 엄마는 새미를 안고 서성거리며 사납게 위아래로 흔들었고 '나한테 뭘 원하는 거야?', '나보고 어떻게 하라고', '잭, 애 좀 데려가. 애 때문에 미치겠어' 같은 말들을 내뱉었다. 사진은 순간을 보여줄 뿐 이야기는 들려주지 않았다.

엄마가 이런 안 좋았던 부분도 기억할까? 에마는 궁금했다. 아니면 그 기억을 완전히 차단했을까?

몰리가 사진 속 새미의 얼굴을 어루만지며 미소 지었다. 아픈 사람처럼 입술이 창백했다. "너 마태복음 19장 14절 기억하니?"

"아니, 말해줘." 에마가 말했다.

"예수께서 말씀하셨다. 어린이들이 내게 오는 것을 막지 말고 두어라. 하늘나라는 이런 어린이 같은 사람들의 것이다."

몰리가 사진을 품속에 끌어안았다.

"거기에 새미가 있을 거라고 생각해?" 에마가 물었다. "하늘나라에?"

몰리는 오랫동안 에마를 바라보았지만 아무 말도 하지 않았다. 그 대신 자기 머리를 에마의 무릎 위에 누이고 눈을 감았다. 에마가 머리칼을 쓰다듬을 때도 잠시 움찔했을 뿐 가만히 있었다. 에마는 트래비스에 관해 알아낸 사실을 엄마에게 말해주고 싶었지만 적절한 말을 찾아내기까지는 오랜 시간이 걸릴 듯했다.

두 사람은 한 시간 동안 그렇게 침대에 가만히 누워 있었다. 새미가 태어나기 전에도 두 사람이 이렇게 오랫동안 함께 시간을 보낸 적은 없었다. 틸리 이모가 들이닥치지 않았다면 훨씬 더 오래 머물렀을 수도 있었다.

"몰리, 전화 왔어." 계단을 뛰어 올라온 이모가 숨을 헐떡이며 말했다. "보안관이야. 새로운 소식이 들어왔나 봐."

엘리스는 보안관서의 고동색 로비에 서 있었다. 겨드랑이 밑이 흠뻑 젖고 눈 밑에 진한 다크서클이 깔린 채였다. 요즘 맨슨에 사는 사람들은 하나같이 지쳐 보였다.

"몰리, 에마, 와주셔서 감사합니다." 엘리스가 말했다. "잭은 어디 있죠?"

"어딨는지 알 수가 없어요." 몰리가 말했다. "뭐가 나왔나요?"

"따라오시죠."

엘리스가 에마와 몰리를 데리고 회의실로 향했다. 넓은 회의실 한구석에서 커피머신이 꾸르륵거리는 소리를 냈다. 머리 위에서 막대형 형광등이 윙윙거렸다. 기다란 테이블에 증거라고 쓰인 종이 상자가 놓여 있었다.

"앉으시죠." 엘리스가 말했다. 엘리스는 에마와 몰리가 딱딱한 플라스틱 의자에 몸을 다 꾸겨 넣을 때까지 자리에 서서 기다렸다. "아시다시피 그동안 자원봉사대를 꾸려 숲을 수색해왔습니다. 그중 한 명이 이걸 발견했고요. 보시고 새미 것이 맞는지 말씀해주셨으면 합니다."

엘리스가 증거 상자를 열어 작은 투명 지퍼백을 꺼냈다. 밀봉된 지퍼백 안에는 해지고 진흙이 잔뜩 묻은 새미의 고릴라 인형이 들어 있었다. 에마가 눈앞의 광경을 받아들이기까지는 시간이 좀 걸렸다. 고릴라 인형은 에마가 새미의 첫 번째 생일에 사준 선물이었고 새미는 그 인형을 가는 곳마다 질질 끌고 다녔다. 인형이 새미 없이 혼자 이곳에 있는 건 말이 안 됐다.

끔찍하고, 끔찍하게 어린애 같은 생각이 에마의 머릿속에 떠올랐다. 이제 새미는 진짜 혼자야.

에마는 엄마가 눈물을 터뜨리거나 더 나쁘면 바닥에 쓰러져 기도하리라고 생각했다. 하지만 아니었다. 몰리는 지퍼백을 들고 냉랭한 얼굴로 고릴라 인형을 바라보았다. "너무 더럽네. 빨아야겠다. 애한테 안 좋겠어."

"엄마."

"새미 것이 맞습니까?" 엘리스가 물었다.

"맞아요." 에마가 말했다.

엘리스가 고릴라 인형을 향해 손을 뻗었다. 몰리의 손가락이 잠시 지퍼백을 꽉 움켜쥐었지만 곧 엘리스에게 건네주었다. 몰리는 인형이 안전하게 증거 상자에 들어갈 때까지 인형에서 눈을 떼지 않았다. "최대한 빨리 돌려드리도록 하겠습니다. 절 믿으셔도 됩니다."

"이게 무슨 상황이죠?" 몰리가 물었다. "우리 애가 숲속에 있다는 건가요? 새미가 거기 있어요?"

"다른 게 또 있습니다." 엘리스가 말했다. "이 인형은 옛 제분소와 그리 멀지 않은 곳에서 발견되었습니다. 저희가 제분소를 수색했고, 일종의 무단 거주로 보이는 흔적을 발견했습니다."

"무단 거주요?"

희뿌연 기억이 기분 나쁜 냄새처럼 에마의 머릿속에 서서히 밀려들었다. 아직 온전한 형태를 갖추진 않았지만 제분소와 관련된 기억이었다. 에마는 새미가 사라진 날 자신이 그곳에 갔다는 건 알았지만 충격과 약 기운 때문에 많은 걸 기억하진 못했다.

"새미를 데려간 사람이 제분소에서 하룻밤을 보냈을 거로 보고 있습니다. 더 오래 머물렀을지도 모르고요."

"왜죠?"

"글쎄요, 그건 저희도 알 수 없습니다. 외떨어져 있고 아무도 없는 곳이긴 하죠. 거기서 안전하고 조용하게 새미를 데리고 있다가 몸값을 요구하려고 했을 수도 있습니다."

"포장하실 필요 없어요." 몰리가 말했다. "애초에 몸값을 요구할 생각이었으면 진작 했을 거라고요. 누가 새미를 외떨어진 조용한 곳에 데려갔다면 다른 목적이 있었겠죠."

에마가 몸을 움츠렸다. 지금까지는 특정 시나리오를 머릿속에서 성공적으로 몰아내고 있었다. 그게 부정이거나 눈먼 희망일지라도, 에마는 지금 누군가가 새미를 데리고 있을 것이고, 새미는 숲속에서 길을 잃고 헤매진 않을 것이며, 그 사람이 새미를 잘 돌봐줄 거라고 굳게 믿었다. 유치하고 멍청한 생각이었다. 셸리와 제분소에 갔던 날 도대체 무슨 일이 있었던 거지?

마법 버섯… 왕개미들…

"어쨌든 간에," 엘리스가 불편한 듯 헛기침을 하며 말했다. "이 정보는 미디어에 알리지 않을 겁니다. 저희는 제분소에 무단 거주하는 사람이 자기 물건을 가지러 돌아오기를 기다리는 중입니다. 그 사람이 나타나면 그때 붙잡아서 심문할 계획입니다."

"새미를 데려간 사람은 지금쯤 국토를 반쯤 횡단했을 거예요." 몰리가 말했다. "새미는 그 사람들하고 같이 있거나, 아니면-"

"엄마, 그만해."

"뭐라도 찾은 게 있어요?" 몰리가 말했다. "단서는요? 용의자는요? 그런 게 있긴 해요?"

"용의자가 있긴 합니다." 엘리스가 말했다. "다이버 중 한 명이 윌로우 지점 근처에서 수상쩍어 보이는 남자를 만났습니다."

"그게 누군데요?" 몰리가 말했다.

엘리스가 구석에 놓인 테이블로 걸어갔다. 테이블에는 보고서와 파일, 사진, 노트, 포스트잇이 잔뜩 쌓여 있었다. 어수선한 책상이 어수선한 마음을 나타낸다면 새미에게는 정말 큰일이었다. 엘리스가 그 사이에서 몽타주를 찾아 두 사람에게 내밀었다. 맨슨에 수백 명은 있을 법한 얼굴이었다. 몽타주 속 남자는 마르지도 뚱뚱하지도 않았다. 흉한 상처나 타투도 없었다. 짧고 검은 수염이 거뭇거뭇했고 새까만 눈이 움푹 들어가 있었다.

내 동생을 마지막으로 본 눈이 저 눈일까? 에마는 궁금했다.

"이게 누구죠?" 몰리가 말했다.

"아직은 모르지만 곧 알아낼 겁니다. 몽타주를 복사해 맨슨에서 레드워터 사이에 있는 모든 경찰서와 언론매체에 돌렸습니다. 아직 희망이 있어요, 몰리. 다른 게 또 하나 있습니다."

몰리가 손가락으로 머리카락을 쓸어 넘기며 한숨인지 울음소리인지 모를 소리를 냈다. "뭐죠?"

"좀 이상하게 들릴 수도 있습니다만." 엘리스가 말했다. "제분소와 관련된 도시 전설이 하나 있습니다. 들어보셨는지 모르겠네요. 제분소 안쪽 벽에 어떤 사람의 이름을 쓰면 그 사람이 24시간 안에 죽는다는 전설입니다."

기억이 고약한 냄새를 풍기며 형태를 갖추기 시작했고, 일순간 에마는 엘리스가 무슨 말을 할지 확실히 깨달았다. 벽 위를 움직이는 검은색 펜. 이름. 새미의 이름. 셸리의 겁먹은 커다란 눈. 창문 밖에 서 있던 사람.

"그 벽에 새미의 이름을 쓴 사람이 있습니다." 엘리스가 말했다.

"뭐라고요? 새미 이름을요?" 몰리가 말했다. "말도 안 돼요."

엘리스가 증거 상자에 손을 뻗어 폴라로이드 사진 한 장을 꺼낸 뒤 두 사람 앞에 밀어놓았다. 사진에는 에마가 더러운 벽에 쓴 새미의 이름이 있었다. 에마는 속이 메스꺼웠다. 도대체 내가 뭘 한 거지?

"그냥 도시 전설일 뿐이에요." 에마가 말했다. "진짜가 아니에요. 여기에 이름을 쓰는 사람들은 정말로 그 사람이 죽기를 바란 게 아니에요. 멍청한 애들 장난이라고요."

"누가 역겨운 장난을 친 거겠죠." 몰리가 말했다. "새미가 사라진 뒤에 쓴 거예요. 10대 애들이요."

"저도 그렇게 생각했습니다." 엘리스가 말했다. "하지만 근처에서 무단 거주자와 새미의 장난감이 발견된 만큼 이 낙서도 진지하게 수사해야 합니다. 여기에 새미 이름을 쓸 만한 사람이 있을까요?"

"새미는 두 살이에요." 몰리가 말했다. "적이 많지 않다고요."

"누구 글 쓴지 알아보시겠어요?"

몰리가 한 손으로 사진을 들고 잠시 자세히 들여다본 후 고개를 저었다. "아니요."

서에서 나온 몰리는 손톱을 물어뜯으며 차로 향했다. 에마가 한 번도 본 적 없는 모습이었다. 두 사람 다 자동차에 탔지만 몰리는 시동을 걸지 않았다. "에마, 너 왜 그랬어?"

"…뭐가?"

"지금 말하면 다시는 얘기 꺼내지 않을게."

"엄마, 무슨 말 하는지-"

"내가 내 딸 글씨도 못 알아볼 거라고 생각해?"

갑자기 에마의 몸에 한기가 들었다. "그냥 장난이었어."

"거짓말 좀 하지 마. 지금은 안 돼. 다른 건 다 괜찮아도 지금은 아니야."

"약에 취해 있었어." 에마가 말했다. "새미가 사라진 날 셸리랑 수업 쨰고 숲속에서 마법 버섯을 먹었어."

"하느님 맙소사." 엄마가 저렇게 주님의 이름을 부르는 걸 에마가 들은 건 몇 년 만에 처음이었다.

"약에 취해서 그랬어. 멍청한 짓이었어. 그래서 그런 거야. 미안해."

당연히 그것뿐만은 아니었다. 보통 약에 취한 사람들은 음식을 잔뜩 먹고 멍청한 영화를 보고 술은 술이라서 술술 넘어가나? 같은 말들을 씨불인다. 동생이 태어나지 않았으면 좋았겠다고 바라는 사람은 없고, 동생이 죽기를 바라는 사람은 더더욱 없다.

"경찰한테 말할 거야?"

"아니."

"아빠한테는?"

"아빠한테 말하면 왜 안 되는데?"

에마는 울기 시작했다. "그러면 아빠 마음이 찢어질 테니까."

"네가 왜 이러는지 정말 모르겠다." 몰리가 말했다. "너 왜 이래? 문제가 뭐야?"

"엄마는 왜 이러는데? 엄마는 뭐가 문젠데?"

"이건 내 문제가 아니잖아."

"아냐, 엄마 문제 맞아. 오래전부터 문제였어. 엄마가 우울증에 걸린 건지 중년의 위기를 겪는 건지는 모르겠는데, 우리가 언제 전부 입 다물고 모르는 척하기로 한 건지도 모르겠는데, 어쨌거나 엄마 변했어."

"넌 항상 내 신앙을 존중해주지 않았어."

"빛 안의 교회와는 상관없는 일이야, 엄마. 문제는 새미라고. 새미가 태어난 이후로 엄마 변했어. 병원에 새미 낳으러 들어갔다가 완전히 다른 사람이 돼서 나왔다고."

에마는 엄마가 버럭 화를 내기를, 성경을 인용하기를 기다렸다. 싸울 준비를 했지만 싸움은 벌어지지 않았다. 그 대신 몰리는 엔진에 시동을 걸고 라디오를 튼 뒤 말 한마디 없이 집으로 돌아왔다.

켄터키, 맨슨

현재

패배한 기분으로 산책에서 돌아오니 스튜어트가 호텔 레스토
랑에서 아침을 먹고 있었다. 나를 보자 스튜어트는 눈이 커다래졌
다. 전날 잠을 제대로 못 자서 아마 얼굴이 말이 아닐 것이었다. 스
튜어트는 아무 말도 하지 않았고, 그래서 고마웠다. 스튜어트는
직원을 불러서 나 대신 커피를 주문해주었다.

"어젯밤에 할머니가 전화하셨어요." 좋은 아침이나 잘 잤어요?
같은 인사말 없이 스튜어트가 곧장 말했다. "킴을 만나고 싶어 하
세요."

"알았어요." 내가 말했다.

"엄마한테도 전화가 왔어요. 어젯밤 늦게요." 스튜어트가 멋쩍

게 말했다. "오늘 혼자서 엄마 만나러 가는 거 어때요?"

"스튜어트는 안 가고요?"

"둘이 만나고 싶으니 저보곤 오지 말라고 하셨어요."

"왜요?"

스튜어트가 어깨를 으쓱했다. "에마 누나한테 무슨 얘길 들었을 수도 있어요. 저랑 누나랑 전화로 좀 싸웠거든요. 처음엔 누나가 저한테 너는 뭐든지 네가 원하는 대로 하려 한다고 했고, 결국 마지막엔 제가 누나한테 꺼지라고 했죠." 스튜어트가 졸린 눈을 비볐다. "우리 가족이 된 걸 환영해요."

직원이 내 커피를 가져왔고 나는 직원의 얼굴을 피했다. 모든 호텔 직원이 내 방 화장실에 널어놓은 젖은 침대 시트의 존재를 알 것만 같았다.

"뭐 좀 먹을래요?" 스튜어트가 물었다.

"배가 안 고파요. 컨디션이 안 좋네요."

실제로 토할 것 같았다. 이제 내 엄마를 만나는 것이다. 머릿속에는 여러 가지 시나리오가 들어 있었다. 시나리오 A는 몰리가 나를 껴안고 울면서 '내 막내딸이 드디어 돌아왔구나'라고 외치는, 눈물 젖은 상봉이다. 시나리오 B는 몰리가 나를 힐끗 보고는 내가 없는 삶이 훨씬 나았다며 눈앞에서 문을 쾅 닫아버리는 것이다.

"어렸을 때 살던 집 마당에 과일나무가 있었어요?" 내가 물었다.

"네. 뒤뜰 울타리 바로 옆에요. 아마 레몬 나무였을 거예요."

스튜어트가 생각에 잠겼다. "맞아요, 있었어요. 이런, 몇 년 동안 그 나무는 생각도 안 해봤어요." 그리고 미소를 지었다. "아빠하고 그 나무에 오줌을 싸곤 했어요. 아빠가 그렇게 하면 나무가 더 잘 자란다고 하셨거든요. 그게 기억이 나요?"

"어젯밤에 꾼 이상한 꿈에 나온 것뿐이에요. 오스트레일리아에서 나한테 소멸 이론에 관해 얘기해줬던 거 기억나요?"

스튜어트가 고개를 끄덕였다.

"그 기억들과 다시 연결될 방법은 없어요? 실이 끊어진 후에요."

"잘 모르겠어요."

새미 웬트의 이미지가 다시 떠올랐다. 새미는 어딘지 알 수 없는 내 마음속 깊은 곳에 홀로 있다. 새미는 턱 밑에 두 무릎을 끌어안고 죽은 기억들의 묘지에 앉아 있다. 한때는 내게 중요했지만 이제는 내게서 잊힌 기억들이 묻힌 곳이다. 새미는 허리에 묶인 빨간색 실을 잡아당겨 보지만 아무것도 찾을 수 없다는 사실을 깨닫고 체념한다.

스튜어트가 냅킨으로 입 주위를 닦았다. 음식에는 거의 손도 대지 않았다. "저기, 킴. 미리 주의를 줘야 할 것 같아요. 엄마가 좀… 고압적일 수 있어요. 늘 그랬던 건 아닌데, 지난 몇 년간은 좀… 어쨌든 엄마가 좀 무섭게 느껴질 수 있다는 거예요. 그게 다예요. 그리고…" 스튜어트는 말을 할수록 더 더듬거렸다. 힘없는 강아지가 폭풍 아래에서 집에 들여보내 달라고 문을 벅벅 긁는 듯했다. 나는 손을 뻗어 스튜어트의 손을 잡았다. 내 성격과 전혀 어울리지 않는 행동이었다.

"그래서 하고 싶은 말이 뭐예요, 스튜어트?"

스튜어트가 한숨을 내쉬었다. 안도인지 체념인지 알 수 없었다. 경직된 스튜어트가 테이블 위로 두 손을 가지런히 맞잡았다. 오스트레일리아에서처럼 또다시 로봇같이 침착한 남자가 나타났다. "나는 그저 킴이 엄마한테 겁먹고 도망가지 않았으면 해요."

스튜어트는 나를 잃고 싶지 않은 것이었다. 이제 나를 찾았으니 더는 나를 찾아 헤매고 싶지 않은 것이었다.

이상한 데자뷰가 일었다. 전에도 스튜어트가 아닌 사람과 이런 대화를, 적어도 비슷한 대화를 나눴다. 에이미의 집 뒷마당에서 함께 대마를 피울 때였다.

다시 날 잃어버릴 일은 없을 거라고, 스튜어트에게 말해주고 싶었다. 하지만 먼저 에이미에게 그렇게 말해줘야 할 것 같았다. 자리에서 급하게 일어나느라 머리가 어지러웠지만 불안한 마음은 일시에 가라앉았다. "미안해요. 통화 좀 해야겠어요."

엘리베이터 앞에 도착했을 때 뒤를 돌아보았다. 스튜어트는 그 자리에 그대로 앉아 자기 접시를 내려다보고 있었다. 그 모습이 방금 유령이라도 본 사람 같았고, 스튜어트가 뭔가를 숨기고 있다는 느낌이 다시 한번 들었다.

"…언니?"

"에이미, 나야." 내가 말했다.

나는 핸드폰을 귀에 바싹 붙인 채로 시트를 벗긴 호텔 침대 끝에 앉아 있었다.

"계속 전화했었어. 기자들한테서 계속 전화가 와. 오스트레일리아 기자뿐만이 아니야. 미국 기자들한테서도 와. 그리고 연방 경찰이 찾아와서 질문을 엄청나게 해댔어. 그리고-"

"내가 너한테서 멀어졌었어." 내가 에이미의 말을 끊었다. "내가 너하고 아빠한테서 멀어졌어. 너한테 기댔어야 하는데."

"맞아, 그랬어야지." 에이미가 울음을 터트려서 나도 눈물이 났다. 엄마가 돌아가신 후로 이렇게 오랫동안 울어본 적이 없었다.

"날 용서하고 다시 내 친구가 되어줄래?"

"…알았어." 에이미가 말했다.

양 볼 위로 눈물이 흘렀다. 목소리에서 우는 티가 안 나게 하려고 무던히 애를 썼다. "부탁이 하나 있어."

"뭔데?"

"어려운 부탁이야." 내가 말했다. "에이미, 여기 미국으로 와주면 안 돼? 웨인과 리사 때문에 그러기 힘들다는 거 알지만… 너 없인 아무것도 못 할 것 같아서 그래."

에이미가 코를 훌쩍였다. 에이미도 우는 소리를 숨기려고 노력하는 게 분명했다. "우리 이미 공항으로 가는 길이야, 언니."

"뭐라고?"

"아빠랑 차에 있어. 언니가 좋아하든 싫어하든 가려고 했어."

"사랑해, 에이미. 아빠도."

"우리도 사랑해."

그때 두려움이 엄습했다. 갑자기 우리 가족을 다시는 못 볼지도 모른다는 이상한 느낌이 밀려들었다.

오래전에 예지력에 관한 기사를 읽은 적이 있다. 비극적인 사건이 일어나기 전에 그 에너지가 마치 물수제비를 뜨듯이 시공간을 넘어 파문을 일으킨다는 내용이었다. 어떤 사람들은 사건이 일어나기 훨씬 전부터 그 에너지의 파문을 감지한다고 했다. 내가 그런 말을 믿는 사람이었다면 더 걱정했을지 모른다. 나는 그런 걸 믿지 않았기에 두려움을 억누르고 에이미에게 인사를 한 뒤 스튜어트를 만나러 주차장으로 향했다.

몰리 웬트는 시내에 있는 올드포인트라는 동네의 아파트에 살았다. 차 안에서 스튜어트가 사실 엄마는 살던 집(스튜어트가 자란 집이자 새미가 사라진 집)을 떠나지 않으려 했지만 아빠가 강력하게 주장했다고 말해주었다.

"떨쳐버리기 위한 방편 중 하나였을 거예요." 스튜어트가 말했다. "머리로는 저도 아빠 주장에 동의했어요. 새미가 죽었든 살았든 그 집에선 늘 새미가 떠올랐을 테니까요. 하지만 마음 한편으로는 엄마 아빠가 집을 판 걸 절대로 용서하지 않았어요."

"그 집에 다시 가보기도 하나요?" 크롬데일 가를 산책했던 기억을 떠올리며 내가 물었다.

"가끔요. 하지만 새 주인이 진입로를 다시 깔고 집을 증축했어요. 새 나무를 심고 오래된 나무를 베어냈고요. 옛날의 그 집은 이제 존재하지 않는다고 봐야죠."

스튜어트도 어떤 면에서는 나를 그런 식으로 보는 게 아닐지 궁금했다. 생물학적으로 나는 스튜어트의 여동생이었지만 나도 그동안 많이 바뀌었다. 원래 모습을 알아볼 수 없을 정도로 개조된 것이다.

"집이 팔린 후 얼마 동안 계속 같은 꿈을 꿨어요. 마침내 새미가 돌아왔는데 새미를 반겨줄 사람이 아무도 없는 꿈이요. 꿈속에서 집은 휑뎅그렁하게 텅 비어 있어요. 우리 모두 짐을 싸서 떠났으니까요."

우리는 잠시 말없이 이동했다.

올드포인트는 여기저기 움푹 파인 길이 하나 나 있었고 길 위로 신호등 여러 개가 줄에 매달려 있었다. 돌아다니는 사람이 없어서 신호등이 쓸모없어 보였다. 우리는 작은 가게들과 오래된 집들, 철조망 울타리로 막힌 폐차장 앞을 지나갔다.

스튜어트가 저렴해 보이지만 아기자기한 아파트 앞에 차를 세웠다. 아파트 한쪽에는 식료품점과 주류 판매점이, 다른 한쪽에는 감리교 교회가 있었다. 스튜어트가 2층에 있는, 곧 무너질 듯한 발코니를 가리켰다. "저기가 엄마 집이에요. 보여요? 숲처럼 울창한 곳이요."

발코니는 온갖 화분과 시끄러운 풍경으로 가득했고 벽에 예수상이 하나 걸려 있었다. 집 크기는 줄었는데 물건은 줄이지 않은 사람의 발코니였다. 바로 옆 전화선에 걸린 빨간색 풍선이 잔잔한 바다에 떠 있는 배처럼 바람에 따라 앞뒤로 흔들렸다.

"엄마 집은 2A호예요." 스튜어트가 말했다. "초인종 옆에 힐러라고 써 있을 거예요."

"힐러요?"

"결혼하기 전 엄마 이름이에요."

"아, 그렇군요."

이 여자에 관해 내가 모르는 것이 너무나도 많았다. 나를 세상에 태어나게 해준 사람, 첫 2년 동안 나를 안아주고 얼러주고, 아마도 사랑해줬을 사람인데도.

"내가 근처에 있으면 좋겠어요?" 스튜어트가 물었다. "차에 시동 걸어놓을게요. 혹시 모르니까요."

농담으로 한 말 같았지만 조금도 웃기지 않았다. "아니에요. 그냥 호텔에서 만나요."

"알았어요. 행운을 빌어요."

믿기 힘들게도 스튜어트가 몸을 앞으로 기울여 나를 껴안았다. 딱딱하고 어색할 정도로 짧았지만 어쨌거나 포옹은 포옹이었다.

나는 자리에 서서 차가 모퉁이를 돌아 사라지는 모습을 지켜봤다. 그런 후 엄마를 만나러 계단을 올랐다.

켄터키, 맨슨

그때

정오가 조금 지났을 무렵 경찰차가 사이렌을 요란하게 울리며 고속도로를 달렸다. 엘리스가 운전대를 잡고 있었다. 조수석에 앉아 앞을 바라보는 비처의 두 눈이 춤을 추듯 흔들렸다. 9분 전 부보안관 루이스가 무전기로 긴급 보고를 해왔다. 몽타주 속 남자가 제분소에 다시 나타난 것이다.

"기분이 어떤가, 비처?" 엘리스가 물었다.

"괜찮습니다. 좋아요. 살짝 긴장됩니다."

"그 물건 어떻게 쓰는지 기억하나?" 비처가 허리에 찬 권총을 가리키며 엘리스가 말했다.

"꺼내 본 지는 좀 오래됐습니다." 비처가 말했다. "하지만 총구를 어디에 겨눠야 하는진 기억합니다."

신이시여, 제발 여기서 끝이길. 엘리스는 생각했다. 여기서 끝낼 수 없다 해도 사무실 밖으로 나와 실제로 뭔가를 한다는 것이 기분 좋았다.

엘리스는 사이렌을 끄고 천천히 갓길에 들어서서 제분소와 관광안내소, 400미터라고 쓰인 색이 바랜 표지판 앞에 차를 세웠다. 수해로 나무가 쓰러져 길 입구가 막혀 있었다. 남은 길은 걸어가야 했다.

엘리스와 비처는 조용하고 신속하게 차에서 내려 뒷좌석에서 방탄조끼를 꺼내 입었다. 비처의 조끼는 매우 컸다. 수척한 비처의 두 팔이 조끼 밖에 대롱대롱 매달린 듯했고 비처는 그 어느 때보다 어려 보였다.

두 사람은 오솔길을 성큼성큼 걸었다. 제분소에 점점 가까워질수록 숲을 헤치고 들어가야 했다.

부보안관 험과 루이스는 제분소에서 60미터가량 떨어진 위장 텐트 안에 자리 잡고 있었다. 몽타주가 뉴스를 탄 마당에 그 남자가 다시 돌아올 리 없다고 모두가 입을 모아 말했다. 하지만 엘리스는 범인이 증거가 될 만한 물건을 잔뜩 남겨놨는데 자기 얼굴이 텔레비전에 떡하니 나온다면 불안감 때문에라도 범죄 현장에 다시 나타날 거라고 예상했다.

내 예감이 맞았던 것 같군. 엘리스는 생각했다.

"두 사람 진짜 경찰처럼 보이는데요." 엘리스와 비처가 텐트에 도착하자 험이 말했다.

"지금 상황이 어떤가?" 엘리스가 물었다.

"남자는 아직 그 자리에 있습니다." 루이스가 눈에서 쌍안경을 떼며 말했다.

"얼굴은 몽타주와 일치하고?"

"백인이고 검은 머리를 짧게 깎은 40대로 추정됩니다. 청바지와 밀리터리 재킷을 입었고요. 얼굴은 자세히 보지 못했지만 지금 제분소 안에 있습니다."

"제분소? 관광안내소가 아니고?"

"네. 자기 물건을 가지러 온 거라면 확실히 능청을 부리는 것 같습니다."

"남자가 너희를 발견했을 가능성은?" 비처가 물었다.

"별로 없어. 먼 곳에서 위장하고 있었으니까. 바람 부는 방향도 반대라서 루이스가 뀌어대는 방귀 냄새로 우리 위치를 알아챌 수도 없었을 거야."

"내 잘못이 아냐." 루이스가 말했다. "다이애나가 요즘 매운 음식을 좋아한단 말이야. 매운 음식이 소화를 촉진한다고."

"냄새가 너무 고약해서 네 엉덩이 근처에 기어오른 것들은 다 죽어버릴걸." 험이 말했다.

"쉿." 엘리스가 이렇게 말하며 험의 쌍안경으로 숲속을 바라보았다. 제분소가 초점에 잡힐 때까지 렌즈를 조정하자 나무와 덤불 사이에서 고대 사원처럼 제분소가 모습을 드러냈다. 제분소와 관광안내소는 죽은 듯 고요했다. "새미를 봤나?"

"새미를 봤다면 그것부터 보고했을 겁니다." 험이 말했다. "그래서 우리 작전이 뭐죠?"

"비처, 험, 두 사람은 나와 함께 가지. 조용히 접근할 거야. 루이스, 자네는 여기 남도록."

"아니 왜요, 방귀 때문에요?"

"남자가 빠져나갈 경우를 대비해서야." 엘리스가 루이스에게 쌍안경을 건네주며 말했다. 엘리스가 45구경 권총을 권총 갑에서 꺼냈고, 비처도 똑같이 했다.

험에게는 엽총이 있었다. 험이 총알을 넣고 씩 웃었다. "일발 장전."

엘리스가 한쪽 눈썹을 치켜들었다.

"죄송합니다. 한번 꼭 말해보고 싶었습니다."

공기 중에 긴장감이 감돌았다. 부하들은 신이 나 있었다. 누가 이들을 비난할 수 있겠는가? 이들은 경찰이 되기 전 꿈꿨던 것처럼 진정한 악당을 잡으러 축축하고 차가운 건물에 몰래 진입할 예정이었다. 진짜 범인 수색 작전이었다.

다른 상황에서였다면 엘리스도 신이 났을지 모른다. 긴장했거나, 겁에 질렸을 수도 있다. 지금은 그렇지 않았다. 엘리스는 피곤했다. 그뿐이었다. 엘리스의 감정은 바닥이 났고, 유일한 바람은 이 사건을 완전히 마무리하는 것이었다. 엘리스는 서류 작업과 속도위반 단속, 시시한 마약범 검거 업무로 돌아가고 싶은 마음이 간절했다.

"침착하고 조심스럽게 들어간다." 엘리스가 말했다. "만약 새미가 있다면 남자가 새미가 있는 곳으로 가게 해야 해."

루이스가 말을 내뱉었다. "그 자식이 가는 곳에 분명히 어린 새미의 시체가 있을 겁니다."

"아직 모르는 일이야." 엘리스가 말했다. "권총은 최후의 수단이다. 알았나?"

"알겠습니다, 보안관님." 비처가 말했다.

"그렇다고 위험을 감수하란 말은 아냐."

엘리스가 제분소를 향해 걸어가자 비처가 그를 불러 세웠다. "보안관님, 잠시만요. 좀 진부하지만 먼저 짧은 기도를 올려도 될까요?"

엘리스는 미소를 지을 수밖에 없었다. "당연하지, 비처. 손해 볼 건 없네."

비처가 기도를 시작하자 네 사람 다 고개를 숙였다. "주님, 곧 있을 임무 앞에서 주님의 보살핌에 우리를 맡기나이다. 물을 건널 때 함께해주시고, 강을 건널 때 강에 휩쓸리지 않게 해주시고, 불 속을 걸을 때 타오르지 않게…"

엘리스는 속으로 다른 기도를 했다. 주님이 아니라, 어디에 있는지 알 수 없는 새미 웬트를 향한 기도였다. 이 낡은 곳에서 아무도 죽지 않게 해줘. 엘리스는 새미에게 빌었다. 설사 네가 이곳에서 죽었다 하더라도.

예상대로 새미에게선 아무런 답이 없었다.

모두가 말했다. "아멘."

오후 한 시가 다 되었을 무렵 보안관 엘리스와 부보안관 비처, 험은 제분소에 도착했다. 문의 경첩이 헐거웠다. 셋 중 가장 덩치가 큰 힘이 문을 번쩍 들어 안쪽으로 민 후 엘리스와 비처가 안으로 들어갈 수 있도록 재빨리 뒤로 물러섰다. 처음에 엘리스는 그림자밖에 보이지 않았지만, 곧 훤히 드러난 나무 들보와 철근이 시야에 들어왔다.

세 사람은 깨진 유리병과 빈 캔을 넘어 천천히 건물로 들어갔다. 용의자는 보이지 않았지만 세 사람이 들어오는 소리를 들었을 게 분명했다. 엘리스는 남자가 곧바로 도망치며 자기 위치를 노출할 거라고 예상했다. 하지만 남자는 숨어 있었다. 남자에게 엘리스를 제대로 겁먹게 할 차분함이 있다는 뜻이었다.

엘리스는 제분소 안으로 더 깊이 들어가면서 힐끗 눈을 돌려 벽에 쓰인 이름들을 쳐다보았다. 어두침침한 와중에 수백 개의 이름이 보였지만 눈에 들어온 이름은 새미 웬트, 딱 하나였다.

세 사람은 계단 아래에 도착했다. 엘리스가 부하들에게 아래층을 계속 수색하라고 손짓했다. 엘리스는 위층을 확인할 예정이었다. 비처가 1층을 정찰하러 가기 전 긴장한 얼굴로 엘리스를 힐끔 쳐다보았다.

엘리스는 계단을 올랐다. 2층은 1층보다 더 어두웠다.

엘리스가 낡은 대형 스틸 탱크 뒤를 확인해봤지만 쥐똥 말곤 아무것도 없었다. 천장에 매달린 낮은 통로로 기어 올라갔다. 과거에 제분소 직원들은 이 통로에 올라가 기계에 옥수수를 부었을 것이다. 이제는 아주 낡아서 엘리스가 올라온 계단처럼 금방이라도 무너질 듯했다.

통로는 바닥에서 1미터도 떨어져 있지 않았지만 제분소 전체가

훤히 내려다보였다. 사람은 보이지 않아도 숨어들 그늘과 모퉁이
는 충분히 많았다.

엘리스는 얼룩덜룩하고 누런 창문들을 지나며 슬쩍 밖을 내려
다보았다. 얽힌 나뭇가지 너머 저 밑에서 루이스가 제분소 쪽에
시선을 고정한 채 두 손으로 총을 꼭 붙들고 있었다.

엘리스는 2층을 다 돌아본 뒤 2층엔 남자가 없다는 판단을 내
렸다. 남자는 몰래 도망갔을까? 아니면 1층에 있나?

갑자기 비처를 찾아 보호해야 한다는 강렬한 본능이 일었다.

엘리스는 다시 계단 쪽으로 향했다. 반 정도 걸어온 순간 먼지
쌓인 바닥 위로 여러 개 나 있는 부츠 발자국을 발견했다. 엘리스
는 자신이 이쪽으로 걷지 않았음을 확실히 알았다. 자세히 살펴보
기 위해 손전등을 꺼냈다.

생긴 지 얼마 안 된 건데. 엘리스는 생각했다. 아주-

등 뒤에서 발소리가 들려왔다. 돌아보니 한 남자가 이쪽을 향
해 달려오고 있었다. 너무 어두워서 얼굴이 보이지 않았다. 남자
가 달려들기 전 엘리스에겐 겨우 이렇게 소리칠 시간밖에 없었다.
"멈춰!"

엘리스는 뒤로 넘어가 바닥으로 쿵 떨어졌다. 무언가 축축한 것
위로 쓰러진 듯했다. 권총 손잡이를 꽉 쥔 엘리스는 손에 쥔 것이
권총이 아님을 깨달았다. 손전등을 꺼낼 때 권총을 다시 권총 갑
안에 넣은 게 분명했다.

어이, 늙은 친구. 그 실수가 널 죽일 거야. 엘리스는 생각했다. 남자
는 엘리스 위에 올라타서 두 손으로 엘리스의 목을 졸랐다. 엘리

스가 손전등으로 남자를 비췄지만 남자가 손으로 쳐냈다. 손전등은 천장에 달린 통로 아래로 밝은 빛을 뿌리며 저 멀리 굴러갔다.

"우리를 좀 내버려 둬." 남자가 손에 힘을 주느라 신음을 내며 말했다. "왜 우리를 그냥 놔두질 않아-"

남자의 얼굴을 밀쳐봤지만, 엘리스는 아주 느리고 아주 약하고 아주 지친 상태였다. 엘리스는 여기서 죽게 될 것이다. 45구경 권총을 망할 권총 갑에 안전하게 넣어놓은 채로 오줌 웅덩이에서 죽을 것이다.

엘리스가 의식을 잃어가자(내가 지금 죽어가는 건가?) 남자가 몸을 앞으로 기울였고, 엘리스는 더러운 유리창으로 흘러든 희미한 빛 아래서 잠시 남자의 두 눈을 보았다. 그 안에는 악마가 없었다. 광기도 없었다. 엘리스가 본 건 두려움이었다.

다시 엘리스는 아무것도 보지 못했다. 두 눈이 머리 뒤로 넘어갔고 제분소에서 나는 소리가 점점 멀어져갔다. 남은 건 엘리스의 헐떡이는 숨소리뿐이었다. 남자의 짧은 신음. 2층으로 올라오는 발소리. 세 번의 총성.

총소리였다!

남자의 손에 힘이 풀리자 엘리스는 다시 숨을 쉴 수 있었다. 엘리스 위에 앉았던 몸이 축 늘어지면서 한쪽으로 푹 고꾸라졌다. 엘리스는 팔꿈치에 의지해 몸을 일으켰고, 눈을 껌벅이며 가쁜 숨을 들이쉬었다. 비처가 계단 꼭대기에 서 있었다. 아직도 권총을 치켜든 상태였다.

"괜찮으십니까, 보스?" 비처가 떨리는 목소리로 작게 말했다.

엘리스는 귓속이 울려서 거의 아무것도 듣지 못했다. 대답하려 해봤지만 말이 목에 걸려 나오지 않았다. 일어서려 했지만 다리가 아직 말을 듣지 않았다.

비처가 다가와 자기 팔을 엘리스의 겨드랑이 밑에 넣고 엘리스를 일으켰다. "어디 다치신 덴 없습니까?"

"모르겠네." 엘리스가 말했다. "어- 없는 것 같아."

비처가 천장 통로 밑에서 손전등을 집어 들고 남자의 얼굴에 빛을 비췄다.

켄터키, 맨슨

현재

저 앞에 아파트 입구에 있는 벨이 흐릿하게 보였다. 버튼을 누르기가 이보다 더 긴장된 적은 없었다. 잠시(그리고 심각하게) 도망칠까 고민했다가 내 안의 용기를 잔뜩 그러모아 몰리의 아파트 벨을 눌렀다.

동그랗고 납작한 스피커에서 지지직하는 소리가 나다가 곧 몰리의 목소리가 들렸다. 밝고 쾌활한 목소리가 다시 한번 내 예상을 무너뜨렸다. 낯선 이의 목소리도, 지나치게 익숙한 목소리도 아니었다. 몰리는 날카롭고 자신만만한 목소리로 짧게 한마디를 말했다. "올라와요."

다시 지직거리는 소리가 난 후 아파트 입구가 철컥하고 열렸다.

좁은 복도를 지나고 어둑어둑한 계단을 올라 2층에 도착했다. 두 발이 번갈아 움직이는 모습을 내려다보며 애를 써서 걸음을 내디뎠다.

몰리 집 앞에 도착하자 문이 열리더니 덩치 큰 남자가 나왔다. 60대 후반 정도로 보였지만 나무를 통째로 뽑을 수 있을 만큼 건장했다. 남자가 내게 매력적인 미소를 지어 보였다.

"이런이런," 남자가 몰리의 아파트 문을 닫으며 말했다. "몰리한 테 온다는 소식 들었어요. 난 데일 크리치예요."

남자가 손을 내밀어서 악수를 했다.

"만나서 반가워요." 내가 말했다. "킴이에요."

"그 발음 마음에 드는데요." 크리치가 말했다. "어떻게 지내는 거예요? 이렇게 오랜 세월이 흐른 뒤에 다시 이곳에 돌아오는 느낌이 어떨지 상상도 못 하겠군요."

"이루 말할 수 없는 감정의 롤러코스터를 타고 있죠." 내가 말했다.

크리치가 몰리의 집 문을 힐끗 돌아보았다. 얼굴에서 미소가 사라지고 염려하는 낯빛이 그 자리를 대신했다. "만난 지 얼마 안 되긴 했지만, 제가 선의에서 나온 조언 하나만 해도 될까요?"

"그러세요."

"몰리가 좀 힘들어해요. 괴로운 거예요. 가끔은 좀… 몰리에게 시간을 줘요. 그게 내가 하고 싶은 말이에요. 인내심을 가지고 참아줘요."

크리치는 오늘 몰리를 두고 내게 두 번째로 경고한 사람이었다.

그의 조언은 내 불안을 잠재우는 데 아무런 도움이 되지 않았다.

"어쨌거나 만나서 정말 반가워요." 크리치가 말했다.

우리는 다시 악수했다. 크리치가 미소를 보인 후 계단을 걸어 내려갔다. 나는 크리치의 뒷모습이 사라질 때까지 기다렸다가 마침내 몰리의 집 문을 두드렸다.

친절하지만 슬픈 얼굴을 한 늙은 여자가 문을 열고 나왔다. 회색빛이 도는 흰색 머리카락을 뒤로 질끈 묶었고, 얼굴에는 깊은 주름이 지도의 도로처럼 뻗어 나가 있었다.

몰리는 60대 초반이었지만(머릿속에서 재빨리 나이를 계산해야 했다) 나이보다 훨씬 늙어 보였다. 가장 큰 충격은 몰리의 몸집이었다. 물론 사진에서 본 몰리는 서른 살쯤 되었지만, 그때의 몰리는 호리호리했다. 몸에 굴곡이 좀 있었는진 몰라도 과체중은 전혀 아니었다. 지금 문을 열고 나온 여자는 몸집이 어마어마했다. 사진에서 본 몰리의 얼굴, 특히 두 눈이 아니었다면 집을 잘못 찾아왔다고 생각했을지 몰랐다.

"어서 와요, 킴." 몰리가 말했다. 인터폰에서 들은 것처럼 밝고 유쾌한 목소리였다. "몰리예요. 만나서 반가워요."

몰리가 내 손을 세게 쥐고 흔들었다. 에마가 그랬던 것처럼 나를 끌어안고 울 거라 기대하진 않았지만 그래도 지난 28년 동안 나를 찾아 헤맨 사람 아닌가! 나의 죽음을 애도한 사람이 아닌가! 악수는 지나치게 형식적으로 느껴졌다.

"들어와요." 몰리가 말했다.

몰리의 아파트는 오스트레일리아의 내 아파트보다 더 작았고 가구는 넘치게 들어차 있었다. 소파 세 개, 안락의자는 두 개였고 기다란 식탁 하나에 캐비닛과 선반도 여러 개였다. 바닥은 조금씩 무늬가 다른 러그가 겹겹이 깔려서 매직아이 그림 위를 걷는 기분이었다. 오스트레일리아에 있는 조지아 에비의 집이 떠올랐다. 그러고 보니 몰리는 에비와 비슷한 면이 있었다.

집 안의 다른 곳과 달리 벽은 나무로 된 십자가상을 빼면 아무것도 없이 새하였다.

"정원이 예뻐요." 내가 말했다. 안에서 보니 발코니는 더욱더 정글 같았다.

"정원은 내 자부심이자 기쁨이에요. 킴도 식물 키우는 재주가 있어요?"

"아뇨." 나는 어린 시절 우리 집 정원의 풍성한 색을 떠올리다가 (초록, 빨강, 분홍, 그리고 내 방 창문 아래 만개했던 광대수염 꽃의 밝은 보라색) 하지만 저희 엄마는 그 누구보다도 식물을 잘 키우셨어요라고 덧붙일 뻔했다. 다행히 나는 입을 다물고 잠자코 있었다.

"우리 동네 어때요?" 몰리가 얘깃거리를 찾아 형식적으로 물었다.

"좋아요. 정말 미국 같아요. 이게 말이 되는 소린지는 모르겠지만."

몰리의 사무적인 말투가 나를 초조하게 했다. 달걀껍데기로 만든 카펫 위를 걷는 듯했다. 오랫동안 우리 중 누구도 입을 열지 않았다.

몰리가 자리에 앉으라고 권하지 않아서 어색하게 집 안을 서성였다. 바로 옆 부엌에서 주전자가 끓는 소리가 나자 몰리가 불을 끄러 갔고, 그제야 커다란 소파 세 개 중 하나에 앉을 수 있었다.

몰리가 페퍼민트 티 한 주전자를 들고 돌아왔다. 신선한 민트향이 물씬 풍겼다. 몰리가 차를 두 잔 따랐다.

"내 딸을 만났다고 들었어요." 몰리가 말했다.

"네, 에마요. 좋은 분이더라고요."

"스튜는 에마가 더 잘 처신했어야 한다고 하던데. 성급하게 미디어부터 끌어들였다고."

"괜찮아요. 상황이… 저마다 반응이 다 다르니까요. 전 처음에 부정하다가 혼자 다 끌어안으려고 했어요. 에마는 반대로 한 거죠. 저도 오스트레일리아에 동생이 하나 있어요. 만약 동생이 사라졌다면… 오 하나님, 저도 제가 어떻게 했을지 상상이 안 가요."

"말이 우리의 신앙을 증명하며 말이 곧 우리 자신이다."

"네?"

"그분의 이름을 헛되이 말하면 그 이름에 먹칠을 하는 거예요."

"아," 내가 말했다. "죄송해요. 습관적으로 그만."

몰리가 어깨를 으쓱하고 차를 한 모금 마셨다. "내 전남편하고 연락해봤어요?"

"스튜어트가 한 것 같아요."

몰리가 교활하게 비틀린 얼굴로 웃으며 나를 바라보았다. "책은 게이에요. 알죠?"

나이 많은 친척들이 아무렇지 않게 인종차별이나 동성애 혐오를 할 때 늘 그렇듯이 온몸의 근육이 땅겨왔다. "사실 그건 몰랐어요."

"스튜어트가 감춘 사실이 또 하나 있었네요."

잭 웬트가 게이라는 사실도 몰랐던 뉴스였지만 더 놀라웠던 건 몰리의 목소리에 담긴 경멸이었다. 궁금했다. 몰리는 배신당한 아내로서 화가 난 것일까, 아니면 자신의 믿음 때문에 분노한 것일까?

내 생각을 읽기라도 한 듯 몰리가 말을 이었다. "누구든지 여인과 동침하듯 남자와 동침하면 망측한 짓을 하였으므로 반드시 죽일지니. 레위기 20장 13절이에요. 정치적으로 올바르진 않지만, 난 그저 주님의 말씀을 본받는 거니까요. 하나님 감사합니다."

몰리를 떠올리며 드라마 〈브래디 번치〉에 나오는 상냥한 엄마를 기대한 건 아니었지만 소설 『캐리』에 나오는 무시무시한 엄마를 예상하지도 않았다. 불편한 진실이 점점 더 선명해졌다. 나는 이 여자가 그리 마음에 들지 않았다.

몰리는 찻잎으로 점을 치는 심령술사처럼 자기 컵 안을 한참 들여다보았다. 그 안에서 과거를 보는지 미래를 보는지는 몰랐지만, 그 무엇도 몰리에게 깊은 인상을 남기지 못한 듯했다. "잘 들어요, 아가씨. 이게 그쪽한테 좋은 소식일지 나쁜 소식일지 모르겠네요. 당신이 이곳에서 뭘 찾는지도 모르고 고향에 뭘 두고 왔는지도 몰라요. 하지만 새미는 아주 오래전에 땅에 묻혔고 새미를 편히 쉬게 해주는 게 아가씨한테나 우리한테나 최선이에요."

"무슨 말씀인지 모르겠어요."

"아가씨는 내 딸이 아니에요."

나는 아무 말도 하지 않았다.

"부끄럽게도 잭은 우리 집안의 유일한 죄인이 아니에요." 몰리
가 말을 이었다. "난 우리 애들을 밝은 빛으로 이끌려고 노력했지
만 잭은 애들을 어둠으로 이끌었어요. 새미의 죽음으로 애들은 선
택을 내려야 했어요. 하나님의 빛 안에서 모든 것을 극복하느냐,
절망에 빠지느냐 사이에서요. 잭은 변태가 되기로 했고, 눈치챘는
지 모르겠지만 에마는 술 문제가 있어요. 스튜어트는 술꾼은 아니
죠. 내가 알기론 호모도 아니고요. 하지만 제 아비나 누나처럼 안
에 악마가 들었어요."

몰리가 소파에 기대앉아 커다란 배 위에 찻잔을 올려놓았다. 늦
은 아침의 햇볕이 발코니로 쏟아져 들어와 몰리 얼굴에 긴 그림
자를 드리웠다. 몰리가 나를 향해 싱긋 웃었다. 순간 『헨젤과 그레
텔』에 나오는 마녀가 생각났다. 갑자기 몰리 웬트, 아니 몰리 힐러
가 가마솥을 휘저으며 도롱뇽 눈알을 던져 넣는 모습이 생생하게
그려졌다.

"스튜는 거짓말쟁이예요." 몰리가 말했다. "그게 스튜어트가 지
은 죄랍니다. 다른 사람에게, 또 자신에게 거짓말을 했죠. 스튜어
트는 열정 넘치는 사람이에요. 원하면 매력적인 사람으로 변할 수
있죠. 마음만 먹으면 설득력 있게 말할 수도 있고요. 그래서 오늘
둘이서만 이야기하고 싶다고 한 거예요. 당신은 지금 스튜어트의
거지 같은 헛소리에 사로잡혀 있거든요. 방금 험한 말을 쓴 건 미
안해요."

"저, 힘드신 거 알아요." 내가 말했다. "처음에 저도 똑같은 마음
이었어요. 하지만… 보세요, 저는…" 말들이 입안에서 이물질처럼

까끌까끌했다. 입 밖으로 굴러 나온 말들은 아무런 의미도 없었다. "그러니까 중요한 건…"

"입을 열어 의혹을 전부 없애기보다는 침묵을 지키는 바보로 여겨지는 게 더 낫다고 했어요."

몰리가 다시 한번 마녀처럼 싱긋 웃었다.

나는 이 여자가 싫었다. 아동 납치범이건 아니건 간에 캐럴 리미의 가슴은 빛과 사랑으로 가득했다. 몰리 안에는 어둠만이 가득해 보였다. 하지만 그 안이 어둠뿐인 것은 애초에 내가 사라졌기 때문이 아닌가? 내가 남긴 상처가 곪고 감염된 나머지 이렇게… 되어버린 건가?

"그쪽 아드님이 제 DNA를 검사-"

"-자기 여동생이 아직 살아 있다고 아주 굳게 믿은 나머지 전부 지어낸 거예요."

"제가 검사 결과를 봤어요. 형제일 확률이 98.4퍼센트였다고요. 지금 부정하고 싶으신 건 알겠는데요-"

"-부정이란 말은 그럴듯한 단어에 불과해요. 난 당신이 저 문으로 들어올 때부터 내 딸이 아니라는 사실을 알았어요. 어떻게 알았는지 알아요?"

새미 웬트는 오래전에 땅에 묻혔으니까요. 나는 이렇게 생각했지만 입 밖으로 내뱉진 않았다. 분노로 얼굴이 달아올랐고, 그 사실이 나를 더 불안하게 했다. 이렇게 계속 말을 하다간 눈물이 날 것만 같았고 몰리 같은 여자는 눈물을 연약함의 증거로 이해할 것이었다. 몰리에게 그렇게 생각할 여지를 주고 싶진 않았다. 몰리에겐 그 무엇도 주고 싶지 않았다.

"뱀에 대해 좀 알아요, 아가씨?"

"별로요."

"뱀이 대변을 본다는 건 알죠?"

나는 입술을 꽉 다물었다. "네, 알죠."

"뱀은 대변을 아주 많이 본답니다." 몰리가 말했다. "내 믿음이 나를 뱀과 연결해줬고, 그렇게 뱀의 작디작은 똥과도 만나게 되었죠. 우리 교회 목사님은 비닐봉지에 뱀 똥을 모아오게 하세요. 왜 인지 알아요?"

"전혀 모르겠는데요."

"쥐로 골치 썩는 사람들이 목사님을 찾아오거든요. 할 수 있는 건 전부 다 해본 사람들이에요. 덫도 놔보고, 독도 써보고, 고양이도 길러보고. 그러면 목사님은 쥐가 나온 곳에 뿌리라고 뱀 똥 한 봉지를 줘요. 그러면 어떻게 되게요? 쥐가 싹 사라져요. 쥐들이 그 달콤하고 묵직한 똥 냄새를 훅 맡으면 주변에 포식자가 있다고 생각하고 꽁무니 빠지게 도망가는 거예요. 웃긴 건 말이죠, 보통 쥐들은 한 번도 뱀을 본 적이 없다는 거예요. 머릿속 목소리가 위기 상황이라고 알려주는 거죠."

이제 몰리는 점점 미친 사람처럼 보였다.

"쥐들이 그걸 어떻게 알았냐고 생각해요?" 몰리가 물었다.

"본능적으로요." 내가 말했다.

몰리가 자기 코를 만지며 말했다. "본능이죠. 주님께서 아담에게 본능을 불어넣으셨고, 아담이 그 본능을 우리에게 전해줬어요.

본능은 우리가 늘 지니고 다니는 하나님의 작은 일부 같은 거예요. 쥐들이 뱀 똥 냄새를 피해야 함을 알듯이 난 당신이 내 딸이 아니라는 걸 알아요. 이해하겠어요?"

"네, 이해했어요."

몰리가 씩 웃었다. "아가씨도 그렇게 바보는 아니네. 안 그래요?"

켄터키, 맨슨

그때

식료품점에서 돌아오는 길, 레니 가에서 남쪽으로 내려와 바클리 가를 향해 왼쪽으로 꺾고 다시 오른쪽으로 돌아 크롬데일 가에 도착한 잭은 자신이 에클스의 집 앞에 있다는 사실을 깨달았다.

잭은 언뜻이라도 트래비스를 볼 수 있길 바라며 오랫동안 2층 창문을 올려다보았다. 방은 텅 비어 있었다. 잭은 차에서 내려 잔디밭을 가로질러 문을 두드리는 자신의 모습을 그려보았다. 트래비스가 현관으로 나와 사과를 받아주는 모습(잭, 너 사과해야 해. 꼭 사과해야 한다고), 다시 평범한 일상으로, 최소한 전에 누렸던 만큼의 평범함으로 돌아가는 모습을 그려보았다.

하지만 그건 현실이 아니었다. 현실에서 트래비스는 그를 용서

해주지 않을 것이고 몰리는 그를 사랑하지 않았으며 버디 번스는 늙었고 새미는 가버렸다.

가버렸다. 이 말이 날카로운 이빨로 잭의 머리를 물고 놓아주지 않았다. 사라지다, 끌려가다, 납치되다, 유괴되다에는 적어도 해피엔딩의 여지가 있었다. 나쁜 단어이긴 했지만 완전한 끝을 의미하진 않았다. 가버리다라는 말은 끔찍했다. 가버리다는 새미가 다시 돌아오지 않는다는 뜻이었다.

잭이 사온 물건을 정리하려고 부엌으로 걸어 들어갔을 때 드라큘라 신부들은 옹기종기 모여 수다를 떨고 있었다. 세 사람은 잭이 들어오자마자 입을 꾹 다물고 그동안 잭 얘기를 했다는 분위기를 물씬 풍겼다.

얘기들 하세요. 잭은 생각했다. 여기서 발견한 기름지고 질펀한 소문들을 잔뜩 먹어치우시라고요. 토하고 싶을 때까지 잔뜩이요.

몰리의 자매들은 소문을 정말로 사랑했다. 자신의 온 삶이 거기에 매달린 듯 소문에 몰두했다. 버지니아 알링턴에서는 이웃의 가벼운 불륜이나 진통제에 과도하게 의존하는 친구가 알찬 소문이 되었을지 모른다. 여동생이 뱀을 만지는 오순절파가 되었다는 사실은 분명히 몇 개월 동안 좋은 먹잇감이 되어주었을 것이다. 하지만 지금 그들은 훨씬 큰 리그에서 놀고 있었다.

잭은 이들이 싫었고 그럴 만한 이유가 충분했다. 세 사람은 수년간 아내를 괴롭히고 업신여기며 아내의 자존감을 깨뜨려 종교에 빠지기 쉬운 상태로 만들었다. 모든 것을 세 사람 탓으로 돌릴 순 없었지만 이 순간만큼은 그래도 괜찮을 것 같았다.

폴린이 침묵을 깼다. "먹을 거 사는 일 말고도 걱정할 게 많잖아요." 폴린이 말했다. "먹을 건 리스트를 적어놓으면 토드가 사올 거예요."

잭은 장 보는 게 좋았다. 망할 장보기는 잭이 끝마칠 수 있는 유일한 일이었다. "몰리 보셨어요?"

"스튜랑 정원에 있어요." 틸리가 말했다. 틸리는 고약한 여자였지만 드라큘라 신부들 중에서는 가장 참을 만했다. "커피 마실래요? 한 잔 마셔야 할 것 같아 보이는데."

잭이 고개를 저었다.

"저녁으로 미트로프 어때요?" 앤이 물었다. 앤은 언니와 동생보다는 상냥하게 말했지만 가운데 낀 둘째 특유의 분노를 마음속에 눌러 담고 있었다.

"배 안 고파요. 챙겨줘서 고마워요."

"내가 한 접시 준비해줄게요." 앤이 언니와 동생을 힐끗 쳐다보며 말했다.

폴린의 아들 토드는 거실에서 드라마 〈로젠〉 재방송을 보고 있었다. 폴린은 비행기를 타기엔 겁이 많고 혼자 그 먼 길을 운전해서 오기엔 까탈스러운 사람이라 아들을 버지니아에서부터 여기까지 끌고 왔다. 잭은 토드가 가여웠다. 토드는 이 집에 오고 나서 말을 채 세 마디도 하지 않았고 언제든 재빨리 탈출하려는 듯 2층 손님방에 둔 가방을 아직도 풀지 않았다. 그렇다고 누가 토드를 비난하겠는가? 이 집은 음침했고 앞으로도 불길한 나날만 기다리는 듯했다.

가버렸어. 잭이 슬퍼하며 생각했다.

몰리는 뒷마당의 키 작은 나무 벤치에 앉아 있었다. 그리고 스튜가 네 살인가 다섯 살 이후로는 손도 대지 않은 낡은 빨간색 모래통 안에서 노는 모습을 지켜보고 있었다. 스튜는 퇴행하는 것 같았다. 잭은 스튜가 다시 아기처럼 말하거나 침대에 오줌을 쌀까 봐 두려웠다. 평범한 일은 아니었지만 지금 일어나는 일 중 평범한 일은 아무것도 없었다.

새미가 집에 돌아오면(아니, 돌아온다면) 금 간 곳을 다시 이어붙일 수 있겠지만, 지금 웬트 가 사람들은 제자리에서 발버둥만 치고 있었다.

잭이 몰리 옆에 앉았다.

"새로운 소식 들은 거 있어?"

"아니." 몰리가 말했다. "당신은?"

"없어."

스튜는 모래통 구석에서 마치 공룡 화석이라도 발굴하는 양 흙을 천천히 꼼꼼하게 파내었다. 잭은 그런 스튜를 바라보면서 숲속에서 발견된 봉제 인형과 근처에서 목격된 남자, 제분소 벽에 쓰인 새미의 이름을 생각했다. 대답은 없고 전부 질문뿐이었다. 그 모든 미스터리를 생각하자니 주먹으로 뭔가를 치고 싶어졌다.

"당신 어머니가 전화하셨어." 몰리가 말했다. "약국 문 다시 여셨대. 그 어린 여직원 잘라야 한다고 하시던데."

"데비?" 잭이 파리하게 웃었다. "엄마랑 오래 일하게 되면 아마 자기가 먼저 그만둘걸."

"그리고 트래비스 에클스가 처방전으로 약 받아갔다고 하셨어. 꼴이 말이 아니라더라. 눈은 멍들고 입술은 터지고… 당신이 그랬어? 당신이 그런 거 맞지?" 몰리가 두 손으로 부드럽게 잭의 손을 붙잡았다. "나도 트래비스 소문 들었어. 하지만 죄악에 저항함으로써 주님의 사랑을 얻을 수 있는 거야."

잭은 아무 말도 하지 않았다. 두 사람은 15센티미터도 떨어지지 않았지만 두 사람 사이에 넘을 수 없는 벽이 있는 듯했다.

물론 아내는 진실을 알 자격이 있었고, 오래전에 진작 알았어야 했다. 지금은 좋은 때가 아니었다. 게다가 도대체 어디서부터 시작해야 한단 말인가?

"그때 크리스마스이브 기억나? 맙소사, 아마 75년이나 76년이었을 거야." 몰리가 말했다. "에마가 태어나기 전이었어. 우리 부모님 집에서 하루 잤잖아. 한가운데로 쇠막대가 지나가는 엄청 불편한 접이식 소파에서. 그날 기억나?"

"내 등은 기억하지."

"그때도 언니들 때문에 미치는 줄 알았어. 그날 너무… 분해서 잠이 안 들더라. 아마 새벽 두세 시까지 뒤척였을 거야. 그때 자기가 일어나서 괜찮으냐고 물어봤잖아. 내가 틸리나 폴린, 아니면 앤을, 아니면 세 명 모두를 욕하기 시작했고, 그냥 박차고 나가고 싶다고 했어. 크리스마스는 둘이서 보내자고. 우리 둘이서만. 그때 자기가 뭐라고 했는지 알아?"

잭이 빙그레 웃었다. "그럼 그러자고 했지."

몰리가 잭의 손을 꼭 쥐었다. "그래서 그렇게 했잖아. 조용히 돌아다니면서 짐을 전부 싸서 메모도 안 남기고 그냥 떠났지. 한밤중에 차를 타고 결국 지저분한 모텔에 방을 잡았어."

"블루 돌핀 모텔."

"이름도 기억해?"

"그때 일은 전부 기억해." 잭이 말했다. "우리 대 그들로 싸우던 시절이었지."

몰리가 슬픈 얼굴로 잭을 바라보았다. 몰리의 얼굴을 보니 지난 금요일 밤 잭이 주먹을 날리기 직전 다 안다는 듯 잭을 보던 트래비스의 얼굴이 떠올랐다. 온 세상이 잭은 모르는 뭔가를 아는 것 같다는 기분이 들었다.

"우리 길을 잃은 거 맞지?" 몰리가 말했다. 그리고 잭의 어깨에 머리를 기댄 채 두 눈을 감았다. 몰리의 몸짓이 잭을 무장 해제했고 잭은 눈물이 나오려는 걸 꾹 참아야 했다. "도대체 우리한테 무슨 일이 일어난 걸까?"

당신은 교회를 발견했고 난 트래비스를 발견했지. 잭이 생각했다. 그 발견으로 우리 둘 다 새로 태어난 거야.

"몰리, 당신한테 말해야 할 게 있어…" 잭이 운을 뗐다.

"스튜 어디 있어?" 몰리가 잭의 어깨에서 고개를 떼고 벤치에서 벌떡 일어났다. "스튜가 사라졌어. 스튜! 스튜!"

모래통에는 작은 플라스틱 삽과 모래 한무더기뿐이었다.

"겨우 30초 눈 감고 있었는데, 겨우- 스튜! 스튜!"

"몰리, 진정해. 아마-"

하지만 이미 몰리는 마당으로 이어진 딱딱한 콘크리트 길을 맨발로 달려나갔다. "스튜!"

몇 초 후 정원을 내려다보는 커다란 레몬 나무 뒤에서 스튜가 나타났다. 스튜는 바지 지퍼를 올리고 있었다. "나 여기 있어, 엄마."

몰리가 무릎을 꿇고 앉아 스튜의 어깨를 붙잡고 흔들었다. "어디 갔었어? 왜 숨었던 거야? 다신 그러지 마, 스튜. 나한테서 절대 숨지 마! 알았어?"

"난 그냥 레몬 나무에 오줌 싼 건데." 스튜가 말했다. "그럼 레몬이 더 빨리 자란대. 맞지, 아빠?"

스튜가 킬킬 웃었고, 순간 잭은 몰리가 스튜를 때리진 않을까 걱정이 되었다. 그 대신 몰리는 스튜를 꼭 끌어안았다.

"다신 엄마한테 그러지 마. 엄마 무서웠어."

"미안해." 이젠 스튜도 울었다.

"이제 뚝." 몰리가 말했다. "뚝 해."

잭은 아내가 레몬 나무 아래에서 아들을 끌어안은 모습을 오랫동안 지켜보았다. 그때 현관 벨이 울렸다. 잭이 집으로 들어가 복도 쪽을 바라보았다. 보안관 엘리스가 문 앞에 서 있었다. 드라큘라 신부들이 그를 잡아먹고 있었다.

잭은 창문 옆에 놓인 안락의자에 엘리스를 앉히고 거실문을 닫았다. 엘리스와 마주 보는 소파에 몰리가 에마와 함께 앉았다. 세 사람이 이야기를 시작하기 전에 틸리가 아이스티 네 잔을 들고 들어와 서성거리다 마지못해 슬금슬금 문을 닫고 나갔다.

"뭐죠, 보안관님?" 몰리가 물었다. "새로운 소식이 있나요?"

엘리스가 헛기침을 하고 에마를 힐끗 보았다. 에마의 얼굴이 창백했다. "어린아이에겐 좀 민감한 얘기일 수도 있습니다만."

"괜찮아요." 잭이 말했다. 그리고 에마에게 말했다. "원하면 있어도 돼."

에마가 고개를 끄덕였다. 잭이 에마 옆에 앉아 한쪽 팔을 에마의 어깨에 둘렀다.

"오늘 사고가 있었습니다." 엘리스가 아이스티를 한 모금 마시고 말했다. "저한테 먼저 들으셔야 할 것 같아서요. 요주의 인물이었던 몽타주 속 남자, 그 사람이 제분소에 다시 나타났습니다. 제 부하들이 근처에서 계속 감시 중이었습니다."

"새미랑 같이 있었나요?" 몰리가 다급하게 몸을 앞으로 내밀며 물었다.

엘리스가 고개를 저었다. "유감스럽게도 그건 아닙니다. 남자에게 접근을 시도했는데… 실랑이가 좀 있었습니다."

"실랑이요?"

"남자가 제게 달려들었습니다." 엘리스가 말했다. "제가 들어올 때 절뚝이는 걸 보셨는지 모르겠지만, 남자가 저를 공격해서 그렇게 됐습니다. 저희가… 진압하기 전에요."

"뭐라던가요? 그 사람이 범인이 맞아요? 그 사람이 새미를 데려갔나요?"

"물어볼 기회가 없었습니다." 엘리스의 시선이 에마와 몰리, 잭을 차례로 거쳐 자신의 발아래로 꽂혔다. "실랑이를 하던 도중 총에 맞아 숨졌습니다."

몰리가 가쁜 숨을 들이쉬었다.

"그 사람 정체가 뭡니까?" 잭이 자리에서 일어나 서성거리며 말했다. "친구나 가족한테 새미를 맡겨놨을 수도 있지 않습니까." 잭은 분노로 속이 뒤틀렸다. 만약 미궁 속의 그 남자가 새미를 데려간 게 사실이라면 총에 맞아 죽는 순간 새미를 찾을 기회가 날아간 것이었다. 분노를 엘리스에게 쏟아내고, 수사를 조져놨다며 엘리스를 비난할 수도 있었다. 그러면 기분도 좋을 것 같았다. 하지만 그건 온당하지 않았다. 바랜 갈색 유니폼을 입은 이 늙은 남자는 최선을 다하고 있었다. 지금 일어난 일에 준비된 사람은 맨슨에 아무도 없었다.

"지금 남자의 신원을 파악하려고 노력 중입니다." 엘리스가 말했다. "텔레비전에 몽타주를 내보낸 후로 신고가 많이 들어오고 있습니다. 그중 하나는 레드워터에 있는 정신과 간호사에게서 온 건데요. 남자가 자기 병원 외래 환자 중 한 명이라고 믿고 있다네요. 참전 용사였던 존 레글러 같다고요."

"믿고 있다고요?" 잭이 말했다. "그래서 그 사람이라는 거예요, 아니라는 거예요?"

"존 레글러가 복무했던 부대에 연락했으니 내일 아침에 팩스로 레글러의 사진과 기록을 보내줄 겁니다. 제 직감으론 그 사람이 맞는 듯합니다. 간호사가 그동안 레글러를 간절히 찾고 있었습니다. 마지막 진료 시간에 나타나지 않았다며 걱정하고 있더군요. 들은 바에 따르면 상태가 엉망이었다고 합니다."

"엉망이라뇨?"

"외상 후 스트레스 장애라는 걸 앓았다네요. 조현병 환자이기도 하고요."

"이런 젠장," 잭이 말했다.

에마가 눈물을 왈칵 터뜨렸다. 잭과 몰리가 에마에게 다가갔다.

"벽에 있는 이름 때문이에요?" 에마가 우느라 숨을 꺽꺽대며 말했다. "그 남자가 제분소 벽에서 새미 이름을 본 거예요? 그래서 그런 거예요? 제정신이 아니어서 그걸 읽고-"

"당연히 아니지." 몰리가 속을 알 수 없는 단호한 시선을 에마에게 던지며 말했다.

"네, 그건 아닙니다." 엘리스가 말했다. "사실 그 남자가 정말로 존 레글러라면 새미의 실종과 아무런 관련이 없다고 봐도 될 근거가 있습니다."

"그게 뭔데요?" 잭은 감정적으로 채찍질을 당하는 것 같았다.

"존 레글러의 진료 기록을 여러 차례 확인한 결과 새미가 사라진 4월 3일 참전용사 지지 모임에 참석한 것으로 보입니다."

에마가 안도의 한숨을 내쉬며 잭의 품속에 쓰러졌다. 잭이 에마를 꽉 붙들었다.

"더 좋은 소식을 전해드리지 못해 죄송합니다." 엘리스가 반 정도 마신 아이스티를 탁자에 내려놓고 자리에서 일어나며 말했다. 처음에는 몰랐지만 이내 잭의 눈에도 엘리스가 다리를 절뚝이는 게 보였다. "잭, 잠깐 저와 나가시겠습니까?"

"트래비스 에클스 얘기를 좀 해야겠습니다." 두 사람이 순찰차 가까이에 도착하자 엘리스가 말했다. 차는 드라큘라 신부들도 대화를 엿들을 수 없을 만큼 집에서 멀리 떨어져 있었다.

분노와 두려움, 수치심이 한데 섞여 잭의 등을 타고 흘렀다. 결국 트래비스가 엘리스한테 말한 건가? 말했다면 어디까지 말한 거지?

"트래비스가 지난 금요일 밤 커비스 바 주차장에서 인종을 알 수 없는 복면강도 세 명에게 공격을 당했습니다."

잭은 아무 말도 하지 않았다.

"맨슨에서 강도라뇨. 이게 믿겨지십니까?"

"이 동네도 변하고 있으니까요." 잭이 말했다.

"다른 얘기도 있습니다. 조 홀트라는 남자가 콜먼 경찰서에 그날 밤 바로 그 주차장에서 싸움을 목격했다고 진술했습니다. 그 사람이 정확히 이렇게 말했다더군요. '애를 잃어버린 녀석이 애를 데려간 자식을 죽도록 팼다'라고요."

"무슨 말인지 모르겠네요, 보안관님."

"잭, 잘 들어요. 난 당신이 말한 당신 손이 찢어진 이유를 기꺼이 믿어요. 트래비스는 공식 기소되지 않았고, 조 홀트는 그날 밤 위스키를 잔뜩 마셨어요. 내가 부탁하고 싶은 건 그저 나눠달라는 거예요."

"뭘 나눠달라는 겁니까?"

"당신이 아는 걸 말해달라는 겁니다. 당신 똑똑한 사람이지 않습니까. 내가 아는 가장 똑똑한 사람 중 한 명이에요. 트래비스가 새미의 실종과 관련이 있다는 이야기는 지금 내가 알기론 루머일 뿐입니다. 난 당신이 한낱 루머 때문에 사람을 팼을 거라고 생각하지 않아요. 그러니까, 나는 모르고 당신은 아는 게 뭡니까?"

"말씀드렸잖아요. 그 남자가 무슨 얘길 한 건지 전혀 모르겠다고요."

엘리스는 상처받은 것처럼 보였고, 순간 잭은 가슴 깊이 미안함을 느꼈다. "알았어요, 잭."

겁먹고 절박해진 잭은 침실로 들어가 문을 닫았다. 탁자에 몰리의 핸드백이 걸려 있었다. 잭은 핸드백을 거꾸로 들어 안에 든 것을 침대 위에 전부 쏟았다. 지갑과 동전, 생리대, 포켓 사이즈 성경, 그리고…

빙고, 몰리의 주소록을 발견한 잭이 속으로 생각했다. 잭은 주소록을 펼쳐 B 구역이 나올 때까지 페이지를 넘긴 다음 버디 번스의 전화번호를 찾았다. 그리고 침대 옆에 놓인 전화기를 집어 들고 다이얼을 돌렸다.

통화음이 두 번 울리자 여자애가 바로 전화를 받았다. "번스네 집입니다."

"안녕. 너희 아빠 집에 계시니?"

"네. 누구신지 여쭤봐도 될까요?" 아이가 지나치게 친절한 목소리로 물었다. 잭은 오순절파 특유의 진부한 외양을 떠올렸다. 긴 팔 스웨터와 바닥까지 늘어진 치마를 입은 예쁘장한 어린아이. 머리는 양갈래로 단단히 땋고, 손톱은 깨끗하게 바싹 깎았겠지.

"잭 웬트란다."

아이가 헉하고 숨을 내쉬었다. "몰리의 남편이시군요."

"맞아." 잭이 말했다. "몰리를 아니?"

"네, 알아요. 교회에서 뵌 적 있어요. 새미는 아직 안 돌아왔어
요?"

아이의 말이 잭의 가슴을 쓰리게 했다. "아직."

"우리 모두 새미를 위해 기도하고 있어요. 새미가 빨리 집에 돌
아올 수 있게 해달라고 빌고, 이 모든 게 주님이 내리신 벌이 아니
게 해달라고 빌어요."

"벌? 무슨 벌?"

"불신자와 같은 침대를 쓰는 몰리에게 내려진 벌이요."

이 가엾은 아이는 가망이 없구나. 잭이 슬퍼하며 생각했다. 잭은
아이를 교육하고 싶었다. 사실, 전화기 너머로 달려가 아이의 뺨
을 한 대 때리고 싶었다. 그러는 대신 이렇게 말했다. "자, 이제 얼
른 가서 아버지 좀 불러주지 않겠니?"

아이는 그렇게 했다. 기다린 시간은 30초 정도였지만 그 사이
잭은 암울한 생각에 빠졌다. 만약 그 애 말이 맞으면 어떡하지? 신
이, 내가 10대 시절까지 진심으로 믿으며 자란 그 신이 정말 나를
벌하는 거면 어쩌지? 내가 믿음을 잃어서만이 아니라, 트래비스
에클스와 버디 번스, 콜먼에서 할런 카운티 사이에 사는 몇 안 되
는 익명의 남자들과 한 짓으로 벌을 받는 거라면?

신은 이집트 왕이 완강하다는 이유로 이집트의 모든 만물을 학
살하지 않았던가? 밧세바와 불륜한 다윗의 아기를 죽이지 않았던

가? 곰을 보내 예언자 엘리사를 조롱한 아이들을 모두 찢어 죽이게 하지 않았던가?

잭은 나훔 1장 3절을 떠올렸다. 주님은 좀처럼 노하지 않으시고 권능이 크시다. 주님은 절대로 죄를 벌하지 않은 채 내버려 두지 아니하신다. 회오리바람과 폭풍이 당신이 다니시는 길이요, 구름은 그의 발밑의 티끌이로다.

버디가 전화를 받았다. "잭?"

"버디, 이렇게 갑자기 전화해서 미안."

"아냐, 괜찮아. 목소리 들으니 반갑다. 무슨 소식은 없고?"

"아직." 잭이 말했다. "있잖아, 버디, 네가 우리 집에 왔던 날 말이야. 뭔가 말하려고 했잖아. 기억나?"

버디는 아무 말이 없었다. 잭은 이번엔 버디의 모습을 떠올렸다. 아마 손으로 페도라를 이리저리 돌리면서 두 사람이 키스하기 직전에 그랬듯이 긴장한 듯 눈을 깜박이고 있을 것이다. 하지만 이번에 잭은 현재의 버디가 아닌 그때의 버디를 상상했다. 한때 버디는 군살 없이 탄탄한 몸과 툭 튀어나온 광대뼈, 든든하고 넓은 어깨의 소유자였다. 잘생기진 않아도 멋이 있었고, 부드러움과 남성미를 동시에 갖추었다.

"그래 맞아, 잭. 기억나."

"뭘 말하려던 거야? 왠지 중요한 이야기 같았어. 네가 우리 엄마 앞에선 얘기하고 싶지 않아 보이기도 했고."

버디가 심호흡을 하더니 아마 근처에서 얼쩡댔을 딸아이에게 말했다. "우리 딸, 잠깐만 위층 네 방에 올라가 있어, 알았지? …

그런 식으로 보지 말고. 자, 어서. …잭, 아직 거기 있지?"

"응."

"전화로 말하고 싶진 않은데."

"그럼 나 좀 만나줄래?"

"잘 모르겠어, 잭."

"제발."

"…어디서?"

"우리가 만나던 거기?"

버디가 잠시 말을 멈추었다. 밀려드는 기억에 깜짝 놀란 듯했다. 잭은 그 기억에 버디가 혐오감을 느낄지 흥분을 느낄지 궁금했다.

"한 시간 후에 거기로 갈게." 마침내 버디가 말했다.

버디가 호수 옆 주차장에 포드 브롱코를 끌고 들어온 건 땅거미가 내릴 무렵이었다. 주차장에는 잭의 차밖에 없었지만 버디는 10미터는 떨어진 저 끝에다가 차를 댔다. 잭은 버디가 운전석에서 내려 그 망할 페도라를 고쳐 쓰며 뒤뚱뒤뚱 걸어오는 모습을 지켜봤다. 버디가 주머니에서 담배 한 갑을 꺼내 그중 한 개비에 불을 붙였다.

"참고로 나 10년 전에 담배 끊었어." 버디가 말했다. "그런데 여기 오는 길에 나도 모르게 가스앤고 주유소에 들러 한 갑 사버렸네."

"나와줘서 고마워, 버디."

버디가 숨을 크게 들이쉬고 호수를 바라보았다.

두 사람은 낮은 돌담 쪽으로 걸어가서 호수를 등지고 나란히 앉았다. 호수에서 차가운 바람이 불어와 물고기와 쓰레기 냄새를 희미하게 풍겼다. 이곳은 잭이 트래비스를 만나 사랑을 나누던 주차장이자, 몇 년 전 잭이 버디에게 함께 떠나자고 했던 주차장이었다.

"여기서 우리가 마지막으로 만난 날, 넌 내게 선택을 요구했어." 버디가 말했다. 버디의 말투는 지금 두 사람이 열차 승강장에 서서 영원한 작별을 나누는 양 엄숙하고 향수에 젖어 있었다. "교회와… 너 사이에서 선택을 하게 했지."

"내 기억은 달라, 버디."

"하지만 사실이 그랬어, 잭." 버디의 목소리가 갈라졌다. 아주 잠깐 한때 잭이 사랑했던 옛날의 버디 번스가 튀어나왔다.

'우리 함께 여길 떠날 수 있어.' 잭은 이렇게 말했었다. '남쪽으로 가서 처음부터 다시 시작하자. 우리 식으로 예배를 드리는 거야.'

그날 밤 혼자 10킬로미터를 걸어 마을로 돌아오기 전, 잭은 호수를 바라보며 호수 한가운데까지 헤엄쳐 들어가서 그대로 가라앉아버리면 어떨까, 하고 생각했다.

"최후통첩하려던 건 아니었어." 잭이 말했다.

"하지만 사실 그거였다는 거 알잖아. 우리 둘 다 알았지. 그때 우리가 했던 거… 우리가 한 짓은…"

"그게 뭐 어쨌는데?"

"그분의 뜻에 반하는 일이었어."

주님은 절대로 죄를 벌하지 않은 채 내버려 두지 아니하신다. 잭은 생각했다. "너랑 말다툼하고 싶지 않아, 버디. 지금은 싸울 힘이 없어."

"내가 하고 싶은 말은, 그때 난 빛 안의 교회를 선택했고 좋건 나쁘건 그때의 결정을 고수한다는 거야. 그렇지만 내가 지금 말하려는 건… 이게 모든 걸 무너뜨릴 수도 있어. 내가 여태까지 쌓아온 모든 것을."

"무슨 얘길 하고 싶은 거야, 버디?"

"이번엔 내가 널 선택했다는 말이야." 버디가 담배를 한 모금 깊이 빨아들인 뒤 돌담에 불을 비벼 끄고 남은 꽁초를 앞주머니에 넣었다. "내 말 잘 들어. 앞으로 힘들어질 거야."

"새미랑 관련된 거 맞지?" 잭은 덥고 초조했다. 버디가 이야기를 길게 끌수록 마음이 점점 더 불안해졌다. 긴장감에 배 속이 울렁거렸다.

"가장 최근에 한 치유 예배 때 있었던 일이야." 버디가 이야기를 시작했다. "네가 예배드린 지 오래된 건 알아. 그래도 치유 예배가 어떻게 진행되는지는 기억하지?"

"사람들이 펄쩍펄쩍 뛰지." 잭이 말했다.

빛 안의 교회에서는 1년에 네 번 이른바 치유 예배를 열었다. 그때가 되면 엄청난 수의 사람들이 모여 암과 폐기종, 다발성경화증, 치매, 우울증 등 각종 질환에서 낫게 해달라고 빌었다. 잭이 아직 교회를 다녔던 시절 목사였던 로이 크리치는 사람들 사이를 성큼성큼 걸어 다니며 신에게 누굴 치료해야 할지 알려달라고 빌었다. 그러면서 방울뱀을 한 움큼 들고 다니거나 방언을 했으며, 광신도의 이마에 손을 올리고 악마에게 나오라고 명령하기도 했다.

가끔은 플라세보 효과가 엄청나게 강력해서 파킨슨병을 앓는 환자가 휠체어에서 일어나기도 하고 백내장으로 시력을 거의 잃은 사람이 다시 앞이 보인다고 주장하기도 했다. 그러나 암 환자에게는 플라세보 효과가 나타나지 않았다. 선천적인 혈액 질환이나 유전 질환도 마찬가지였다. 그 경우 병이 사라지지 않음은 신의 뜻이었다.

"치유되길 기다리는 사람들이 뒷문을 지나 주차장까지 줄을 섰어." 버디가 말했다. "몰리도 거기에 있었고."

"몰리? 그게 언젠데?"

"몇 달 전이야. 3월 말쯤이었을 거야."

"몰리가 아팠다고? 이해가 안 되는데." 잭은 몰리가 어쩌다 보니 뛰어난 약사가 된 남편을 두고 신에게 병을 고쳐달라 빌고도 남을 사람이라 생각했지만, 가끔 감기에 걸린 때를 빼면 몰리가 언제 아팠는지 기억이 나지 않았다.

"크리치가 먼저 몇 명을 앞으로 불렀어." 버디가 말을 이었다. "당뇨가 있는 셔먼 하코트, 샌프란시스코에 사는 아들이 헤로인에 중독된 헬렌 미첼. 그다음이 몰리였어."

"몰리가 어디가 아프다고 했어?" 잭이 물었다. "크리스마스 때쯤 편두통이 두어 번 있었던 건 아는데-"

"편두통이 아니었어."

그때 잭은 이상한 기분이 들었다. 잭은 빨리 핵심을 말하라고 버디를 다그치고 싶었지만 동시에 입 다물고 아무 말도 하지 말라고 하고 싶기도 했다. 모르는 게 더 나을 수도 있다는 기분 나쁜 직감이 들었다.

지평선 밑으로 해가 지자 버디가 점점 어두컴컴해졌다. "크리치 목사가 주님의 도움으로 어디를 고치고 싶으냐고 물어봤어. 그랬더니 몰리가 자기 안에 악마가 있다고 했어."

"왜 그런 생각을 한 거야?"

"악마의 기운을 느낀 거야. 몰리는 악마가 자기를 잡아당기고 자기한테 귓속말하는 걸 느꼈어. 분명히 자기 안에 악마가 있다고, 그게 아니라면 어린 딸에게 자기가 느끼는 감정을 어떻게 설명할 수 있겠냐고 했어."

"새미? 새미 얘기야?"

버디가 고개를 끄덕였다. "몰리는 새미에게 아무것도 느끼지 못했어, 잭. 이런 말 해서 미안하지만, 크리치 목사와 교회, 주님 앞에 서서 몰리가 그렇게 말했어."

버디의 말을 듣고 보니 잭도 새미가 태어났을 때쯤 몰리에게 일어난 변화를 느꼈다. 하지만 나빠지기 시작한 건 그 이전이 아니었나?

"몰리는 수치스러워했어." 버디가 말했다. "너무 수치스러워서, 무릎을 꿇고 크리치 목사한테 그 자리에서 바로 악마를 쫓아달라고 빌었어. 어린 딸을 사랑할 수 있기를 간절히 바랐다고. 분명히 할게, 잭. 그동안 몰리가 새미에게 사랑을 주지 못했을진 몰라도, 몰리는 정말로 그럴 수 있기를—"

"이런 빌어먹을," 잭이 욕을 하자 버디가 몸을 움찔했다. "악마
는 아무 상관없어. 왜 병원에 안 간 거야? 왜 나한테 말하지 않은
거냐고?"

그 순간 잭은 병원 침대에 누운 몰리 옆에 앉아 태어난 지 얼마
안 된 새미를 품에 안았던 때가 기억났다. 몰리가 잭에게 무어라
말했다. 무슨 말이었더라? 어딘가 잘못된 것 같다고, 에마나 스튜가
태어났을 때랑은 다르다고 했다… 나한테 말했었구나. 잭은 생각했
다. 적어도 말하려고 시도는 했구나. 그래서 넌 뭘 했지? 그만하라며 아
마 진통제 때문일 거라고 했지.

"그래서 크리치가 뭐라고 했어?" 잭이 물었다. 아내의 머리에
성경을 올려놓고 신에게 악마를 내쫓아달라 비는 남자의 이미지
가 머릿속에 떠올랐다.

"그 순간엔 아무 말도 안 했어." 버디가 말했다. "몰리를 그대로
지나쳐서 관절염을 앓는 돌리 베이스한테 갔어. 예배가 끝나고 몇
명이 남아서 바닥을 쓸 때 두 사람이 얘기하는 걸 들었어."

버디가 갑자기 조용해졌다. 그러더니 쓰고 있던 페도라를 벗어
두 손으로 이리저리 돌렸다. 잭은 망할 그 모자를 호수로 내던져
버리고 싶었다.

"둘이 무슨 얘기를 했는데?"

"내가 너한테 이 얘기를 했다는 걸 한 사람이라도 알면—"

"이런 버디, 제발 좀."

"다들 나한테서 등을 돌릴 거야. 진짜야."

"크리치가 뭐라고 했는데?" 잭은 신경이 날카로워지다 못해 뜨

거운 분노가 일었다. 그날 밤 커비스 바 앞에서 잭을 휘감았던 바로 그 분노였다.

"크리치는 악마가 몰리 안에 있는 게 아니라고 했어…" 버디가 말했다.

"다행이네. 안 그래?"

"아직 말 안 끝났어. 크리치는 몰리한테 지금 사탄이 귓속말을 하고 있다고 생각하겠지만 사실 그건 본능이라고 했어."

"본능? 무슨 말인지 모르겠어."

"크리치가 말하길, 악마는 몰리 안에 있는 게 아니라고, 아이 안에는 있을 수 있다고 했어."

켄터키, 맨슨

현재

나는 몰리의 아파트에서 나와 고개를 푹 숙이고 호텔을 향해 걸었다. 머릿속이 꼭 넘쳐흐르는 물잔 같았다. 오스트레일리아에서 스튜어트를 만난 이후로, 아빠에게 엄마 이야기를 다그쳐 물은 후로, 에마를 만나고 맨슨에 도착한 후로 잔에는 계속 물이 담기기만 할 뿐 비워질 기회가 없었다. 몰리까지 만나고 나니 그 잔은 곧 산산이 깨져버릴 듯했다.

몰리의 아파트에서 5미터도 채 멀어지지 않았을 때 차 한 대가 경적을 울리며 천천히 다가왔다. 운전석 창문이 내려가고 씩 웃는 남자가 보였다. 40대 후반 언저리로 보이는 남자는 붉은색 수염이 덥수룩했고 알록달록한 셔츠를 입고 있었다. 차가 내 앞에 멈쳤다. "안녕하세요, 선생님."

"안녕하세요."

"킴벌리 리미 씨 맞죠?"

"그냥 킴이에요." 내가 경계하며 말했다.

"마크 버크하트 형사입니다." 남자가 형사 배지를 꺼내 내 앞에 내밀었다. "제가 커피 한잔 대접해도 될까요?"

"제가 여기 있는 줄 어떻게 아셨죠?"

"음, 선생님, 전 경찰이잖아요. 그리고 맨슨은 뉴욕이 아니니까요."

다른 선택의 여지가 없어 보였기에 순찰차에 올라탔다. 차를 타고 마을을 지나면서 버크하트 형사가 물었다. "숨 돌릴 기회는 좀 있었나요?"

"네, 몇 번 있었어요." 내가 말했다. 하지만 숨을 쉬려고 수면 위로 올라올 때마다 누군가가 다시 아래로 끄집어 내렸죠. 나는 생각했다.

"어렸을 때 저기에 기어오르곤 했어요." 버크하트가 저 멀리 어렴풋이 보이는 급수탑을 가리키며 말했다. "원래 그러면 안 됐는데, 해가 지기를 기다리면서 경찰이 오나 안 오나 주시하는 게 재미였죠. 물론 그때 이곳에는 씨름할 만한 험악한 문제가 없었어요." 그러더니 급수탑 다리에 둘러쳐진 철조망 네 개를 가리켰다. "저 철조망은 86년에 달린 겁니다. 그해에 대릴 윅시가 사다리를 타고 중간쯤 올라가다가 뒤로 떨어졌거든요. 척추가 뚝 부러졌어요. 아마 제대로 떨어지지 않았다면 죽었을 겁니다. 보드카에 잔뜩 취해서 제대로 떨어질 수 있던 거예요."

버크하트 형사가 천천히 중심가를 지나 경찰서 주차장에 들어섰다. "제가 어렸을 때는 대릴이 급수탑에서 떨어져서 거의 죽을 뻔한 게 맨슨에서 일어난 가장 큰 사건이었어요. 말인즉슨, 새미 웬트가 사라지기 전까지는 그랬단 겁니다."

맨슨 경찰서에서 내준 커피는 충격적일 정도로 맛있었다. 한참 전에 커피포트로 내린 밍밍한 블랙커피를 기대했으나, 버크하트는 스팀 기능이 갖춰진 거대한 은색 커피머신에서 카푸치노 두 잔을 내려왔다.

우리는 휴게실에 자리를 잡았다. 나는 줄줄이 늘어선 자판기를, 버크하트는 게시판을 등지고 앉았다. 게시판에는 으레 상상하는 지명 수배 포스터가 아니라 패스트푸드 전단지와 드라마 〈왕좌의 게임〉 달력, 다양한 채도의 빨간색과 파란색으로 지금 화가 났다고 영원히 남을 멍청한 짓을 하지 맙시다라고 써놓은 장려 포스터가 붙어 있었다.

버크하트가 앞주머니에서 작은 녹음기를 꺼내 테이블에 올려놓았다. "괜찮을까요?"

"네, 괜찮아요."

버크하트가 빨간색 버튼을 누르자 녹음기에서 삐하고 소리가 났다. "준비되면 시작해주세요."

그래서 나는 맨 처음부터 이야기를 시작했다. 버크하트 형사와 그의 녹음기를 향해 엄마 캐롤 리미와 아빠 딘에 대해, 동생과 어린 시절에 대해 이야기했다. 버크하트가 챙길 만한 숨은 단서나 비밀은 없었지만 그는 별로 괘념치 않는 듯했다. 버크하트는 조용하고 참을성 있게 나를 바라보았고 간식을 먹으러 휴게실에 들어온 부보안관을 내보내거나 나를 격려할 때만 입을 열었다.

오스트레일리아에 있는 가족 이야기를 하다 보니 엄마가 너무나도 그리웠다. 물론 에이미와 아빠도 무척 보고 싶었지만 지금 가장 간절한 건 단 5분이라도 엄마와 함께 시간을 보내는 것이었다. 엄마에 대한 내 기억은 매일매일 다른 색으로 오염되고 있었다. 크리스마스를 맞아 어린 나를 데리고 쇼핑을 갔을 때, 엄마는 계속 뒤를 돌아봤을까? 바다로 당일치기 여행을 갔을 때도 내내 경찰을 경계했을까? 엄마가 금발로 염색했던 건 외모를 꾸미려던 걸까, 아니면 변장이었을까?

이야기를 마친 내가 물었다. "이제 어떻게 하실 거죠?"

"잭 웬트, 스튜어트, 에마, 몰리 모두에게 진술을 받을 겁니다. 그쪽 동생과 새아빠한테도요. 그러기 위해서 오스트레일리아 경찰과 공조할 예정입니다."

"그럴 필요 없으실지도 몰라요. 동생과 아빠가 지금 미국으로 오고 있거든요."

"훨씬 좋네요." 버크하트가 말했다. "우리 계획은 당신이 실종된 순간을 시작으로 모든 사건의 타임라인을 만드는 겁니다. 저희 측에서 따로 DNA 검사를 할 예정이고요. 이해해주시리라 믿습니다."

"물론이죠."

"그리고 지역 신문에 캐롤 리미 사진을 실을 겁니다. 옛날에 알던 사람이 있을 수도 있으니까요…." 버크하트가 의자에 기대앉아 턱수염을 매만졌다. "캐롤 리미는 어떤 분이었습니까?"

"어린애를 유괴할 사람은 아니었어요. 그걸 물어보신 거라면요."

"그럼, 다른 사람의 도움을 받았을 수도 있다는 말씀인가요?"

나는 아무 말도 하지 않았다.

윙윙대는 자판기 소리가 작은 휴게실을 가득 채웠다. 순간 냉장고가 윙윙대고 구석 책상 위에서 노트북 충전기가 지직대는 오스트레일리아의 내 아파트로 돌아간 기분이었다. 집은 아주 멀고 오래전처럼 느껴졌고, 다시 돌아갈 수 없을지도 모른다는 생각이 들었다. 에이미와 마지막으로 대화를 나눴을 때 느꼈던 것과 비슷한, 이상하고 알 수 없는 느낌이었다. 나쁜 느낌이라기보다는 예감에 더 가까웠다.

"자, 말해봐요." 버크하트가 말했다. "모두들 자기만의 생각이 있지 않습니까. 당신도 하나 있을 거 아니에요."

"힉스 아기라고 들어본 적 있어요?" 내가 물었다.

버크하크가 고개를 가로저었다.

"60년대에, 제 기억엔 아마 오하이오였던 것 같은데, 힉스라는 의사가 있었어요. 그 사람이 가난한 엄마의 아기들을 데려다 이런저런 이유로 아기를 낳지 못하는 커플들에게 팔았어요. 출생증명서를 위조하기도 했고요."

"아기 암시장이군요." 버크하트가 못 믿겠다는 듯이 말했다. "그러니까 당신 생각은, 납치범이 당신을 납치해서 캐롤 리미에게 팔았고 리미가 당신을 오스트레일리아에서 키웠다는 거군요."

나는 어깨를 으쓱했다.

"괜찮은 가설 같은데요." 버크하트가 말했다.

내가 떠올릴 수 있는 이야기 중 엄마의 죄를 조금이나마 덜어줄 수 있는 유일한 가설이기도 했다. 원치 않는 아이를 구매하는 건 사랑받는 아이를 몰래 훔치는 것보다 훨씬 용서받을 만했다.

"형사님은요?" 내가 버크하트에게 물었다. "모두들 자기만의 생각이 있다고 하셨죠. 형사님 가설은 뭐죠?"

버크하트가 살짝 얼굴을 찡그리며 손가락으로 테이블을 가볍게 두드렸다. "아직 발전시키는 중입니다."

"사건 당시를 기억하세요?"

"오, 그럼요." 버크하트가 말했다. "지금은 콜먼에 살지만 그때는 맨슨에 살았으니까요. 새미가 사라졌을 때 열일곱 살이었죠. 어머니 아버지는 아직 여기 올드커먼스에 사시고요. 모두에게 용의자가 있었고 모두가 용의자였죠."

"예를 들면요?"

"글쎄요, 몰리도 그랬고. 아마 잭도 의심받았을 겁니다. 이런 사건의 경우 대개 가장 먼저 부모를 의심하거든요. 트래비스 에클스도 있고요. 근처에 살던 문제 많은 집안 출신이었죠. 빛 안의 교회 목사인 데일 크리치도 용의자였습니다."

"데일 크리치요? 방금 만났는데. 꽤… 좋은 사람 같아 보였어요."

버크하트가 웃음을 터뜨렸다. "좋고 이상한 사람이죠. 펀디들이 다 그래요. 독사를 만지면서 신이 지켜줄 거라고 믿으려면 적어도 조금은 이상한 사람이어야 하지 않겠어요?"

나는 몰리를 떠올렸다.

"그냥 소문이었어요. 많고 많은 소문 중 하나였죠. 목사들은 전부 어린아이에게 특별한 관심을 보일 거라고들 생각하지 않습니까." 버크하트가 남은 커피를 마저 마시고 자리에서 일어나 자판기 중 하나에 동전을 넣었다. "뭐 좀 드시겠습니까?"

"괜찮아요." 내가 말했다. "그래서 경찰이 크리치를 조사했나요?"

"경찰은 마을에 사는 모든 사람을 조사했습니다. 그때 작성한 보고서를 전부 읽어봤는데, 교회 사람들 10여 명이 크리치의 알리바이를 대줬더군요. 그렇다고 그걸로 충분하다는 건 아닙니다. 빛 안의 교회 교인들은 오리 똥구멍보다도 더 끈끈하거든요. 더러운 말을 했다면 죄송합니다."

버크하트가 버튼을 누르고 자판기에서 나온 초콜릿 바를 꺼내 자리로 돌아왔다. 그리고 마치 부검을 하듯 천천히 조심스럽게 포장지를 벗겼다. "그래서, 어디까지 얘기했죠?"

"데일 크리치요?" 스튜어트가 물었다.

우리는 맨슨에서 30킬로미터 이상 떨어져 있었다. 울창한 숲 사이로 난 좁은 비포장도로를 따라 스튜어트의 할머니, 샌디 웬트를 만나러 가는 길이었다. 스튜어트의 설명에 따르면 샌디 웬트는 깡촌 중에서도 깡촌에 살았다.

"그 사람이랑 가까웠어요?" 나는 울퉁불퉁한 길에서도 스튜어트가 들을 수 있도록 큰 소리로 말해야 했다.

"엄마가요." 스튜어트가 말했다. "저도 크리치 목사를 조사했어요. 분명히 오싹한 사람이긴 하지만 알리바이도 탄탄했고 그럴 만한 동기도 없었어요."

"교회 사람들이 우리한테 그 사람 얘기를 해줄까요?"

"아닐걸요. 빛 안의 교회 교인들은-"

"오리 똥구멍보다도 더 끈끈하다고요?"

스튜어트가 웃음을 터뜨렸다. "긴밀한 공동체라고 말하려 했는데, 오리 똥구멍이 더 낫네요. 그 사람들이 뭔가를 안다고 해도 아마 자기들끼리의 비밀로 간직할 거예요. 교회를 거스르는 짓은 아무도 안 해요. 외면받을까 봐 무서워서요."

"할머니도 그러실까요?"

스튜어트가 아무 말 없이 어깨만 으쓱했다.

"어떤 분이에요?"

"엄마랑은 전혀 달라요." 스튜어트가 말했다. "그걸 걱정하고 있다면 말이죠."

"몰리가 그렇게 별로는 아니었어요." 나는 거짓말을 했다.

"아네요, 별로인 건 맞죠. 엄마는 고장 났어요. 우리처럼 엄마도 맨슨을 벗어나야 했는데, 그러는 대신 죄책감, 슬픔, 비난이 자기 속에서 끓게 놔뒀어요. 하지만 언젠간 괜찮아질 거예요. 시간을 좀 드리자고요."

그건 그렇게 쉬운 일이 아니었다. 나는 엄마를 잃고 다른 엄마를 발견했다. 마음속 깊은 곳에서는 엄마가 내 삶에 남긴 공간을 몰리가 채워주길 바랐던 것 같다. 오스트레일리아 엄마를 대신해줄 미국 엄마를 찾았는지도 모른다고 생각한 것이다. 지금에 와선 이 모든 상황이 끔찍하게 불공평해 보였다.

샌디 웬트는 길고 긴 진입로 끝에 자리한 크고 오래된 농가 주택에 살았다. 스튜어트는 후면주차를 했고(스튜어트의 기본 주차 방식이었다) 우리는 함께 문을 향해 걸었다. 스튜어트는 이제 할머니가 앞을 잘 보지 못하시며 할머니가 들으실 수 있도록 정말 큰 소리로 말해야 한다고, 그렇지만 아흔하나의 연세에도 옛날과 다름없이 예리하시다고 일러주었다.

늘씬한 여성이 나와 우리를 맞이했다. 여성은 의심스럽다는 듯 가늘게 뜬 눈으로 나를 뜯어보며 말했다. "확실히 웬트 가 사람처럼 생겼네."

스튜어트가 웃었다. "이분은 칼리예요. 할머니를 봐주시는 한 성격 하는 간호사죠."

두 사람은 포옹했고, 칼리가 스튜어트의 양 볼에 키스했다. 칼리가 나를 보며 말했다. "차나 커피, 아니면 위스키 마실래요?"

"아뇨, 괜찮아요." 내가 말했다.

칼리가 바삐 손짓하며 우리를 복도로 안내했다. 집 안은 휑했고 티끌 하나 없었다. "샌디는 저기 뒤쪽 베란다에 있어요."

스튜어트와 내가 뒷문으로 나가니 드넓은 정원을 내려다보는 데크가 나왔다. 나이 든 할머니가 그네처럼 달아놓은 의자에 조용히 앉아 있었다. 할머니의 두 눈동자는 옅은 회색 백내장으로 뒤덮혀 있었다. 각도가 맞지 않게 고개를 드는 모습을 보니 우리가 걸어오는 소리를 들은 듯했다. "스튜?"

"할머니, 저예요." 스튜어트가 말했다.

샌디가 손을 뻗어 스튜어트의 손을 붙잡았다. "너무 오랜만이구나. 그 아이도 같이 왔니?"

"할머니, 이쪽은 킴이에요." 스튜어트가 가까이 오라고 내게 손짓하며 말했다.

샌디가 내 손을 찾아 팔을 뻗었고, 내가 손을 내밀자 샌디는 그 손을 꽉 붙들고 나를 가까이 당겼다. "이렇게 반가울 수가, 킴. 나한테 말 좀 해줘요. 내 정원 어때요? 요즘 내 눈이 영 소용이 없어서 말이지."

"아, 멋져요. 정말 예뻐요."

"아가씨, 기분 나쁘게 듣진 말아요. 난 멋지고 예쁘단 말 말고 다른 말이 듣고 싶어."

나는 정원을 내다보며 잠시 말을 멈추고 눈앞의 장면을 받아들였다. "음, 광대수염 꽃들이 아래로 약간 처지긴 했지만 슬픈 느낌은 아니에요. 이슬이 내려서 젖었네요. 꽃들이 행복해 보여요."

샌디 웬트가 미소를 지으며 턱을 들어 올렸다. 머리카락은 뒤로 느슨하게 묶였고, 얼굴에는 주름이 가득했다. 샌디가 공기를 들이마셨다. "단지산호는 어때?"

"어떤 꽃이 단지산호예요?"

"매년 이맘때쯤이면 앙증맞은 분홍색 꽃들을 피우는데, 보통 정원 뒤쪽 비탈에 늘어서 있을 게야."

샌디가 정확한 위치를 가리켰다. 화려한 분홍색 꽃들이 재활용 목재로 만든 화분 안에 빽빽하게 심겨 있었다.

"아, 그러네요." 내가 말했다. "단지산호는 활짝 만개해 보여요. 검은색과 갈색이 섞인 작은 새 한 마리가 그 뒤에서 땅을 헤집으면서 벌레를 찾네요."

샌디 웬트는 활짝 웃으며 다시 팔을 뻗어 내 손을 찾았다. 이번에도 내 손을 꽉 붙들었는데 이번에는 나를 놔주지 않았다. 우리는 손을 붙잡고 말없이 벤치 그네에 앉아 정원으로 불어오는 부드러운 바람 소리를 들었다. 바람은 단지산호를 흔들며 작은 새를 하늘로 날려 보냈다.

스튜어트가 그네 기둥에 기대 희미한 미소를 띠고 우리를 바라보았다.

"몰리를 만났다고 스튜어트가 그러던데."

"네, 맞아요." 내가 말했다.

"몰리가 두 팔 벌려 환영하진 않았을 것 같고."

"맞아요. 전혀 안 그러셨어요. 믿질 않으세요… 자기 딸은 오래전에 죽었다고 생각하세요."

"이런. 몰리 편을 좀 들어주자면, 우리 모두 그랬어. 새미의 빛이 꺼졌다고 생각하는 게 더 쉬웠지. 끔찍하고 사악한 여자처럼 보일지 모르지만 그게 사실이야. 이런 말은 부끄럽지만 나는 새미가 죽었기를 바랐어. 죽었다면 고통은 끝났을 테니까. 그러면 새미는 하나님과 같이 있을 테고, 어디 지하실에 갇혔거나 고문받거나 입에 올리지 못할 짓을 강요당하는 것보다 그게 훨씬 나을 테니까."

스튜어트가 몸을 움찔했다.

"그게 내가 떠올릴 수 있는 유일한 가능성이었어." 샌디가 내 손을 꼭 붙잡고 말을 이었다. "고문당하거나 죽거나. 그 둘 중엔 죽는 게 그나마 나아 보였지. 새미가 보살핌을 받으며 좋은 삶을 살리란 생각은 해본 적이 없어. 킴, 좋은 삶을 살았어요?"

"네, 할머니." 내가 말했다. "아주 좋은 삶이었어요."

샌디가 내 쪽으로 몸을 돌렸다. 샌디에게 내 모습은 짙은 회색 실루엣으로만 보일 것이다. "몰리는 회복할 수도 있지만 회복하지 못할 수도 있어. 너무 멀리 간 걸지도 몰라."

"할머니, 엄마가 마지막으로 찾아온 게 언제예요?" 스튜어트가 물었다.

샌디가 내 손을 놓고 카디건 주머니에서 손수건을 꺼내 눈가를 두드렸다. "네 엄마를 못 본 지, 이런, 거의 4년이 다 되었구나."

"교회에서 만나지 않으세요?" 내가 물었다.

샌디가 고개를 저었다. "요즘엔 거의 아무도 안 만나지만, 어쨌거나 교회는 94년도에 발길을 끊었어. 빛 안의 교회는 지금도 나한테 소중한 존재지만 지난 몇 년간 교인 수가 꾸준히 줄어들었지. 옛날엔 맨슨에 펀디가 흔했어. 그런데 마지막으로 들은 바로는 이제 10여 명도 안 남았다더군."

"왜죠?"

샌디가 갑자기 냉담해졌다. "내가 떠난 데는 여러 이유가 있어." 샌디가 말했다. "교회는 나의 가장 좋은 면과 가장 나쁜 면을 다 봤어. 그 얘기는 이쯤 해두자고."

스튜어트가 궁금하다는 듯 우리 둘을 보았다. 웬트 가 사람들은 하나같이 자기만의 비밀이 있는 듯했다.

"빛 안의 교회가 아직 있긴 한 거죠?" 내가 물었다.

"아직까지는." 샌디가 말했다. "내가 생각하기엔 크리치 목사가 죽기 전까진 완전히 사라지진 않을 게야."

"어제 크리치 목사를 만났어요." 내가 말했다. "좋은 사람 같아 보였어요. 한편으로는 약간…"

"너무 강렬했어?"

"맞아요, 바로 그거예요." 내가 말했다. "설교를 얼마나 잘할지 상상이 되더라고요."

"아멘." 샌디가 말했다. "데일은 사람들로 가득 찬 강당에서 연설하면서도 오로지 나를 향해 말한다는 느낌을 주는 사람이었어. 아마 강당에 있는 모두가 똑같은 생각을 했겠지. 데일은 늘 열정적이었어. 어린아이였을 때부터 말이야."

"어떤 사람들은 크리치가 실종 사건과 관련이 있을 거라던데요."

"어떤 사람이?"

"그냥… 사람들이요." 내가 말했다.

샌디가 이마를 찡그렸다. "킴, 내가 늙어가는 게 보일 거예요. 난 남은 시간이 별로 없어. 그래서 사람들이 뭘 말하려는지 속 시원히 말하지 않고 자꾸 에둘러서 말하면 좀 예민해진다우. 그건 스튜가 증명할 수 있지."

스튜어트가 한숨을 쉬더니 내가 피하고 있던 질문을 던졌다. "할머니, 크리치가 새미의 실종과 관련 있을 수 있다고 생각하세요?"

샌디가 모기를 쫓을 때처럼 손사래를 쳤다. "데일은 하나님을 무서워하는 정직한 사람이야. 문제가 좀 있을진 모르지만 말이야. 좀 외로운 사람일 수도 있겠지. 그래도 아이를 해칠 만한 사람은 아니야. 데일은 가톨릭 신부가 아니라고."

"문제가 있다고요? 얼마나요?" 내가 물었다.

"완벽한 사람은 아무도 없어요, 킴. 나쁜 점보다 좋은 점을 훨씬 더 많이 가졌느냐가 중요하지."

"크리치 목사에게도 나쁜 면이 어느 정도는 있다는 거잖아요?"

샌디가 벤치에 편안히 기대앉았다. "아주 끈질긴 아이구나, 안 그러니? 제 아빠를 많이 닮았어."

스튜어트가 얼굴을 찡그렸다.

"데일의 나쁜 점은 다른 사람에게 신경을 지나치게 많이 쓴다는 거였어. 데일에게는 베키라는 여동생이 있어. 아마 데일보다… 여섯에서 일곱 살 어릴 거야. 어렸을 땐 둘이 꼭 붙어 다녔지. 왜 어떤 쌍둥이는 거의 초자연적으로 연결돼 있다는 말 들어봤지? 한 아이를 꼬집으면 다른 아이도 고통을 느낀다는, 뭐 그런 거 말이야. 데일이랑 베키가 꼭 그랬지."

샌디가 다시 한번 손수건으로 두 눈을 톡톡 두드렸다. 처음에 나는 샌디가 감정이 북받쳐 오르는 거라고 생각했는데, 지금 보니 눈물은 백내장 부작용 같았다.

"하지만 데일과 베키는 완전히 다른 사람으로 자라났어. 데일은 카리스마 넘치고 열정적이었지. 아마 베키도 그랬으리라 생각해.

자기만의 방식으로는 말이지. 왜인지 베키는 늘 열의가 없어 보였어. 데일은 그럴 필요가 없었는데도 베키를 몰아세웠어. 전부 베키를 걱정해서였지."

"그게 무슨 말씀이세요?"

"베키한텐 어딘가 반항적인 면이 있었어. 자기만의 북소리에 맞춰서 춤을 췄지. 데일은 그걸 문제라고 받아들였고, 어르신들 말씀처럼 베키는 정말로 문제 덩어리가 됐어. 베키는 제 오빠가 준 배역을 연기했어, 그것도 아주 잘. 치마가 점점 짧아지고 블라우스가 점점 몸에 달라붙었지. 데일은 어렸어. 데일은 그저 자신이 믿는 바를 충실히 지키려고 했던 게야. 하지만 사람을 너무 몰아붙이면 그대로 멀어지기도 하거든."

"데일이 그랬다는 말씀이세요? 데일이 베키를 너무 몰아붙였어요?"

"자, 난 지금도 하나님과 아주 좋은 관계를 맺고 있지만, 근본주의의 문제는 우리 편이 아닌 사람은 저들 편이라고 생각한다는 거라우. 그 사람들은 길 잃은 영혼이야. 한동안 데일이 베키를 그렇게 여긴 거고."

"베키는 교회를 떠났나요?"

"공식적으로 떠난 건 아니지만 얼마간 교회에서 베키를 못 봤지. 사람들이 수군거렸어. 나는 소문은 퍼지면 퍼질수록 더 부풀려진다고 보는데, 어쨌든 몇몇 교인들은 베키가 애를 뱄다고 했어."

"누구 아이를요?"

샌디가 어깨를 으쓱했다. "그건 아무도 모르지."

검은색과 갈색이 섞인 새가 다시 정원으로 날아와 우리 자리에서 몇 미터 떨어진 곳에서 쩍쩍 울며 흙을 쪼아댔다. 하늘에서 뭉게구름이 천천히 흘러갔다. 멀리서 개가 짖었다. 집 안에서는 커다란 커피메이커로 커피 내리는 소리가 났다.

"그래서 베키는 어떻게 됐죠?" 내가 물었다.

샌디가 미소를 지었다. "데일이 다시 교회로 데리고 왔어. 애 아빠가 곁에서 떠났을 수도 있고, 아니면 애초에 베키가 임신 주기를 다 못 채웠다는 말이 사실일지도 모르지만, 어쨌건 그러는 와중에 베키는 바닥을 쳤지. 베키는 다시 어둠에서 빠져나올 준비가 되어 있었고 그때 데일이 나아갈 길을 보여줬다우. 그렇게 데일이 주님의 계획을 일깨워주면서 베키의 치마가 다시 길어졌어. 베키는 오빠의 감시 아래 주님의 충직한 부하라는 새로운 역할을 얻었지. 기도도 하고 뱀도 만졌어. 명예의 증표처럼 손에는 뱀에 물린 상처도 있었고."

"베키가 뱀에 물렸어요?"

"그럼, 교인들 대부분이 물렸지. 사람들은 오해를 해. 뱀을 만질 때 속임수를 쓴다고. 뱀한테 약을 먹였다고 생각해. 하지만 뱀은 정말로 문다고. 또, 한번 물면 아주 세게 물어버리지."

"스튜어트한테 조금은 들었어요."

"클라이드 삼촌 얘기를 해줬나 보고만." 샌디가 웃으며 말했다. "클라이드 삼촌은 뱀한테 몇 번 물리고 나서 얼굴에 미소를 띠고 돌아가셨어. 물린다는 건 주님 손길에 닿았다는 뜻이고, 살아남는다는 건 주님의 구원을 받았다는 뜻이야. 참고로 난 예배를 드린 63년 동안 한 번도 안 물렸어. 베키는 크게 한 방 물렸지. 여기 이쪽 손에."

샌디가 왼쪽 엄지와 검지 사이를 만지며 말했고, 순간 내 몸속의 공기가 전부 빠져나가는 듯했다.

"왼쪽 손이요?" 내가 큰 소리로 말했다. "상처가 왼쪽 손에 있었다고요? 진짜예요?"

"그럼, 확실하고말고." 샌디가 말했다. "아가 괜찮니? 방금 찬기가 훅 지나간 것 같은데."

내 머릿속은 에이미의 창고에서 오래된 상자들을 뒤지다 내 옛날 사진 프로젝트, 상처: 신체와 감정을 보며 민망해하던 오후로 쏜살같이 내달렸다. 내 새끼발가락에 있는 베인 상처와 에이미의 허벅지에 난 상처, 엄마 손에 자리한 화상 흔적이 떠올랐다.

엄마 손에 있던 화상 흔적.

그 작고 울퉁불퉁한 상처는 엄마의 엄지손가락 뿌리 쪽에 있었다. 엄마는 종종 오른손 손가락으로 그 상처를 눌러보곤 했다. 깊은 생각에 빠졌을 때는 특히 더 그랬다. 엄마는 그 상처가 10대 때 생긴 거라고 했다. 자기 방에 둔 선풍기가 누전됐는데 전기를 먼저 차단하지 않은 채로 고쳐보려다 그렇게 됐다는 이야기였다. 상처는 우툴두툴하고 삐죽삐죽했으며 역기 모양처럼 양쪽 끝이 더 튀어나와 있었다. 마치 뱀한테 물린 자국처럼.

"베키 크리치는 아직 맨슨에 살아요?" 내가 물었다.

"아니." 샌디가 말했다. "오래전에 떠났어."

"얼마나 오래전에요? 어디로 간 건데요?"

"잘 기억이 안 나는데. 미시시피였던가. 잘 모르겠어. 데일한테 물어보는 게 좋을 게야. 그건 왜?"

스튜어트가 한걸음 다가왔다. "킴, 무슨 문제 있어요?"

나는 대답하지 않았다. 이미 자리에서 일어나 차를 향해 달렸기 때문이다.

켄터키, 맨슨

그때

저녁 일곱 시가 조금 지났을 무렵 에마는 스튜어트, 세 이모, 사촌과 함께 저녁을 먹었다. 트래비스와 아빠, 엄마가 가끔 새미에게 지나칠 정도로 화를 냈다는 것, 제분소에서 총에 맞아 죽은 남자, 저 바깥에서 겁에 질렸거나 아니면 저 바깥에서 죽었을 어린 여동생에 대해서는 생각하지 않으려고 노력했다.

죽음. 그 단어가 이렇게 전적으로 와닿은 적은 한 번도 없었다.

에마는 제분소 벽에 쓰인 새미의 이름을 생각했다. 보안관이 그 참전 용사는 새미의 실종과 아무 상관이 없을 거라고 말해준 이후에도 에마는 그 남자가 새미의 이름을 소리 내어 읽는 상상을 떨칠 수 없었다. 에마의 머릿속에서 남자는 몽타주 속 그림과 똑같았지만 눈 주위는 그림보다 더 시꺼맸고, 왜인지 더 무시무시했다. 아무런 감정도 특징도 없는 남자의 얼굴은 에마가 자신의 가장 큰 두려움을 투사할 수 있는 빈 캔버스였다. 남자는 정신 나간 아동 살해범이거나 미친 사이코패스거나 변태였고, 아니면 그 세 개가 마구 섞인 무엇이었다.

"-에마, 내 말 듣고 있니?"

접시를 내려다보던 에마가 고개를 들었다. 이모 세 명이 전부 에마를 보고 있었다. 사촌 토드는 스튜어트 옆에 앉아 말없이 자기 접시를 내려다봤다.

"네?"

"학교는 어떠냐고 물었잖아." 틸리 이모가 기다란 유리잔에 담긴 논알콜 사이다를 한 모금 마시며 물었다. "너도 뒤처지고 싶진 않잖아. 선생님하고는 얘기 해봤어? 선생님이 따로 숙제를 보내주실지도 몰라."

"학교에서 뒤처지는 건 걱정거리 축에도 못 껴요, 틸리 이모." 에마가 말했다.

"이모한테 화낼 건 없잖니." 폴린이 말했다. "이모는 그냥 도와주려는 거야."

"우리 모두 널 도우려는 것뿐이라고." 식탁에 앉은 머리 셋 달린 괴물 중 세 번째 머리인 앤 이모가 말했다. "이제 정신 차려. 네가 지금 지옥을 경험한다고 해서 악마처럼 굴어도 되는 건 아냐. 네 아빠도 너한테 똑같은 말을 했을 거다."

에마는 벽에, 아니 이모 중 한 명의 얼굴에 접시를 던져버리고 싶었다. 자리를 박차고 일어나 스카치위스키를 한 잔 마시고 싶었다. 에마는 아빠가 식료품 저장고 끝에 있는 빵 보관함 뒤에 위스키를 숨겨둔다는 걸 알았다.

드라큘라 신부들이 계속 말을 하는 동안 에마는 건너편 앉은 스튜를 바라보았다.

스튜어트가 눈을 마주쳤다. "있지, 누나?"

"왜, 똥싸개."

"새미 의자 어디 있어?"

에마가 식탁을 훑어보았다. 스튜 말이 맞았다. 새미의 유아용 의자가 보이지 않았다. "그러네, 어디 갔지?"

"내가 복도에 내놨어." 앤이 말했다. "우리가 다 앉기엔 공간이 부족해서."

"그럼 새미는 어디 앉아요?" 스튜가 물었다.

"그게 무슨 말이니, 스튜이?"

스튜어트는 사람들이 자기를 스튜이라고 부르는 걸 싫어했다.

"새미가 돌아오면 어디 앉느냐고요?"

"그 문제는 그때 가서 생각하자, 응?" 틸리가 부드럽지만 무시하는 듯한 말투로 말했다.

스튜가 식탁 너머에 있는 에마를 바라보았다. 에마는 스튜에게 새미가 곧 돌아올 거라고 말해주고 싶었지만 그건 거짓말이었다. 지금 에마가 스튜에게 해줄 수 있는 일은 오직 한 가지뿐이었다.

"스튜 말이 맞아요." 에마가 자리에서 일어나며 말했다.

"어디 가니?" 앤이 말했다.

"그놈의 유아용 의자 가지러요."

"그럼 내가 다시 복도에 내놓을 거야." 틸리가 말했다. "힘을 내야지, 에마. 애처럼 굴면 못 써. 여기 없는 사람이 아니라 여기 있는 것에 집중해야 해."

"우와, 헛소리 좀 그만하세요." 에마가 말했다. 그리고 부엌을 나가서 빨간색과 파란색이 섞인 유아용 의자를 찾아 부엌으로 질질 끌고 들어왔다. 의자 다리가 마룻바닥에 긁혀 소리를 냈다.

"자리에 앉아서 먹던 거 마저 먹어, 에마. 네 엄마한테 얘기하게 하지 마. 엄마를 더 힘들게ㅡ"

갑자기 문이 활짝 열렸다. 문간에 키 큰 사람이 나타났고, 순간 에마는 죽었다던 몽타주 속 남자가 되살아나 가족들을 마저 죽이러 온 줄 알았다. 하지만 남자가 복도의 환한 불 아래로 들어왔을 때 에마가 본 사람은 아빠였다.

"네 엄마 어디 있어?" 잭이 차갑게 말했다. 얼굴이 벌겠고 화가 나서 몹시 흥분한 상태였다. 잭이 허리케인처럼 휘몰아치듯 집 안으로 뛰어 들어왔다. "어디 있어? 몰리? 몰리?"

"아빠, 왜 그래? 새미랑 관련된 일이야?"

잭은 에마의 말을 무시하고 계단을 올랐다. "몰리, 거기 있어?"

앤과 폴린, 틸리는 우스꽝스러운 시트콤의 한 장면처럼 부엌문 뒤에 숨어 머리만 빼꼼 내밀었다.

"몰리!?"

에마가 아빠를 따라 계단을 올랐다. "아빠, 엄마 여기 없어."

잭이 걷다 말고 뒤를 돌아보았다. 양손으로 주먹을 꽉 쥐고 있었다. "네 엄마 어디 있어?"

"무슨 일인데."

"젠장, 에마. 당장 네 엄마 어딨는지나 말해."

에마는 아빠가 화난 모습을 거의 본 적이 없었다. 있다 해도 에마에게 화를 낸 건 아니었다. 보통 도로에서 다른 차가 끼어들 때 벌컥 화를 냈는데, 순식간에 화를 가라앉히고 바로 사과하곤 했다. 이번에는 달랐다. 아빠는 이성적인 상태가 아니었다. 이성적이었다면 매주 이 시간에 엄마가 어디에 있는지 기억했을 것이다.

"교회에 있어."

잭이 에마를 한쪽으로 떠밀고 한 번에 세 칸씩 서둘러 계단을 내려갔다. 아빠의 뒷모습을 바라보는 에마의 목구멍 뒤에서 메스꺼운 공포가 느껴졌다.

아래층에 도착한 잭이 걸음을 멈췄다. 그리고 심호흡을 한 뒤를 돌아보았다. "미안해, 에마. 너한테 소리 지르려던 건 아니었어. 너한테 화가 난 게 아냐. 이건… 네 문제가 아냐."

에마가 1층으로 내려와 아빠의 손목을 붙잡았다. "무슨 일인데?"

"네 엄마랑 얘기할 문제가 있어서 그래."

"그럼 나도 같이 갈래." 에마가 말했다. "가는 길에 무슨 일인지 설명해줘."

"에마-"

"나도 같이 갈 거야."

"네 동생은-"

"스튜는 이모들이 돌봐줄 거야. 지금 아빠 제정신 아니야. 아빠가 나중에 후회할 일 저지를까 봐 걱정돼서 그래."

"안 돼."

"나 아빠랑 트래비스 사이 알아."

잭이 얼어붙었다. 순간 잭은 문간에 쓰러져 울 것처럼 보였다.

"잭, 무슨 일이에요?" 부엌 쪽에서 틸리의 새된 목소리가 들려왔다.

"빌어먹을, 틸리, 당신 일이나 해요." 잭이 에마 쪽으로 몸을 돌렸다. "네 코트 챙겨."

오랫동안 두 사람은 아무 말이 없었다. 둘 사이에 흐르는 침묵이 어찌나 완벽한지 오터 가와 허버트 대로 사이에서 신호등에 걸렸을 때 에마는 아빠가 이를 가는 소리까지 들을 수 있었다. 마침내 잭은 슬픈 눈으로 눈앞의 고속도로를 바라보며 입을 열었다. "어떻게 알았니?"

"트래비스 형이 말해줬어." 에마가 말했다.

"패트릭이? 왜?"

"아빠, 트래비스 사랑해?"

"…열두 살 때," 잭이 날카로운 목소리로 천천히 이야기를 시작했다. "나는-"

"말 돌리지 마. 내가 먼저 물어봤잖아."

"지금 최선을 다해 대답하려는 중이야, 에마. 내가 열두 살 때 한밤중에 침대에서 끌려나간 일이 있었어. 남자 네 명이 집에 몰래 들어와서 2층 내 방으로 올라온 거야. 네 명 다 검은색 스키 마스크를 쓰고 있었어. 그중 한 명이 손으로 내 입을 막았고 나머지 세 명이 나를 바깥으로 끌고 나가서 번호판을 가린 하얀색 밴에 태웠어."

"헐… 뭐라고? 왜 우리한테 말 안 했어?"

"끌려나가는 동안 계속 부모님 생각을 했어. 내가 사라진 걸 알면 얼마나 속상해하실까 하고. 그런데 나를 밴에 밀어 넣던 남자 중 한 명이 잠깐 틈을 보였어. 자동차 옆문을 닫으려고 했던 건지 그냥 경계를 풀었던 건지는 모르겠어. 내가 기억하는 건 그 틈을 타서 도망쳤다는 것뿐이야. 밴에서 튀어나와 앞마당으로 달려갔어. 그리고 목청껏 소리를 질렀어. 그렇게 마당을 반 정도 달려가니 엄마가 보였어. 네 할머니 말이야. 엄마가 잠옷을 입고 문 앞에 서 있었어. 그 뒤에 아빠가 있었고. 그때 생각했지. 하나님 감사합니다. 이제 살았다. 그런데 두 분은 그냥… 가만히 서 계셨어."

잭의 목소리는 분노가 섞여 낮고 거칠어졌다. "엄마 아빠를 향해 소리쳤어. '엄마, 아빠, 도와줘요, 나쁜 사람들이 나를 납치하려고 해요.' 하지만 두 분은 미동도 없었어. 그냥 날 쳐다보기만 했지. 나는… 도저히 이해가 안 됐어. 이해할 수가 없었어. 내가 가까이 다가가니까, 내가 문 앞에 다다르니까 두 분은 문을 닫고 들어갔어. 내 눈앞에서. 그리고 문 잠그는 소리가 들렸어. 내가 못 들어오게 문을 잠근 거야."

"이해가 안 가." 에마가 말했다. 에마는 울지 않으려고 안간힘을 썼다. "왜 아빠를 구해주지 않은 거야?"

"본인들이 직접 계획한 거니까. 전부 두 분이 계획한 거였어. 남자들은 교회 사람들이었어. 그들이 정확히 누구였는지는 결국 알아내지 못했어. 그것도 계획의 일부였던 거지. 그래서 마스크를 썼던 거야."

"할머니랑 할아버지가 직접 계획했다니, 그게 무슨 말이야?"에마가 말했다. "아빠, 아빠가 잘못 기억하는 거 아니야?"

"나를 교화하려던 거야. 사람들은 그걸 교화라고 불렀어. 어떻게 아셨는지는 모르겠지만 내가 좀⋯ 다르다는 걸 엄마가 아신 거야. 내가 여자애들 대신⋯ 남자애를 좋아한다는 걸 말이야. 그걸 알고선 내 안에 악마가 있다고 생각하신 거야."

"말도 안 돼."

"남자들은 다시 나를 밴으로 끌고 갔어. 그리고 콜먼에 있는 오래된 농장으로 가서 나를 교화했어."

"그게 무슨 뜻이야?"

"구마의식을 했다는 뜻이야."

에마의 몸속 근육이 뻣뻣하게 굳었다. "그래서 뭘 어떻게 했는데?"

"그건 중요한 문제가 아니야."

"그 사람들이 아빠한테 어떻게 했냐고?"

"넌 모르는 게 나아, 에마." 잭이 말했다.

"아냐, 알고 싶어, 아빠. 제발. 감당할 수 있어."

잭의 두 손이 운전대를 꽉 움켜쥐었다. "농장에 도착하니 더 많은 사람이 기다리고 있었어. 그 사람들이 나를 어느 방으로 데려갔어. 그리고 매트리스 없는 오래되고 낡은 침대 프레임에 나를 묶었어. 성경으로 내 이마를 짓누르고, 돌아가면서 내 귀에 대고 큰 소리로 성경을 읽었어. 성경을 읽다가 얼굴이 빨개질 정도로 지치면 다음 사람이 교대했지. 몇 시간 동안 그렇게 했어. 그러고 나선 성수로 가득 찬 욕조에 나를 밀어 넣었어. 물속에서 못 나오게. 10초나 30초, 아니면 1분 동안. 그걸 계속 반복했어."

"맙소사," 에마가 말했다. 에마는 눈물이 왈칵 터지려는 걸 겨우 참았다.

"밤에는 나를 지하실에 가뒀어. 내 옷과 신발을 전부 벗기고 방울뱀 한 마리를 풀었지. 그 짓을 3일 내내 했어."

"어떡해, 아빠."

"나처럼 자라면 말이야, 맨슨 같은 곳에서, 그들이 믿는 신의 감시를 받으며 자라다 보면… 어쩔 수가 없었어, 에마. 그래 맞아. 트래비스를 사랑해. 하지만 트래비스를 사랑하는 나 자신을 증오해."

두 사람 앞에 이름 없는 비포장도로가 나왔다. 고속도로와 비포장도로가 만나는 곳에 빛으로 향하는 길이라고 쓰인 표지판이 걸려 있었다. 그 도로 끝에 빛 안의 교회가 있었다. 납작한 파형 지붕을 얹은 키 작은 콘크리트 건물이었다. 첨탑도, 스테인드글라스도 없었다. 이 건물을 교회처럼 보이게 하는 유일한 장식은 손으로 칠을 하고 입구 위에 달아놓은 작은 십자가상뿐이었다.

두 사람은 자동차와 픽업트럭, 오토바이로 가득 찬 주차장에 들어섰다. 건물 안에서 음악 소리가 꽝꽝 울렸다.

"여기서 기다려." 잭이 말했다.

"싫어."

"안에 뱀이 있을 거란 말이야. 뱀 아니면 전갈이 있을 수도 있어. 게다가 성령이 충만한 사람들로 바글바글하다고. 바로 나올게. 들어가서 얼른 엄마만 데려올게. 진짜야."

"엄마에 대해 뭘 알아낸 건데?" 에마가 물었다.

잭은 대답하지 않았다. 그 대신 차에서 내려 교회 쪽으로 걸어갔다. 에마는 1분도 채 기다리지 않고 아빠의 뒤를 따랐다.

빛 안의 교회에는 거의 백여 명의 광신도들이 모여 있었다. 엄마는 성령, 아빠는 집단 히스테리라고 부르는 것이 건물 안에 가득했다.

입구 옆 테이블에는 나무로 된 커다란 헌금함이 있었다. 우리의 전부를 주님께, 낼 수 있는 만큼을 빛 안의 교회에라는 글귀가 상자 옆에 새겨져 있었고, 뚜껑에 난 틈에 현금이 잔뜩 꽂혀 있었다.

여섯 명으로 구성된 블루그래스 밴드가 교회 뒤편에서 빠른 속도로 음악을 연주했다. 연주자들은 하나같이 새하얀 옷을 입었고 아무도 신발을 신지 않았다. 밴드 위에 달린 현수막에 맨발의 예언자들이라고 쓰여 있었다.

밴드 앞쪽 통로는 사람들이 춤을 출 수 있도록 비워져 있었다. 아침마다 숲길에서 프렌치푸들을 산책시키던 빌리 웨인이 그곳에서 황갈색 독사 주위를 맴돌며 맨발로 춤을 추었다. 빌리는 흰색 면바지를 무릎까지 접어 올린 채 미친 사람처럼 웃어댔다. 가끔 뱀이 귀찮은 듯 빌리에게 덤벼들었지만 그럴수록 빌리는 더욱더 깔깔 웃었다. 빌리는 옆으로 두 손을 꽉 맞잡고 제자리를 빙빙 돌았다.

깜짝 놀란 에마가 뒤로 물러섰다. 에마는 뱀이 싫었고 한 번도 뱀을 좋아해 본 적이 없었다. 지금보다 어렸을 때, 열 살이나 열한 살 때쯤 교회를 알고 싶었던 에마가 뱀을 만지는 느낌이 어떻냐고 엄마에게 물었다.

"뱀의 피부는 가죽처럼 뻣뻣해." 몰리가 에마에게 말해주었다. "처음에는 긴장이 밀려와. 첫 하강을 앞둔 롤러코스터에 탄 것처럼 말이야. 그러다 확 열이 달아오르지. 그러면 주님의 뜨거운 숨결에 휩싸인 것 같아. 살아 있는 기분이랄까. 주님께 가까워진 기분, 아주 가까워서 손만 뻗으면 닿을 듯한 기분. 나한테 뱀을 만진다는 건 그런 느낌이야."

여기 엄마의 세계에서 아빠를 찾아 북적거리는 신도 사이를 헤치고 지나가면서, 에마는 커다란 공포를 느꼈다.

아는 얼굴이 많이 보였다. 에마가 여름 동안 약국에서 출납원으로 일할 때 만난 사람, 크리스마스에 할머니 집에서 본 사람, 맨슨을 돌아다니면서 지나친 사람도 있었다. 모르는 사람은 훨씬 더 많았다. 익숙하지만 어딘가 크게 잘못된 악몽에서 걸어 다니는 듯했다.

웬트 약국의 단골인 패스티 할콤은 통로에서 다이아몬드 무늬 방울뱀을 머리 위로 들고 거칠게 흔들었다. 저쪽 끝에서는 세련된 붉은색 염소수염을 기른 거대한 남자가 노련한 바텐더처럼 우윳빛 액체를 잔에 따르는 중이었다. 남자가 그중 한 잔을 마시고 경련을 일으켰다. 한 커플이 앞에서 기다렸다가 뱃사람처럼 액체를 꿀꺽 들이켰다. 다음은 남자 두 명의 차례였다. 그중 한 명이 비명을 지르며 액체를 들이켰다. 두 번째 남자는 액체를 마시자마자 쓰러져서 무릎을 꿇고 거칠게 숨을 헐떡였다.

교회 내부는 사람이 지나치게 많고 지나치게 시끄러웠다.

한 덩치 큰 남자(에마는 남자의 이름이 허셸 어쩌구라는 걸 기억해냈다)가 방언을 했다. 남자의 입에서 뜻을 알 수 없는 말들이 흘러나왔다. "더치에 노 노 하이밸모, 추 추 마나. 예수 그분의 이름 예수 그분의 이름!"

아빠 약국 건너편에 있는 식료품점 홈푸드에서 여러 번 만났던 수지 리터백이 에마 옆으로 쌩 지나갔다. 리터백은 두 손으로 방울뱀 한 마리를 꽉 쥐고 있었다.

에마는 계속 나아갔다. 사람들 사이에서 아빠를 발견하고 발걸음을 더욱 재촉하려는데, 한 손이 에마의 팔을 붙잡았다. 하얀 리넨 셔츠를 입고 흰색 페도라를 쓴 뚱뚱한 남자였다. 에마는 남자의 이름은 몰랐지만 며칠 전 집에 찾아온 사람이라는 건 알았다. 그때는 아빠의 친구일 거라고 생각했는데, 여기서 만난 걸 보니 아빠 친구는 아닌 것 같았다.

"에마?" 남자가 말했다. "너 여기 있는 거 엄마가 아시니?"

에마는 대답 없이 남자의 손을 떨쳐낸 후 사람들을 뚫고 댄스플로어까지 나아갔다.

에마가 선 자리에서 2미터도 채 떨어지지 않은 곳에 누군가가 방울뱀 한 마리를 떨어뜨렸다. 에마는 비명이 터져 나올 뻔했지만 겨우 참았다. 그러나 블루그래스 밴드의 음악 소리가 매우 시끄럽고 끈질겨서 비명을 질렀다 해도 아무도 듣지 못했을 것이다.

에마는 사람들의 얼굴을 훑으며 아빠, 심지어 엄마를 찾아 헤맸지만 두 사람은 보이지 않았다. 괜찮았다. 잭이 곧 자기 위치를 알렸기 때문이다.

"크리치!" 아빠의 목소리가 교회 천장에 반사되어 메아리쳤다.

에마의 눈에 먼저 데일 크리치 목사가 들어왔다. 목사는 뱀이 없는 키 큰 유리 테라리움 옆에 서 있었다. 무심한 듯 반항적인 가죽 재킷을 입은 목사는 깜짝 놀란 얼굴이었다. 그때 에마가 아빠를 찾았다. 에마의 왼쪽에서 나타난 잭은 주먹을 꽉 쥐고 교회를 가로질러 그대로 크리치의 턱을 가격했다.

목사가 뒤로 휘청 넘어갔다가 무릎으로 털썩 쓰러졌다. 목사의 손이 곧장 턱으로 향했고 두 눈알이 툭 튀어나왔다.

잭은 목사 옆에 섰다. 이마의 핏줄에서 맥박이 뛰는 게 보였다. "이 광신자, 너 뭘 어떻게 한 거야?"

일제히 입을 틀어막는 소리가 교회 안을 휩쓸었다. 맨발의 예언자들의 연주 소리가 뚝 끊어지자 교회는 찬물을 끼얹은 듯 고요해졌다.

"잭?" 크리치가 아픈 턱을 움직여보며 말했다. "여기는 예배당입니다. 뭐에 화가 난 것 같은데, 밖에서 얘기합시다."

"새미를 교화하다 잘못된 거야? 그런 거냐고?"

"장담하는데, 난 당신이 무슨 말을 하는지 전혀 몰라요."

"성경을 애 머리에 너무 세게 짓눌러서 그 작은 머리가 부서지기라도 한 거야?"

주변에 몰려든 사람들 사이에서 점차 웅성거리는 소리와 고함이 들려왔다. 교인들은 수가 압도적으로 많았다. 에마는 아빠를 말리고 싶었다. 아빠의 팔을 붙잡고 밖으로 끌고 나가고 싶었다. 하지만 발이 움직일 생각을 하지 않았다. 에마는 마비되어 있었다. 공포가 아니라 분노에.

아빠의 말이 사실이라면, 저 남자와 교회가 새미의 실종과 관련이 있다면…

그러면 엄마도 관련이 있는 거야. 에마는 생각했다.

크리치가 자리에서 일어나 재차 설명했다. "잭, 제발 이러지 말아요. 지금 말도 안 되는 소리를 하는 거예요."

"성수에 애 머리를 너무 오래 넣었어? 아니면 어둡고 뱀이 득실거리는 방에 애를 맨발로 넣어서-"

"이분을 재단하지 마십시오." 크리치가 광신도들을 향해 목소리를 높여 말했다. 사람들이 두 사람을 둘러싸고 점점 동요했다. "이분은 힘든 시기를 지나고 있습니다. 이 사람의 근거 없는 비난이 잘못된 방향을 향하더라도, 우리는 이 사람의 입장에 서서 그 고통을-"

잭이 또다시 주먹을 날렸다. 잭의 주먹이 크리치의 얼굴을 강타했다. 그대로 충격을 흡수한 크리치는 한 손을 들어 사람들을 진정시킨 후 마룻바닥에 피를 뱉었다. 에마는 부러진 이가 바닥에 부딪혀 튀어 오르는 소리를 들은 듯했다.

"이분을 재단하지 맙시다," 크리치가 다시 한번 말했다. 턱 밑으로 피가 줄줄 흐르고 있었다. "이 사람은 자기가 뭘 하는지 모릅-"

잭이 다시 한번 주먹을 날리려는데 하얀색 페도라를 쓴 남자가 뒤에서 잭을 덮쳤다. 순식간에 잭은 바닥에 얼굴이 짓눌린 채 엎드려졌다. 잭이 날뛰면서 몸을 뒤집었지만 거구의 남자가 움직이지 못하도록 잭의 등을 무릎으로 강하게 내리눌렀다.

"이거 놔, 버디!" 잭이 울부짖었다.

"이러면 안 돼, 잭."

"저 자식이 새미를 죽였어, 버디! 저 자식이 우리 애를 죽였다고! 이거 놔! 이거 좀-"

"우리 아빠한테서 당장 떨어져!" 에마가 소리를 질렀다. 이제 에마의 두 발이 움직였고 속도가 점점 빨라졌다. 에마는 마구 비명을 지르면서 사람들 사이에서 튀어나와 버디의 등 뒤로 덤벼들었다. 에마의 깡마른 두 팔이 버디의 목을 휘감았다. 버디가 두 발로 일어섰다가 다시 한쪽 무릎을 꿇고 주저앉았다.

잭이 재빨리 자리에서 일어났다. "에마, 멈춰, 그만둬!"

하지만 에마는 그만두지 않았다. 두 팔로 버디의 목을 더 강하게 조르고 불룩 튀어나온 버디의 배를 두 발로 꽉 옥죄었다. 사람들이 앞으로 쏟아져나와 에마를 붙잡았다. 발을 구르고 고함을 치며 에마를 잡아당겨 버디에게서 떼어놓으려 했다.

에마가 다시 비명을 질렀다. 분노가 온몸을 휘감는 것이 느껴졌다. 뜨겁고 강렬한 분노였다.

에마는 펀디들의 손을 밀치고 때리며 맞서 싸우다 뒤로 떨어졌다. 바닥에 세게 부딪친 뒤 오른쪽을 보니 1미터도 떨어지지 않은 곳에 방울뱀 한 마리가 보였다. 뱀은 겁에 질려 몸을 최대한 똘똘 만 채 방울 소리를 냈다. "이런 빌어먹을-"

"이제 그만해!"

사람들 사이를 뚫고 갑자기 몰리가 나타났다. 콧구멍이 잔뜩 벌어져 있었고 두 눈이 잭과 에마 사이를 바삐 오갔다. "뭐야? 여기서 지금 뭐 하는 거냐? 어떻게 감히 내 교회에 와서-"

"제발 좀, 엄마, 이건 교회가 아냐," 에마가 바락바락 소리를 질렀다. 하지만 말을 하는 건 에마가 아니었다, 분노였다. 악마였다. "이건 사이비야! 엄만 사이비라고! 여길 좀 봐! 엄만 사이비에 빠진 거야! 당신들 다 사이비야! 당신들 다 사이비라고!"

몰리가 잭에게 달려갔다. "에마 데리고 나가, 잭. 애 데리고-"

그때 몰리가 말을 멈췄다. 잭이 흐느껴 울고 있었다.

에마도 입을 닫았다. 갑자기 분노가 온몸에서 싹 빠져나갔다. 그 순간 아빠는 아주 작고 연약해 보였다.

"여기서 뭐 하는 거야, 잭." 몰리가 당황해서 빨개진 얼굴로 말했다.

"그냥 말해줘." 잭이 말했다. "제발. 그냥 사실대로 말해줘."

"뭘 말해달란 거야?"

"새미가 죽었는지. 새미가 가버린 건지."

밖은 훨씬 조용했다. 크리치는 두 남자와 입구에 서서 이쪽을 감시했다. 에마는 아빠와 함께 피크닉 테이블의 의자에 앉아 있었다. 아빠는 침울해져 아무 말이 없었다. 엄마는 두 사람 옆에서 두 손을 골반에 짚고 서 있었다.

세 사람은 오랫동안 말이 없었다. 한 줄기 바람이 버지니아 소나무들 사이를 지나며 바스락대는 소리를 냈다. 바람을 타고 날아온 고기 썩는 냄새에 에마는 죽은 것들을 떠올렸다. 몰리도 냄새를 맡았는지 몸을 돌려 공기를 들이마셨다.

잭이 오른손을 문질렀다. 지난 며칠간 여러 번 주먹을 날린 손이었다. 잭이 입술을 적시고 작은 목소리로 말했다. "어떻게 우리 애 안에 악마가 있다고 믿을 수 있어."

"교회에서 새미를 데려간 게 아냐, 잭." 몰리가 한 손으로 얼굴을 비비다 머리카락을 뒤로 넘기며 말했다. 희미한 달빛 아래에서 몰리는 어쩐지 늙어 보이기도 하고 젊어 보이기도 했다. "당신 너무 오랫동안 교회에서 멀어져 있었어."

"그게 무슨 뜻이야?"

"난 그저 새미를 돕고 싶었단 뜻이야. 난 새미를 치유하려고 했어. 그런데 다른 사람이 먼저 새미를 데려갔어. 그러지 않았다면 아마… 내가 애를 고쳐서 우리 모두 다시 행복해졌을 거야. 그걸 당신도 봤을 거라고."

"다 내 잘못이야." 잭이 말했다. "내가 너무 오랫동안 당신한테 화만 냈어, 몰리. 당신이 변해서, 당신이 여기에 푹 빠져서 화가 났어. 내 잘못이야. 날 만나지 않았다면 당신은 이 교회를 몰랐을 거야. 알게 됐다 해도 그렇게 두 팔 벌려 받아들이진 않았겠지."

두 사람은 서로에게 소리 지르지 않았다. 에마에겐 싸움으로 느꺼지지도 않았다. 두 사람의 말투는 부드럽고 차분했다.

이제 끝이구나. 에마는 생각했다. 이젠 싸우지도 않는 거야. 이게 우리 가족의 끝이야.

"잭, 당신이 내게 이곳을 알려준 거야." 몰리가 바람 소리보다 그리 크지 않은 목소리로 말했다. "이곳이 내 집이고, 내 안전망이야. 당신이 나한테 준 거야. 이 사람들은 내 가족이야."

"우리가 엄마의 가족이었어야지." 에마가 말했다.

"미안해, 에마." 몰리가 말했다. "네가 여기 이렇게 있어선 안 됐는데."

"왜 크리치한테 간 거야?" 잭이 물었다. "왜 나한테 말하지 않았어?"

"당신이 듣고 싶어 하지 않았으니까."

"크리치는—"

"데일은 내가 가장 힘들 때 내 곁에 있어 줬어."

"당신을 조종한 거겠지."

"멋대로 말하지 마." 몰리가 말했다. "저마다 다른 양동이로 우물물을 퍼 올리는 거야."

에마는 다시 무슨 말을 하고 싶었지만, 입이 너무 건조했다. 얼굴에서 눈물이 하염없이 흘러내렸다. 에마는 하늘을 올려다봤다. 온 세상이 전보다 더 작게 느껴졌다.

"이걸로 끝이야." 잭이 말했다. "지금 여기 우리 둘만 있었다면 내가 당신을 죽였을지도 몰라. 저 사람들이 보든 말든 상관없었을 거야." 잭이 이쪽을 쳐다보는 크리치와 두 남자를 가리켰다. "하지만 우리 딸이 보는 건 싫어."

"집에 가, 잭." 교회 쪽에서 누군가가 말했다. 자그마한 여성이 고개를 꼿꼿이 들고 잔디밭을 가로질러 이쪽으로 걸어왔다. 에마의 할머니, 샌디였다. 에마는 당장 뛰어가서 할머니를 때려눕힐까 생각했다. 갑자기 엄청난 피로가 밀려들지 않았다면 정말 그럴 수도 있었다.

잭이 자리에서 일어섰다. "내가 당신을 위해 더 열심히 싸웠어야 했는데. 이제 당신은 저들 편이네. 너무 멀리 가버렸어."

"잘 가, 잭." 몰리가 말했다.

"안녕, 몰리." 잭이 에마 쪽으로 고개를 돌렸다. "가자. 집에 갈 시간이야."

켄터키, 맨슨

현재

스튜어트의 호텔 방에서 앞뒤로 왔다 갔다 서성이는데 내가 손톱을 물어뜯는 걸 깨달았다. 맨슨에 오기 전에는 없던 습관이었다. "베키 크리치와 캐럴 리미는 동일 인물이에요. 다 맞아떨어져요. 그게 맞는 것 같아요."

"내일 데일 크리치한테 가서 캐럴 사진을 보여줍시다." 스튜어트가 말했다. "너무 앞서가지는 말아요. 확실한 것도 아니잖아요."

스튜어트는 침대에 현자처럼 책상다리를 하고 앉아 있었다. 노트북 화면의 불빛 때문에 얼굴이 새하얗게 보였다.

"틀림없이 동일 인물이에요." 내가 서성거리고, 서성거리고, 또 서성거리며 말했다. "온라인에 베키 크리치 사진이 하나도 없어요. 이상하지 않아요?"

"꼭 이상하다고 볼 수만은 없어요. 인터넷이 생기기 훨씬 전에 결혼해서 남편 성으로 바꿨을 수도 있잖아요."

"그럼 상처는요?"

"사람들은 다 상처가 있어요, 킴."

"같은 자리에요? 그건 엄청난 우연의 일치인데요."

"당신 말이 틀렸다는 게 아니에요. 내가 하고 싶은 말은, 마음을 좀 가라앉히라는 거예요. 초반에 너무 흥분하면 안 된다는 걸 나도 힘들게 배웠어요. 킴을 만나기 전에 드디어 새미를 찾았다고 생각한 적이 얼마나 많았는지 알아요?"

나는 또다시 손톱을 깨문다는 걸 알아차리고 억지로 손을 입에서 뗐다. 그다음 스튜어트의 미니바에서 맥주 한 병을 꺼내 발코니로 이어지는 유리 미닫이문 앞에 섰다. 맨슨에 내려앉은 완벽한 어둠이 나를 놀라게 했다. 10분 전만 해도 이 창문 너머로 광활하고 험준한 산맥이 보였다. 이제 보이는 거라곤 창문에 비친 내 모습뿐이었다.

"게다가," 스튜어트가 말했다. "동기가 없어요. 베키 크리치가 왜 새미를 납치했겠어요? 아니, 다시 말할게요. 베키 크리치가 왜 새미를 납치해서 오스트레일리아로 건너가 가짜 신분을 얻어 자기 딸처럼 당신을 키웠겠어요?"

스튜어트 말이 맞았다. 엄마는 현실적이고 합리적인 사람이었고, 내가 아는 한 결코 미친 사람이 아니었다. 하지만 내가 엄마를 얼마나 잘 안다고 할 수 있을까? 엄마가 죽는 날까지 숨긴 이처럼 큰 비밀은 보통내기가 아니고서야 절대 간직할 수 없었다.

"어쩌면 그럴 만한 충분한 이유가 있었을지 몰라요." 내가 말했다.

"예를 들면요?"

"글쎄요."

"예를 들면, 아이를 제 엄마한테서 구해내고 싶었다?"

"그런 뜻은 아니었어요."

"킴은 지금 캐럴의 행동을 정당화하고 싶어서 시나리오를 지어내고 있어요." 스튜어트가 말했다. "그럴 수 있어요. 이해해요. 하지만 캐럴을 영웅으로 만들려고 우리 엄마를 악당으로 만들 필요는 없잖아요." 스튜어트가 노트북을 쾅 닫았다.

나는 맥주를 한 모금 마시며 침대 가장자리에 앉았다. "미안해요. 그분을 한 번밖에 안 뵈었는데. 아, 내 기억 속에서 한 번이네요. 그저 제 눈에 그분은…"

"완전히 미친 사람 같았다고요?"

"슬퍼 보였어요."

스튜어트가 내 맥주를 쳐다보았다. "나도 한 병 줄래요?"

나는 그렇게 했다. 스튜어트가 맥주를 마시며 다리를 쭉 폈다. "이해를 좀 해줘요, 킴. 엄마가 늘 이랬던 건 아니에요. 원래는 생기 넘치는 사람이었어요. 재미있고, 인내심 있고, 친절하고, 아름다운 사람이었어요. 심지어 교회가 엄마를 더 좋은 사람으로 만들어준 시절도 있었어요. 교회가 엄마를 통제하기 전에요."

"그런데 내가 사라지고 나서 모든 게 바뀌었나요?"

"사실, 킴이 태어나고 나서 모든 게 바뀌었어요. 확실하진 않지만 내 생각에 엄마는 산후 우울증을 앓았던 것 같아요. 그때는 어려서 그게 뭔지 잘 몰랐어요. 엄마가 확실한 진단을 받은 것도 아니고요. 그렇지만 아홉 살짜리의 눈에도 뭔가가 잘못되고 있다는 게 분명히 보였어요."

스튜어트가 잠시 말을 멈추고 맥주를 한 모금 마셨다. 다시 이야기를 시작했을 때 스튜어트는 거의 혼잣말을 하는 듯했다. "아버지도 분명히 아셨을 거예요. 그냥 무시한 게 확실해요. 그냥 무시한 게 아니라 오히려 엄마한테 화를 내셨죠. 아버지가 엄마 얘기를 들어줬다면, 엄마를 도와줬다면 모든 게 달라졌을지도 몰라요. 나도 내 동생과 함께 자랄 수 있었을지 모르죠."

"스튜어트, 산후 우울증이 고통스럽긴 하지만 그건 기분 장애예요. 상담을 받거나 항우울제를 먹거나 남편이 곁에 더 있어 줬다면 도움이 됐겠지만, 그랬다고 해도 다른 사람이 집에 침입해서 나를 데리고 가는 걸 막진 못했을 거-"

스튜어트 쪽을 돌아보니 스튜어트가 울고 있었다.

"스튜어트, 괜찮아요?"

스튜어트가 양쪽 손바닥으로 눈물을 훔쳤다. 그러더니 침대 바깥으로 다리를 내놓고 똑바로 앉아 두 번 만에 맥주를 비웠다.

"집에 침입한 사람은 아무도 없어요." 스튜어트가 나지막이 말했다.

"…네?"

"아무한테도 말한 적 없는 얘기예요." 스튜어트가 심호흡을 하

고 다시 차오르는 눈물을 참으며 말했다. "심지어 클레어한테도
말 안 했어요."

"스튜어트, 무슨 말이에요? 집에 침입한 사람이 아무도 없다니
요?"

"… 1990년 4월 3일 화요일, 그러니까 새미가 사라진 날, 나는
감기 때문에 학교에 안 가고 집에 있었어요. 사실 학교에 갈 수 있
었는데 우겨서 하루를 더 쉰 거예요. 에마는 학교에 가고 아빠는
약국에서 일할 때 집에 있는 게 좋았거든요. 그러면 엄마를 독차
지할 수 있었으니까요."

나도 동생과 함께 자라서 스튜어트의 말뜻을 정확히 이해할 수
있었다.

"물론 집에 새미가 있긴 했지만 그건 괜찮았어요. 새미를 좋아
했으니까요. 진심이에요. 당신은 기억 못 하겠지만 새미는 나를
정말로 좋아했어요. 가는 방마다 나를 따라다녀서 대부분의 시간
동안은 새미를 막을 수 있었-"

"뭘 막아요?"

"엄마를 방해하는 걸요. 새미는 다루기 쉬운 아이가 아니었어
요. 물론 겨우 두 살이긴 했지만, 특히 까다로운 아이였어요. 늘 관
심을 줘야 했어요. 또, 다른 아기들이 그렇듯이 가끔씩 특히 기분
이 안 좋은 날이 있었어요."

"그날도 그런 날 중 하나였어요?"

스튜어트는 내게서 등을 돌린 채 맥주병에 붙은 라벨을 뜯어내
고 손가락으로 맥주병 입구를 어루만졌다. "그날 새미는 아주 제

멋대로였어요. 피곤했는지 짜증을 내서 언제나처럼 내가 새미를 막으려고 했어요. 그날 엄마는 한계에 다다른 상태였어요. 가끔 엄마는 새미한테 크게 화를 냈어요. 새미한테 화가 나면 나한테도 쌀쌀맞아졌죠. 엄마는 새미를 위층으로 데리고 올라가서 방에 넣어놓고 문을 닫았어요. 새미는 방문을 닫는 걸 싫어했어요. 엄마가 안방 침대에 누운 후에도 새미는 계속 울어댔어요. 난 엄마가 깨지 않았으면 했어요."

스튜어트가 빈 맥주병을 바닥에 내려놓았다. "엄마는 나한테 새미를 그냥 내버려 두라고, 그냥 지치게 두라고 했지만 새미는 죽어라고 악을 써댔어요… 그래서 몰래 새미 방으로 들어갔죠. 달래려고요. 봄이어서 아기 새가 전부 밖에 나와 있었어요. 새미 방 창문 바로 옆에 커다란 풍나무가 한 그루 있었는데, 거기에도 새 둥지가 하나 있었어요. 북부홍관조. 새미가 가장 좋아하는 새였죠."

순간 머릿속에 빨갛고 작은 새의 이미지가 떠올랐다. 난 그저 북부홍관조의 이미지를 기억해낸 걸까, 아니면 그날의 기억이 떠오른 걸까?

"내가 창문을 열었어요. 새소리가 더 잘 들리게 하려고. 그런데 새미는 더 가까이 가고 싶어 했어요. 그래서 내가…" 스튜어트가 말을 끊고 숨을 들이쉬었다. 아랫입술이 바들바들 떨리고 있었다. "…그래서 내가 새미를 데리고 나갔어요. 앞마당에 있는 풍나무 아래로요. 새미는 아빠 쌍안경으로 새 둥지를 보고 싶어 했어요. 새미는 아빠 쌍안경을 '아빠의 긴 안경'이라고 불렀어요. 그때 쌍안경은 집 안에 있었어요."

스튜어트는 내 쪽을 보지 못했다. 아마 나를 봤더라도 얼굴을 타고 흘러 수염에 맺힌 눈물 때문에 앞을 제대로 보지 못했을 것이다. "겨우 5분이었어요, 킴. 맹세해요. 시발, 겨우 5분이었다고요. 다시 돌아왔을 땐…"

"…내가 사라지고 없었군요." 내가 말했다. "왜 아무한테도 말하지 않았어요?"

"왜냐하면, 난 아홉 살이었고, 무서웠고, 문제를 일으키기 싫었고… 한편으로는 안도하기도 했으니까요."

마지막 말이 댐을 무너뜨렸다. 스튜어트는 고개를 무릎 사이에 파묻고 한없이 엉엉 울었다. 마치 어린아이 같았다. 28년간 그 죄책감을 안고 살아온 것이었다. 그 안에서 죄책감이 얼마나 커지며 곪아왔을지 나는 상상만 할 수 있을 뿐이었다.

"새미야, 내가 미안해." 스튜어트가 호흡을 가다듬으려 애쓰며 말했다. 코에서 콧물이 흘러내렸다. 스튜어트가 바닥에 주저앉아 두 손으로 얼굴을 감쌌다. 다시 아홉 살이 된 듯했다.

"괜찮아요." 무어라 말하고 싶었지만 말들이 입안에서 끈적하게 고였다. 스튜어트 옆에 앉아 한 손으로 스튜어트의 어깨를 붙잡았다. 스튜어트가 주춤하더니 몸을 부들부들 떨었다. 나는 스튜어트의 어깨를 붙잡고 가까이 끌어당겼다. "…괜찮아요, 스튜. 다지난 일이에요. 어린아이였잖아요. 그땐-"

"그러지 마요." 스튜어트가 나를 떼어놓고 재빨리 자리에서 일어나며 말했다. "괜찮지 않아요. 아주 조금도 괜찮지 않다고요."

"아주 오래전 일이에요, 스튜어트." 내가 말했다.

"그만둬요."

"아홉 살이었어요."

"그만하라고 했어요."

"스튜어트-"

"그럴 생각 말아요, 킴." 스튜어트가 말했다. "감히 날 봐줄 생각 하지 말아요."

"이봐요-"

"그건 내가 원하는 게 아니에요. 난 용서를 바라지도 않고 용서 해준다 해도 내가 받아들이지 않을 거예요."

스튜어트는 문을 쾅 닫고 화장실로 들어갔다. 나의 부재로 상처 입은 사람들, 삶이 망가진 사람들, 그동안 그들이 흘렸을 눈물을 생각했다. 그 모든 게 전부 한 사람 때문이었다. 캐럴 리미. 베키 크 리치.

방문 옆 화장대 위 은색 그릇에 스튜어트의 자동차 열쇠가 있었 다. 나는 열쇠를 집어 들고 밖으로 향했다.

빛 안의 교회는 맨슨 시내 경계의 바로 바깥에 있었고 어둠이 내려앉은 현실에서는 물론이거니와 지도에서조차 찾기가 힘들었 다. 핸드폰 GPS 화면에는 새까만 들판 한가운데에 파란 점이 떠 있었다. 운전을 하는 15분 동안 다른 차는 한 대도 보이지 않았다.

이름 없는 비포장도로가 나왔다. 흙바닥에 떨어진 손으로 직접 그린 표지판에는 빛으로 향하는 길이라 쓰여 있었다. 그쪽으로 방 향을 꺾어 800미터 정도 더 들어갔다. 머리 위 나무들이 안쪽으로 아치를 이루며 하늘을 가렸다. 이 길은 한낮에도 분명히 어둠에 싸여 있을 것 같았다.

스튜어트의 프리우스 자동차 앞으로 넓은 공터가 나타나자 운전석에 달빛이 쏟아지며 으스스한 익숙함이 온몸을 휘감았다. 입구 위에 빨간색 십자가가 그려진 넓고 키 작은 건물이 공터 한가운데에 우뚝 자리 잡고 있었다. 교회에서 약 30미터 떨어진 곳에 창문이 하나도 없는 또 다른 건물이 있었다. 그 안에서 빛이 새어 나왔다.

바닥이 질척한 주차장에 진입해 출구 쪽을 향해 주차하고 차에서 내렸다. 다른 차량은 윤이 나는 검은색 야마하 오토바이뿐이었다. 오토바이 엔진은 아직 따뜻했고 여전히 딸깍거리는 소리가 났다.

"안녕하세요." 내가 들어오는 소리가 들린 게 분명했다. 데일 크리치가 왼손에 뱀 한 마리를 들고 작은 건물에서 나와 잔디밭을 가로질러 이쪽으로 걸어왔다.

나도 모르게 뒷걸음을 치다가 크리치의 오토바이를 넘어뜨릴 뻔했다. 오토바이는 잠시 흔들거리다 다시 제자리에 꼿꼿이 섰다.

크리치가 웃음을 터뜨렸다. "아, 애니를 너무 신경 쓰지 마세요. 겉모습은 뱀이지만 내면은 아기 고양이랍니다. 한번 만져볼래요?"

크리치는 오빠가 거미로 어린 여동생을 놀리듯이 뱀을 내게 내밀었다. 뱀이 크리치의 손바닥에서 귀찮은 듯 몸을 똘똘 말았다. 뱀은 통통하고 짧았고, 달빛 아래에서는 회색으로 보이는 다양한 갈색 계열의 무늬를 띠었다. 머리는 크리치의 엄지에 가려 보이지 않았지만 꼬리 끝에 달린 방울은 보였다. 다행히 방울에선 아무 소리도 나지 않았다.

"아뇨." 내가 말했다.

크리치가 오른손으로 뱀을 쓰다듬으며 말했다. "다시 만나니 반갑군요, 킴. 아니, 오늘은 새미인가요?"

"아직 킴이에요." 내가 말했다.

크리치가 한 걸음 다가왔고 나는 크리치의 손안에 든 방울뱀을 쳐다보며 다시 한 발짝 물러섰다. "그럼 난 애니를 재우고 커피를 좀 내려올게요." 크리치가 교회 쪽을 가리키며 말했다. "안에 들어가 있어요, 곧 따라갈 테니."

크리치는 작은 건물을 향해 어둠 속으로 걸어 들어갔다. 그곳에 뱀을 보관하는 듯했다. 축축한 잔디 위에 크리치의 발자국이 남았다. 크리치는 아무것도 신지 않은 맨발이었다.

환한 형광등 아래에서 교회 내부는 누렇게 보였다. 촛불과 그림자가 가득한, 어둑어둑한 예배당을 상상했지만 내부는 휑하고 깨끗하고 현대적이어서 오히려 주민 센터에 더 가까워 보였다. 멀리 벽 앞에 플라스틱 의자 백여 개가 차곡차곡 쌓여 있었다. 옛날에는 저 의자를 다 사용했을 테다. 샌디 웬트의 말이 사실이라면 이제 교회에는 소수의 교인밖에 남지 않았다.

맨 앞에는 연단 대신 키 큰 유리 테라리움이 있었고, 그 안에 붉은색 모래가 깔려 있었다. 다행히 뱀은 없었다. 나는 테라리움 가장자리에 손을 얹고 서서 신의 이름으로 독사와 함께 춤춘다는 건 어떤 느낌일지 상상해보려 했다.

뒤에서 교회 문이 열렸다. 크리치 목사가 서 있으리라 생각하며 고개를 돌렸다. 그러나 눈에 보인 건 크리치 목사가 아니라 그림자 사내였다. 내 악몽 속 주인공이 교회 문 바깥에 서서, 소름 끼치도록 길고 가는 팔을 양옆에 축 늘어뜨리고 있었다.

폐에서 공기가 전부 빠져가는 듯했다.

교회의 불빛 아래로 들어온 그림자 사내는 데일 크리치가 되었다. 먼지투성이인 청바지를 입고 맨발로 선 크리치는 한 손으로 김이 나는 유리 커피포트를 들고 있었다. 그 순간 내가 여기 온 것을 아무도 모른다는 사실을, 스튜어트조차도 알지 못한다는 사실을 깨달았다.

크리치가 미소를 지었다. "디카페인 커피 괜찮아요?"

우리는 한쪽 구석에 있는 테이블에 앉았다. 크리치가 컵 두 개에 커피를 따랐다. 교회는 이상할 정도로 조용했다. 크리치가 귀뚜라미들에게 더 이상 울지 말라고, 바람에게 더 이상 불지 말라고 명령한 것 같았다.

"그래서," 크리치가 말했다. "오늘 이곳에 온 이유가 뭔가요?"

"뭘 좀 봐주셨으면 해서요." 나는 지갑에서 여권 크기의 캐럴 리미 사진을 꺼냈다. 암 진단을 받기 전이었던 2007년경에 눈을 배경으로 찍은 사진이었다. 사진 속에서 엄마는 빨간색 모직 모자를 푹 눌러쓰고 활짝 웃었다. 커다란 초록색 파카 때문에 상체가 동그란 덩어리 같았지만, 엄마는 행복하고 생기 넘쳐 보였다. 정말 우리 엄마 같았다.

크리치에게 사진을 건네줄 때 퍼즐의 마지막 조각이 곧 제자리를 찾으리란 예감이 들었다. 이제 크리치가 캐럴이 자기 동생 베키라고 말한다면, 루빅큐브를 다 맞추듯 모든 게 들어맞을 터였다. 나는 오스트레일리아에서 스튜어트가 내게 접근했을 때, 서류철을 열어 새미 웬트의 사진을 내 앞으로 들이밀었을 때도 이런 기분이었을까 궁금했다.

"누군지 아시겠어요?" 내가 물었다.

크리치가 사진을 들여다보았다. 크리치의 반응을 살폈지만 크리치는 아무런 반응도 보이지 않았다. "아니요. 모르는 사람입니다. 유감이네요."

"정말이세요?"

크리치가 다시 사진을 보았다. "확실합니다. 당신 표정을 보니 기대했던 대답은 아닌 것 같군요."

"다시 한번 봐주시겠어요?" 내가 물었다.

"이미 두 번이나 봤습니다만."

"그래도 한 번 더 봐주세요."

크리치가 또다시 사진을 들여다보고는 고개를 저었다. "저는 이 여성분을 한 번도 본 적이 없습니다." 크리치의 목소리에는 아주 작은 의심의 기미도 없었다. 크리치는 사진을 돌려주고 내 시선을 편안하게 받아들였다. 만약 거짓말을 하는 거라면 자신도 그 거짓말을 믿는 듯 보였다. "도와드리지 못해 아쉽습니다. 납치 사건과 관련된 일인가요?"

"요즘도 동생분을 만나시나요, 목사님?"

그때였다. 크리치가 움찔한 것이. 아주 미세한 움직임이었지만 크리치는 분명히 몸을 움찔했다. "제 동생이라뇨?"

"베키요." 내가 말했다.

"베키를 어떻게 아시죠?"

"동생분을 자주 만나시나요?"

"…아니요."

"마지막으로 이야기를 나눈 게 언제죠?"

"제 동생에 대해서는 왜 묻는 겁니까?"

"동생분이 지금도 맨슨에 사시나요?" 내가 물었다. "이사 가셨다고 들었는데요."

"그 얘기는 어디서 들으셨습니까?"

"맨슨을 떠나신 게 맞나요?"

크리치가 커피를 한 모금 마시고 손가락 관절을 꺾으며 마음을 가라앉혔다. 다시 입을 열었을 때 크리치의 목소리는 몰리의 아파트에서 처음 만났을 때처럼 밝고 명랑했다. "베키는 멀리 떨어진 곳에 삽니다."

"거기가 어딘데요?" 내가 물었다.

"뭐 기억나는 게 있습니까?" 크리치가 물었다. "전에 있던 일 중 기억나는 게 있어요?"

"아니요." 내가 말했다.

"여기 왔던 건 기억합니까?"

"저는…"

"그날을 기억하십니까?" 크리치가 갑자기 자리에서 일어났다.

신발을 안 신었는데도 키가 컸고, 어깨도 넓고 팔뚝도 우람했다.

"새미, 당신은 독실한 여성입니까?"

공포가 등골을 타고 오르며 온몸에 소름을 남겼다. "아뇨. 그리고 제 이름은 킴입니다."

"악마를 믿으십니까?"

"아니요."

크리치가 자기 컵에 커피를 가득 따랐다. "가장 높으신 분께 의탁하지 않고 살아가는 것은 괴물이 가득한 깜깜한 바다를 정처 없이 표류하는 것과 같습니다."

'더 깊이 들어갈수록,' 귓가에서 아빠의 목소리가 들렸다. '물도 더 캄캄해지는 거야.'

"새미, 주님은 제 방향키이십니다." 크리치가 말했다. "당신이 믿든 믿지 않든 그 사실에 변함은 없습니다. 주님은 실재하시고 악마 또한 그러하지요. 저는 이 방에서 주님의 임재하심을 강렬하게 느끼는 만큼 악마의 존재도 느낍니다. 난 악마가 여러 가지 형태로 나타나는 걸 봤어요. 그리고 아마 당신도 본 적이 있을 겁니다."

크리치가 한 발짝 걸으며 컵에서 피어오르는 김을 후 불었다. "새미, 악마를 본 적 있습니까?"

"제 이름은 킴이에요."

"악마를 느껴본 적 있습니까?"

"아니요."

"오, 그럴 리가요. 술을 많이 마시는 사람, '책임감 있게 마시라'

는 말을 '한 방울도 흘려선 안 된다'는 말로 이해하는 사람을 안다면 악마를 본 적이 있는 겁니다."

입술이 점점 바짝 말랐다.

"별자리 운세를 보는 사람과 『해리포터』를 읽는 사람, 귀신 부르는 놀이를 하고 낙태를 하고 혼전 섹스를 하는 사람, 비디오게임을 하고 사탄을 암시하는 영화를 좋아하는 사람, 네 아비처럼 동성과 한 침대에 드는 사람을 안다면… 새미 네가 그런 사람들을 안다면, 악마의 기운을 느낀 적이 있는 거다."

크리치의 두 눈이 크게 벌어졌고, 그 안에서 나는 공포를 보았다. 공포와 분노였다. "새미, 난 네가 왜 여기 온 건지 알아."

"이봐요-"

하지만 너무 늦었다. 부드러운 한 번의 몸짓으로, 크리치는 단번에 커피포트를 집어 들어 내 머리에 강하게 내리쳤다.

켄터키, 레드워터

그때

엘리스는 오후 여섯 시 삼십 분에 레드워터에 도착했다. 약속한 시간보다 30분이 일렀다. 엘리스는 개인 소유 자동차인 칙칙한 노란색 닷선을 이탈리아 레스토랑 바라쿠다의 건너편 길가에 세우고 기다렸다.

엘리스에겐 자신이 낸 광고를 보고 연락해온 갈색 금발의 여성 수 비디와의 만남을 취소할 이유가 충분했다. 엘리스가 보기에 몇몇 부하들도 자신이 약속을 취소하지 않음에 유감스러워하는 듯했다. 엘리스는 맨슨에서 벌어진 난장판을 내버려 두고 왔지만, 그 문제는 내일 해결해도 된다고 생각했다. 오늘 밤은 수 비디와 데이트를 하며 세련된 레스토랑에서 피자를 먹고 그녀를 집까지 데려다줄 계획이다. 굿나잇 키스를, 그녀가 허락한다면 입술에다가 하고, 다시 혼자 차를 몰고 집으로 돌아올 것이다.

사실 맨슨이 아닌 곳에서 몇 시간을 보내는 것만으로도 충분히 좋았다. 레드워터는 켄터키 주에서 일곱 번째로 큰 도시로, 맨슨에서 동쪽으로 약 50킬로미터 떨어진 곳에 위치했다. 엘리스는 이곳을 잘 알았다. 옛날에 이모님 한 분이 이곳에 사셨다. 이다 이모님은 현관에서 금방이라도 부서질 듯한 낡은 흔들의자에 앉아 지나가는 사람들을 구경하곤 했다. 이제 이모님은 레드워터 공동묘지에 묻혔다.

레드워터는 엘리스가 한 달에 한 번꼴로 방문했던 어린 시절의 기억과 사뭇 달랐다.

그때 레드워터는 번창한 도시였다. 그러나 1966년에 목재소가 문을 닫으면서 심각한 경기 침체가 찾아왔다. 1972년이 되자 정부가 주요 지역 두 군데의 토지를 사들였고 주민들은 집단 퇴거를 해야 했다. 다행히 이다 이모님은 집을 지켰지만 이모님의 많은 친구는 그리 운이 좋지 못했다.

정부가 사들인 집들은 철거하고 토지는 주변 국립공원에 합병하는 것이 원래 계획이었고, 엘리스도 괜찮은 계획이라고 생각했다. 하지만 정부 계획은 관료주의의 늪에 빠져 지지부진하게 늘어졌고, 1986년 정부는 불확실한 이유로 토지를 시에 반환했다. 과거에 정부가 수용한 지역은 이제 텅 비어 몇 안 되는 부랑자와 마약 중독자만 남았다.

진보라, 엘리스는 생각했다. 그리고 시계를 확인했다. 겨우 8분이 지나 있었다.

엘리스는 백미러를 조정해서 자기 모습을 확인했다. 늘 그렇듯 실망스러웠지만 그래도 엘리스는 최선을 다했다. 적어도 몸에서는 좋은 냄새가 났다. 경찰서 분실물 보관함에서 찾은 아쿠아틱 미스트 어쩌구를 거의 뒤집어썼기 때문이다.

엘리스가 다시 시계를 확인했다. 마지막으로 확인한 이후 1분이 지나 있었다. 엘리스는 차에서 내려 번화가를 산책하기로 했다. 걸을 때마다 두 다리가 삐거덕거렸다. 온몸에서 피로가 느껴졌지만(피로한 게 사실이었다) 정신은 이상할 만큼 쌩쌩하고 예리했다.

수 비디에게 고마워해야 하나? 엘리스는 생각했다. 아니면 존 레글러에게? 존 레글러는 군사 기록으로 신원이 확인되었고 병원 일지로 알리바이도 마련되었다. 즉 존 레글러는 엘리스가 도저히 떠올릴 수 없는 이유로 맨슨 머시 병원 지하 시신 안치소에 누워 있는 것이었다.

"우리 좀 내버려 둬," 남자는 이렇게 소리를 질렀다. 그때 엘리스는 남자가 새미 이야기를 하는 거라고 확신했다. 지금 생각해보니 남자는 자기 머릿속 목소리에 대해, 아니 어쩌면 그 목소리를 향해 이야기했을 가능성이 높아 보였다.

엘리스는 시간을 때우고 맨슨의 그림자를 떨쳐낼 겸 작은 식료품점에 들어갔다. 기억 속에서 가게 이름은 게리네 점빵이었는데, 주인이 수없이 바뀐 후로 이제 가게 이름은 그냥 점빵이 되었다.

계산원이 계산대 옆에 놓인 작은 흑백텔레비전을 보았다. 뉴스에서 새미 웬트에 관한 소식이 흘러나왔다. 테리 보몬트의 증언을 바탕으로 작성한 몽타주가 화면에 나타났다. 언론은 아직 존 레글러와 그의 사망 사실을 알지 못했다. 기자회견을 또 한 번 열어야 했다. 그 생각만으로도 속이 메스꺼웠다.

엘리스는 가게를 돌아다니다 다채로운 색깔의 꽃들에 마음을 뺏겼다. 데이트에 꽃을 선물하는 것이 너무 진부해 보일지, 아니면 적당히 진부해 보일지 고민이 되었다. 꽃다발 뒤로(하루 지난 장미 꽃다발 50% 할인!) 짧게 깎은 머리에 수염이 거뭇거뭇하고 키 크고 호리호리한 남자가 서 있었다. 싸구려 양복을 입었지만 그래도 제대로 차려입은 모습이었다. 남자는 기다란 팔에 장바구니를 걸고 사탕 코너를 둘러보았다. 과일 맛 사탕과 섞어 먹는 블루 라즈베리 맛 사탕 사이에서 고민하는 듯했다. 남자는 다급하지만 우아한 태도로 앞뒤를 살펴보고는 두 종류의 사탕을 한 개씩 바구니에 넣었다.

처음 엘리스는 자기가 왜 저 남자를 보는지 몰랐다. 그냥 지켜봐야 할 사람 같았다. 엘리스에겐 가끔 그런 순간이 왔다. 머리보다 몸이 먼저 반응하는 순간. 그러다 엘리스는 깨달았다.

패트릭 에클스야.

엘리스가 마지막으로 패트릭을 본 건 패트릭이 형을 선고받을 때였다. 엘리스는 가서 인사를 할까 잠시 고민했지만 엘리스가 주저하는 사이 패트릭은 장난감 코너로 이동했다. 인형과 액션 피규어가 진열된 선반 아래 봉제 인형이 잔뜩 든 커다란 상자가 놓여 있었다.

사탕과 봉제 인형이라, 엘리스는 생각했다. 보통 전과자가 살 법하지 않는 물건인데. 다들 좋아하는 게 다르니까. 어쩌면 교도소에 있을 때 사탕에 중독됐을지도 모르고, 봉제 인형을 보면서 행복했던 어린 시절을 추억하고 싶은 건지도 몰라.

하지만 그게 다가 아니었다. 엘리스는 그걸 알았다. 아니, 안다기보다는 직감했다.

패트릭이 상자에서 밝은 초록색 거북이 인형을 꺼내 만족스럽다는 듯이 웃고는 계산대로 향했다. 엘리스는 조용히 냉동식품 코너로 이동해 몸을 숨겼다. 그다음 시계를 확인했다. 7시 45분이었다. 약속 시각까지 아직 15분이 남았으므로 엘리스는 패트릭의 뒤를 쫓기로 했다.

패트릭은 1985년에 나온 고동색 AMC 이글 스테이션왜건을 몰았다. 엘리스도 재빠르게 자동차에 올라 거리를 두며 패트릭을 따라갔다. 패트릭은 엘리스의 예상과 달리 맨슨이 아닌 서쪽으로 향했다. 패트릭이 향한 곳은 아무도 살지 않는 지역으로, 문을 닫아 창문에 판자를 덧댄 가게들과 금방이라도 무너질 듯한 집들, 황폐한 건물들이 도로를 따라 이어져 있었다. 이제는 탈 수 없는 낡은 자동차가 반은 도로에, 반은 인도에 걸쳐 서 있었다. 길에 쓰레기통들이 거꾸로 뒤집혀 있었고, 길바닥은 움푹 파인 구멍 천지였다.

아마 마약을 사러 왔을 거라고, 엘리스는 생각했다. 단속할 생각은 없었다. 수 비디와의 데이트를 놓치고 싶지 않기도 했고, 이 상황을 감당할 여력이 없기 때문이기도 했다. 새미가 실종되기 전에는 전과자의 마약 구매 단속이 내세울 만한 특별한 일이었다. 지금 엘리스는 굳이 그러고 싶지가 않았다.

그래도 마약을 판매하는 장소를 제대로 봐둔 뒤 레드워터 경찰서에 정보를 넘길 마음은 있었다. 그렇게 하면 그다음은 레드워터 경찰서 몫이 될 것이다.

패트릭은 유리창이 줄줄이 깨진 낡은 아파트 앞 깜깜한 골목에 차를 세웠다. 엘리스는 길가에 천천히 차를 세운 뒤 자세를 낮추고 앉아 패트릭이 차 뒷좌석에서 장바구니를 꺼내 들고 아파트 쪽으로 걸어가는 모습을 지켜보았다.

완전히 죽은 지역이었다. 전기도 들어오지 않았고 세입자도 없어 보였다. 그러나 패트릭은 일과를 마치고 퇴근하는 사람처럼 편안하게 아파트로 들어갔다.

엘리스는 시계를 확인했다. 여덟 시 정각이었다. 서둘러 움직인다면 10분 안에 레스토랑으로 돌아갈 수 있을 것이다. 10분이면 늦었지만 아주 늦지는 않은 시간이었다. 엘리스는 메모지에 아파트 주소를 적었다.

자, 원하는 걸 얻었잖아. 엘리스는 생각했다. 숙녀를 기다리게 하는 건 무례한 짓이라는 걸 몰라?

하지만 엘리스는 시동을 끄고 차에서 내려 아파트를 향해 걸었다. 인도를 가로질러 아파트 입구에 가까워지자 발밑에 유리 조각들이 밟혔다. 유리문 두 짝이 전부 깨져 있었다. 두 손으로 왼쪽 문을 들어 옮겨놓은 후에야 문 사이를 지나갈 수 있었다.

안으로 들어가니 쓰고 버린 주사기 십여 개와 유리 조각이 널브러진 어두운 복도가 나왔다. 복도 끝에 위치한 현관문 문틈으로 깜박이는 불빛이 보였다. 촛불이라기엔 너무 밝았다. 엘리스는 누군가 불을 피웠으리라고 생각했다. 영화에서 동그랗게 모인 일꾼들 가운데 있을 법한, 오래되고 녹슨 기름통에 불을 피웠을 것이다.

이제 됐어, 엘리스는 생각했다. 마약 소굴의 주소도 알았고, 몇 호인지도 알아. 지금 출발하면 아주 많이 늦진 않을 거야.

엘리스는 한숨을 쉬고 복도를 따라 걸어갔다.

문 앞에 가까워지자 타닥타닥 나무 타는 소리와 속삭이는 듯한 대화 소리가 들렸다. 여자 목소리였다. 패트릭은 매춘부를 찾아왔는지도 몰랐다. 생각하면 할수록 더 그럴듯했다. 패트릭은 3년 동안 감옥에 갇혔고, 그 또한 사람이었다. 엘리스는 레드워터에서 성매매가 일어난다는 이야긴 들어보지 못했지만, 이 정도 크기의 도시에서는 일어날 만한 일이었다. 또한 마약과 가난이 있는 곳에는 늘 매춘부가 있는 법이었다.

그때 또 다른 목소리가 들려왔다. 어린아이의 목소리였다. 정말이었다. 졸린 아이의 목소리였다.

머리가 상황을 이해하기도 전에 엘리스는 문을 박차고 아파트 안으로 들어갔다. 깜박이는 모닥불 불빛으로 아파트 내부의 모습을 군데군데 파악할 수 있었다. 오래된 소파 하나와 야전침대 하나, 낡은 기름통에 피운 불. 엘리스가 상상한 그대로였다.

그때 아파트 바닥에 무릎을 꿇고 앉은 패트릭이 눈에 들어왔다. 패트릭은 깜짝 놀란 얼굴로 엘리스를 쳐다보았다. 그의 품 안에 아이가 있었다. 머리칼이 검고 덥수룩한, 통통한 두 살배기 여자아이였다. 아이의 두 눈이 불빛 앞에서 노랗게 빛났다.

"안 돼," 패트릭이 말했다.

"새미." 엘리스가 권총 갑에 손을 뻗었지만 그곳에 총은 없었다. 집에 두고 온 것이었다. 데이트에 총을 가져온다면 애프터는 물 건너갈 게 뻔했다. "…새미 웬트."

패트릭이 재빨리 자리에서 일어나 새미를 꼭 끌어안았다. 새미가 울음을 터트렸다. "제발, 잠시만-"

엘리스는 기다리지 않았다. "이제 다 끝났어, 패트릭."

"아냐, 잠깐만, 기다려봐, 그러지 마-"

그때 엘리스는 깨달았다. 패트릭이 자신이 아닌, 자기 왼쪽 어깨 너머에 있는 사람을 향해 말하고 있음을. 뒤돌아보자 머리카락이 검고 몸이 가냘픈 여자가 보였다. 여자는 사냥용 소총을 들고 있었다.

"베키, 기다려-"패트릭이 새미를 안지 않은 한쪽 팔로 총을 향해 손을 뻗으며 여자에게 다가갔다.

엘리스는 총소리를 듣지 못했다. 고통도 느껴지지 않았다. 그저 그곳에 존재하다가, 더 이상 존재하지 않게 되었을 뿐이다.

수 비디는 체스터 엘리스에게 좋은 감정을 느꼈다. 딱 한 번 짧은 대화를 나눈 게 다였지만 착하고 정직한 사람 같았다. 어쩌면 이 사람과 평생을 함께하게 될지도 몰랐다. 물론 이 이야기를 첫 번째 데이트에서 꺼낼 생각은 없었다. 지나치게 저돌적으로 느껴지리란 걸 잘 알았기 때문이다.

수는 창가 자리에 앉아 자동차들이 지나가는 모습을 지켜보았다. 종업원이 다가왔고 화이트와인 한 잔을 주문했다. 와인이 나왔고, 다 마신 뒤 한 잔을 더 주문했다.

수 비다는 오랫동안 기다렸다. 더 일찍 일어날 수도 있었지만 계속 기다렸다. 밀려든 손님이 점점 줄어들고, 직원들이 마감을 시작하고, 주인이 문에 걸린 OPEN 사인을 CLOSED로 돌려놓을 때까지 기다렸다.

마침내 수는 자리에서 일어나 자기 물건을 챙기고, 부끄러움과 허탈함을 느끼며 계산을 마쳤다. 아쉬웠다. 너무나도 아쉬웠다. 그 정도로 수는 체스터 엘리스에게 좋은 감정을 느꼈다.

켄터키, 맨슨

현재

머리 위에서 깜박이는 불빛에 어렴풋이 의식이 돌아왔다. 시간이 얼마나 지났는지 알 수 없었다. 머리에서 극심한 통증이 느껴졌다. 얼굴이 뜨겁고 축축했고 오른쪽 귀에 아무런 감각이 없었으며 눈은 빗줄기가 흘러내리는 창문을 통해 밖을 내다보듯 흐릿했다.

핸드폰은 사라지고 없었고 맨발이 드러나 있었다.

머리를 움직여보려 했지만 불가능했다. 간신히 팔꿈치를 짚고 몸을 일으켰지만 곧바로 쓰러졌다. 호흡에 집중하며 내가 어디 있는지를 파악해보려 했다. 창문이 하나도 없는 이 방은 천장이 낮고 무척 더웠다.

안개가 낀 듯 뿌연 기억의 파편들이 서서히 돌아왔다. 커피포트. 그림자 사내.

크리치 목사가 내 시야에 들어왔다 나갔다 하며 방 안을 바삐 돌아다녔다.

아주 조금씩 눈앞이 선명해져왔다. 벽마다 작은 유리 탱크가 늘어서 있었다. 뱀이다, 나는 생각했다.

오른쪽에서 윙윙거리는 소리가 났다. 난방 램프가 내는 소리 같았다.

크리치가 더러운 두 발을 내 머리 양옆에 딛고 섰다. 플라스틱 양동이를 든 채였다. 양동이 옆에 붙은 테이프 위에 무어라 쓰여 있었다. 안간힘을 다해 시야의 초점을 맞추자 마침내 글자가 눈에 들어왔다. 저녁거리.

나는 양동이에서 먼지투성이인 크리치의 청바지 아랫도리로 시선을 옮기며 '제발'이라고 말하려 했지만, 입에서는 '지브'라는 소리만 나올 뿐이었다.

크리치는 아무 말 없이 뚜껑을 열고 양동이를 거꾸로 뒤집었다. 십여 개의 덩어리가 굴러 나와 내 가슴과 얼굴 위로 떨어졌다. 쥐였다. 그중 한 마리가 겁에 질려 찍찍대며 내 왼쪽 눈을 향해 쏜살같이 달려왔고, 이마에 끈적하고 따뜻한 핏자국을 남겼다.

손으로 쥐를 쫓고 싶었지만 너무 느렸다. 팔을 들 힘조차 없었다.

여러 마리의 쥐들이 황급히 방 안을 쏘다녔고 어떤 쥐들은 그 자리에 가만히 있었다. 한 마리가 내 티셔츠 아래로 기어들어 와 배 위에 앉았다.

"안 돼," 내가 겨우 힘을 모아 말했다.

크리치는 내 말을 무시하고 유리 탱크로 걸어가서 그중 하나의 뚜껑을 열었다. 그리고 길이가 1미터 정도 되는 땅딸막한 방울뱀 한 마리를 꺼내 소름 끼치는 자신감을 뿜내며 자기 어깨 너머로 던졌다. 뱀은 내 발 근처로 떨어졌다. 뱀이 방바닥을 미끄러지듯 기는 소리가 들렸다.

더운 공기에서 달콤하고 묵직한 냄새가 났다.

크리치가 그다음 탱크로 이동해 뚜껑을 열었다. 뱀을 또 한 마리 꺼냈다. 방울뱀은 아니었지만 온몸에 파란색 줄무늬가 있는 무서울 정도로 낯선 종류였다. 뱀은 크리치의 손아귀에서 대단히 빠른 속도로 홱홱 움직였다. 크리치가 뱀을 내 청바지 위로 떨어뜨렸고, 그 끔찍한 뱀의 무게가 느껴졌다.

점점 의식이 돌아오면서 머릿속이 조금씩 선명해졌고 의식과 함께 공포도 밀려들었다. 지금까지 한 번도 느껴본 적 없는, 아주 깊고 난폭하고 원초적인 공포였다. 크리치는 작은 방을 돌아다니며 탱크에서 뱀을 한 마리씩 꺼내 바닥에 던졌다. 대부분이 방울뱀이었지만 처음 보는 종류도 있었다. 반짝이는 노란색 눈을 빼면 몸 전체가 새까만 뱀도 있었다. 까만 뱀은 바닥에 떨어지자마자 재빠르게 내 오른팔을 타고 넘더니 그곳에 자리를 잡았다.

그때 방울뱀들이 소리를 냈다. 뱀을 자극한 게 쥐인지 내 공포인지, 아니면 크리치의 광기인지는 몰라도(아마 세 가지 다였을 것이다) 방울뱀이 내는 방울 소리가 합창하듯 방을 가득 채웠다.

내 두 손은 양옆에 축 늘어져 있었다. 공포가 극에 달해 움직일 엄두를 내지 못했다. 어두운 색의 기다란 무언가가 시야 주변부에서 언뜻언뜻 움직였다.

탱크에 든 뱀을 전부 꺼낸 크리치가 내게 다가왔다. 더러운 한쪽 맨발을 내 가슴에 올려놓고 폐를 짓눌렀다. 숨쉬기가 어려웠다. 크리치는 뒤늦게 생각났다는 듯 아무렇지 않게 내 다리 위에 있는 새까만 뱀을 집어 내 머리 위로 늘어뜨렸다. 뱀은 몸부림쳤지만 크리치가 엄지와 검지로 머리 아랫부분을 세게 누르자 죽은 듯이 몸을 축 늘어뜨렸다.

크리치가 내 눈을 보며 말했다. "베드로가 성경에서 이렇게 말씀하셨지. 우리의 원수인 악마가 두루 다니며 삼킬 자를 찾니."

크리치는 내가 아니라 나를 통해 다른 누군가에게 말하고 있었다. 제정신이 아닌 사람의 눈이었다. "악마가 찾아와 이 여성을 집어삼켰으나, 이제 뱀을 풀어 악마를 쫓아낼 것입니다."

크리치가 내 바짓가랑이 사이에 뱀을 떨어뜨렸다. 뱀은 제자리를 빙빙 돌다가 내 배에 슬쩍 올라와 똬리를 틀었다.

"우리는 새 방언을 말하며," 크리치가 낮게 울리는 목소리로 말했다. "뱀을 집으며 무슨 독을 마실지라도 해를 받지 아니할 것입니다. 아멘. 또한 병든 자에게 손을 얹으면 곧 병이 나을 것입니다. 아멘."

크리치가 모래 빛깔의 굵은 뱀 한 마리를 옆으로 밀쳐내며 내 옆에 무릎을 꿇고 앉았다. "새미, 방 안에서 그분의 존재가 느껴지느냐? 하나님께서 일어나셨다. 빛이 느껴지는가?"

크리치가 머리 위 형광등을 올려다봤다. 형광등이 한 번 깜박였다. "하나님이 여기 계신다. 그분이 느껴지지 않느냐?"

늙고 뚱뚱한 방울뱀 한 마리가 천천히 크리치의 무릎으로 올라 왔다. 크리치가 손바닥으로 뱀을 탁 쳐냈다. 시끄러운 방울 소리 가 점점 커지며 낮은 천장에 반사되어 울렸다.

입술이 바싹 메말랐어도 말은 할 수 있었다. "…아니요." 나는 겨우 소리 내어 말했다. "제발."

"새미, 네가 말하는 걸 듣게 해다오." 크리치가 말했다. "아멘이 라고 말해."

"제발… 난 아무 말도 안 할 거예요."

크리치가 손가락으로 내 턱을 세게 움켜쥐었다. "하나님이 원하 셔야 네가 이 방을 나갈 수 있어. 난 그저 그분의 도구일 뿐이야. 이제 아멘이라고 말해."

"나는…"

크리치가 손가락으로 내 이마를 탁 쳤다. 두개골을 흔드는 고통 이 느껴졌다. "난 네가 아멘이라고 말하기 전엔 여길 나가지 않을 거야. 그건 너도 마찬가지야."

"…아멘."

"더 크게 말해."

"아멘."

크리치가 씩 웃었다. 그러더니 이슬비가 내리는 일요일 오후에 산책하는 사람이 물웅덩이를 예의 주시하듯 뱀들을 주시하며 태 평하게 문 쪽으로 걸어갔다.

털로 뒤덮인 덩어리 하나가 내 셔츠 소매로 빠져나와 급히 도망 쳤다.

크리치가 문을 활짝 열고 밖으로 나갔다. 시원한 바람이 불어들어와 역겨운 습기를 잠시나마 달래주었다. 크리치의 어깨 너머로 어두운 밤 풍경이 보였다. 이곳을 나가 그 풍경으로 들어가고 싶은 마음이 너무도 간절했다.

"늘 빛이 그대를 찾아내기를," 크리치가 말했다. "그대 역시 늘 빛을 찾아내기를."

크리치가 한 발짝 들어와 불을 끈 뒤 등 뒤로 문을 닫고 나갔다. 어둠이 나를 뒤덮기 전 잠시 이렇게 생각할 틈이 있었다. 난 이 방에서 죽게 될 거야.

켄터키, 맨슨

그때

트래비스는 밀러앤어소시에이츠 사무실에 서서 맨슨의 풍경을 내려다보았다. 도로는 조용했다. 워맥 가의 고장난 신호등은 불이 들어왔다 나갔다를 반복했다. 스트렝 가와 콜린스 가가 만나는 모퉁이에 세워진 광고판에 새로 생긴 햄버거집 광고가 걸려 있었다. 만화로 그린 햄버거를 거대한 여자 입술이 크게 베어 무는 광고였다. 누군가가 햄버거 위에 페니스를 그려 넣는 건 시간 문제였다.

맨슨을 떠나야 해. 트래비스는 생각했다.

밀러앤어소시에이츠는 맨슨 비즈니스 파크라는 3층짜리 건물의 맨 위층을 통째로 사용했다. 브라운앤스틸 로펌과 드리핑탭 풀앤스파, 에이스 에어컨, 레이스 안전문 같은 여러 중소기업이 건물을 나눠 쓰고 있었다.

트래비스는 어두워진 뒤에 홀로 이곳에 머물기를 좋아했다. 낮에는 이곳이 어떤 모습일지 상상하며 재밌어했다. 사무실은 칸막이가 없었고 탁 트인 공간에 새하얀 책상이 쭉 늘어서 있었다. 벽은 연한 하늘색이었는데 그 색깔이 묘하게 마음을 편하게 했다. 물론 오늘 밤 트래비스의 마음은 쉽게 진정되지 않았다. 레이먼드 선생님이 처방해준 약이 다 떨어져 찌르는 듯한 통증으로 머리가 욱신거렸다.

트래비스는 헐렁한 멜빵바지의 앞주머니에서 진통제를 한 통 발견하고 관자놀이를 문지르며 물 없이 두 알을 삼켰다.

사무실 한쪽 끝에는 통유리로 구분된 커다란 사무실이 있었다. 사장이 골반에 손을 짚고 서서 자기 부하들이 장부를 잘 계산하나 감시하는 곳일 거라고 트래비스는 상상했다. 트래비스는 침입자가 된 기분을 느끼며 사무실로 들어가 청소기를 돌렸다. 청소기 소음에 두개골이 울렸지만, 휴가는 이미 다 쓰고 없었고 저 작은 플라스틱 쓰레기통들은 알아서 속을 비우지 않았다.

고통이 더욱 심해지자 트래비스는 청소기 전원을 끄고 등에 멘 청소기 본체를 내려놓은 뒤 사장의 묵직한 가죽 의자에 앉았다. 영업시간이 끝나고 이런 사무실, 학교, 또는 사촌이 알링턴에서 운영하는 롤러스케이트장 같은 곳에 있다 보면 늘 이상한 종류의 우울감이 밀려들었다. 이런 공간은 사람들로 북적이다가도 모두가 귀가하면 무서울 정도로 텅 빈 것처럼 느껴졌다.

밖에서 빵 하고 자동차 경적이 울렸고 또다시 두통이 일었다.

트래비스는 다시 한번 진통제 두 알을 물 없이 삼키고 자리에서 일어나 이제 일을 해야 한다고 되뇌었다. 카펫을 빨리 청소해야 그만큼 빨리 부엌 청소로 넘어가고, 그다음엔 화장실, 건물 외관⋯ 트래비스는 한숨을 쉬며 다시 가죽 의자에 털썩 기대앉았다.

또다시 경적이 울렸다. 주차장에서 나는 소리였다. 트래비스는 창문으로 다가가 주차장을 내려다보았다. 맨슨 비즈니스 파크라고 쓰인 커다란 하얀색 간판 아래 잭 웬트가 보였다. 잭 웬트는 자기 차 옆에 서서 건물을 올려다보고 있었다. 창문 앞에 선 트래비스를 발견한 잭이 차 안으로 들어가 세 번째로 경적을 울렸다.

"원하는 게 도대체 뭐야, 잭?" 트래비스가 유리창에 대고 말했다. 트래비스는 초점을 옮겨 유리창에 비친 자기 모습을 바라보았다. 붕대와 피딱지투성이였다.

경적이 또 한 번 울렸다. 잭이 내려오라고 손짓했다. 트래비스는 마지못해 청소 도구를 내버려 두고 아래층으로 내려갔다.

트래비스가 엘리베이터에서 내려 로비에 들어서니 잭이 트래비스의 업무용 승합차에 기대 서 있었다. 트래비스는 정문 쪽으로 다가갔지만 잠긴 문을 열지는 않았다. 잭이 반대편에 마주 섰다. 잭은 트래비스 얼굴에서 피로 얼룩진 붕대를 보곤 깜짝 놀라 몸을 움츠렸다.

"아파?" 잭이 물었다.

"잘 땐 안 아파." 트래비스가 말했다. "잭, 나 오늘 피곤해. 원하는 게 뭐야?"

"너랑 얘기하고 싶어. 사과하고 싶어. 네게 용서를 구하고 싶어."

트래비스가 부러진 콧등을 문질렀다. 아팠지만 딱지를 뜯거나 구내염 난 자리를 혀로 만지는 것처럼 묘하게 중독적인 아픔이었다.

"변명의 여지가 없어. 그러지 말았어야 했어." 잭이 말했다. "트래비스, 그동안 난 잘못된 선택을 아주 많이 했어. 정말 아주 많이. 미안하다는 말밖엔 할 말이 없어. 전부 다 미안해."

"사과한다고 끝날 일이 아니야, 잭."

"끝은 아니어도 시작은 될 수 있잖아, 안 그래?"

트래비스는 오랫동안 잭을 바라보았다. 잭은 전보다 더 늙어 보였다. "위층으로 갈래?"

"오늘 밤은 안 돼." 잭이 말했다. "다음 휴일이 언제야? 햄버거나 먹으러 갈래? 얘기나 하자."

"누가 볼까 봐 걱정되지 않아?"

"더는 아니야, 트래비스."

그날 밤 열한 시가 넘어 집으로 돌아온 트래비스는 엄마가 아직 깨 있는 모습을 보고 깜짝 놀랐다. 아바는 현관에 놓인 먼지가 수북한 소파에 푹 파묻혀 있었고 소파 주위로 맥주 캔과 담배꽁초가 끝도 없이 널려 있었다. 아바는 어둠 속에서 크롬데일 가를 바라볼 수 있도록 현관 불에서 멀리 떨어진 자리를 잡았지만, 아바 왼쪽에 홀로 켜진 벌레퇴치기가 지직거리는 소리와 함께 번쩍였고 그럴 때마다 늙고 주름진 아바의 얼굴을 환하게 비췄다.

"엄마, 나 왔어." 트래비스가 말했다.

"좀 어때, 아들?"

"엄마 여기서 뭐 해?"

"내 일을 하는 중이지." 아바가 말을 끝내고는 트림을 했다. "비가 오길 기다리고 있어."

트래비스가 현관 계단에 앉아 하늘을 올려다보았다. 먹구름이 밀려들고 있었다.

트래비스는 멜빵바지 주머니에서 진통제 두 알과 1달러짜리 지폐를 꺼냈다. 트래비스가 1달러를 넘기자 아바가 맥주 한 캔을 주었다. 트래비스는 늘 맥주로 약을 씻어 내리곤 했다.

"형 왔어?" 트래비스가 물었다.

"아직."

"전화도 안 왔고?"

"응."

최근 들어 트래비스는 형 생각을 많이 했다. 잭과 새미 생각도 많이 했지만, 대부분은 형 패트릭에 관한 생각이었다. 트래비스는 형과 베키 크리치의 관계를 알게 되었고, 그 말은 곧 형과 빛 안의 교회 사이에도 무슨 관계가 있을 수 있다는 뜻이었다. 모두가 자신의 길을 스스로 선택한다. 만약 완벽한 귀를 가진 펀디와 뱀이 정말 패트릭의 길 위에 들어선 거라면, 트래비스는 누구를 비난해야 할까? 잘못된 사람과 빠지는 사랑이 어떤 것인지 누구보다 잘 아는 사람이 트래비스였다.

아바가 맥주를 단숨에 들이켰다. 벌레퇴치기가 또 한 번 번쩍 빛났고, 그 순간 트래비스는 걱정스러워하는 아바의 얼굴을 보았

다. 현관은 다시 어두워졌고, 아바는 어둠 속에서 꺽 하고 트림을
했다.

트래비스는 엄마 옆에서 아무 말 없이 크롬데일 가를 바라보았
다. 계속 패트릭과 잭, 새미를 생각하면서, 그리고 비가 내리길 기
다리면서.

켄터키, 맨슨

현재

완벽한 어둠이었다. 문틈으로는 연필 두께만큼의 가느다란 빛조차 새어 들어오지 않았다. 빈틈없이 완벽한, 그야말로 전면적인 어둠이었다. 그 어둠 속에 뱀들이 있었다. 뱀이 구석에서 움직이다 콘크리트 바닥을 가로질러 내 발 부근에 다가오는 소리가 들렸다. 몸 위에 새까만 뱀의 무게가 느껴졌다. 배 위에 머물던 까만 뱀은 자리를 이동해 내 가슴 사이에 자리를 잡았다.

나는 바닥에 등을 댄 채 미동 없이 가만히 누워 있었다. 겁에 질려 움직일 수 없었지만 이대로 가만히 있다간 물릴지도 몰랐다.

방울뱀이 위협하는 소리가 이어지다 마지막엔 쥐의 새된 비명이 들려왔다. 공기가 너무 뜨거웠다. 이마와 겨드랑이, 등허리에

땀이 뚝뚝 흘렀다.

무언가가 손 위로 올라왔다. 본능적으로 그것을 쳐내고 손에 느껴진 것이 비늘이 아니라 털이라는 사실에 안도했다.

가슴 위에 있는 새까만 뱀이 이번에는 목을 향해 움직였다. 턱 밑에서 뱀이 혀를 날름거렸다. 움직여야 할 때가 있다면 바로 지금이었다.

한 손바닥으로 콘크리트 바닥을 짚고 세 번 심호흡을 한 뒤 옆으로 몸을 홱 돌렸다. 머리를 울리는 통증이 느껴졌다.

내 몸에서 미끄러진 뱀이 화가 난 듯 쉭쉭거리며 어둠 속 어딘가로 떨어졌다. 나는 두려움에 질려 숨을 헐떡이면서 재빨리 자리에서 일어나 힘겹게 뒤로 몇 발자국 움직였다. 땅딸막한 무언가가 발밑에 밟혔다. 콘크리트 바닥에서 소시지를 질질 끄는 듯한 소리를 내며 그 무언가가 내게서 멀어졌다.

문은 도대체 어딨는 거야? 나는 생각했다. 힘을 짜내어 방향을 돌려봤지만 욕지거리만 나올 뿐이었다.

"도와주세요!" 나는 소리를 질렀다. 목소리가 반사되어 돌아오자 발작적인 통증이 두 눈 뒤를 뜨겁게 달궜다. "스튜어트! 여기 사람 있어요! 도와주세요!"

뱀들이 쉭쉭거렸다. 방울 소리가 들렸다.

아무것도 보이지 않는 어둠 속에서 비틀비틀 움직이다 왼발로 가죽처럼 뻣뻣한 똬리를 밟았다. 방울 소리가 어찌나 가까이에서 들리는지 발가락으로 진동이 느껴졌다. 발로 차내거나 도망가면 뱀이 더 사납게 달려들까 봐 최대한 가만히 서 있었다. 앞으로 달

려갈 용기가 난다고 해도 어느 방향으로 달려야 할지 알 수 없었
다. 게다가 발밑에 뱀을 겨우 피한다 해도 쉭쉭거리는 지뢰가 방
바닥에 널려 있었다.

어둠 속에서 미끄러지듯 움직이는 끔찍한 물체들이 내 주위를
맴돌았다.

이동해. 나에게 말했다. 어디로든 헤엄쳐 가야 하는 거야.

그때 오른쪽 다리에 뭔가 세게 부딪쳤다가 나를 향해 마구 달
려들었다. 나는 비명을 질렀다. 비명이 반사되어 열 번쯤 반복해
서 울렸다.

그것이 내 다리를 사납게 휘감았다. 그쪽으로 손을 뻗었다. 진동
하는 뱀을 손가락으로 움켜쥐었다. 다리에서 떼어내려 했지만 꼼
짝하지 않았다. 그때 뱀이 나를 공격했고 청바지에 송곳니를 박아
넣었다는 사실을 깨달았다.

이제 뱀은 공포에 휩싸여 더욱 난폭하게 달려들었다. 뱀을 더
세게 잡아당기자 다리를 감았던 뱀이 헐거워졌다. 최선을 다해 손
을 멀리 뻗어서 뱀을 떨어뜨렸다.

하지만 그러기엔 느렸다. 뱀이 고개를 돌려 내 오른쪽 손등 마
디를 세게 문 것이다.

물렸다. 이렇게 생각하자마자 금방 덫에 걸린 것처럼 타는 듯한
고통이 손을 강타했다.

뱀은 바닥에 쿵 떨어졌고, 다행히도 저 멀리 스르륵 기어갔다.

물린 손을 겨드랑이에 끼워 넣고 두려움과 고통에 휩싸여 비명
을 질렀다. 통증이 점점 더 심해지면서 손에서 팔뚝 쪽으로 번져

나갔다.

스튜어트가 들려준 클라이드 삼촌 이야기가 떠올랐다. '끔찍했을 거예요.' 스튜어트는 그렇게 말했다. '방울뱀에게 물리면 신경과 조직, 뼈까지 파괴되거든요.'

아무것도 보이지 않는 상태에서 조심조심 한 발을 더 내디뎠으나 또다시 뱀을 밟고 말았다. 뱀이 내 맨발을 향해 달려들었고, 물었다. 다시 한번 타는 듯한 고통이 밀려들었다.

무릎을 꿇고 주저앉아 속을 게워냈다. 토 냄새가 방을 가득 채웠고 그 냄새 때문에 한 번 더 구토를 했다.

손이 부어올랐다. 호흡이 극도로 힘들었다. 극심한 고통이 온몸을 휘감았다. 머리가 혼미했고 얼마 지나지 않아 의식이 파편처럼 흩어져 점점 멀어져갔다.

일어나려 했지만 곧장 휘청거렸고, 중심을 잡으려고 테라리움의 뚜껑을 붙잡았다가 테라리움을 바닥에 넘어뜨리고 말았다. 깨진 유리 조각들이 발에 밟혀 발바닥을 찢어놓았지만 통증은 별로 느껴지지 않았다. 사실 거의 아무것도 느껴지지 않았다. 방의 습기, 쥐와 토사물 냄새, 뱀들이 발밑에서 기어 다니는 소리, 심지어 공포마저도 사라지고 없었다.

어둠 속으로 손을 뻗었다. 문고리를 찾길 바라면서 한편으로는 아무것도 찾지 못하리라고 생각했다. 그런데 문고리 대신 손에 닿은 것은… 실이었다.

깜깜한 어둠 속에서 실의 색깔은 보이지 않았지만 왜인지 그 실이 빨간색임을 알았다. 가닿을 수 없는 기억 저편에서 새미 웬트의 허리에 감겨 있으리라고 상상했던, 그 실과 같은 색이었다. 실은 실크처럼 부드러웠다. 손가락으로 실을 움켜쥐자 알 수 없는 목소리가 귓가에 속삭였다. 이건 진짜가 아니야. 쇼크가 왔거나, 극심한 고통으로 환각을 느끼는 거야.

목소리를 무시하고 실을 따라 어둠 속으로 나아갔다. 깨진 유리 조각과 이리저리 기어 다니는 뱀 사이로 두 손을 번갈아 가며 실을 붙잡았다. 실이 나를 곧장 문으로 이끌었다. 문은 잠겨 있었지만 두세 번 강하게 밀치자 결국 바깥쪽으로 활짝 열렸다.

차가운 공기로 비틀비틀 걸어나가 축축한 잔디 위로 쓰러졌다.

땅에 등을 대고 눕자 별들이 박힌 광활한 하늘이 보였다. 그 순간 돌아가시기 전 호스피스 병동의 작은 발코니에 앉아 별을 올려다보던 엄마(진짜 네 엄마가 아니야) 생각이 났다. 모르핀을 맞아 멍한 상태였던 엄마는 하늘이 커다란 까만색 종이 같다고 했다. 바늘구멍이 수백, 수천, 수백만 개 뚫려서 그 사이로 내세의 빛이 쏟아져 들어오는 커다란 종이. 나는 엄마 말을 반쯤 흘려들었다. 별은 내 안중에 없었다. 별이 뭐가 중요했겠는가? 엄마가 죽어가고 있는데.

하지만 지금 눈앞의 하늘은 정확히 엄마가 말한 대로였다.

빨갛고 파란빛이 춤추듯 일렁이면서 나무 사이와 교회 벽을 타고 흘렀다. 그때 뒤에서 발소리가 들려왔다.

"여기 있어." 한 목소리가 외쳤다. "여기에 있어."

남자가 가까이 다가왔다. "이런 제기랄, 뱀한테 물렸잖아."

누군가가 두 팔로 나를 꼭 껴안고 내 머리칼을 넘기며 다 괜찮아질 거라고 말하고 또 말해주었다. 도와줄 사람들이 오고 있었다. 견뎌야 해. 조금만 참아.

"스튜어트…" 내가 작은 소리로 말했다. "날 찾았네."

"맞아, 내가 널 찾았어." 남자가 말했다. "하지만 난 스튜어트가 아니야."

"…누구?"

나는 눈에 흘러 들어온 피 때문에 눈을 깜박이면서 고개를 들어 남자의 얼굴을 보았다. 잭 웬트였다.

켄터키, 맨슨

그때

베키 크리치는 패트릭의 이글 스테이션왜건 조수석에 앉아 있었다. 두 사람은 고속도로에서 빠져나와 교회로 향하는 기나긴 길에 진입했다.

"이건 좋은 생각이 아냐." 패트릭이 말했다. "지금쯤이면 주 경계선을 지났어야 했어."

"자기야, 어차피 현금이 없으면 멀리 못 가." 베키가 말했다. 그러고는 패트릭의 무릎에 손을 올렸다. 패트릭도 어느 정도 진정하는 듯했다. "왼쪽에 공터가 보일 거야. 산불이 퍼지는 걸 막으려고 비워놓았던 곳이야. 지금은 나무가 무성하게 자랐지만 그래도 두 사람이 기다릴 만한 공간은 있을 거야."

"내가 가게 해줘."

"오빠가 헌금함을 어디 두는지 자기는 모르잖아. 내가 가는 게
더 나아."

베키가 뚝뚝 소리를 내며 처음에는 왼쪽으로, 그다음엔 오른쪽
으로 목을 꺾었다. 지난밤 두 사람은 차 안에서 잤고, 근육통으로
그 대가를 치르는 중이었다. 베키가 목을 쭉 뻗어(전에 없던 목 통증에
몸이 움찔했다) 뒷좌석을 돌아보았다. 새미는 잠들어 있었다. 비포장
도로 양옆에 늘어선 나무들 사이로 아침 햇살이 흘러들어와 새미
의 얼굴에 내려앉았다. 두 눈은 감겼지만 눈꺼풀 뒤에서 눈이 바
삐 움직였다. 꿈을 꾸는 듯했다. 새미는 엄지손가락을 입에 물고
모직 담요를 끌어올려 얼굴의 절반을 덮고 있었다. 새미 옆에는
새로 산 거북이 봉제 인형이 함께했다.

패트릭이 고릴라 인형을 빼앗았을 때 새미는 악을 써대며 울었
지만, 숲속에 고릴라 인형을 떨어뜨려 놓은 것은 좋은 생각이었
다. 두 사람은 여러 좋은 계획을 짜두었지만 이제 그런 건 하나도
중요치 않았다. 눈앞의 길 위로 새벽 여명이 떠오르자 베키 머릿
속에 어젯밤 사건이 떠올랐다. 방아쇠를 당겼던 일. 총소리. 여행
가방처럼 반으로 접혔다가 깨진 타일 바닥으로 힘없이 쓰러진 보
안관. 짧은 시간 동안 두 사람에게 집이 되어주었던, 버려진 낡은
아파트.

떨쳐내야 해. 베키가 자기에게 말했다. 이 일이 끝나고 나면 회개할
시간이 많을 거야. 어쩌면 하나님이 절대 용서하지 않으실 수도 있지만,
지금 내가 하려는 일은 저 아이를 위한 거야.

패트릭이 자동차 속도를 줄여 공터로 들어섰다. 수년간 관리되지 않은 곳이었지만 바깥에서는 내부가 전혀 보이지 않았다. 여기 머물면 패트릭과 새미는 안전할 것이다. 베키는 머릿속 생각이 입 밖으로 나오지 않게끔 애를 썼다.

"여기서부턴 걸어갈게." 베키가 말했다. "오래 걸리진 않을 거야."

"크리치가 있으면 어떡하려고?"

"없을 거야." 베키가 말했다. "아직 여섯 시도 안 됐잖아. 어제 일요 예배가 있었으니까 정오는 돼야 일어날 거야. 내 말 믿어."

패트릭이 베키의 손을 붙잡고 키스했다.

"사랑해." 패트릭이 말했다. 그러나 패트릭의 눈은 다른 말을 하고 있었다. 두 눈은 이렇게 말했다. 왜 그랬어, 베키. 베키는 전에도 이 눈빛을 본 적이 있었다. 패트릭이 감옥에서 집으로 돌아온 날이었다.

왜 그랬어, 베키.

베키와 패트릭은 원래 패트릭이 출소하자마자 함께 떠날 예정이었다. 베키는 저축을 하는 중이었고, 아주 까다롭게 고르지만 않으면 패트릭도 금방 일자리를 구할 수 있을 터였다. 도망칠 자금을 마련하자마자 두 사람은 맨슨과 교회에서 멀리 떨어진 조용한 곳을 찾으려 했다. 잃어버린 시간을 만회하고, 두 사람이 그저 자기 자신일 수 있는 곳이면 되었다. 달콤하고 소박한, 좋은 꿈이었다. 패트릭이 그린우드 교도소에 수감된 동안 베키가 길고도 어두운 밤을 견디게 해준 좋은 꿈.

하지만 패트릭이 집으로 돌아왔을 때 마을은 혼돈에 빠져 있었다. 여자아이가 실종되었고 남동생이 유력한 용의자로 거론되는 듯했다. 그러던 중 올드커먼스에 있는 베키의 작은 임대주택에 도착한 패트릭은 실종된 여자아이가 꽁꽁 싸매진 채 손님방에서 잠들어 있는 모습을 발견했다.

패트릭은 그때 베키를 떠날 수도 있었다.

"나한테 5분만 줘." 베키는 이렇게 말했다. 본인도 놀라고 당황해서 방 안을 서성이던 참이었다. "5분만 설명할 시간을 줘. 그다음에 경찰이든 오빠든, 연락하고 싶은 사람한테 마음껏 연락해."

패트릭은 난폭하게 화를 냈고, 베키도 패트릭을 탓하지 못했다. 놀라서 칭얼대는 새미를 베키가 달래자 패트릭도 마음을 가라앉혔다. "딱 5분이야. 5분이 지나면 갈 거야."

베키는 5분 동안 최선을 다해 자신의 상황을 설명했다. 베키는 새미 웬트가 교화될 예정임을 알게 되었다. 펀디의 언어로는 교화였지만 실제로는 구마의식이었다. 교화를 결정한 건 베키의 오빠인 데일과 새미의 엄마 몰리였다. 베키는 교화가 언제 어디서 실행될지는 몰라도 교화가 잔인한 트라우마를 남긴다는 것, 어쩌면 목숨을 앗아갈 수도 있다는 것은 알았다.

패트릭은 잠자코 베키의 말을 들었다.

베키는 1973년 11월 버지니아 주 플로이드 카운티에서 네 살 난 조슬린 라이스가 엄마가 다니던 교회에서 구마의식을 치르다 질식해 숨진 사건을 들려주었다.

1978년 3월, 전도사 닐 할랙은 사탄이 신도의 두 아이 사이를 오간다고 주장했다. 아이들은 각각 세 살과 한 살이었다. 악마를 내쫓기 위해 구마의식이 행해졌다. 세 살 난 아이가 저항하자, 할랙은 사탄이 나타났다며 아이 가슴에 단검을 박아 넣었다.

1980년 7월, 루이지애나 주 어딘가에서 한 엄마가 집에서 구마의식을 치르며 두 살 난 아들의 혀와 창자를 몸에서 뜯어냈다.

1984년 1월-

"이제 그만," 패트릭이 말했다. 베키는 자신의 주장을 관철했다.

"난 그냥 몰리에게 그러지 말라고 말하고 싶었어." 베키가 말했다. "내가 방금 네게 한 얘기를 하고, 내가 그동안 무슨 일을 겪었고 무엇을 잃었는지… 우리가 무엇을 잃었는지를 설명하고 싶었어. 그런데 몰리의 집 앞에 갔더니, 그 가엾고 귀여운 아이가 앞마당에 혼자 나와 있는 거야. 그 사람들에게 새미는 버려야 하는 것, 정해진 날에 쓰레기를 버리듯 밖에 내놔야 하는 거였어. 하지만 내게, 우리에게 새미는 신이 주신 선물이 될 수 있어."

"베키."

"새미를 거기 그렇게 둘 순 없었어, 패트릭. 정신을 차리고 보니 어느새 애를 들쳐 안고 여기로 와 있었어."

그래서 두 사람의 소박한 계획은 복잡한 계획이 되었다. 먼저 의심을 피할 때까지 레드워터에 숨기로 했다. 패트릭이 좋은 장소를 알았다. 두 사람은 마을에서 사람들의 눈에 띌 수 있도록 번갈아 가며 새미를 돌봤다. 베키는 새미를 찾는 탐색대에서 목격될 예정이었다. 패트릭은 콜먼에서 일을 구하러 다닐 것이었다. 때가 되면 두 사람은 한밤중에 맨슨에서 몰래 빠져나올 것이었고, 그렇게 하면 아무도 두 사람을 찾지 않으리라 확신할 수 있을 터였다.

이 계획은 지난밤의 총성 이후 바뀌어버렸다.

베키가 차에서 내려 트렁크 문을 열었다. 그다음 트렁크 바닥을 덮은 네모난 덮개를 치운 뒤 그 안에서 아버지의 사냥용 소총을 꺼냈다.

혹시 모르니까.

베키는 조심스럽게 트렁크 문을 닫았다. 새미를 깨우고 싶진 않아서였다. 그리고 운전석 창문 쪽으로 가서 다시 한번 패트릭과 키스를 나누었다.

"혹시 무슨 일이 생기면," 베키가 말했다.

"그런 말 마."

"혹시 무슨 일이 생기면 네가 새미를 잘 돌봐줘, 알았지?"

"베키."

"약속해, 패트릭." 베키가 말했다. "난 오래전에 빛을 잃었다가 네 안에서, 그리고 새미 안에서 빛을 되찾았어. 만약에 무슨 일이 생기면 멈추지 말고 계속 도망가. 두 사람의 빛을 꺼뜨리면 안 돼. 절대 돌아보지 마."

패트릭이 뒷좌석을 힐끗 돌아본 뒤 다시 베키를 바라보았다. "약속할게."

"금방 올게." 베키가 말했다.

교회로 향하는 흙길을 걸어가는데 차가운 바람이 나무를 흔들고 베키의 맨다리를 후려쳤다. 베키는 두 다리를 내려다보고 자신이 청반바지를 입었는 사실을 상기했다. 발목까지 내려오는 치마를 입지 않고 집을 나서기는 정말 오랜만이었고, 이렇게 입은 채로 교회에 발을 들인 적은 한 번도 없었다.

이 모든 일이 끝나면 베키는 다시는 맨슨으로 돌아올 수 없을 것이다. 작별하기 힘든 것이 많았지만 교회는 거기에 없었다. 더는 아니었다. 이제 빛 안의 교회를 떠올리면 콜먼의 쓰러져가는 농장에서 벌어진 일이 떠올랐다.

교회 부지에 다다르자 베키는 이상한 기분을 느끼고 걸음을 멈췄다. 주차장은 텅 비어 있었고 다른 이의 기척도 전혀 없었다. 전에 수백 번 와본 곳이었지만 오늘은 무언가 달랐다.

애팔래치아 산맥 뒤로 해가 떠올랐고, 등 뒤에서 빛이 거대한 파도처럼 쏟아졌다. 교회 부지와 바깥세상 사이의 장벽 역할을 하는 숲이 오늘따라 더 울창해 보여서, 꼭 그린우드 교도소를 둘러싼 수 킬로미터 두께의 펜스 같았다. 오래된 텃밭과 닭장(베키가 어렸을 때 이후론 아무도 사용하지 않았다)이 숲을 배경으로 조용히 서 있었다. 뱀 우리는 꼭 귀신에 쓴 것 같았다. 교회 건물도 어딘가 불길해 보였다.

다시 발걸음을 뗀 베키는 속도를 내어 곧장 교회 입구로 향했다. 어깨에 멘 소총이 걸을 때마다 왼쪽 허벅지에 부딪혔다. 베키는 총에 달린 어깨끈을 두 손으로 단단히 붙잡고 총을 가져오길 잘했다고 다시 한번 생각했다.

교회 입구에 자물쇠가 걸려 있었지만 실제로 문이 잠겼던 적은 한 번도 없었다. 베키는 문을 열고 들어갔다. 톱밥 냄새와 뱀 똥 냄새, 땀 냄새가 코를 강타했지만 그렇게 불쾌하지만은 않았다. 교회의 냄새였고, 어린 시절의 냄새였다.

어두웠지만 베키는 불을 켜지 않았다. 그 대신 팔을 쭉 뻗고 몸의 기억에 의지해 발을 헛디디거나 머리를 부딪치거나 유리 테라리움을 넘어뜨리지 않도록 조심하며 앞으로 걸어갔다.

교회 뒤쪽에 난 문을 열면 좁은 복도가 나왔다. 복도 끝에는 작은 캐비닛과 늘 윙윙거리는 작은 냉장고가 있었는데, 데일은 이 냉장고에 해독제를 보관했다. 캐비닛은 잠겨 있었지만 베키는 데일이 열쇠를 어디에 두는지 알았다. 베키는 한쪽 무릎을 굽히고 캐비닛 옆에 달린 걸레받이 중에서 특히 헐거운 부분을 찾아 뜯어냈다. 걸레받이 뒤 3센티미터 정도의 공간에 열쇠가 놓여 있었다.

베키는 캐비닛 문을 열고 까치발로 서서 제일 위 칸에 손을 뻗었다. 낡은 청소용 양동이를 옆으로 치우고 뒤에 숨겨놓은 헌금함을 꺼냈다. 헌금함 옆에 새겨진 우리의 전부를 주님께, 낼 수 있는 만큼을 빛 안의 교회에라는 글귀가 보였다. 안에는 현금이 가득했다.

만약 1년 전에 누군가가 베키에게 앞으로 당신은 교회에 몰래 숨어 들어가 헌금함에서 돈을 훔치게 될 거라고 말했다면 아마 베키는 재미있다는 듯 웃었을 것이다. 하지만 그게 지금 베키가 하는 짓이었다. 최근 들어 베키와 하나님의 관계는 점점 복잡해졌고, 지난밤 이후로는 더 말할 것도 없었다. 이제 베키에게 돈을 훔치는 짓은 여러 죄악 중 별것 아닌 축에 속했다.

헌금함 뚜껑은 작은 은색 자물쇠로 잠겨 있었다. 베키는 두 발 사이에 헌금함을 내려놓은 뒤 총의 개머리판을 붙잡고 자물쇠를 향해―

그 순간 엔진 소리를 들은 베키가 얼어붙었다. 베키는 가만히 소리를 들었다. 엔진 소리는 점점 가까워지며 커져왔다. 오토바이 소리였다. 데일의 오토바이였다. 엔진 소리가 교회 부지에서 울려 퍼졌을 때 베키는 얼른 총으로 자물쇠를 내리쳤다.

베키는 다시 총을 옆으로 메고 재빨리 무릎을 꿇고 앉았다. 캐비닛 속 청소 도구 사이에서 찾은 낡은 청소기 먼지 봉투에 현금을 한 움큼 집어넣었다. 봉투가 꽉 차자 베키는 입구를 단단히 동여매고 남은 현금을 주머니에 쑤셔 넣었다.

엔진은 건물 바로 앞에서 공회전하는 소리를 내다가 곧 잠잠해졌다.

베키는 빨리 움직여주지 않는 두 손으로 헌금함을 다시 제일 위 선반에 올려놓고 캐비닛을 잠근 다음 열쇠를 걸레받이 뒤 공간에 숨겨두었다. 그리고 한 손으로는 먼지 봉투를, 다른 한 손으로는 총을 들고 서둘러 복도를 빠져나왔다.

너무 늦었다. 데일이 막 교회 안에 들어온 참이었다. 데일이 불을 켜자 멍든 얼굴과 피투성이 입술이 보였다.

베키가 깜짝 놀라 몸을 움찔했다. "오빠, 이런, 얼굴이 왜 그래?"

"어젯밤 예배가 꽤 다사다난했거든." 데일이 오른쪽 눈 아래에 골프공만 하게 부은 곳을 만지며 말했다. "네 차 못 봤는데. 여기까지 어떻게 온 거야?"

"얻어 타기도 하고. 걷기도 하고."

"그보다도, 아버지 총으로 뭐하는 거야?"

총을 쳐다보던 데일의 시선이 베키가 들고 있는 빵빵한 봉투로 향했다. 이제는 그 어떤 거짓말로도 이 상황을 모면할 수 없었다.

"베키, 무슨 일이야?"

"오빠, 저리 비켜." 베키가 앞으로 한 발짝 나서며 말했다.

데일이 알 수 없는 미소와 함께 고개를 빼 들고 앞으로 한 발짝 다가왔다. 이 하나가 빠져 있었다. 불 아래 서니 베키도 오빠가 설교하는 자리에 남은 희미한 분홍색 핏자국이 보였다. 어젯밤 예배가 정말 다사다난했음은 분명했다.

"사람들이 하는 말이 사실이야?" 베키가 물었다. "교회 안에서 보호해달라고 요청하면, 하나님의 뜻에 따라 반드시 보호해줘야 하는 게 사실이냐고?"

"누구한테서 보호받아야 하는데?"

"잘 생각해봐." 베키가 말했다.

"너 무슨 짓을 한 거야? 새미 웬트랑 관련된 일이야?"

베키가 데일을 향해 총을 들었다. 데일 얼굴에서 미소가 싹 사라졌다. 데일은 잔뜩 굳은 채 두 손을 들었다.

"되돌릴 수 없는 짓은 하지 마." 데일이 말했다.

"그러기엔 이미 너무 늦었어." 베키가 낮은 목소리로 말했다. "내가 데려왔어. 내가 새미 웬트를 데리고 있다고."

"왜 그랬어?"

"오빠한테서 구해내려고." 베키가 현금이 든 봉투를 옆구리에 끼고서 손가락을 방아쇠에 올리며 말했다. "제 엄마한테서, 이 빌어먹을 교회한테서 구해내려고."

"베키."

"데일 목사, 네가 그 애한테 무슨 짓을 하려고 했는지 난 알아." 베키가 말했다. "구마의식에 관해 안다고. 나한테 한 짓을 그 애한테도 하려고 했잖아."

"새미는 어디 있어?" 데일이 말했다. 데일의 낮은 목소리에서 왜인지 자신감이 드러났다.

"그러다 아이가 죽었을 수도 있어. 그걸 모를 만큼 신념에 눈이 먼 거야? 내 아이가 죽었듯 새미도 죽었을 수 있다고."

"너한테 일어난 일은 내 잘못이 아니야."

"그럼 우리 애가 어떻게 될 거로 생각했는데? 내 얼굴에 대고 성경을 외칠 때, 나를 물속에 밀어 넣을 때, 나를 지하실에 가두고-"

"너를 구원하려고 했던 거야."

"나를 누구한테서 구원하려고 한 건데? 이 멍청한 개자식아."

"악마에게서!"

베키가 총의 개머리판을 겨드랑이에 고정하고 데일의 목을 향해 총을 겨눴다. "그럼 한번 말해봐. 그게 효과가 있었다고 생각해? 나한테서 쫓아내려고 했던 그 악마라는 게, 배 속의 아이를 잃는 것보다 더 나쁘다고 생각해?"

데일이 입술을 축이며 말했다. "주님께서 원하셨다면 아이는 살았을 거야. 내가 그 아이를 데려간 게 아니야, 베키. 주님께서 데려가신 거야. 주님께서 직접 네 자궁에서 아이를 꺼내신 거야. 불순한 아이였기 때문에. 죄악으로 잉태된 아이였기 때문에. 범죄자의 아이였으니까, 심지어 비신자의 아이였으니까. 애초에 네가 다리를 그렇게 벌리고 다니지 않았으면 됐잖아!"

데일의 입에서 침이 튀어나왔다.

"하나님 탓을 할 수 있겠지." 베키가 말했다. "네 입에서 나오는 그 헛소리로 자기를 포장할 수도 있겠지. 하지만 넌 네가 뭘 하는지 정확히 알았어. 넌 추문을 피하고 싶었던 거야. 네 명성을, 교회의 명성을 지키고 싶었던 거야. 넌-"

"난 널 보호하고 싶었던 거야."

베키가 방아쇠에 올린 손가락에 힘을 줬다. "그게 얼마나 효과적이었다고 생각해? 그게 먹혔다고 생각해, 아니면 내 안에 아직 악마가 있다고 생각해?"

"아직 늦지 않았어, 베키." 데일이 말했다. "넌 길을 잃은 거야. 그게 다야. 다시 돌아오면 돼. 빛으로 다시 돌아와."

"내가 보안관을 죽였어." 베키가 말했다.

"뭐라고?"

"이제 난 끝이야. 그리고 내가 끝이면, 우리도 끝이야. 난 오빠 죽이려고 여기 온 게 아니야. 오빠 여기에 오면 안 됐어. 그런데 지금 우리를 봐. 어쩌면 이거야말로 주님의 뜻일지 모르지."

데일이 두 손을 맞잡고 고개를 숙이더니 작게 읊조리기 시작했다. "보아라, 내가 너희에게 뱀과 전갈을 밟을 수 있는 권세를 주었으니."

"지금 기도해?"

"그리고 원수의 모든 세력을 꺾을 권세를 주었으니."

"정말 지금 기도하는 거야?"

"아무것도 너희를 해하지 못할 것이다−"

베키가 방아쇠를 당겼다. 순간 베키의 귀에 날카로운 이명만이 울렸다.

베키는 제 오빠가 쓰러지길 기다렸다. 데일이 자기 몸을 내려다 봤지만 다친 곳은 없었다. 벽에 난 동그란 구멍에서 가느다란 빛 이 흘러들었다. 총알이 빗나간 거였다.

데일이 비명을 지르며 베키에게 달려들었다.

당황한 베키가 다시 총을 겨누려 했지만 너무 느렸다. 데일이 달려들어 총의 기다란 목 부분을 붙들자 뜨거운 열기가 데일의 손 바닥을 익혔다. 데일은 고통스러워하며 악을 쓰다가 베키를 무섭 게 노려보았다. 곧이어 베키의 얼굴을 후려쳤다. 베키는 비명과 함께 팔을 허우적대며 뒤로 넘어졌다. 데일이 베키 위에 올라타서 다시 주먹을 날렸다.

또 한 번. 그리고 또 한 번.

베키가 데일의 얼굴을 할퀴어 턱의 살점이 떨어져 나갔다. 베키 얼굴에서 뜨거운 피가 흘러내렸지만 베키는 아무 고통도 느끼지 못했다. 아드레날린이 온몸을 휘감았고 가슴이 벅차올랐다. 베키 는 데일과 맞서 싸웠지만, 하나님은 데일에게 베키를 압도할 힘을 주셨다.

시야가 점점 흐릿해지던 순간 베키의 귀에 패트릭의 자동차가 엄청난 속도로 교회 주차장에 들어서는 소리가 들렸다.

켄터키, 맨슨

현재

앰뷸런스가 나를 태우고 맨슨 머시 병원으로 달려갔고, 의사들이 내 몸에 열아홉 가지 종류의 해독제를 주입했다. 한 시간만 늦게 도착했더라면 손을 잘라내야 했을지도 모른다. 물린 부위를 치료하지 못했더라면 천천히 고통스러운 죽음을 맞이했을 것이다. 크리치가 커피포트로 나를 내려치면서 왼쪽 귀에 생긴 2도 화상도 치료받았다. 얼굴의 찰과상도 치료했고, 깊게 베인 발바닥 상처도 꿰맸다.

진통제를 상당량 주입했기에 처음 이틀간은 의식이 들었다 나갔다 했다. 그때의 기억은 별로 없다. 침을 엄청나게 흘린 기억은 나는데, 간호사가 방울뱀에 물렸을 때 흔히 나타나는 증상이라고 얘기해주었다. 그리고 아빠가 기억난다. 아빠와 에이미는 입원 이틀째에 병원에 도착했다. 잠에서 깨어났을 때 손가락으로 내 머리칼을 넘기는 아빠, 창가 자리에 앉아 뉴스를 읽는 아빠를 여러 번 발견했다.

세 번째 날 의식이 돌아왔을 때 아빠는 자리에 없었다. 아빠 대신 스튜어트와 에이미가 있었다. 창가에 앉아 있던 스튜어트가 내가 깨어난 걸 보고 자리에서 일어났다. 에이미는 이미 내 침대 발치에 앉아 있었다. 한 방에서 동시에 두 사람을 보는 게 꿈 같았다. 공식적으로 킴 리미와 새미 웬트의 세계가 부딪친 것이다.

"아픈 건 좀 어때?" 에이미가 물었다.

"모르핀 때문인지 별 느낌이 없네."

"그럼 언니 한번 안아봐도 될까?"

"살살 한다고 약속하면."

에이미가 내 옆에 누웠다. 어색하고 불편한 포옹이었다. 그래도 상관없었다. 살면서 누군가가 이렇게 반가웠던 적은 없었다.

"내 오빠하고 인사했어?" 내가 물었다.

"응, 인사했어." 에이미가 말했다.

스튜어트의 얼굴이 빨개졌다. 스튜어트가 옆으로 와서 내 다치지 않은 손(다른 한쪽 손은 붕대로 칭칭 감겨 있었다)을 붙잡고 미소를 지었다. "날 그렇게 부른 건 처음인데요."

"날 어떻게 찾았어요?"

"킴이 나가고 얼마 안 지나서 아버지가 오셨어요." 스튜어트가 말했다. "킴이 안 보이고 차도 없으니, 분명히 교회에 갔을 거라고 생각했어요. 거기 혼자 가지 말았어야 했어요."

"나도 알아요." 내가 말했다. "미안해요."

"나도 미안해요. 전부 다요. 클레어도 여기로 오고 있어요."

"좋네요."

그때 문을 두드리는 소리가 났다. 버크하트 형사가 아래층 가게에서 꽃다발을 사 들고 왔다. "저와 얘기 좀 나누실 수 있을까요?"

"저희가 자리 비켜드릴게요." 에이미가 침대에서 내려가며 말했다.

"둘 다 너무 멀리 가지 마."

스튜어트가 내 손을 한 번 꽉 잡았다가 놓고는 에이미와 함께 나갔다. 방 안에 둘만 남자, 버크하트 형사가 침대 옆 탁자에 꽃다발을 내려놓고 플라스틱 의자를 옆으로 가져와 앉았다.

"좀 어때요?"

"병원에서 약을 많이 넣어줬어요." 내가 말했다. "그래서 아주 기분이 좋아요."

"기분이 좋아요?" 형사가 웃으며 자기 수염을 긁었다. 웃음은 서서히 사라졌다. "아직 크리치를 못 잡았어요."

눈물이 날 것 같았다. 크리치는 나를 뱀과 함께 가두자마자 곧장 도망친 듯했다. 머리로는 크리치가 수천 마일도 넘게 떨어져 있음을 알았지만 마음으로는 그보다 더 가까이 있을까 봐 걱정되었다.

"거기서 무슨 일이 있던 거예요, 킴?" 버크하트가 물었다. "동생분 말씀으로는 그 사람 여동생에 관해 물어보러 갔다던데."

나는 고개를 끄덕이며 조심스럽게 자세를 고쳐 앉고 입가에 흐르는 침을 닦았다. 아직도 침이 계속 흘러나왔다. 버크하트가 물이 든 컵을 건네주어서 물을 한 모금 마셨다. "캐럴 리미와 베키 크리치가 동일 인물 같아요. 동생 애길 물어봤을 때 크리치는… 이성을 잃었어요. 아주 오래전에 교회에서 무슨 일이 있었어요. 크리치 동생과 관련된 일이요. 그리고 제 생각엔 저도 그 장소에 있었던 것 같고요."

버크하트가 뭔가를 소화하는 것처럼 의미심장한 표정을 지었다. 그러더니 주머니에 손을 넣고 네모나게 접은 종이 한 장을 꺼냈다. 두 손으로 종이를 몇 번 만지작거렸다. "크리치의 집을 수색하는 중인데요. 흥미로워하실 만한 걸 찾았습니다." 버크하트가 종이를 펼치고 내용이 아래쪽을 향하게 들어서 내게 건네주었다. "베키 크리치의 사진입니다. 한번 보세요. 킴을 길러주신 어머니가 맞습니까?"

나는 종이를 뒤집어 베키 크리치의 사진을 보았고, 동시에 눈물을 왈칵 터뜨렸다. 손의 통증이 극심했다. 모르핀을 맞으려고 버튼을 눌렀지만 이미 최대 용량을 다 맞은 후였다.

"샌디가 틀렸어요." 내가 말했다. "심지어 상처도 같은 손에 있지 않아요."

"네?"

나는 종이를 접어서 버크하트에게 건네주며 말했다. "우리 엄마가 아니에요."

다음으로 찾아온 손님은 잭 웬트였다. 잭은 흰머리가 조금씩 벗겨지는 중인 키 큰 남자였다. 잭의 미소는 슬프면서도 따뜻했다.

"뭐라고 불러야 할지 모르겠네. 새미, 아니면 킴?"

"이제 두 이름을 다 사용해야 할 것 같아요." 내가 말했다. "익숙해지려면 시간이 좀 걸리겠지만요."

"내가 그 발음에 익숙해지기까지도 시간이 좀 걸리겠는데."

잭은 침대에 걸터앉았다. 우리는 누가 봐도 가족이었다. 잭의 얼굴에서 내 얼굴이 보였다. 눈이 똑같았다. 몰리는 어떻게 이걸 보지 못했을까?

"널 찾는 걸 그만두지 말았어야 했어." 잭이 말했다. "애초에 널 그렇게 잃어버리지 말았어야 했어. 내가 널 보호했어야 했는데. 미안하다, 새미야."

"도움이 될진 모르겠지만," 내가 말했다. "지금껏 쭉 좋은 삶을 살았어요."

잭은 흐르는 눈물을 굳이 닦으려 하지 않았다. 문간에 한 남자가 나타났다. 40대 후반이나 50대 초반쯤으로 보이는, 옷을 잘 차려입은 남자였다. 남자는 턱 밑에서 열 손가락 끝을 뾰족하게 맞대고 활짝 웃었다. 잭이 들어오라고 손짓했다.

"이쪽은 내 남편, 트래비스." 잭이 말했다.

트래비스가 천천히 한 걸음씩 침대 쪽으로 다가왔다. "진짜 새미 맞니?"

"네." 내가 말했다. "진짜예요."

침대에 걸터앉았던 한 아빠가 자리에서 일어나자 문으로 다른 아빠가 들어왔다. 아빠의 손에 들린 쾌유를 빌어요 풍선이 부표처럼 머리 위에 둥둥 떠 있었다. 아빠는 내 침대 옆에 선 잭과 트래비스를 보자마자 그 자리에 멈춰 섰다. 처음에는 충격을 받은 듯했지만 곧 다시 느긋한 표정이 되었다. 아빠는 먼저 잭을 보았다가, 잭의 남편에게로 시선을 돌렸다.

"안녕, 트래비스." 아빠가 말했다.

트래비스는 유령이라도 본 표정이었다. "…패트릭?"

켄터키, 맨슨

그때

눈앞의 장면이 패트릭 에클스 앞에 아주 천천히 드러났다. 너무 많은 감각 정보가 너무 빠른 속도로 밀려들어서 패트릭을 마비시킨 듯했다. 사냥용 소총이 피 묻은 바닥에 떨어져 있었다. 그 옆에 놓인 낡은 먼지 봉투는 한가운데부터 쭉 찢어져서 좀비 영화에 나오는 내장처럼 현금이 흘러 나와 있었다.

그다음으로 눈에 들어온 건 데일 크리치였다. 목사의 오토바이가 교회로 향하는 소리를 들었기에 패트릭은 크리치가 왔음을 알았다. 숲속에서 총소리가 울린 후에는 마음 한편으로 크리치의 시체를 보게 되리라고 생각했다. 사실 패트릭은 열린 문 사이로 들어갈 때 자신이 어떤 장면을 보게 될지 전혀 몰랐지만 이런 모습의 크리치를 보게 되리라고는 상상도 하지 못했다. 크리치는 빨갛게 달아오른 얼굴로 피를 흘리며 울고 있었다. 그러다 커다란 두 손을 베키의 목에서 천천히 떼어내고 소총을 향해 달려갔다.

패트릭은 움직이지 않았다. 그 자리에 서서 자신이 사랑했던 여자를 바라보았다. 베키는 가만히 누워 있었다. 미동조차 없었다. 봉제 인형처럼 바닥에 널브러진 베키의 왼쪽 팔이 부자연스러운 각도로 펼쳐져 있었다. 얼굴에 피가 묻어 있었지만 멈춰버린 심장이 피를 흐르게 하지 못해 피조차도 가만히 멈춰 있었다.

베키가 죽었어, 패트릭은 생각했다. 크리치는 베키의 발에 걸려 거의 넘어질 뻔하면서 소총을 향해 달려들었다. 패트릭을 향해 총구를 겨누었다. 패트릭은 누군가 자신에게 총을 겨눴던 적이 한 번도 없었다. 누구는 이 이야기를 듣고 놀랐을지 모른다. 그러나 지금 패트릭은 눈앞에 총의 존재를 거의 인지하지 못했다. 베키가 죽었어. 정말로 죽었어.

"안 돼," 패트릭이 작은 목소리로 중얼거렸다.

크리치가 무어라 말을 했다. 아니 소리쳤다. 하지만 크리치의 말은 아주 멀리서 들려오는 소리처럼 패트릭의 귀에 들어오지 않았다. 온 세계가 아득하게 동떨어진 듯했다. 꺅 하고 내지르는 소리가 들리지 않았다면 패트릭은 넋을 잃은 상태에서 영원히 빠져나오지 못했을지도 몰랐다. 그 고음이 기차 경적처럼 패트릭의 머릿속에 울려 퍼졌다.

베키가 죽었어. 지금 너는 여기에 서 있어. 정말로 일어난 일이야. 저 남자가 너한테 총을 겨누고 있고 이제 아마 방아쇠를 당길 거야.

머리를 울리는 소리가 점점 더 선명해지더니 아이 울음소리로 바뀌었다. 새미였다. 새미는 문 앞에 서서 콧물 범벅이 되도록 엉엉 울고 있었다. 패트릭의 시선이 새미에게서 베키의 몸으로, 다시 크리치에게서 소총으로 향했다. 마찬가지로 크리치의 시선도 패트릭에게서 자신의 동생에게로, 다시 문 앞에서 악을 쓰는 여자아이에게로 향했다.

순간 베키의 목소리가 들렸다. 베키의 입이 아니라 패트릭의 기억 속에서 들려오는 소리였다. '혹시 무슨 일이 생기면 네가 새미를 잘 돌봐줘, 알았지?'

새미는 계속 울었다. 그러다 자그마한 팔을 휘적거리며 패트릭을 향해 다가왔다.

'약속해, 패트릭… 두 사람의 빛을 꺼뜨리면 안 돼. 절대 돌아보지 마.'

패트릭은 뒤돌아 새미를 꽉 붙들어 안았다. 새미는 패트릭의 어깨에 얼굴을 묻고 잠시 부들부들 떨다가 곧 진정하기 시작했다.

패트릭이 크리치를 바라보았다.

크리치가 총을 아래로 내리고 문을 가리켰다. "가."

'절대 돌아보지 마.' 베키가 그렇게 말했다. 그래서 패트릭은 그렇게 했다.

패트릭은 온종일 달렸다. 시속 100킬로미터로 고속도로를 달리는 동안 뒷좌석에 앉은 새미가 갑자기 사라지기라도 할 것처럼 30초마다 백미러로 새미가 잘 있는지 확인했다. 빈 조수석을 보면 눈물이 터져 나왔기에 옆을 쳐다보지 않으려고 노력했다.

패트릭은 주 경계를 10킬로미터가량 남겨두고 휴게소에 차를 세웠다. 그리고 운전석 밑에 깔려 있던 냄새나는 낡은 야구 모자를 깊이 눌러 썼다. 콘크리트로 지은 커다란 주유소에는 트럭 몇 대가 45도 각도로 주차되어 있었다. 주유소 벽은 파란색 페인트가 군데군데 벗겨지고 그라피티가 그려져 있었다. 문 위에 걸린 색 바랜 간판에는 밥의 휴게소. 기름! 도넛! 핫도그! 탄산음료!라고 쓰여 있었다.

차에 기름을 넣고 길에서 먹을 간식을 쟁여두자 패트릭의 지갑은 놀라울 정도로 가벼워졌다. 패트릭은 교회 바닥에 떨어져 있던 현금다발을 떠올리고 순간 울부짖고 싶었다. 패트릭은 주머니에서 25센트 동전을 꺼내 주유소 뒤에 있는 공중전화로 향했다.

"네?" 연결음이 열 번째로 울렸을 때 아바가 전화를 받았다.

"나예요, 엄마." 패트릭이 말했다. "트래비스 있어요?"

"아니."

"언제 오는지 알아요?"

"아니." 아바가 말했다. "할 말 끝났어?"

"네. 아뇨. 엄마, 나 문제가 생겼어요."

바깥에서 트럭 한 대가 매연을 잔뜩 뿜으며 멈춰 섰다.

"너 어디야?" 아바가 물었다.

"그게 중요한 게 아니에요." 패트릭이 말했다. "도움이 필요해요."

"무슨 도움?"

"얼마나 주실 수 있어요?"

"친구 관계를 유지하고 싶으면 절대 돈 빌리거나 꿔주면 안 돼."

"엄마, 제발요."

전화기 너머에서 성냥에 불붙이는 소리, 뒤이어 아바가 담배를 한 모금 빨아들이는 소리가 들렸다.

"얼마나 필요한지, 어디로 보내야 하는지 말해." 아바가 말했다.

안도의 눈물이 흘러나왔다. 패트릭은 주차장 쪽을 쳐다보고 새미가 자동차 뒷좌석에 잘 있음을 확인했다. "고마워요."

"그래." 아바가 말했다. "네 동생한테 무슨 말 전해주랴?"

"아뇨." 패트릭이 말했다. "그냥 저 대신 트래비스 좀 잘 지켜봐 주세요."

베키 크리치가 새미를 데려간 지 6일이 지난 1990년 4월 9일 월요일, 패트릭 에클스는 이게 마지막이기를 바라며 켄터키 주 경계를 넘었다. 패트릭과 새미는 기름을 넣고 먹을 것을 구할 때를 빼면 온종일 밤새도록 쉬지 않고 달렸다. 잠은 자동차 뒷좌석이나 현금만 받는 저렴한 모텔에서 잤다. 그중에 수영장이 딸린 모텔이 있었다. 패트릭은 동네 백화점에서 다소 큰 노란색 수영복을 사서 새미에게 입히고 새미를 어깨에 태운 뒤 수영장 가장 깊은 곳으로 걸어 들어갔다.

새미는 오랫동안 혼란스러워했고 가끔은 슬퍼하기도 했다. 패트릭은 새미가 과거를 얼마나 기억하고 얼마나 잊었을지 궁금했다. 이글 스테이션왜건을 타고 한참을 달리면서 새미는 새로운 현실을 점차 받아들였으며 패트릭이 시간이 갈수록 새미에게 애착을 느꼈듯 새미도 패트릭에게 애착을 갖기 시작했다. 베키 크리치가 그랬듯 패트릭도 새미에게서 빛을 발견했고 그 밖에 더 중요한 건 없었다.

패트릭은 차를 세울 때마다 신문을 사서 읽었다. 패트릭과 베키가 엘리스를 두고 떠난 바로 그 레드워터 슬럼가에서 엘리스의 시체가 발견되었다. 처음에는 새미 납치 사건과 관련이 있다는 소문이 돌았고, 근방에 자주 출몰한다고 알려진 성매매 여성을 만나러 갔다가 살해당했을 가능성이 있다는 의견도 나왔다. 아무런 증거 없이 몇 주가 흐르면서 미궁에 빠진 살인 사건 기사는 조금씩 신문의 뒤쪽 한구석으로 밀려나다가 마침내 모습을 감추었다.

신문에 베키에 관한 기사는 없었다. 패트릭은 크리치가 자신이 한 짓을 숨기고 교회 근처 숲속 어딘가에 베키를 묻었으리라 추측했다. 크리치가 베키의 시신을 잘 처리해주었기를, 흙을 덮기 전 베키의 무덤 옆에서 기도해주었기를 바랐다. 또한 패트릭은 크리치가 그날 교회에서 자신과 새미를 봤다는 이야기를 아무에게도 하지 않기를 바랐고, 자신도 그럴 생각이었다. 그때 일을 발설하는 건 같이 죽자는 것과 다름없었지만 크리치 같은 사람이 무슨 짓을 할지는 아무도 몰랐다.

8개월 후, 패트릭은 돈을 내고 새미의 위조 여권을 마련해 함께 오스트레일리아로 떠났다. 그리고 패트릭 에클스에서 딘 리미로 이름을 바꾸었다. 새 이름에 별다른 의미는 없었다. 그냥 즉석에서 생각해낸 이름이었다. 이름은 중요하지 않았다. 중요한 건 자신이 더 이상 패트릭 에클스가 아니라는 사실이었다.

패트릭은 멜버른에서 일을 구하고 새로운 환경에 최대한 빨리 적응했다. 미국식 발음을 없애는 데 시간이 좀 걸렸기에 처음에는 말을 많이 하지 않았다. 하지만 딘으로 변신하는 일은 생각보다 쉬웠다. 따뜻한 물이 담긴 욕조 안으로 미끄러져 들어가거나, 새로 산 빳빳한 청바지에 다리를 밀어 넣는 것만큼 간단했다.

딘은 다른 사람을 만날 계획이 전혀 없었고 사랑에 빠질 계획은 더더군다나 없었다. 하지만 맨슨에서 힘겹게 배웠듯이 딘의 계획은 늘 틀어지곤 했다. 캐럴이라는 여자가 나타나 딘과 사랑에 빠졌고, 심지어 새미에게는 더욱 푹 빠져버렸다.

그때 새미는 킴이라는 이름으로 불리었다.

캐럴은 얼마간 킴이 딘의 딸이라는 말을 믿었지만, 딘의 거짓말이 갈수록 더 탄탄해졌음에도 곧 이야기에 일관성이 없다는 사실을 눈치챘다. 그때 딘은 캐럴이 인간 거짓말 탐지기 같다고 생각했다.

결국 딘은 캐럴에게 사실을 털어놓았다. 그리고 결국 캐럴은 그 사실을 받아들였다. 두 사람 모두 킴은 몰라야 한다고 생각했다. 거짓말을 더 견고하게 쌓고 새미 웬트에게서 더욱더 멀어지기 위해, 캐럴은 킴을 본인의 생물학적 딸로 키웠다.

시간이 흘렀다.

딘과 캐럴은 에이미를 낳았다. 킴이 이래라저래라 명령할 수 있는 여동생이 생긴 것이다. 킴과 에이미는 본인들이 아버지가 다른 자매라고 믿으며 자랐다. 딘과 캐럴은 함께 늙어갔고 거짓말은 깊은 곳에 파묻혔다. 과거는 상어와 괴물로 가득한, 깊고 깜깜한 바다였다.

캐럴이 병에 걸렸고, 암 투병을 하다 목숨을 잃었다. 그러던 어느 날 성인이 되어 노샘프턴 전문대에서 일주일에 세 번 사진을 가르치는 킴에게 스튜어트 웬트가 접근했다.

태평양 상공 어딘가

현재

보잉 787기가 맨슨과 멜버른, 과거와 현재, 새미의 세계와 나의 세계 사이에서 해발 고도 12,000미터로 순항했다.

기내 조명은 어두웠고 승객 대부분은 잠들었다. 나는 버번콕을 한 모금 마시며 창밖을 바라보았다. 너무 깜깜해서 창문에 비친 귀신 같은 내 모습 말고는 보이는 게 별로 없었다.

아빠와 나는 전에도 한 번 이 여행을 함께한 적이 있었다. 아빠가 패트릭이고 내가 새미였을 때였다. 아빠는, 적어도 얼마간은, 나와 함께 여행하지 못할 것이다.

맨슨 머시 병원에서의 그날 이후 나는 아빠와 대화를 나누지 않았다. 그날 아빠는 패트릭 에클스의 문을 열고 나를 안으로 초대했다. 나는 말문이 막힌 채 멍하니 앉아 있었다. 분노로 머리가 울렸고 온갖 질문이 머릿속을 휘저었다. 아빠는 날 구한 걸까, 아니면 훔친 걸까? 아빠가 내게 바라는 건 용서일까, 감사일까? 아빠는 딘인가? 아니면 패트릭인가?

마침내 내가 겨우 꺼낸 말은 "엄마가 여기 있었으면 좋았을 텐데"였다.

"맞아," 아빠가 말했다. "나도 그랬으면 좋겠어."

그때 자그마한 붉은 새가 창턱에 소심하게 내려앉았다. 홍관조 같았다.

아빠는 패트릭 에클스가 되어 납치와 살인 방조 혐의로 기소되었다. 재판 날짜는 아직 정해지지 않았지만 나는 내가 재판을 보러 다시 돌아오리라는 걸 알았다. 달리 어쩌겠는가? 아빠는 내 가족이었다.

내가 아빠를 용서할 때까지는(그럴 수 있다면 말이지만), 그리고 새미 웬트와 킴 리미를 온전히 하나로 합칠 수 있을 때까지는 아주 오랜 시간이 걸릴 것이다. 그러나 어디론가는 헤엄쳐가야 하는 법이다. 안 그런가?

맨슨에서 보내는 마지막 밤, 두 통의 전화를 받았다. 첫 번째는 버크하트 형사에게서 온 것이었다. 형사는 매력적인 남부 특유의 발음으로 데일 크리치가 켄터키 주 경계 근처의 화물자동차 휴게소에서 주 경찰에게 체포되었다고 말했다. 크리치는 자신이 베키 크리치를 죽였으며 교회 부지 근처 숲속에 시체를 묻었다고 자백했다.

마침내 그림자 사내가 사라졌다.

두 번째 전화는 몰리 웬트에게서 왔다. 스튜어트에게 내 번호를 물어봤다고 했다. 몰리는 사과나 눈물 젖은 선언 같은, 극적인 뭔가를 하려고 전화한 게 아니었다. 몰리는 그저 담소를 나누고 싶어 했다. 내게 내일 비행이 몇 시간이냐고 묻고, 자신은 비행기에 그렇게 오래 앉아 있는 건 상상도 할 수 없다고 말했다. 몰리는 오스트레일리아가 어떤 곳인지, 정말 사람들이 말하는 것처럼 치명적인 뱀이 살고 캥거루가 길거리를 뛰어다니는지 물었다. 대화가 끝나갈 무렵 몰리는 자기 전화번호를 알려주며 내가 원한다면 전화해도 좋다고 말했다.

"생각해볼게요." 나는 이렇게 말했다. 정말로 그럴 생각이었다.

787기가 멜버른에 착륙할 때 창문 밖으로 도시를 내려다보았다. 도시는 납작하고 칙칙했으며, 익숙하면서도 어딘가 달라져 있었다.

달라진 건 이 도시가 아니야. 나는 생각했다. 돌아온 사람이 달라진 거지.

에이미와 웨인, 리사가 공항에서 나를 기다리고 있었다. 리사가 가장 먼저 나를 발견하고 내 이름을 외치며 내게 달려왔다. 나는 리사의 겨드랑이에 손을 넣고 리사를 번쩍 들어 올려 꼭 안아주었다. 에이미가 리사와 나를 끌어안았다. 웨인은 적절한 거리를 두고 서서 내 가방을 들어주겠다고 말했다. 하지만 에이미, 리사와 포옹을 마친 후 나는 웨인과도 포옹을 나누었다.

앞으로 일어날 일도, 해결해야 할 일도 많았지만 그 생각을 하던 게 아니었다. 새미 웬트를, 내 깜깜한 기억 속 어디에도 없는 아이를 생각했다. 새미의 허리에 감긴 붉은색 실이 보였다. 새미는 아무것도 나오지 않을 거라 생각하며 실을 잡아당겼지만, 이번에는 실이 팽팽하게 당겨졌다. 새미는 자리에서 일어나 실을 따라갔다. 한 손 한 손, 어둠을 뚫고 빛 속으로.

작가의 말

글쓰기는 고독한 일이고, 대개 저는 그 고독을 즐깁니다. 침대에서 4미터, 우리 집 개에게서 1미터 떨어진 곳에서 일을 한다는 것은 제가 지난 몇 년간 최소한 몇 가지는 제대로 된 결정을 내렸다는 뜻이겠지요. 하지만 이제 책이 나왔으므로 사람들과 이야기를 나누게 되었습니다.

그 점을 염두에 두고, 이 글을 통해 소중한 독자 여러분에게 감사를 전하고 대화를 시작해보려 합니다. 본인의 생각을 공유하고 싶거나 그냥 인사를 전하고 싶은 분들이 있다면 연락 주시기 바랍니다. 제 웹사이트(christian-white.com)에 방문하거나 소셜미디어에서 절 찾으면 됩니다. 트위터에서 더 활발하게 활동하겠다고 약속합니다. 운이 따라준다면 여러분이 이 글을 읽을 때쯤 제 팔로어 수가 여섯 명보다는 많아지겠지요.

이왕 여기 모였으니 제가 어디서 영감을 받고 이 책을 쓰기 시작했는지를 들려주려고 합니다. 꼭 읽을 필요는 없지만, 영화를 보러 가서 크레딧이 다 올라가고 불이 들어올 때까지 자리를 지키는 분이라면, 또는 이야기 뒤에 숨은 이야기를 듣기 좋아하는 분이라면 계속 읽어주세요. 혹시 제 아내 같은 완벽주의자라 책에 있는 글자는 전부 읽어야 직성이 풀리는 분이 있다면 죄송합니다. 길어지지 않게 노력할게요.

이 책을 쓴 건, 다른 무엇보다도 머릿속에서 이 이야기를 꺼내기 위해서였습니다. 머릿속에서 이야기가 쿵쿵 울리는 분이라면 (그런 분들이 엄청 많을 거로 생각합니다) 책이나 스크린, 캔버스, 또는 마음에 드는 다른 매체에 그 이야기를 꺼내놓는 일이 간지러운 곳을 긁는 것과 비슷하다는 것을 알 겁니다. 반드시 써야 하는 근육, 뜯어내지 않고는 못 배기는 딱지 같은 것이지요.

처음에는 소설을 어떻게 써야 하는지 전혀 몰랐습니다. 시도했다가 실패한 전적이 있었고, 이번에도 또 실패하고 싶지는 않았습니다. 그래서 도움이 필요할 때 제가 종종 그렇게 하듯이 스티븐 킹에게 기댔습니다. 만약 소설을 쓰고 싶다고 생각해본 분이라면 지금 당장 하던 일을 멈추고 스티븐 킹의 『유혹하는 글쓰기』를 구매하거나 빌리거나 훔치세요. 작가의 자서전이자 글쓰기 교본인 이 책은 작은 아이디어를 원고로 탈바꿈하게 도와주는 명쾌한 로드맵을 제공합니다. 그 로드맵이 효과가 좋다는 것은 제 경험을 통해 확실히 말할 수 있습니다. 여러분이 지금 손에 든 이 책이 바로 그 증거입니다.

『어디에도 없는 아이』의 핵심 아이디어(알고 보니 내가 어렸을 때 납치되었고 부모라고 생각한 사람들이 사실은 납치범이라면?)를 처음 떠올렸을 때 긴 이야기로 풀어볼 만큼 흥미로운 아이디어라고 생각하긴 했지만, 한편으로는 너무 평범한 이야기가 아닐까 조심스러웠습니다. 유괴 사건을 다룬 이야기가 이미 수백만 개 나와 있었으니 이 책은 뭔가 달라야 했습니다. 다른 게 필요했습니다. 제게 필요했던 것은… 켄터키였습니다.

10대 때 영화 〈휴가 대소동〉처럼 가족들과 함께 미국으로 자동차 여행을 떠난 적이 있습니다. 펜실베이니아의 월크스배러(당시 누나가 여기 살았습니다)에서 시작해서 플로리다까지 갔다가 다시 돌아오는 일정이었어요. 그때 켄터키를 지났는데, 그곳에서 생긴 두 가지 기억이 지금도 선명합니다. 하나는 켄터키 사람이 우리 가족에게 남부 특유의 사투리로 '다들 돌아오슈'라고 말했을 때 아버지가 정말로 신나 하셨던 것이고, 다른 하나는 바로 매머드 동굴이었습니다.

이름만으로는 상상이 안 될 수 있으니 설명하자면, 매머드 동굴은 엄청나게 긴 통로와 널따란 공간이 있는 지하 동굴입니다. 우리 가족은 오후쯤 동굴에 도착해 워킹투어를 했습니다. 오직 자연만이 줄 수 있는 감동과 강렬함이 느껴졌습니다.

우리는 작은 노란색 램프를 따라 먼 옛날에 만들어진 종유석 아래를 걸었습니다. 그러다 특히 거대한 동굴이 나오자 가이드가 잠시 가만히 서 있으라고 하고는 불을 전부 껐습니다. 그때 우리를 덮친 어둠은 그전에도 후에도 느껴본 적 없는 종류의 것이었습니다. 얼굴 바로 앞에 든 손도 보이지 않았습니다. 그 어둠에는 영적인 무언가, 원초적이고 강렬하게 모두를 휘감는 무언가가 있었습니다.

가이드가 다시 불을 켠 후에도 그 어둠은 이상한 트라우마처럼 제 안에 남았습니다. 『어디에도 없는 아이』를 집필하면서 어떻게 해서든 그때의 느낌을 넣고 싶었기에 이야기의 주요 배경을 켄터키로 설정했습니다. 나는 킴 리미의 어두운 기억 속에서 어린 새미 웬트가 정처없이 헤매는 것을 상상할 때 불이 전부 꺼진 매머드 동굴 속을 떠올렸습니다.

자, 이제 제 얘기는 끝났습니다. 이 책을 읽어준 독자 여러분께 진심으로 감사합니다. 정말로 큰 영광입니다. 어디서 읽은 건지 아니면 제가 생각해낸 건지는 잘 모르겠습니다만, 저자와 독자의 관계는 신성불가침한 조약과 같다고 합니다. 독자가 저자에게 자기 삶의 몇 시간을 내어주면, 바라건대 저자는 그 답례로 들인 시간이 아깝지 않은 이야기를 제공합니다. 때때로 독자가 손해 봤다는 기분을 느끼기도 하지만 제 경험상 대부분은 공정하고 괜찮은 거래입니다. 지난 몇 년간 수백 권의 책을 읽으면서 저는 늘 제가 시간을 내어주는 사람에게 엄청난 것을 기대했습니다. 반대편 입장에 서게 된 지금, 제가 그 조약을 정말 중요하게 여긴다는 점을 독자분이 알아주었으면 좋겠습니다.

여러분이 『어디에도 없는 아이』를 재미있게 읽었기를 진심으로 바랍니다. 만약 손해 봤다고 느낀다면 제게 두 번째 기회를 주었으면 합니다. 저는 이제 막 시작했으니까요.

감사의 말

스티븐 킹의 말만 들으면 꽤 쉬워 보이지만 사실 소설 쓰기란 힘든 작업이며 여러 사람들의 지원이 필요합니다. 생각해보니 지원보다 사랑이 더 정확한 단어일지도 모르겠습니다. 인내심도 도움이 됩니다. 그 점을 염두에 두고, 다음은 이 책을 쓰는 데 도움을 주신 멋진 분들입니다.

어펌 프레스의 모든 분, 여러분이 제게 열정을 전염시켜주셨습니다. 특히, 더 좋은 작가가 되는 법을 알려주신 마틴 휴스와 루비 애슈비-오르, 저를 더 좋은 작가처럼 보이게 해주신 그레이스 브린과 에밀리 어셴든에게 감사합니다.

아낌없는 지원과 귀중한 통찰을 제공해주신 해외의 모든 출판인분. 실제로 만나면 술 한잔 사드리고 싶습니다. 특히 제목을 제안해주신 하퍼콜린스의 줄리아 위즈덤에게 감사합니다. 미출간 원고를 대상으로 한 빅토리안 프리미어 문학상과 휠러 센터에게 감사합니다. 여러분이 아니었다면 이 책은 지금까지도 제 컴퓨터의 워드 파일로 남아 있을 것입니다.

자기만의 길을 찾아 걸어 나가라고 가르쳐주신 부모님께도 감사합니다. 아버지, 맥도날드에서 가진 우리만의 비밀 아침 식사에서 제게 늘 신문의 영화 섹션을 건네주셨지요. 어머니는 길고 긴 산책에서 제게 이야기를 전달하는 법을 알려주셨어요. 그 두 가지가 저를 작가로 만들어주었습니다.

내 형제자매, 내가 아는 가장 강인한 여성인 니키와 확신을 갖고 인생을 살아나가는 피터, 나를 괴롭히는 만큼 웃게 하는 제이미, 그리고 이들을 꾹 참아주는 파트너들에게 감사합니다. 드로시가 사람들, 특히 본인의 문학적 성공으로 내게 감명을 준 토레와 내가 본 것 중 가장 멋진 웃음을 가진 크리스에게 감사합니다. 가장 친한 친구들, 엄청난 창의성으로 늘 나를 놀라게 하는 존 애스퀴스와 소피 애스퀴스, 내가 아는 가장 웃긴 남자이자 언젠가 자리에서 엉덩이를 떼고 뭔가를 써서 모두를 깜짝 놀라게 할 크리스 디그넘, 내게 아직도 90달러를 빚진 나의 가장 오래된 친구 앤지 스펄링-브루흐에게 감사합니다. 물론 빅 대즈도 빼놓을 수 없습니다. 이 책을 읽을 리는 없겠지만(왜냐하면 그러기엔 너무 게으르니까) 언제까지나 우리의 사랑스러운 털북숭이 딸이 되어줄 강아지 이시. 네 눈을 바라볼 때마다 머릿속에서 늘 캣 스티븐스의 노래('나는 내 개를 사랑해')가 들린단다. 우리가 널 구했다고 생각했는데 사실은 그 반대였어.

그리고 마지막으로 나의 아내이자 가장 친한 친구, 첫 번째 독자인 서머 드로시에게 감사합니다. 서머 당신이 아니었다면 이 책은 정말로 이 세상에 나올 수 없었을 거야. 당신은 짧은 줄거리가 진짜 원고가 될 때까지 나를 이끌어줬고, 무엇보다 나를 믿어줌으로써 내가 앞으로 나아가게 해줬어. 나는 당신의 유머 감각에 경외감을 느끼고, 당신의 창의성에 영감을 받고, 당신이 만드는 아름다운 영화를 질투해. 당신이 당신이어서, 그리고 나를 선택해줘서 고마워.